너에게로 중독

안테 장편소설

Addicted
to you

1. 무엇에 젖어드는지 모르고

1. 무엇에 젖어드는지 모르고

「언제까지 얌전히 있어야 하는데요?」

"아직 상황을 지켜보는 중입니다. 지금 예리 씨가 나선다고 해서 좋을 것 없는 상황이고요."

중오는 창밖으로 투박하게 꽂히는 빗줄기와 달리 점잖은 목소리로 말했다. 수화기 너머로 예리가 헛숨을 토했다.

「좋고 싫고가 어디 있어요? 어제 나랑 키스했다니까요?」

그건 이미 익히 들어 알고 있는 사안이었다. 도현이 가족이나 다름없다고 말한 세아를 여자로 보고 있다는 것쯤은. 그동안 꼬박꼬박 누나라고 말하기에 중오도 넘어간 거였지만 지금은 아니다.

「도현이가 아무 여자나 만나지 못하도록 감시하는 게 당신이 해야 할 일이라면서요. 그러니 빨리 떼어 내야죠.」

"그건 맞습니다만."

그렇다고 해서 그쪽이 낄 수 있을 만한 자리도 아니지. 키스 한 번으로 제대로 몸이 달아올랐는지 물불 안 가리고 달려드는 모습에 중오의 입가로 가소롭다는 웃음이 걸렸다. 이미 유니벌이라는 대단한 위치의 이현과 약혼한 관계이면서도 첫사랑의 순정을 다 커서도 버릴 수 없는 건지 지금 예리는 눈에 보이는 게 없어 보였다.

「이봐요. 나랑 한 약속, 잊지 않았겠죠?」

"네, 제가 뭐라고 제안을 드렸었죠?"

「윤세아 카피해서 어떤 사이인지만 확인되면 도현이 저와 만나는 거 추진해 주신다고 하셨잖아요?」

아아, 그랬지. 순정을 품은 여자를 이용해 먹기엔 그것보다 좋은 건 없으니까. 그러니 이렇게 죽기 살기로 참을성 없이 달려드는 것이다. 지금 이 계획이 얼마나 많은 기다림과 정교함을 요하는 것인지도 모르고.

"그럼요. 전 약속한 건 지킵니다. 지금 예리 씨는 이현 님과 파혼할 생각으로 달려드는 것일 테니 저도 뒤에서 쓴소리 듣지 않도록 시간이라는 게 필요합니다."

「그건 제가 알아서 할 일이에요.」

"나중에 제가 도현이의 관리자라는 걸 알게 된다면 이현님 뵐 면목이 없지 않습니까. 약혼녀를 다른 남자와 이어준 거나 다름없는데."

「그 남자가 그런 걸 신경 쓸 거 같으세요?」

아……. 중오는 반쯤 벌어진 입술을 끌어올리며 웃었다. 그럴 리가요.

「오히려 비위 맞춰 가며 굴어야 할 위치는 나라고요. 저 말고도 맥스는 얼마든지 있잖아요?」

"한데 그리 어렵게 차지한 자리를 마다할 만큼 도현이가 좋습니까?"

「그걸 말이라고.」

유니벌을 마다할 정도면 참으로 욕심이 없는 여자구나 생각되면서도 이 정도까지 도현에게 소유욕을 드러내는 걸 보니 독하기도 했다.

「어차피 파혼해서 저희 쪽 집안에 난리가 난다고 한들, 하도현 릭시잖아요? 저도 손해 보는 일은 아니죠.」

아니, 오히려 현명한 여자인가. 어느 쪽이 더 값진지 단번에 파악하는 눈은 사업가 기질을 타고난 제 아비를 똑 닮았다. 나중에 떼어 낼 때 고생깨나 하겠다고 생각하며 중오가 말했다.

"저도 현재로서는 상황을 지켜보는 입장입니다. 지금 예리 씨가 윤세아를 카피해 도현이의 앞에 나타나는 것도, 그리고 예리 씨 모습 그대로 나타나는 것 또한 일을 그르칠 수 있단 거죠."

「가만히 있는 게 도와주는 거란 소리인가요? 무슨, 도현인 지금 어디 있는데요. 윤세아랑 같이 있나요?」

"네."

「둘이 지금 뭘 하고 있는데요?」

중오가 천천히 시선을 옮겨 비 내리는 정경이 펼쳐진 창
밖을 보았다.

"글쎄요."

미적지근하게 대답한 것치고 입가엔 간사한 미소가 걸려
있었다. 관리자 신분답게 도현의 일거수일투족을 감시해야
할 중오는 아침 새벽부터 옆방에서 움직이는 도현을 감지
하고선 저도 자리에서 일어났다. 외출 준비를 마친 도현을
찾아간 중오가 곤란한 듯 표정을 구겼다.

—벌써부터 외출하십니까?

—어.

—윤세아 씨한테 가실 거고요.

—왜, 무슨 문제 있어?

저를 막을 거라 생각했는지 도현이 살벌하게 말했다. 중
오는 그 때문에 난처한 것이 아니라는 듯 비 내리는 창문
너머를 바라보았다.

—장마라고 하더군요. 이렇게 비가 미친 듯이 오는 날은
소머즈인 제 초능력도 힘을 그리 발휘하지 못하죠.

—…….

—소음이…… 너무 심해서. 지금도 초능력만 썼다 하면

빗소리 때문에 머리가 멍할 지경입니다.

팔찌를 찬 벡터들에게 사회에서 정해 놓은 제약과 규율이 여러 개 있는데 레벨이 높을수록 하루 사용할 수 있는 초능력 횟수를 더 부여받는 것도 그중 하나이다. 그런 면에서 맥스인 데다가 감지 계열 초능력을 가진 중오는 도현의 관리자로 제격이었지만 오늘같이 도심 전체에 비라도 내리는 날이면 얘기가 다르다.

─아, 너한테 비 오는 날은 쥐약이지.

쏟아지는 빗줄기 하나까지 소리로 감지해 낼 중오에게 이 환경은 꽤 치명적이었다. 감시도 제대로 못 할뿐더러, 능력을 쓰려고만 하면 귀가 따가워 바로 중단해야만 했다. 도현의 눈썹이 미약하게 꿈틀대는 걸 본 중오가 은밀하게 빈틈을 흘렸다.

─며칠 내내 장마가 계속될 거라고 하니 어쩔 수 없죠.

─……혼자 움직여도 상관없어. 누나랑 있을 거야.

─그러세요. 저희도 교대로 집 앞에 대기해 있겠습니다.

─비 오면 쪽도 못 쓰는 게 감시나 제대로 돼? 누나 있으면 나도 어디 안 가.

─그건 압니다만.

중오가 일부러 곤란하단 표정을 지으며 조심스럽게 말했다.

─그럼…… 애들 전부 철수시킬까요?

─괜히 헛수고하지 말고 그렇게 해. 필요하면 내가 올

테니까.

—……알겠습니다.

끝까지 지친 얼굴로 도현을 대한 결과, 의심할 여지는 없었다. 줄곧 감시를 받아 왔던 도현에게 지금 이 순간이 달콤한 기회이자 자유처럼 느껴질 테니. 사실 중오가 기상청에서 일하는 벡터를 매수해 비를 퍼붓게 한 것도 까마득하게 모르고.

"뭐, 사랑하는 사이이니 지금쯤 사랑싸움을 하고 있겠죠."

감시를 붙이지 않아도 둘이 도망칠 거란 생각은 안 들었다.

"가짜가 있다는 걸 알지 않았습니까."

그러니 그 좁아터진 공간에서 사랑하는 여자와 하고 싶은 걸 마음껏 하라고. 중오가 호텔 천장을 올려다보며 부푼 가슴을 참지 못해 웃음 지었다.

"어제도 말씀드렸지만 카피로 완벽하게 속일 필요 없고 약간의 혼란만 주면 됩니다. 예리 씨로 인해 윤세아가 둘이라는 걸 알았을 테니, 위기감을 느낀 남녀가 하는 일은 뻔하죠. 만약 이로 인해 사이가 틀어진다면 예리 씨에게 좋은 일 아닙니까?"

「……」

"반면 도현이가 윤세아와 더 깊은 관계가 될수록 이용할 약점은 두드러지는 거니, 우리는 그사이에서 요리만 잘하면 된다는 소리입니다."

「…….」

"기다리세요. 숲을 보고 산을 봐야지, 고작 나무 하나에 집착해서 되겠습니까."

「……정말 믿어도 되는 거죠.」

"네, 무슨 수를 써서라도 도현이의 첫 여자, 예리 씨가 되도록 해 드리겠습니다."

처음일 뿐, 그 뒤로 맥스와 유니벌 레벨의 여자들이 여러 번 도현을 거쳐 갈 테지만 순정을 품은 여자가 알기엔 가슴 아픈 것이다. 중오는 신사답게 그 사실을 입 밖에 내지 않았다.

「알았어요. 가만히 있을 테니 틈틈이 연락 주시면서 상황 알려 주세요.」

"그러겠습니다."

「최대한 빨리 해결해 주세요. 같이 붙어 있는 꼴 보기 싫어 죽겠으니까.」

"예."

통화를 마친 중오가 휴대폰을 내리며 한쪽 눈썹을 구겼다.

"어린 게 발정 나 가지곤. 참을성이라고는 찾아볼 수가 없군."

옆에 서 있던 건우가 언제 그랬냐는 듯이 일그러진 얼굴을 편 중오에게 물었다.

"이해가 잘 안 갑니다. 도현 님에게 윤세아가 평범한 누나가 아니라는 게 증명되었는데도 감시 하나 안 붙이시고. 이러다 집 안에서 무슨 일이라도 생기면…….”

“그러라고 지금 한가롭게 호텔에 앉아 있는 거지 않나.”

“제게 지시하신 바로는, 사랑하는 여자가 있어선 안 된다고 하시지 않으셨습니까?”

“함부로 몸을 굴리고 다니면 안 될 존재란 건 너도 이미 자료 봐서 알겠지. 도현 님의 초능력 개수가 우리에게 아주 중요한 것도 잘 알 테고, 그 좋은 유전자가 아무 곳에나 뿌려져서도 안 되지. 철저한 관리 아래에서 이뤄져야 하는 관계가 아무 여자에게나 허락된다는 건 도현 님의 희소성을 떨어뜨리는 일이니 원래대로라면 윤세아는 죽여 없애 버려야 하는 게 맞지만.”

중오의 입가에 기분 좋은 웃음이 그려졌다.

“도현 님이 이리도 좋아하는 줄은 몰랐지 않나.”

본부를 벗어난 게 윤세아 때문이고, 팔에 그을린 화상 자국은 그녀가 알아볼 수 있도록 남겨 둔 표식이었다. 팔찌를 기를 쓰며 거부하는 것도 어쩌면 윤세아 때문일지도. 세아를 향한 도현의 숨겨진 열망이 하나둘씩 맞춰지자 중오는 전율을 느꼈다.

중오의 시선이 자연스럽게 물방울이 무수히 맺힌 창문으로 향했다. 어스름한 유리 너머로 풍경이 흐릿하게 번진다.

“이런 날씨에 나갔다간 다 젖겠군.”

집 안에 있다고 해서 안 젖는 건 아니지만. 중오의 입꼬리가 유려하게 올라갔다.

"장마가 이어지는 동안 무슨 일이 일어날지 기대해 볼까."

세아는 떼어 내고 달라붙는 과정에서 저에게 점차 침식당하는 도현을 원했다. 밀어낼수록 아집이 생겨 절대로 누나는 놓치지 않을 거라 울부짖고, 제발 떠나가지 말라 매달리면 하도현이 모르는 윤세아는 없게 된다. 머리부터 발끝까지 간절하지 않은 곳이 없어 전부 끌어안다 보면 습관과 말투 하나 놓치지 않을 것이고 그럼 점차 가짜가 설 곳은 없어진다.

"모른다고 했어?"

"도현아, 이것 좀……!"

"내가 뭘 모르는데."

그렇게 진짜가 누군지 알게 하려 네 가슴에 집착이란 이름표를 천천히 공들여 붙여 주리라 생각했건만. 세아가 완성하려 했던 그 끝을 이미 도현은 넘어서 있었다. 자신이 제어할 수 없는 선상에 있다는 건 흔들리지 않는 도현의 눈동자를 보면 알 수 있었다.

"도현아……!"

"내가 진짜랑 가짜를 몰라? 그래서 헤어져?"

"하도현!"

"가르쳐 주면 되잖아……."

"아……!"

결박한 두 손을 깊이 밀어붙이며 도현이 세아에게 입 맞췄다. 밀고 들어오는 힘은 날뛰는 짐승 그 이상이었다. 세아는 속수무책으로 그 힘에 이끌려 휩쓸렸다. 제 의지가 낄 수조차 없는 키스였다. 턱이 얼얼했고 목구멍은 턱턱 막혔다. 입술 옆으로 무엇이 흐르는지조차 분간할 수 없었다.

"읍……."

세아를 소중히 여긴다면 거부하는 몸짓에 그만둘 법도 한데, 세아의 앞에서 정상적으로 보이기 위해 무던히도 노력해 오던 이성의 회로가 끊겨 소용없었다. 원래 하도현은 이랬다. 나는 원래 이랬어. 누나가 몰랐을 뿐이야……. 나는 원래 이랬다고.

망상으로, 상상으로, 환상으로, 너 하나 떠올리며 살아온 나에게 집착은 애당초 우스운 것이다. 네가 없는 곳에서 십 년을 보낸 내가 어떻게 멀쩡하게 버텨. 내가 그동안 너 없이 살아 있다는 것에 모두가 기적이라고 말해야 하며.

"이건 알아."

나는 그런 불가능 속에서 살아왔어, 너 하나 보고.

"지금 이 표정."

도현은 제 것으로 엉망이 된 세아를 내려다보며 속삭였다.

"이 숨소리가 진짜인 건 알아."

열여섯 살을 벗어난 너의 살결은 어떨까, 내 품에 안기던 작은 몸은 얼마나 더 자라서 농염해졌을까. 그걸 다른 누가 건드리면 어쩌지. 불안감 속에서도 온전히 너를 가졌던 그날 밤만큼은 아직도 생생하다. 내 앞에 있는 네가 허상이 아닌 진짜인지 실감하기 위해 입술로 온 신경이 집약되어 있었다.

"사흘 내내 호텔에서, 내 옆에서 한시라도 떨어지지 않았던 윤세아가 진짜야."

도현은 턱이 부서져라 짓눌렀다. 매만지는 손가락 끝에 사활을 걸었다. 너의 반응, 너의 변화, 너의 몸에 관해 내가 모르는 것 하나 없어야만 했으므로 땀으로 얼룩진 눈꺼풀이 무거워도 눈조차 쉬이 깜빡이지 않았던 그날. 그건 십 년 동안 떨어져 있던 시간을 단번에 좁히기 위한 내 최선의 노력이었고.

"……가르쳐 줘."

죽고 싶게도 나는 그런 걸로밖에 너를 분간하지 못해. 도현은 짓누른 턱을 움직이며 간신히 말했다.

"알게 해 줘."

그래도 다행이다, 그런 거라도 알아서……. 쓰레기 같지만 이렇게라도 너를 기억해서 다행이다. 도현을 밀어내던 세아의 손이 처음으로 그를 끌어안았다. 도현은 제게 젖어 드는 어깨로 입술을 파묻었다. 눈을 감자 참혹하게 시들었던 감각이 언 땅을 깨고 올라선다. 봄도 아닌데 이상하다. 신기해 아이는 뛰어 간다.

도현은 세아의 옷을 벗기며 진짜인지 가짜인지 혼란스러워했던 머리가 가벼워지는 걸 느꼈다. 자신을 전율케 했던 새하얀 몸과 손길이 닿으면 화답하듯 흘러나오는 새된 음성.

그날 밤 철저히 공부했던 부위를 건드리면 정답이라 말해 주는 너를 보니 전쟁 같던 모든 것이 평온해지고 고요해진다. 울부짖는 목덜미를 입술로 괜찮다 쓰다듬어 주자 너의 손가락이 이윽고 침대로 떨어진다.

"하아…….."

나는 한시라도 빨리 가벼워지고 싶다. 네가 고했던 이별, 헤어짐, 가짜. 그 모든 악질적인 것들을 배척하기 위해.

네가 없으면 난 죽고, 있으면 살아.

"누난 나를 울렸어도 나는 울리지 않아."

부디, 나는 살고 싶어…… 누나.

"나 좀 살려 줘…… 윤세아."

너는 이미 내 눈에서 떨어진 무언가를 맞은 듯하다. 뺨이 축축하나 네 눈물은 아니었으니.

밀어내는 것에만 치중되었던 손이 단내 나는 손길로 어루만져 주었다. 엉켜 있던 시야가 신기하게도 네 손길 하나로 환해진다. 구원의 빛이다. 힘을 잃어 가던 나는 다시 살아나 움직임을 강행한다. 마치 나방이 날갯짓하듯.

너를 감싸고 있는 것들이 하나둘씩 떨어져 나가 바닥으로 버려질수록, 내 마음 또한 한없이 가벼워진다. 나 역시 네가 했던 독한 말이 들러붙은 옷을 벗어 낼 심산으로 움직였다. 그제야 우리는 나란히 닮은 모습이 되었다. 안도와 애절한 마음이 한데 엉켜 가슴이 기묘해진다. 너의 손길은 슬프도록 다정하다.

"하아……."

창문을 타고 흐르는 비의 정경이 회색빛으로 쏟아져 세아를 덮었다. 세아의 목덜미를 끈질기게 핥던 도현이 일렁이는 형체를 감지하고선 허리를 세웠다. 빗줄기와 함께 젖어 있는 세아를 바라보며 도현이 달아오른 숨을 더해 말했다.

"너 비에 젖으니까…… 그렇게 있지 말고."

도현이 팔을 잡아당기자 끌어올려진 몸은 그림자에 안겨 고요해진다.

"차라리 나한테 와 잠겨. 안아 줄게."

그리고 달려드는 건 입술이고, 그 안에 담긴 건 사랑이다. 나방의 날개 끝이 화르륵 탄다. 도현은 세아의 입안을 파고들며 아찔해지는 섬광을 맛보았고 그 뒤로 찾아오는 환락을 만끽했다. 천국보다 더한 곳은 너의 몸이고, 지옥보다 아찔한 것도 너다. 지금도 작고 예쁜 머리 그 어딘가에서 내가 떠나갔으면 할 테지만 나는 네가 아니면 안 돼.

"아…… 도현아……!"

죄를 지었다. 씻을 수도 없는 죄.

입술을 깨물었던 너는 금단을 알리는 신호였고, 몇 번이고 시야에서 번쩍이는 불빛으로 달려든 나방의 최후였다. 넘어서는 안 될 선은 이미 건넜다. 애달픈 너의 음성이 공간에 칠갑이 되던 순간, 그전으로 시간을 돌릴 수만 있다면 하지 않았을 거냐고 자문해 봐도 도현의 대답은 한결같았다. 아니, 또 했을 거야.

"……."

몇 번이고. 나는 살고 싶었다.

내가 사랑하는 윤세아가 둘이라는 사실 하나만으로 죽어 가던 숨통을 트이게 하기 위해 알아챌 수 있는 방법, 그 어쩔 수 없는 것을 택한 것이다. 도현은 관계에서 이뤄진 학습 하나는 제대로 박혀 있었기에 그로 인해 얻을 수 있던 진실이었다.

"……."

지금 침대에 누워 있는 네가…… 진짜야.

도현은 세아가 잠든 틈을 타 바닥에 버려진 USB 메모리를 주워 들고 영상을 확인했다. 몇 번이고 돌려보고 또 보아도 달라지지 않는 사실은, 너는 하얀색이고 가짜는 검은 색이라는 거다. 내 밑에서 애원하던 너의 살결처럼 순백을 가진 휴대폰. 그걸 왜 알아채지 못했을까 자문하자면 나는 또 죽일 놈이 되지만.

"윤세아."

그럼에도 내 몸짓 하나 밀어내지 않고 꿋꿋이 안아 주었던 네가.

"……널 어떻게 안 사랑해."

진정시키려 꼭 안아 주던 네가 날 살린 게 아니면 뭔데…….

불투명한 눈을 한 번 느리게 깜빡였다. 관계 후엔 너와 더욱 가까워진 기분을 느끼곤 했지만 지금은 지은 죄가 있어선지 손조차 나가질 않는다. 세아가 덮은 고운 이불 끝자락에 얼굴을 기댄 도현이 침대 밑에 앉아 마른 등이 움직이는 것만 보았다. 무의식중에 흘러나온 앓는 소리, 열기가 더욱 강해지자 그와 비례하게 도현의 심장 한 자락도 고요히 타들어 갔다.

돌이켜보면 도현의 지난 시간은 세아가 아닌 타인으로 인해 망가진 거였다. 내가 열렬히 원망하고 감내하며 간신히 사랑으로 응집한 시간은 모두 네가 아닌 다른 이가 한 짓에서 비롯된 거다.

"너 그거 알아?"

도현은 물끄러미 병열이 만들어 낸 땀으로 흠뻑 젖어 잠든 세아를 바라보았다.

"그 오해 없었으면 나 지금 여기까지 오지도 못했어."

열다섯 살, 모든 것이 푸르렀던 소년은 배신이라는 불씨로 인해 저를 이룬 산림을 모두 태웠다. 널 향했던 내 증오는 이미 사춘기를 벗어나면서 사랑, 그 아스라한 수위를 넘어 어둠으로 물든 대지에 정착했다. 검게 그을린 심장은 푸른 생명을 이룩하는 힘을 잃었지만 대신 네가 남긴 잔해는 모두 이곳에 있다.

그건 곧 너를 품기 위해 화염 속에 나를 버려두었다는 걸 의미하고, 그곳에 다른 여자가 피어날 자린 없다는 것이다.

"고마워."

창문을 두드리는 빗소리가 마치 울음소리와 같아 도현은 저를 대신해 흐르는 것이라 생각하며 그 안에서 고요히 말했다. 그것이 비록 오해로 인해 시작된 재앙이었다고 한들, 이미 다 타 버린 내가 다시 숲이 될 리 만무하다.

"내가 누나한테 씻을 수 없는 죄를 짓게 해 준 것과."

그러니 검게 더 타들어 가는 수밖에. 기대고 있던 이불을 조심스럽게 끌어당기자 세아의 몸에 덮인 천이 느리게 흘러내린다.

"내가 완전히 윤세아한테 미칠 수 있게 해 줘서."

도현에게로 끌리듯 따라온다. 세아의 체온이 녹아든 이불을 소중하게 꼭 움켜쥔 도현이 그 위로 얼굴을 기대었다. 오히려 죄를 진 마음은 전보다 홀가분하다. 속죄하기 위해서라도 나는 더욱 너에게 달려들 테니.

"이제 누나와 내 위치가 바뀌었어."

침대에 올라가 너를 끌어안을 수 없는 난 새까맣게 탄 죄인이고, 넌 여전히 감미로운 나의 사랑이다. 도현이 느릿하게 세아가 담긴 눈을 감았다가 뜨니 조금 전보다 더욱 거세진 빗소리가 투박하게 창문을 두들긴다.

"좋다, 더 매달릴 수 있어서."

몇 번이고 죄를 짓고 또 지어서, 그렇게 영원히 네 옆에서 속죄하겠다. 그리 마음먹었지만 저릿해지는 가슴과 흐리게 웃음이 번진 입술이 고요하게 주변을 적셨다. 한 번 감았던 눈은 다시 올라오지 못한 채 조이듯 움켜잡은 이불로 눈물이 되어 젖어든다.

"……안 놔줘야지."

빗소리에 잠겨 네가 듣지 못할 소리.

세아가 깬 건 어둠이 내려앉은 밤이었다. 흠뻑 젖은 몰골로 일어나 휘청이는 걸음으로 어디론가 향했다. 깜빡이는 시간조차 아까워 퍽퍽해진 도현의 눈자위가 천천히 구른다. 새하얀 발이 화장실 문턱을 위태롭게 넘어섰다. 잠이 들어서도 감기에 시달려 정신없을 텐데 그 와중에 찝찝한지 씻으려는 모양이다.

저러다가 넘어지면 어쩔까 싶어 뒤늦게 도현이 일어섰다. 그와 동시에 화장실 문이 닫혔다. 문으로 가 고리를 잡아 돌리니 잠겨 있다.

"너…… 지금 뭐하는 거야."

도현은 문틈 사이로 놀란 세아를 보며 그제야 숨통이 트인 얼굴을 했다. 미세하게 짙어진 눈매가 힘 조절이 안 돼 떨어져 나간 문고리를 바라보았다.

"무슨 힘으로 혼자 씻겠다는 건데. 내가 해 줄게."

"나가."

"없는 사람 취급하려면 제대로 하든가."

애초에 세아가 방어처럼 굳게 닫은 문은 도현을 의식하지 않았더라면 없을 행위였다. 도현이 조심스럽게 한 발 다가섰다.

"나 있잖아. 도와줄게."

"필요 없으니까 나가라고."

그게 꼭 선을 긋는 거 같아 조바심 나면서도 애달았다. 저 예쁜 입술은 밀어내는데, 완벽히 배제하지 못한다. 나를 미워하지만은 않는구나. 계속 나가라는 말만 반복하지만 도망치지 않고 얌전히 붙어 있는 발을 보며 또 안도한다.

"감기 때문에 정신도 없으면서 치료도 싫다고 하고."

"호텔로 가라고 했지."

"내가 어딜 가?"

세아가 고양이처럼 털을 곤두세웠다. 또다, 저 눈빛.

"네가 여기 있는데."

새까만 어둠으로 가득 찬 눈동자. 십 년 동안 변해 버린 도현의 본모습은 매순간 세아의 팔에 소름을 자아낼 정도로 낯설었다. 그곳에서 두려움이 생겨나는 건 쉬운 일이다.

"나 잘못했잖아. 내가 오해했고."

하지만 흘러나온 말은 주인을 아는 듯 세아의 발밑을 기었다. 그 목소리에 동조해 쓸쓸히 번져 가는 공기는 도현의 편이었다.

"죽을 짓도 했잖아."

양면성을 가진 존재처럼 매서웠던 시선을 내리고 참회하는 순종적인 모습을 보였다. 그 모습에 익숙한 세아가 침대 위에서 살려 달라 울며 부탁했던 도현을 안아 준 건 당연한 거였다.

"인정해. 내가 생각해도 쓰레기 짓 했어. 너 아픈데……."

허락한 건 세아인데 그마저도 도현은 자신의 죄라 생각했다. 아픈 세아를 눕히고 관계했으니 충분히 그렇게 생각할 만도 했다. 하지만 도현이 그 관계로써 무엇을 확인하고 싶어 했는지 세아는 너무나도 잘 알았다. 멀어져 있던 시간을 좁히기 위해 어른이 된 너와 내가 관계했던 그날, 우리는 서로에 대해 모르는 것 하나 없기로 약속했고 약속대로 도현은 세아의 몸이라면 뭐든 알았다.

"용서까진 바라지도 않아."

도현의 손길에 화답하던 내가 진짜라고, 그렇게라도 마음껏 확인하라 애달은 소리를 흘려 대며 끌어안은 팔을 풀지 않았건만 도현은 고통을 참느라 인내하던 모습으로 기억하는 듯 보였다.

"나 계속 미워해도 상관없는데 그래도 이번만큼은 내 말대로 해. 씻겨 줄 테니까 싫어도 한 번만 참아."

눈도 마주치지 못해 바닥 타일 어딘가를 보고 있던 도현의 시선이 조심스레 올라왔다. 톡 하고 건드리면 울 것만 같은 충혈된 눈동자가 세아를 향해 있다.

"한 번이면 되잖아. 그것도 싫어?"

한 번이라는 숫자를 내세우면서 회유하려 드는 모습이 애처로워 세아는 피가 쏠렸다. 안아 주고 싶지만 지독히도 어두웠던 도현을 마주하게 될까 무섭기도 했다. 여전히 가슴속에 사랑은 건재한데 낯선 도현의 모습 또한 선명했다. 섬광이 튀던 눈동자로 뇌리 깊숙이 파고들어 소름 돋게 했던 음성.

"나가……. 혼자 할 수 있어."

자신을 지배했던 그림자가 쉽사리 잊히지 않아 세아는 고개를 돌린 채 옷을 벗었다. 한데도 나가지 않고 끈질긴 시선이 따라붙었다. 무시하며 욕조 안으로 들어가자 너무 오래 누워 있어선지 몸이 크게 한 번 휘청였다. 도현이 반사적으로 달려 나갔다.

"거 봐, 어지럽잖아."

"놔, 손대지 마!"

잡아먹히는 줄 알았던 그 순간이 잊히지 않는다.

자신이 쳐 낸 손 때문에 굳은 도현을 본 세아가 뒤늦게 입술을 깨물었다. 본인조차 이해되지 않았다. 불과 몇 시간 전만 해도 사랑하지 않았더라면 가능하지 않을 관계까지 가진 마당에 손 하나 닿았다고 적대심을 갖는 몸이 신기할 따름이다. 하지만 두려움은 원래 그런 익숙함 안에서 점차 비대해진다.

"……괜찮아. 정말 혼자 할 수 있어."

억지로 깔려 다시 끼워졌던 반지. 무슨 짓을 해도 절대 벗어나지 못할 거란 두려움을 다른 누구도 아닌 사랑하는 남자에게서 처음 맛본 세아는 작은 접촉에서도 거부감을 보였다. 도현과 이별을 생각해 본 적 없지만 아예 이별이라는 단어를 집어삼켜 버리는 남자였다.

"잠시 어지러웠어."

우리가 헤어지지 않을 수 있을까.

"조심할 테니까 나가."

헤어질 수나 있을까. 달라진 도현의 모습에 적응해야 하는데, 도현과 닿으면 그 부위엔 족쇄가 채워지는 기분이라 닿을 때마다 무섭다. 함께 나락으로 떨어지는 것만 같다. 그 마음을 알지 못하는 도현의 눈동자가 또다시 매서워진다.

"거절도 봐 가면서 해. 기억 안 나? 며칠 전에도 정신 잃어 사람 피 말리더니, 지금이 그때랑 다를 게 뭐야."

"그때나 지금이나 네가 신경 쓸 일 아니야."

"그럼 누가 널 신경 써."

"……."

"나 지금 윤세아 걱정하는 거야. 네 일에 참견하는 게 아니라."

세아가 힘없이 도현을 바라보았다.

"이건 비밀 아니잖아."

그때처럼 작전에 나간 세아를 추궁하는 것도 아니었다. 도현은 늘 질문하지 않는다. 왜 그런지 이유를 묻지 않고 세아라면 뭐든 다 받아들인다. 그런 편식 없는 태도가 진짜와 가짜를 구별해 내지 못하게 만든 걸까. 도현은 그렇게 학습됐다. 사랑이란 이름으로 원망도 삼키고, 분노도 삼키고, 릭시란 사실도 삼키며 자라 왔다. 대체 어디서부터 잘못된 걸까. 세아는 고개를 돌렸다.

"그냥 지금 가."

"말 좀 들어. 이러다가 너 쓰러지면 내가 죽는 거밖에 더 돼?"

"죽지도 못할 거면서 죽는다, 죽는다, 그런 말 좀 내 앞에서 하지 마."

혹여 버릇이라도 될까 세아는 냉정히 말했다. 도현이 주먹을 벽면으로 내리쳤다. '쨍그랑' 꺼림칙한 소리와 함께 세면대 위에 달려 있던 거울이 조각나며 바닥으로 쏟아졌다. 잘게 부서진 유리 조각이 으깨진 살점에 박혔는지 새빨간 피가 반짝였다.

"됐지?"

바로 떼도 모자랄 판에 그 위를 문지르는 주먹이 절망적이다.

"너 씻을 때까지 치료 안 해."

세아의 입술이 파르르 떨렸다.

"그러니 말 그만하고 씻어. 나도 더는 못 봐줘."

다리에 힘이 풀려 주저앉자 오히려 도현은 후련해진 표정을 지었다.

"그래, 차라리 그렇게 얌전히 앉아 있어. 씻겨 주기 편하겠네."

조각이 난무하는 세면대에 물을 틀어 한 번 손을 헹궈 낸 후 다가와 욕조에 기대어 앉는다. 상처, 상처는 괜찮은 거야? 세아의 눈동자가 연신 그리 물으며 흔들렸지만 차마 말하지 못해 으깨진 입술이 빨갛다. 샤워기를 잡고 물을 트는 도현 때문에 머리가 금세 젖어 들었다. 바닥으로 흐르는 물이 검붉다.

"……물 닿으면 따갑잖아."

한참 뒤에야 조심스럽게 흘러나온 한마디에 도현은 잠시 손끝을 떨었다. 대답은 하지 않고 묵묵히 샴푸를 짜내어 감겨 주자 또 한참 뒤에 한다는 소리가 '쓰리지 않아?' 바디워시를 몸에 문지르자 그제야 상처를 제대로 보고선 '많이 다쳤네'.

"피 계속 나."

"알아."

새하얀 몸에 달라붙은 거품 사이로 흘러나온 붉은 피가 열꽃을 피운다. 그게 또 보기 싫어 손에 뭐라도 묶고 할까 싶었지만 그사이 도망이라도 가면 어쩌나 싶어 도현은 세아에게서 멀어질 수가 없었다. 꼼꼼히 문질러 주었던 거품을 하나도 빠짐없이 헹궈 내고, 그 위로 자꾸만 덧대어지는 피가 마음에 들지 않아 또 깨끗이 지워 내고. 한참의 반복 끝에 들려오는 네 목소리.

"이제 그만해도 돼……."

애원하는 것처럼 그 말이 흘러나오고 나서야 샤워기의 숨이 멎었다.

바깥으로 나온 세아가 젖은 머리를 말릴 새도 없이 도현의 손을 잡아다가 침대에 앉혔다. 그리고 들고 온 구급상

자는 걱정하는 마음만큼이나 꽤 커다랬다.

오른손이 불편한 도현을 대신해 소독을 하고 핀셋으로 조각 하나하나 세심하게 빼내더니 마지막엔 붕대를 감아 주었다. 붕대를 능숙하게 감는 여자의 속사정에 대해 말하고자 한다면 할 말은 많지만 도현은 입술을 굳게 다물고선 붕대를 감을 때마다 스치는 세아의 온기에 집중했다.

한평생을 추운 곳에서 살다 온 사람도 아닌데 처음 봄날을 마주한 것처럼 시린 곳을 빼곡히 채우는 따스함이 신기하기만 하다. 영원히 눌러앉고 싶을 정도의 온기다.

"이제 가."

하지만 그런 마음만 먹었다 하면 또다시 찾아오는 얼음 같은 계절이다. 한순간에 덮쳐 온 냉기로 인해 서늘한 얼굴이 된 도현은 지친 듯한 목소리로 말했다.

"그 소리 좀 그만해. 지겹지도 않아?"

"너 보는 게 더 힘들어."

솔직하게 말을 한 세아를 바라보는 도현의 눈동자가 서리로 뿌예진다. 이제 도현의 마음속엔 봄과 겨울만 존재하는 것만 같았다.

"널 위해서 하는 말이야. 그냥 가."

"이상한 소리 하지 마. 그게 왜 날 위한 거야."

도현이 애타는 목소리로 말했다.

"뭐가 힘들어. 십 년 전 그거 네가 한 짓 아니잖아. 넌 아무런 죄 없어. 널 몰라본 내가 죽일 놈이야, 미안해."

"……."

"너 아니었잖아. 오해도 풀렸는데 대체 뭐가 문제야."

"……그래도 넌 내가 한 짓이라고 생각하며 십 년을 지냈잖아."

"그게 뭐? 십 년 별거 아니야. 오히려 그 시간 없었으면 나 너 이렇게 사랑 못 했어. 알아?"

그 혹독한 상황 속에서도 날 사랑하려 네가 변했어야만 했던 걸까. 세아는 또 한 번 눈앞이 흐릿해졌다.

"그동안 넌 한시라도 내 머리에서 떠난 적이 없어서 이제 난 네가 아니면 안 되는데. 그런데도 헤어져?"

내가 감히 도달할 수조차 없는 집착, 깊고도 먼 밑바닥.

"말이 되는 소릴 좀 해, 윤세아. 알아듣기라도 하게."

너는 그곳에서 나를 갉아먹으며 살아왔다. 내가 없으면 살지도 못하게. 사납게 말한 도현이 세아의 어깨를 잡아 제 품 안으로 가두자, 밀어낼 줄 알았던 몸이 이상하게 얌전하다. 코끝에 스미고 들어오는 달콤한 체향을 들이마시며 도현은 제 몸을 더 붙였다.

"내가 잘못했다고 하잖아, 너 착각해서. 잘못했다고. 그러니까 옆에서 더 노력할게."

"……."

"함부로 너 안은 것도 미안해. 앞으론 안 그렇게. 그런 식으로 확인 안 할게."

그 순간 무언가 생각났는지 흠칫 어깨를 떤 세아가 도현
을 황급히 밀어냈다. 또다시 도현의 얼굴이 서늘하게 식었
다. 변덕을 부리는 세아를 볼 때마다 계절은 몇 번이고 얇
은 종이처럼 앞뒤를 바꾼다.

"알았으니까 일단은 가."

"……."

"이유 묻지 말고 그냥 좀 가라고."

가란 소리를 지금까지 세었더라면 아마 이 방을 가득 채
우고도 남았을 거다. 그럼에도 가지 않는 도현을 보면 포
기할 법도 한데, 세아는 계속 로봇처럼 그 말만 반복했다.
붕대가 감긴 오른손을 꼭 잡아 주더니 쓰다듬어도 기쁠 도
현에게 아예 미치라고 여린 손으로 주물거린다.

"제발 좀 가."

도현의 눈빛이 어둑해졌다. 지친 듯한 음성으로 말하지
만 안타깝게도 내겐 놓아줄 마음 같은 건 없어.

"피곤하지."

그 말에 붉어진 눈가가 도현을 바라보았다. 뭐가 그리도
속상하고 억울해서 눈까지 발갛게 데웠을까.

"열이 너를 괴롭게 했어?"

도현은 달래듯이 세아의 머리카락을 넘겨주며 작게 속삭
였다.

"그게 나는 아니지."

세아는 아무런 말이 없다. 입술을 꼬옥 깨물면서 여전히 도현의 다친 붕대에서 손을 떼지 못했다. 그러고 보면 무슨 장난인지, 도현의 화상 자국이 남아 있는 부위와 같은 팔이다. 도현의 눈 밑이 부드럽게 올라갔다.

"다치지 말까?"

도현이 조심스럽게 묻자 세아가 꾹 입술을 깨물었다. 열매가 톡 하고 터질까 얼른 말했다.

"알았어. 시키는 대로 할게. 이것도 내가 잘못했어."

"……."

"앞으론 안 할게. 죽는단 소리도 안 해. 시키는 일만 할게."

아무런 말이 없다. 입술을 괴롭히는 힘은 풀지 않으면서 여전히 도현의 다친 붕대에서 손을 떼지 못했다. 걱정하면서도 얼굴을 가져다 대면 놀라고, 손만 들었다 하면 어깨를 떤다. 세아가 잡고 있는 건 되는데 도현이 뭘 하려면 세아는 병든 사람처럼 흠칫흠칫 했다. 한동안 침묵을 유지하던 도현의 입술 끝이 희미하게 올라갔다.

"눈이라도 붙일래?"

그래서 알았다. 넌 지금 내가 무섭구나.

"보기 싫으면 갈게."

더 이상 앉아 있을 수 없어 일어났다. 발은 움직이는 데 한참이다.

　도현이 떠난 자리엔 전처럼 웅덩이는 없었지만 세아의 마음은 젖어 들어간다. 눈에 보이지 않으면 편해질까 생각했지만 간사하게도 막상 사라지니 시원해지긴커녕 속이 꽉 막힌다.

　머리가 복잡했다. 화도 났다. 사랑하는 마음은 변함없는데 도현의 달라진 모습을 견디지 못하는 마음을 종잡을 수가 없다. 내면을 보지 못했다고 도현을 원망했던 세아가 지금은 반대로 그의 짙은 내면을 보고 도망치고 있었다. 아래로 기운 속눈썹이 파르르 떨린다. 너는 내가 모르는 곳에서 왔고, 달라졌다. 그사이 한 번도 보지도 만나지도 못했던 나로 인해……. 세아는 눈을 질끈 감았다.

　"……."

　아까 보니 눈이 발갛던데, 대체 얼마나 운 걸까. 세아가 잠든 사이, 그 시간을 도현 혼자 어떻게 보냈을지 가늠이 되질 않았다. 내 모습을 한 자가 자신을 신고한 것까지 똑똑히 지켜본 그 뒤의 시간은 어떻게 보냈을까.

　"하아……."

　세아는 가슴이 짓눌려 숨 쉬기 어려웠다. 하루 종일 네 생각만 하는 것만으로도 힘든데 너는 십 년이다. 십 년을 내가 배신했다고 생각하며 살아왔다. 그러고 보면 어려서부터 세아가 옆에서 떠들면 도현은 늘 묵묵히 들어주는 편이었다. 미소 지은 채 지켜보는 모습이 가끔 얄미워 왜 아무 말 않느냐고 물으면 얘기를 잘 들어주는 남자가 좋다고 하지 않았냐고 했다. 세아조차 기억나지 않던 말이었다. 아버지와 어머니가 소통의 문제로 싸우는 걸 자주 목격한 세아가 무의식적으로 얘기했을 수도 있다. 그때부터였을까, 도현이 그저 빤히 세아만 바라보며 목소리에 귀 기울인 게.

"……으윽."

그래서 신고하는 내 목소리에만 집중했던 거니. 세아는 눈물로 흐려진 얼굴을 베개에 파묻었다. 대체 어디서부터 잘못된 건지 알 수 없었다. 도현은 오해했지만 결국 돌아왔다. 제 스스로가 망가졌다고 표현할 정도니 그 시간이 얼마나 괴로웠을지 세아는 어렴풋이 짐작할 수 있었다. 어떻게 멀쩡해. 반대의 입장에서 생각하니 세아는 십 년이란 시간에 압사당하는 것만 같았다. 그냥 잊지, 왜 날 찾아왔어. 원망하지 왜 또 삼켰어. 가시는 뱉어야지, 그렇게 삼키면 다치는 건 너잖아…….

도현은 세아가 아닌 것에 무관심하다. 세아만 있다. 제로였던 남자가 벡터에게 구타당할 때도 건조하게 바라보던 도현에겐 연민과 동정은 없었다. 이미 그의 세계는 세아를 중심으로 움직이고 돌아갔다. 행동 하나, 움직이는 것 하나까지 주체는 세아다. 도현에게 신은 세아였다. 정말 내가 전부였어. 세아는 이불을 얼굴 위까지 뒤집어썼다. 꿈이라면 깨길 바라는 마음으로.

일어났을 때, 방 안은 여전히 어두웠다. 몽롱한 눈으로 주변을 둘러보니 익숙한 적막이 세아를 반겼다. 목이 말랐다. 억지로 이불을 밀어내며 일어난 세아가 주방으로 향했다. 세아는 냉장고에서 물을 꺼내 입을 축였다. 느릿하게 흘러간 시선에 무언가가 밟혔다.

"……저게 뭐지."

식탁 위로 못 보던 것들이 있었다. 뒤늦게 주방에 불을 켠 세아는 아찔하게 쏟아지는 빛에 인상을 찡그렸다가 이내 말을 잃었다.

"……."

종이 백에 적힌 상호명은 안을 보지 않아도 죽이라는 걸 알 수 있었다. 그 옆에 봉투가 하나 더 있었다. 세아가 그를 들춰 보자 안에는 온갖 감기약들이 수북했다. 치료 벡터도 싫다고 하고, 어디가 어떻게 아픈지 제대로 알지도 못하니 닥치는 대로 전부 사 온 듯 보였다. 비타민 음료와 영양제 또한 걱정하는 마음만큼 사 왔다. 세아는 뒤적이다 그만 손을 꼭 움켜쥐었다.

"……오면 깨우라니까."

바닥으로 주저앉은 세아는 차오르는 눈물을 삼키지 못한
채 두 팔로 가두었다. 여전히 밖에는 비가 쏟아지고 있었
다. 지독한 열병이었다.

"매니저님, 괜찮으세요?"

"콜록, 콜록. 어, 응."

"사장님께 사정 말하시고 오늘도 그냥 쉬시지."

직원이 걱정스런 말투로 물었다. 세아는 애써 입가를 손
으로 가렸다.

"휴가도 길게 쉬었는데 어떻게 그래. 괜찮아."

"약은 드셨어요?"

"응."

먹을 수 있을 리 없었다. 약에 손만 대었다 하면 눈물부
터 나와 세아는 도현이 사다 둔 약조차 먹지 않은 채 침대
에 누워 병열과 씨름했다.

"비 정말 많이 오네요. 요즘 그렇게 건조하지도 않았는데."

기상청에서 일하는 벡터를 원망하는 목소리였다. 비가
많이 오는 날은 손님이 극히 적으니 사장의 눈치를 보게

되는 건 당연한 일이다. 아침 시간임에도 불구하고 평소보다 한가했다.

"어제도 이랬다니까요. 근데 매니저님 보니까 손님 없는 게 다행이다."

"걱정해 줘서 콜록, 고마워."

"아니에요."

싱긋 웃는 직원의 얼굴이 순간 놀랍게 번진다.

"어, 매니저님."

직원이 보고 있는 곳에는 이제 막 검은 우산을 접는 남자가 있었다. 우산을 한쪽으로 세워 두는 팔이 느릿했다. 아무런 힘도 없는 사람처럼 천천히 발밑으로 물웅덩이를 남기며 카운터로 다가와 선다.

"약은."

도현의 얼굴을 본 세아는 입술을 꼭 깨물었다.

"먹었어?"

'콜록' 그사이에 눈치 없이 기침이 튀어나왔다. 세아가 황급히 고개를 숙이자 귓가에 한숨 소리가 들려왔다.

"여기 사장 어디 있어."

"무슨 일이시죠?"

세아가 냉큼 고개 들며 말했다. 존댓말에 도현의 표정이 서늘해졌다.

"제가 매니저예요. 저한테 말씀하세요."

"웬 존댓말."

"……."

"……그래요, 매니저님. 직원이 아픈 거 같아서 그런데 쉬었으면 해서요. 따로 말하고 싶은……."

"그건 손님이 걱정할 일이 아닌 거 같은데요."

"손님?"

도현이 허한 웃음을 지었다.

"지금 손님이 참견하는 걸로 보입니까?"

말투가 조금 매서웠다. 세아는 대답 대신 입을 다물었다. 옆에 선 직원이 눈동자를 굴리며 눈치보는 게 느껴졌다.

"주문하실 거 아니면 비켜 주세요."

"사람도 없는데 핑계 한번."

"……."

"잔인하네."

왜 하필 사람도 없어선. 카페 내엔 도현이 전부였다. 세아는 머리가 뜨거워지는 걸 느꼈다. 간신히 이를 악물고 버티고 있자 도현이 사납게 물었다.

"약 먹었냐고. 놓고 간 거 못 봤어?"

"……."

"……죽도 안 먹었겠네."

도현의 얼굴 위로 약간의 짜증이 서렸다.

"저기요, 매니저님."

"……네."

도현은 허탈하게 웃었다. 반말로 물으니 무시하고 손님처럼 말하니 대답한다. 이쯤 되면 도현에게도 답은 나왔다.

"여기서 만드는 데 제일 오래 걸리는 게 뭐예요?"

"카푸치노요."

"그럼 그거."

도현이 뒷주머니에서 지갑을 꺼냈다.

"영업 마칠 때까지 만들어 줘요."

"네?"

내민 카드를 세아가 벙한 표정으로 바라보자 도현이 옆 직원에게 시선을 돌렸다.

"대신 받아요. 잡을 힘도 없는 거 같으니까."

"아, 네. 겨, 결제를 어떻게……."

"가지고 있다가 마지막에 한꺼번에 계산해 주세요."

그냥 한 소리가 아니었나. 반신반의하던 직원의 얼굴이 진지한 도현을 보니 놀라움으로 번졌다. 세아는 이마를 짚었다.

"무슨 말도 안 되는 소리예요?"

"여긴 손님이 주문해도 이런 식으로 대합니까?"

"……."

"주문해도 뭐라고 하는 가게 처음 보는데, 이거야말로 사장 불러도 되는 일 아닌가?"

매니저란 직급은 사장 대신 가게를 관리하는 거였다. 한데 주문 거절이라니, 말도 안 될 일이다.

"사장 불러와. 쉽잖아."

세아는 결국 등을 돌렸다. 커피를 만드는 도중에도 도현의 뜨거운 시선이 느껴져 열이 더 오르는 듯했다. 커피를 내밀자 도현이 옆으로 고갯짓했다.

"아무 데나 둬요, 어차피 안 마실 거니까."

"그럼 왜 주문하신 거예요?"

"손님한테 그렇게 말해도 돼요?"

할 말이 없다. 세아가 또 한 번 기침하자 도현이 낮게 말했다.

"지금이라도 약 먹고 쉰다고 하면 여기까지 할게."

"……"

"아님 치료 벡터 여기로 부를 테니까 받고."

세아는 묵묵히 잔을 내려놓고 반복적인 행위를 이어 나갔다. 답이 되었으리라 생각한다. 도현도 더는 묻지 않았다. 아이스 음료로 하자니 얼음이 녹으면 맛이 변할 거라 미지근한 온도로 만들었다. 프렌치 프레스에 우유를 넣고 피스톤질 하는 과정이 까다로웠다. 뽀얗게 올라온 거품을 보니 시야가 뭉그러진다.

"손 안 데게 조심하고."

뒤에서 들려오는 목소리 때문에 세아는 더욱 어지러운

느낌이었다.

"천천히 만들라니까."

제게만 집중하고 있는지, 세아가 움직일 때마다 말한다.

"아무도 뭐라고 안 해."

걱정으로 물든 음성에 세아의 손끝이 무뎌진다. 결국 만들기만 하던 세아가 몸을 돌렸다. 어느덧 픽업대엔 열 잔이 넘은 잔들이 줄지어 서 있었다.

"쉬면서 해."

"신경 끄세요."

세아가 거기에 하나 더 추가하며 냉정히 말하자 도현이 주머니 안으로 손을 밀어 넣었다.

"그럴 거면 여기 서 있지도 않지."

"……."

"손님하고만 대화해 주잖아요, 아니에요?"

그래서 이렇게 무모한 짓을 하는 걸까. 스물다섯의 하도현이라면 가능하다.

"할 일 해요. 가끔 내가 하는 말에 대답해 주면 좋고."

아무리 거부해도 도현은 끈질기게 어떤 구실이라도 만들어서 세아를 옆에 둘 위인이었다. 그렇게나 집착하는 대상을 남겨 두고 어제 돌아간 도현이 새삼 대단하게만 느껴졌다. 세아의 시선이 도현의 손으로 향했다. 여전히 감겨 있는 붕대. 눈이 화끈거린다. 무자비한 도현의 성정이야 이

제 모두 간파했다.

카페를 찾는 손님들은 전부 하나같이 미지근한 카푸치노를 마셨다. 주문하러 다가오면 도현이 먼저 제안을 하는 식이었다. 남은 커피가 많으니 그냥 가져가서 마시라고. 제로가 베푸는 친절을 좋게 받아들일 리 없는 자들이지만 번듯한 외모는 쉽게 마음을 동하게 했다. 그렇게 선의를 베풀면서 끝까지 지키고 서 있는 곳이 카운터 앞이었다.

"매니저님, 식사하고 오세요."

"아, 응."

누가 이기느냐 한번 해 보자는 심정으로 몰두하다 보니 어느새 점심시간이었다. 앞치마를 푼 세아는 커다란 형체가 앞에 없자 직원에게 물었다.

"도현…… 아니, 여기 있던 남자 어디 갔어?"

"아까 조용히 나가던데요? 카드 저한테 있는데."

부탁한 건 영업을 마칠 때까지라, 직원이 난처한 듯 눈동자를 굴려 댔다. 세아는 우선 만들고 있으란 말을 하고선 테이블에 앉았다. 딱히 입맛이 없었다. 허기에는 이미 무감각해졌다. 어제부터 물만 마셔 댄 터라 비 내리는 바깥 풍경을 보니 동질감이 느껴졌지만 나가서 친하게 인사하고 싶은 마음은 없었다. 들어가서 잠시 눈이나 붙일까, 세아가 일어서려고 하자 '딸랑' 종소리와 함께 문이 열렸다. 비에 젖은 앞머리를 툭툭 털며 걸어온 도현이 세아의 앞으로

왔다. 테이블로 익숙한 형체가 올려진다.

"점심시간이지."

종이백에서 나온 건 죽이었다. 세아가 묵묵히 바라보자 도현이 숟가락을 세아의 앞으로 놓아주었다.

"손님, 죄송하지만 여기서 식사 안 되는데요."

"그럼 사장 불러와요."

"……."

"매상 이렇게 올려 주는데 안 되는 게 어디 있어."

도현은 같잖다는 식으로 말했다. 이 가게가 제 것인데, 대체 뭐가 안 될까. 그 사실을 한숨으로 숨기며 도현이 세아의 맞은편 의자를 빼 앉았다.

"먹어."

하나의 숟가락과 하나의 죽. 딱 일 인분이었다. 세아는 고개를 들었다. 도현의 얼굴을 보니 제때 식사를 챙겨 먹은 것 같지 않았다.

"먹으면 갈게."

물끄러미 바라보는 게 답답했는지 도현이 조건을 내걸었다. 세아는 제 마음이 어떤지 분간할 수 없었다. 눈 밑이 거뭇한 도현이 걱정되면서도 한편으론 마주 보고 있는 게 힘들었다.

"……."

손가락을 움켜쥔 세아가 조심스럽게 묽은 죽을 떴다. 입맛이 없었지만 여기서 도현이 돈을 쓰며 서 있는 게 더 신경 쓰였다. 의무적으로 식사를 이어 나가는 세아를 빤히 바라보던 도현이 그제야 웃었다.

"먹는 것만 봐도 배가 부르네."

역시나 한 끼도 먹지 않았구나. 세아가 숟가락을 내려놓은 채 자리에서 일어났다. 카운터로 가 숟가락을 하나 더 가져온 세아가 이번에는 도현의 앞으로 놓아주었다.

"너도 먹어."

"……."

도현은 그걸 빤히 내려다보았다. 플라스틱 따위로 만들어진 것이 심장을 저릿하게 했다. 계속 사랑을 갈구해도 눈길조차 주지 않던 고양이가 한 발 다가와 저를 툭 건드리고 지나간 것만 같았다. 마치 난 여전히 네가 좋다는 표시처럼. 도현은 기계처럼 죽을 비우기 위해 움직이는 입가 옆으로 묻은 하얀 자국을 문질렀다. 엄지로 쓸자 말끔히 닦인다. 도현은 그걸 제 입으로 가져와 훑었다.

"이거면 돼."

그래서 답해 줬다. 계속 사랑하겠노라고.

세아의 어깨가 흠칫 떨렸다. 고개를 아래로 숙인 건 지금처럼 손이 닿는 걸 막기 위한 방어벽이었지만 도현은 그마저도 이젠 익숙해진 듯싶다.

약속대로 세아가 식사를 마치자 도현은 자리를 떴다. 지금까지 만든 커피 값만 해도 꽤 나갔다. 깔끔히 금액을 지불하고 걸어 나가는 도현의 뒷모습을 세아는 차마 바라보지 못했다. 사라지면 맘이 편할 줄 알았지만 그것도 아니었다. 아까 입술에 닿았던 손길이 떠올라 세아는 시선을 내렸다. 만지자마자 반응한 제 몸은 아직도 도현을 무서워하고 있었다. 근데 눈에서 보이지 않으면 불안하다. 열 때문인지 머리와 심장이 제멋대로였다.

"저 매니저님."

"응?"

"아까 기침하시기에 오는 길에 사 왔어요. 드세요."

"아니, 괜찮은데."

"저한테까지 옮기실 건 아니죠? 여름 감기 골치 아파요."

교대로 점심을 먹고 온 직원이 내민 건 약이었다. 고집스러운 세아를 잘 알기에 자기에게 옮기면 곤란하단 투정도 함께 덧붙였다. 세아는 어쩔 줄 몰라 하는 얼굴로 재빨리 약을 받아 들었다.

"미안, 얼마야? 내가 돈 줄게."

"아니에요. 어서 드세요."

"응."

세아가 약을 입안으로 털어 넣었다. 그 모습을 본 직원은 안도의 숨을 내쉬었다. 자신이 산 것이 아니기에 돈을 받는 건 말이 안 됐다.

―저기요.

점심을 먹고 돌아오는 길에 가게에서 보았던 남자를 만났다. 카페에 있지 않고 나와서 우산을 쓰고 있는 모습이 이상했는데, 내민 건 감기약이었다.

―제가 줬다는 말 하지 말고.

누구에게 전해 주란 말을 하지 않아도 충분히 유추할 수 있었다.

―여기 있단 얘기도 하지 말고요.

이곳에 서서 계속 기다릴 거란 것도.

직원은 비가 쏟아지는 창밖을 응시했다. 들어와 있지, 비 많이 오는데.

정말 지독하게도 많이 온다. 마감을 한 뒤 밖으로 나간 세아는 암흑 속에서 추락하는 빗줄기가 골치 아팠다. 택시를 탈까 싶었지만 어차피 큰 길까진 나가야 했다. 하는 수 없이 우산을 펼치고 빗물이 잔뜩 고인 아스팔트 위를 걸었다.

제아무리 열에 시달린다고는 하나 훈련으로 단련된 경계는 건재했다. 아까부터 누군가가 세아의 뒤를 따라오고 있었다. 사람이 많았던 카페 근처와 달리 빌라 주위엔 인적이 극히 드물었기에 세아의 직감은 이제 확신이 되었다. 젊은 여자 제로를 표적으로 한 벡터들이 저지르는 짓은 뻔했다. 집에 들어가기 전에 처리해야겠다고 생각한 세아가 걸음을 멈추었다. 뒤에서 똑같이 멈추는 발.

"좋은 말 할 때 그냥 가라."

"……."

"비오는 날이라서 노린 거 다 알아. 목격자도 별로 없고 여긴 제로들만 모여 사는 곳이라 CCTV가 없거든. 내 걸음걸이가 힘없어 보여서 쉽게 어떻게 해 볼 수 있을 거라고 생각한 건 네 착각이고."

"……."

"나 몸 돌리면 네 급소부터 차 버릴 거니까 그렇게 알아."

"……."

"……."

"……아파도 말은 잘하네."

우산대를 잡은 세아의 손이 움찔했다.

"이렇게 잘 덤비는데 괜히 따라왔나."

천천히 고개를 돌리자 도현이 서 있었다. 도현의 손목이 살짝 구부러지며 뚝뚝 빗물이 떨어지는 우산을 들어 올렸다. 시야에 들어온 눈썹이 구겨진다.

"네 남자 기척은 좀 알아 봐라."

세아는 한순간에 긴장의 끈이 풀리는 걸 느꼈다. 왜 따라왔냐는 질문조차 나오지 않았다. 옷 곳곳이 젖은 도현은 꽤 긴 시간을 밖에서 보낸 것만 같았다. 세아는 반쯤 벌어진 입을 굳게 다물며 걸음을 옮겼다. 빨랐던 조금 전과 달리 느리게 걸었다.

현관문 앞에 선 채 도현을 기다렸다가 비밀번호를 누르는 건 안으로 들어와도 좋다는 암묵적 표시다. 도현은 세아의 의사소통 방식에 적응을 마친 상태였다.

"씻어. 다 젖었잖아."

"너도 같이 해?"

"……."

하지만 이 분위기는 도무지 적응되지 않는다. 도현의 어깨를 짓누르는 것 따윈 지금껏 없었는데, 세아의 시선 한 번이 심장을 땅 밑으로 꺼지게 만든다.

"아니면 필요 없어."

무심히 고개를 돌리는 모습에도 세아는 말이 없다. 그저 화장실로 들어갔고 문은 역시나 닫는다. 문은 도현이 어제 박살 내 잠가지지도 않는데 벽을 세운다. 샤워기 소리가 들려왔다. 도현의 얼굴이 천천히 주방 쪽 창문으로 향했다. 차라리 비라도 흠뻑 맞을까. 젖으면 네가 수건으로 말려 주기라도 할까.

화장실 앞에 주저앉아 세아를 기다렸다. 문이 발칵 열리고 바깥과 별반 다를 바 없는 습도가 밀려나온다. 도현은 매끈한 다리를 보고선 천천히 고개를 들어 올렸다. 더운 걸 싫어하는 도현이지만 에어컨도 없는 세아의 집에는 불만이 없다.

"기다렸어."

네가 있으니 불볕 같은 더위도 견딜 만하다.

"샤워하다가 쓰러질까 봐."

어제와 다른 모습이었다. 확인하고 싶은 눈을 억지로 꾹 감으며 밀면 그만일 문과 씨름했다. 세아가 벽이라 했으니 도현은 다가가면 안 된다.

"너 손은. 치료 안 했어?"

"네가 감아 준 걸 어떻게 풀어."

"어리석게 굴지 마. 능력 좋은 벡터들 많잖아."

"원래 나 멍청해. 네가 해 준 거라면 십 년은 하고 있을 수 있어."

"……."

십 년. 세아는 지끈거리는 눈을 감았다.

"……어떻게 하고 싶니?"

"뭘."

"너와 내 관계."

도현은 피식 웃었다. 대꾸할 가치가 없는 말이다.

"이런 대화하려고 들어오라고 했어?"

"대답이나 해."

"나 너 없으면 안 된단 말을 몇 번을 해야 이해할까. 잘 못했다고. 앞으로 평생 네 옆에서 속죄하며 살게. 시키지 않아도 그렇게 할 거야."

"난."

"……."

"내가 싫다면?"

"……이런 대화는 별로 안 하고 싶은데."

"해. 난 하고 싶으니까."

"네 마음도 그렇대?"

"뭐?"

"지금 머리랑 몸이 따로 놀지?"

세아는 인상을 찌푸렸다. 도현은 그런 세아를 뚫어지게 보았다.

"넌 신기한 게 가끔 마음에도 없는 말로 나를 가르치려 들어. 난 적어도 너처럼 머리랑 몸이 따로 놀지 않아. 윤세아를 앞에 두고 어떻게 그게 가능하지?"

"……."

"보고 싶으면 보면 돼. 지금 너와 나처럼."

세아가 냉정히 말했다.

"지금 우리가 보고 싶어서 이러고 있다고?"

"아니, 말실수했네."

머리를 한 번 뒤적인 도현이 자리에서 일어섰다.

"사랑해서 이러고 있는 거지."

내려다보던 세아의 얼굴이 반대로 위로 향했다.

"왜 화난지 알겠는데 내가 널 얼마나 사랑하는지 확인하고 싶으면 차라리 솔직하게 그러고 싶다고 해. 원하는 대로 보여 주고 맞춰 주고 할 테니까. 근데 이건 아니지. 내가 싫어? 싫다는 여자가 집에 남자를 들여? 그것도 어제 여기서 몸까지 섞은 사람을?"

"……."

"세상 물정 모르는 여자애도 그런 짓은 안 해. 네 몸짓 하나하나가 다 말해 주고 있어. 들어오라고, 다가오라고, 가지 말라고. 그래서 나 들어왔고 다가왔고 지금 여기 서 있잖아."

세아가 가느다란 숨을 토하자 도현의 눈빛이 진해졌다.

"네 머릿속이 어떤지는 몰라도 몸은 알아. 네 행동이 뭘 원하는지 알고."

한 걸음 다가온다.

"그건 내가 제일 잘 맞춰."

세아가 뒷걸음치자 거대한 몸집이 선을 지키며 멈춰 섰다. 어제 이후로 새롭게 학습된 행동이다.

"헤어지잔 마음에도 없는 말하지 말고 못 알아본 내가 밉고 원망스러운 거면 차라리 울라고 해."

도현이 낮게 속삭였다.

"말만 해. 평생 빗물처럼 살 테니까."

나지막하게 말한 그 목소리가 거짓처럼 들리지 않아 세아는 뒤로 두 걸음 더 물러섰다. 어느덧 발밑으로 물기에 젖은 타일이 느껴졌다. 화장실 안쪽으로 들어간 세아를 도현이 빤히 본다. 둘의 시선이 허공에서 섞였다. 세아가 진땀이 밴 손을 꼭 움켜쥐자 그에 반응한 도현이 먼저 돌아섰다.

"갈게. 문단속 잘하고."

도현이 사라졌음에도 세아의 몸이 덜덜 떨리는 건, 제 모든 걸 간파당한 느낌에서 오는 두려움이었다. 머리를 크게 얻어맞은 듯한 기분이었다. 내가 몸과 마음이 따로 분리돼 있다고? 세아는 혼란스러웠다. 변해 버린 도현이 무섭다. 손만 닿아도 반응하는 거부감이다. 한데 눈에 보이지 않으면 또 불안했다. 헤어지고 싶은 걸까? 의문하면 '우리가 헤어질 수나 있을까' 하는 생각이 곧바로 치고 올라온다.

"……."

세아는 화장실 턱 앞에 웅크리고 앉았다. 한동안 생각에 잠겨 있다 정신을 차리고 보니 현관문에 반듯하게 세워진 검은 우산이 보였다.

"우산도 안 가져가고……."

순간이동으로 돌아갔을 거란 생각은 애초에 현관문을 열

고 나간 도현을 떠올리면 우스워진다. 세아는 자리에서 일어나 주방 쪽 작은 창문으로 향했다. 빌라 앞 골목이 바로 보이는 자리라, 도현의 모습이라도 찾을 수 있을까 해서였다. 다가서니 더는 비 내리는 소리가 들리지 않는다. 계속 내렸으니 이젠 그만 멈출 법도 했지만 창문을 여니 숨통이 꽉 막혔다.

"……."

비는 여전히 내리고 있었다. 다만 아래로 추락하지 않을 뿐. 누가 붙잡아 둔 것인지 무수히 많은 작은 물방울들이 허공에 멈춰 있었다. 바닥으로 떨어지지 못해 마치 정지된 화면 같기도 했다. 가느다란 숨결을 토해 내자 세아의 바로 앞에 멈춰 있던 물방울이 파르르 진동한다.

"……."

그리고 그 너머엔 하도현, 네가 있다. 조종하듯 무수히 많은 물방울을 가둬 놓은 채 소리조차 지우고 공기마저 지배하려 드는 도현의 모습에 세아는 또 한 번 어깨를 떨었다. 그럼에도 자신에게 줄곧 향해 있는 익숙한 눈동자에 긴장이 풀린다. 가로등 불빛조차 희미하게 만드는 안개 때문에 평소보다 어두운 밤이었지만 그 안에서 선명한 건 네 얼굴 하나.

줄곧 2층 창문을 바라보고 있었는지 비스듬히 들어 올린 얼굴엔 미동이 없다. 제 주인의 뜻을 따라 멈춘 빗방울들도 그래서 움직이지 않는다.

"윤세아."

말하니 진동하고.

"나 아까도 너 이렇게 기다렸어."

속삭이니 흔들린다. 세아의 눈동자가 빠르게 굴렀다. 원래 아래로 떨어져야 할 물방울들이 허공에 위태롭게 멈춰 있어, 언제 쏟아져도 이상하지 않을 일이다.

"이대로 나 젖을까."

그 한가운데엔 네가 있다.

"말까."

고요히 말하는 목소리가 무섭다. 지금 이 풍경은 도현이 릭시라는 걸 명확하게 드러내는 행동이었다. 염력으로 이만큼의 범위에 능력을 구사하는 넌 이제 나와 다른 존재였고 그저 먼발치에서 내려다보는 일밖에 하지 못하는 나는 제로이다. 그럼에도 십 년을 넘어 결국 끝끝내 나에게로 도달한 너.

"결정해."

달라진 모습으로 찾아온 너.

"네 말만 듣는다고 했잖아."

이런 날 받아들이지 못하면 거부하라고 기회를 주는 거였다. 그럴수록 세아는 도현의 거칠었던 눈동자를 본 순간처럼 겁이 날 뿐이다. 무섭다, 싫다, 두렵다. 세아가 저도 모르게 뒷걸음쳤지만 희미하게 번지는 입가의 웃음은 여전히 세아에게로 향해 있다.

"말하지 않는다면 내가 먼저 할까. 난 너와 달리 머리 못 굴려."

올려다보느라 긴 눈초리가 가늘어진다.

"네 앞에서 어떻게 그래. 몸이 먼저 나가는데. 정신 차려 보면 이미 끝난 후야."

잠시 머뭇거리다 살짝 벌어진 입술.

"근데 넌 왜 안 그래?"

나지막한 목소리로 전하는 바람.

"너 한 번이라도 내게 달려온 적 있어?"

사라질 듯 흐려지는 너의 미소. 놓칠까 무섭다, 이 어둠이 너를 삼킬까 두렵다, 하지만 여전히 싫다.

"……."

그래서 달렸다. 현관문으로 무작정 달려 나갔다. 신발을 신어야 한다는 단조로운 생각조차 하지 못하고 현관문을 열고 계단을 밟았다. 열여섯 살, 도현을 구하러 올라갔던 것과 반대로 뛰어 내려갔다. 어둑한 연기가 아닌 자욱한 안개 속에 갇힌 너.

너는 낯설다, 무섭다, 싫다.

"도현아!"

그럼에도 사랑이다.

"하도현."

어두운 새벽 한가운데 놓인 넌, 내가 안아야 할 하도현이다. 세아는 왈칵 터지는 울음을 참지 못하고 도현을 끌어안은 채 울었다. 변한 건 없어. 너는 여전히 나의 사랑이고 내가 감싸야 할 하도현이다. 뒤뚱뒤뚱 작은 보폭으로 '누나, 누나' 부르며 늘 내 뒤를 쫓던 하도현……. 뒤돌아보면 그게 태양인 줄 알고 눈부셔 방긋 웃던 나의 사랑.

"윽…… 도현아…….."

내가 안지 못하면 누가 널 안아 줄까. 이처럼 차가운 풍경에 버려져 있는 널 어떻게 내가 그냥 내버려 둘까. 달려오는 내내 휘청였던 새하얀 발바닥이 금세 물기에 젖어 거뭇해진다. 허공에 멈춰 있던 빗방울도 달려오면서 몇 개나 맞은 건지 기억조차 나질 않는다.

"들어가. 들어가자……. 젖지 마. 비, 아직 떨어지게 하지 마."

"……."

지금 이 순간 세아를 두렵게 했던 감각들은 고요해진다. 시간에 변해 버린 너도 하도현이니.

"빨리 들어가……."

안아 주는 것도 내가 해야 할 일이다. 그리 생각하니 어둠에 잠겨 있는 너를 내가 못 끌어안을 리 없다. 칠흑이 된 너라도 끌어안겠다. 세아가 도현을 두 팔로 안으며 거친 숨을 토해 내자 도현의 시선이 천천히 내려와 세아에게로 닿는다.

"거 봐. 사랑하니까 몸이 먼저 움직이잖아."

어스름하게 번지는 목소리.

"정신 차려 보면 끝난 뒤야."

세아는 품에서 빠져나와 도현의 손목을 잡고 끌었다. 낡은 빌라 입구에 들어서자 그와 동시에 기다렸다는 듯이 바닥으로 쏟아지는 빗방울과 기다렸다는 듯이 벽으로 세아를 밀치고 젖어드는 입술. 끈적해진 숨결과 무수히 쏟아지는 장마의 빗줄기. 비를 피해 후줄근한 빌라 안으로 숨어 들어 입술을 맞댄 연인은 마치 어항을 벗어난 물고기처럼 거친 몸부림으로 퍼덕거린다.

목에 팔을 감은 세아에게 맞게끔 키를 낮춘 도현이 그대로 세아의 엉덩이를 받치며 안아 들었다. 세아는 떨어지지 않으려 두 다리로 허리를 감았다. 살짝 벌어진 입술 사이로 도현의 혀가 거침없이 밀려왔다. 서로의 코가 맞닿았다. 숨결까지 집어삼킬 기세로 덤벼드니 시야가 얼룩진다. 세상이 쏟아지는 한가운데 나누는 키스는 그 어느 때보다 뜨거웠다.

감기는 심리적인 이유로 심해지기도 한다. 번개 쳤던 순

간을 기억해 열이 끓다가도 도현이 빗방울을 멈추니 기승을 부리던 세아의 열도 사라진다. 아마 복병은 오해였고 원망이었으므로. 그 모든 게 해소되니 세아의 이마엔 더 이상 땀방울이 맺히지 않았다.

늦은 시간이었지만 세아는 요리를 했다. 서걱서걱 김치를 썰어 넣는 소리와 보글보글 뚝배기 끓는 소리가 좁은 주방에서 정겹게 울려 퍼졌다. 하루가 고단했을 도현에게 따스한 밥을 해 주고 싶어 바삐 움직이는 가운데 그런 세아의 등 뒤로 와 목을 조심스레 감싸는 팔은 무언가 할 말이 있는 듯 무거웠다.

"원망을 사랑하기까지 오래 걸렸다고 말했었지."

"……."

"다른 여자랑 착각한 건 잘못했지만 그걸로 죽기 살기로 버텼어. 그 오해 없었으면 여기까지 못 왔단 말도 그냥 한소리 아니야."

"……."

"사랑하다가 떨어진 거면 잊었을지도 몰라. 근데…… 배신한 널 미워하면서 버티니까 그게 됐어. 너 지운 적 한 번도 없어. 그게 원망이었든, 하루라도 생각하지 않은 날 없었단 건 사실이야."

세아가 하던 일을 놓고선 그대로 멈추었다. 느릿느릿, 도현은 집중할 수밖에 없는 목소리로 깊이 묻어 두었던 말을 뱉어 냈다.

"네 이름 잘못 꺼냈다가 약점이 될까 안에서만 곱씹다 보니 아예 너밖에 생각 못 하게 됐어."

거기에 익숙해지다 보니 네 생각 안 하면 죽는 거 같았어. 살기 위해서 계속 생각했어. 넌 어떻게 자랐을까, 어떻게 다시 날 사랑하게 만들지, 나를 전부 다 잊었으면 어쩌지, 나는 한시라도 잊은 적 없는데.

"이제 난 그게 익숙해."

헛된 망상과 불안과 그곳에서 태어나는 집착이 자연스럽다. 그래서 알게 된 건 나는 널 미워하는 게 아니라 사랑하는 거라고. 도현의 눈가가 어둑해졌다. 형태만 달라졌지, 내가 하는 건 사랑이 맞다고.

"솔직하게 전부 고백한 거야. 여기서 더 숨기는 건 없어."

"안 힘들었어?"

"뭐가?"

뒤돌아선 세아가 도현의 얼굴을 소중히 감쌌다.

"나 그렇게 생각하느라 골 아팠겠다."

"안 그래도 어제 오늘 많이 아프긴 했지. 속도 좀 많이 쓰리고."

"낫게 해 주려면 어떻게 해야 해?"

"지금처럼 네 얼굴 보여 줘."

"단순하긴. 눈에 보이니까 생각을 안 해서 안 아프다는 거야? 네 머릿속이 전부 나라서?"

"네가 앞에 있으면 좋아서 머리가 백지가 돼."

도현이 세아의 목덜미로 입술을 묻었다.

"백발이 되어도 사랑해 줄 거지."

혀가 구르는 느낌에 세아가 손을 뒤로 뻗어 싱크대를 꽉 움켜쥐었다. 짙은 숨을 내쉬며 도현이 조금 더 고개를 비틀었다. 거친 호흡으로 깊이 빨아들이자 세아는 눈앞이 아찔해졌다. 도현은 여린 어깨를 잡고선 거칠게 끌어내렸다. 매고 있던 앞치마가 오므라진 발가락 위로 추락했다. 허리를 헤집던 손길이 옷 속으로 파고들자 세아의 몸이 경련했다.

"……."

그 떨림이 자극에서 오는 반응이 아니라는 걸 안 도현의 눈매가 가늘어졌다. 세아는 손길을 멈춘 도현의 눈치를 보다 재빨리 움직였다.

"찌개 넘친다."

가스레인지의 불을 끄자 가슴까지 올라와 있던 손이 느릿하게 빠져나간다. 동시에 세아의 심장도 허해졌다.

"먹어, 어서. 입에 맞을진 모르겠다."

급하게 준비한 것치곤 나쁘지 않은 상차림이었다. 계란말이, 버섯볶음, 김치찌개. 냉장고 안에 있던 깻잎무침과 멸치볶음까지 꺼내 두니 식탁이 제법 복작해졌다. 그걸 빤히 내려다보는 도현과 마주 앉아 있던 세아는 어쩐지 긴장이 되었다. 도현이 젓가락을 들자 세아가 작게 한숨을 내뱉었다.

"그러고 보니 너 오고 나서 처음 밥 차려 준 거 같네. 앞으로 자주 해 줄게."

"됐어. 너 날도 더운데 땀 흘리면서 그 앞에 서서 밥하고 있는 거 싫어. 밖에서 사 먹으면 되니까 손에 물 묻히지 마."

세아는 웃음을 터트리며 반찬을 도현에게로 밀어 주었다. 젓가락이 움직이는 걸 보던 세아의 시선이 도현의 머리카락으로 흘렀다. 아까 빗방울을 멈추면서 젖은 걸까. 세아가 손을 뻗자 시선을 든 도현과 눈이 마주쳤다.

"아…… 머리가 젖어서."

"……."

"그냥, 그래서."

뚫어져라 바라보는 눈동자에 세아가 웅얼거렸다. 도현이 손목을 잡았다.

"내가 만지면 싫어?"

"아니, 싫은 게 아니라."

세아도 제 몸이 왜 이러는지 답답했다. 도현이 허리를 앞으로 기울였다.

"그럼 손 빼지 마."

다시 세아의 손을 끌어다 제 얼굴 앞에 가져다 놓더니 이내 눈을 감은 채 입술을 깊이 부딪쳤다.

"아……."

찌릿하고 울리는 감각은 손가락 끝을 움츠러들게 했다. 펼쳐진 손에 가려져 보이지 않았지만 입을 벌리고 나온 혀가 손가락을 기둥처럼 핥고 올라가는 게 전부 다 느껴졌다. 세아는 화들짝 놀라 어깨를 떨었다. 전신을 관통하는 짜릿한 감각에 발가락이 모두 안쪽으로 말려 들어간다.

"도현아……!"

"무서워?"

날카롭게 뜬 눈이 세아를 주시한다. 벌어진 손가락 사이로 모습을 드러낸 새빨간 혀가 그곳을 유연하게 비집고 들어가 빼곡히 채운다.

"웃……."

"이게?"

꼿꼿이 세운 혀가 손가락을 타고 올라가며 속삭인다.

"무섭다고."

세아는 오감이 쏠려 미칠 것만 같았다. 손가락 끝에 '촉' 하고 입술을 부딪친 도현이 끄트머리를 혀로 살살 굴렸다. 매끄러운 감촉이 손가락에 감겼다. 도톰한 입술 표면 위로 비벼지는 것에 수치심이 밀려왔다. 가지런한 치아가 깨물면 제 옷이 벗겨지는 듯했다. 그럼에도 욕망은 계속 쾌락 안으로 들어가라 손짓한다.

"아니, 넌 지금 좋아 죽는 거야."

저도 모르게 세아가 손가락 끝을 구부리자 도현이 어여쁘다 하고 혀로 그 위를 뭉갰다. 짧게 입을 맞추고선 자리에서 일어났다. 세아는 손이 붙잡힌 채 덩달아 함께 기립했다.

　"어떡하지, 식사는 나중에 해야겠는데."

　세아의 시선이 아래로 떨어졌다.

　"피치 못할 사정이 생겨서. 이해하지?"

　선명하게 부풀어 오른 곳이 보였다. 그 모습이 부끄러워 얼굴이 달아오르긴커녕 속 안에서 뜨거운 용암이 들끓는 기분이었다. 온몸이 다 간지러웠다. 손끝으로 경험한 혀가 어서 빨리 저를 예뻐해 주길 바랐다. 이런 제가 낯설어 세아가 주춤하자 도현이 끌어당겨 제 품 안으로 데려왔다. 다리가 엉켰고 시선으로만 보았던 곳은 이제 세아의 몸에 달라붙어 왕성한 혈기를 자랑했다. 도현은 이가 가려운 짐승처럼 그 순간에도 세아의 귓가를 잘근 씹고 있었다.

　"네가 이렇게 한 거야."

　귓바퀴 안으로 달아오른 숨이 정제되지 않고 들어왔다.

　"식탁에서? 아니면 침대에서?"

　친절한 포식자는 장소를 선택할 권한을 준다. 세아는 꾹 입술을 깨물었다가 간신히 말했다.

　"침대."

　도현은 웃으며 세아의 입술을 탐했다. 정신없이 혀가 뒤

엉켰다. 질척한 음성이 안에서 메아리쳤다. 허리를 단단히 감은 팔이 끌고 가는 대로 움직이던 세아의 다리 뒤로 어느덧 매트리스가 느껴졌다. 그대로 뒤로 넘어간 세아의 몸 위를 점령한 도현이 빠르게 옷을 벗겼다.

"아직까진 괜찮은 거 같은데 더 해도 돼?"

놀라던 아까와 달리 저를 감싸고 있던 옷이 도현의 손에서 벗겨지니 후련했다. 도현은 그걸 보며 식욕이 돌아난 사람처럼 허기진 표정을 지었다. 당장이라도 먹어치울 기세가 서린 눈동자에 범해지는 기분은 어쩐지 소름 돋았다. 하지만 무섭거나 두려운 건 아니었다. 어서 빨리 안아 달라 욕구가 솟구치고 있었으므로. 만지고 안아 줬으면 좋겠는데 도현이 느릿느릿 세아를 내려다보며 말했다.

"파블로프의 개라고 알아? 먹이를 줄 때마다 종을 쳤는데, 나중에 가선 종만 쳐도 개가 침을 흘렸대."

"내가 개라는 거야?"

제 이런 마음이 들켰을까, 세아가 울컥 하자 도현이 웃었다.

"아니, 이건 내 얘긴데."

세아의 갈비뼈를 엄지로 살살 문질렀다. 움푹 살을 짓누르며 속옷을 파고들자 뒤에 채워진 후크가 풀렸다. 이렇게 초능력을 사용하는 걸 보면 도현도 지금 꽤 참기 어려운 게 분명했다.

"그날 내게 안겨 울던 목소리가 너무나도 예뻤어서."

도현은 그걸 거둬 낸 뒤 오소소 돋은 소름 위를 부드럽게 매만졌다.

"이제 난 네 입술만 봐도 흥분해."

웃는 얼굴이 아찔하다.

"좋은 신호지."

허리를 낮춰 가까이 내려온 도현이 참을성을 잃은 표정으로 속삭였다.

"무서운 게 아니라."

둘의 입술이 맞물렸다. 세아는 까마득한 쾌락으로 떨어졌다.

"매니저님, 이제 기침 안 하시네요?"

"응, 어제 먹은 약이 효과 있었나 봐."

세아는 어제보다 혈색이 도는 얼굴로 웃었다. 직원은 다행이라 생각하며 창밖을 보았다. 거짓말처럼 맑게 갠 풍경 사이로 쨍한 햇볕이 쏟아졌다.

"오늘은 그 남자분 안 오세요?"

"도현이?"

"네, 매니저님 애인 맞죠?"

"얘는. 아니야."

직원은 다 안다는 듯 시선으로 세아를 추궁했다. 평범한 사이였다면 남몰래 약을 세아에게 먹이라 주지 않았을 것이다. 직원의 확신에 찬 표정을 본 세아는 재빨리 등을 돌렸다. 거짓말이 서툴렀나, 뒤늦게 풀어진 얼굴 근육을 바짝 조였지만 소용없었다. 남자 친구가 아니라면 어제 밤새도록 사랑을 나눌 수 없었을 테니. 침대 위에서 함께 뒤섞인 모습이 머릿속에서 재생돼 민망해진 세아가 목덜미를 매만졌다. 자국이라도 남을까 세아가 도리질 칠 때면 도현은 알았다는 듯 고개를 끄덕였다. 덕분에 예뻐해 주고 싶은 마음은 은밀한 곳에서 이뤄졌다. 얼마나 공을 들였는지, 나중엔 도현이 건드리기만 해도 허벅지가 바르르 떨렸다.

"근데 목감기는 아직인가 봐요?"

"어?"

"많이 쉬었어요. 따뜻한 물 좀 드시지."

세아는 저도 모르게 딸꾹질 했다. 어제 도현의 밑에서 새된 음성을 토하느라 목이 엉망이었다. 민망해진 세아가 행주로 주변를 닦자 직원이 시선을 옮겼다. 테이블에 앉아 카페를 환히 밝혀 주던 남자가 없으니 매일 보던 풍경이 황량하게 느껴졌다.

"정말 그냥 아는 동생이에요? 매일 카페로 오잖아요."

"아니야, 그냥 심심해서 오는 거야."

샤워하고 나온 뒤, 도현은 가 봐야 한다며 사라졌고 이후부턴 무소식이다. 세아는 홀로 걱정에 잠겼다. 혹여 관리자와 무슨 일이 있는 건 아닐까. 둘 사이를 비밀로 해야 하는데 함께 하루를 보냈으니 문제가 될 만도 했다.

"나 잠시 전화 한 통화만 하고 올게."

"네."

가게가 한가해진 틈을 타 세아는 직원 탈의실로 들어갔다. 도현에게도 해결해야 할 사정이 있듯이, 세아도 제 나름대로 해야 할 일이 있었다.

"한국에서 카피 쓰는 벡터들 좀 찾아봐."

「예? 누나 미쳤어요?」

얜 왜 그러겠다는 말이 한 번도 곱게 나온 적 없을까. 세아는 인상을 찡그렸다.

"왜, 찾기 어려워?"

본격적으로 자신을 따라 한 벡터를 색출하기로 마음먹은 세아에게 요한은 꼭 필요한 인재였다.

"카피 정도면 하이 티어잖아."

「그렇죠, 분신과 달리 타인의 고유 향이나 상처 같은 특징 포함, 모든 외형을 똑같이 베끼는 거니까 흔한 초능력이 아니긴 한데…….」

"한데."

「……도와주기 좀 그래요.」

"뭐?"

「그렇잖아요, 저번에 김중오 물어본 것도 그렇고, 작전 중에 갑자기 사라진 것도 그렇고…….」

수화기 너머로 요한의 목소리가 어울리지 않게 가라앉는다. 꿀꺽 마른침을 삼키는 소리가 들려왔다.

「그 사람 제로 아니잖아요.」

도현과 관련된 얘기였다. 안 그래도 작전 중에 평소보다 집중력이 배는 좋아지는 요한이 이미 전에 보았던 도현의 얼굴을 기억해 낸 것도 이상한 일은 아니다. 세아는 할 말이 없어졌다. 이미 서진까지 도현이 릭시라는 걸 안 마당에 요한이라고 모를 리 없다.

「솔직히 그 남자가 릭시든 말든 내가 상관할 바는 아닌데.」

세아의 눈이 한 번 깜빡거렸다.

"그럼 왜……?"

「아니, 기분이 그렇잖아요! 난 누나가 김중오 알아 봐 달라고 할 때도 이상하긴 했지만 열과 성을 다해 찾아봐 줬는데 알고 보니 그 남자 때문이고. 뭐 질투난다는 게 아니라 살짝 귀띔이라도 해 주지, 그걸 꼭 내 눈으로 확인하게 내버려 두고.」

"…….."

「난 누나라면 전부 오픈인데, 자꾸 말도 안 해 주고 숨기니까 더는 찾아봐 줄 이유가…….」

"데이트 한 번 해 줄게."

「국내 카피 보유자 전부요? 폭 좀 줄여 줘 봐요, 그래야 빨리 찾지.」

데이트란 단어에 무슨 마법이라도 걸려 있는지, 요한이 신난 듯 콧노래를 흥얼거렸다. 세아는 이마를 짚고 눈을 감은 채 자신이 추리해 낸 정보를 차례대로 나열했다.

"나이는 스물넷에서 여섯까지, 여자, 카피 초능력."

초능력자가 우위인 세상에서 어느 벡터가 한낱 제로를 따라 하는 쓸모없고 헛된 짓을 할까.

"지운 중학교 출신."

도현을 사랑하지 않는 이상.

「네, 안 그래도 요즘 보안 엄청 까다로워져서 좀 걸리긴 할 텐데. 급한 거 아니죠?」

"급해."

「아, 또 이렇게 조이시네. 그럼 나 더 잘하는 거 잘 알면서. 근데 찾으면 뭐 어떡하려고요?」

세아의 감은 눈꺼풀이 매섭게 올라왔다. 뭘 어떡하긴.

"반 죽여 놓으려고."

그 말에 요한이 '예에……' 하면서 세아의 손에 작살날 벡터에게 애도를 전했다.

핸드폰을 밀어 넣은 세아가 바깥으로 나오자 직원이 호

들갑을 떨었다. 카운터 앞에 서 있는 익숙한 형체에 미소
가 지어졌다.

"도현아."

"어디 있다가 이제 와?"

"잠깐 안쪽에. 뭐 마실래?"

"아니, 오늘은 마시러 온 게 아니라."

도현의 뒤로 다가온 남자를 본 세아의 입가가 순식간에
내려앉는다.

"안녕하십니까, 윤세아 씨."

김중오다. 세아가 경직된 눈동자를 굴려 도현을 보았지
만 그는 기분 좋게 웃고 있었다.

"여긴 직원 오면 수습 기간 동안 누가 가르쳐?"

"……내가."

"아, 그래."

대답과 함께 흡족하게 올라가는 입꼬리가 이상하다. 도
현이 세아를 지그시 바라보자 뒤에 서 있던 중오가 말했다.

"아직 전달받진 못하셨을 겁니다. 조금 전 끝난 얘기라."

"뭔가요?"

"오늘부터 나 여기서 일할 거야."

참지 못해 도현이 먼저 얘기를 꺼내 들자 벌어졌던 중오
의 입이 굳게 다물어졌다. 세아가 눈을 한 번 깜빡였다. 뒤
늦게 큰 목소리가 흘러나왔다.

"뭐, 네가?"

"응."

놀라 입을 뻐끔거리자 도현의 눈가가 살며시 구겨진다.

"왜, 싫어?"

"그게……."

정부의 보호를 받는 릭시가 제로들이 직업 삼아 하는 카페 일을 한다니 믿기지 않을 수밖에. 세아의 시선이 다시금 중오에게로 흘렀다. 팔찌도 안 채운 도현을 이렇게 내버려 둬도 되나 싶지만 없기에 가능한 일이기도 했다.

"이미 얘기는 다 된 거니, 평소 직원 대하시는 것처럼 하면 됩니다."

릭시 관리자는 원래 감시와 보호를 전담하는 가드면서 일을 처리하는 비서이기도 하고, 또 한편으론 아이를 돌보는 보모 같은 것이기도 했다. 도현의 손에 세아가 감아 주었던 붕대가 말끔히 사라진 걸 보면 그는 역할에 충실하고 있었다.

"직원이라고요……."

"네."

마치 보물단지 다루듯 릭시의 기분을 최우선으로 맞춰 주고 걱정하는 것도 중요하니, 안 된다 말하기보단 그 일을 할 수 있게끔 손을 쓰는 게 현명할 것이다.

"그렇다고 너무 막 대하진 말고. 잘 아시지 않습니까?"

어떤 분인지. 중오의 예리한 눈동자가 그리 말하고 있었다. 도현이 돈을 벌 요량으로 하는 게 아니라는 것쯤은 세아도 안다. 긴장한 세아가 고개를 끄덕였다. 도현은 그런건 아무래도 좋은지 계속 웃는 얼굴이었다.

그걸 지켜보던 직원들의 눈빛이 예사롭지 않다. 매일 출근 도장을 찍으며 세아만 보고 있던 도현이 이젠 아예 직원으로 들어오니, 저들끼리 무슨 사이인가 뒤에서 숙덕이는 게 당연했다. 게다가 함께 온 남자가 제로라면 눈조차 맞추기 어려운 맥스다 보니 그 옆에 위화감 없이 서 있는 도현을 향한 의문은 더욱 증폭되었다.

"가능한 손님과 얼굴 마주 보고 대화하는 카운터 일은 시키지 말았으면 합니다. 그리고…….."

궁금해하는 시선을 똑바로 응시한 중오가 웃었다.

"입단속은 제가 시켜야겠군요."

그 말에 놀란 시선들이 분주하게 움직인다. 어떤 식으로 입막음을 한다는 건지 세아가 걱정할 새도 없이 도현이 말했다.

"누나, 나 웃."

"어? 어어. 이리 따라와."

도현에게 손짓하며 직원만이 출입할 수 있는 공간으로 들어갔다. 뒤따라온 도현이 문을 닫았다. 세아가 냉큼 소리 질렀다.

"너 미쳤어?"

"쉿."

검지를 세워 입에 가져다 댄 도현을 보며 세아는 씩씩댔다. 뒤늦게 중오의 존재를 떠올리며 하고 싶은 말을 억지로 꾹꾹 눌렀다.

"이제 직원 됐으니까 존댓말 해야겠네요."

대체 무슨 생각으로 일하겠다고 온 건지. 둘의 관계를 숨겨야 하는 남자가 버젓이 문밖에 있는데.

"호칭은, 매니저님?"

좋아요? 그 물음에 대답하지 않고 미워 죽겠다는 눈빛으로 노려보았다.

"그렇게 예쁘게 보지만 말고 유니폼 주세요, 매니저님."

세아를 벽면으로 몰아붙이는 몸짓은 일 같은 건 안중에도 없어 보였다.

"사이즈는."

뒤로 물러서던 세아의 등이 벽에 닿았다. 그곳을 손으로 짚으며 도현은 제 영역을 만들었다.

"말 안 해도 알죠."

허리를 숙여 세아의 입술 앞까지 내려온다.

"너……."

"말씀해 드려요?"

"저리 가아……."

도현은 혹시나 중오의 귀에 제 목소리가 들릴까 최대한 작은 음량으로 속삭이는 세아가 귀여워 웃었다. '촉' 하고 입술을 부딪쳤다. 바짝 애가 타는 세아의 마음 같은 건 모르는 건지, 입술 위를 매끄럽게 핥더니 장난스럽게 벌어진 틈 사이로 들어갔다 빠지는 걸 반복한다. 세아는 심장에서 펄떡이는 소리가 올라오지 않도록 참으며 눈동자를 바삐 굴렸다. 가지런한 치열을 훑던 도현이 피식 웃으며 안쪽으로 깊이 비집고 들어갔다.

"읍……."

어깨를 단단히 잡은 손이 순식간에 세아를 벽으로 밀었다. 그의 안에서 구겨지는 기분이 들었다. 혀가 거침없이 들쑤시며 세아를 빨아들였다. 다리에 힘이 풀렸지만 세아가 주저앉지 않은 건 자신을 단단히 받치고 있는 도현 덕분이었다. 입술이 멀어지자 세아가 참아 왔던 숨을 헐떡였다.

'들키면 어쩌려고.'

지금도 문을 열고 누가 들어오지 않을까 걱정한 세아가 소리는 못 내고 입만 뻥긋뻥긋했다. 도현이 아랫입술을 물었다 놓으며 말했다.

'짜릿해서 좋은데.'

이게 지금 좋아? 세아가 살며시 인상을 찡그리자 도현이 턱을 비스듬히 돌려 목덜미로 입을 맞췄다. 아, 저도 모르게 단발적으로 소리가 튀어 나간 세아가 재빨리 손으로 입을 틀어막았다. 그를 본 도현의 눈빛이 탁해졌다.

'흥분돼.'

이젠 세아마저도 저 단어만 들으면 함께 몸이 동요했다. 하지만 여긴 카페였다. 그 사실을 잊지 말라며 매섭게 노려보았다. 아쉬운 듯 고개를 끄덕거린 도현이 말했다.

"……옷은?"

세아는 도현을 밀치고선 선반에 빼곡히 놓인 박스로 손을 뻗어 유니폼을 찾았다. 그러는 와중에도 뒤로 달라붙어 세아의 허리를 팔로 감고 중지로 쓰다듬는다. 왜 이렇게 속을 태우는 짓만 하는지. 옷을 꺼낸 세아가 얄미워 팔을 꼬집자 도현이 짧게 웃음을 터트렸다.

"아야."

별로 아프지도 않으면서 관심 바라는 아이처럼 그걸 귀에다가 대고 말한다.

"너무 아픈데 '호' 해 줘."

"너…… 장난치지 말고 일 배우려면 바쁘니 얼른 갈아입고 나와."

"'호' 불어 주면 안 돼?"

"……그리고 지금은 여기서 갈아입어도 되지만 아침엔 화장실로 가서 입고."

"해 주라."

"오픈 시간은 아침 8시야. 시간 맞춰서 와."

"싱겁긴."

도현이 피식 웃었다.

"해 주면 더 잘할 수 있는데."

"뭘?"

세아의 물음에 도현이 입술을 빤히 바라보았다. 세아는 절대 안 된다며 제 입을 손으로 가렸다. 도현이 묘한 웃음을 띤다.

"일이요."

허리를 숙인 도현이 세아가 가린 손등 위로 입술을 깊이 부딪쳤다.

"밤에 하는 거."

세아는 질끈 눈을 감았다. 손에서 전류가 흐르는 듯했다. 세아가 입을 막은 채 웅얼댔다.

"……너 얼른 갈아입어."

"네, 그럴게요."

능청스럽게 웃는 도현을 등지고 나오자 후덥지근했던 세아의 얼굴이 순식간에 굳었다.

"무슨 일 있었어?"

"예? 아, 아니요."

어색하게 웃은 직원이 바삐 몸을 돌린다. 중오는 이미 없었지만 평소 화기애애했던 가게 공기가 순식간에 살벌해져 있었다. 세아에게 달려와 새 직원에 관해 물을 법도 한데,

입을 어떻게 막은 건지 직원들은 창백해진 얼굴로 제 할 일을 하고 있었다.

세아는 도현의 발칙한 행동에 웃어야 할지 울상을 지어야 할지 난감했다. 이곳에서 일하게 된다면 직원과 매니저의 관계로 계속 부딪치고 종일 함께할 수 있지만 중오의 감시가 뒤따랐기에 무섭기도 했다. 세아는 도현의 흔적이 묻은 입술을 잘근 깨물었다. 만약 들키기라도 하면…….

"안에 안 들어가 보셔도 됩니까?"

"뭐하러."

요즘 중오의 스케줄은 몹시 단조로웠다. 하루에 꼭 한 번씩 걸려 오는 예리의 짜증 섞인 음성을 듣는 것과 도현의 비위를 맞춰 주는 것. 후자는 솔직히 중오가 손쓸 필요도 없을 정도라, 그저 지금처럼 카페 밖 차 안에서 도현의 냄새를 맡고 병 속에 가둬 두는 취미 생활에 집중하는 게 전부였다.

"들어가지 않아도 이렇게 잘 계신다는 걸 아는데."

중오에게 향을 가두는 수집적인 욕구를 불러일으키는 것

도 도현이 유일했다. 오늘도 도현의 체향을 작은 구슬로 변형해 담은 중오가 뚜껑을 굳게 닫았다. 장마가 끝난 뒤 도현이 세아가 일하는 곳에서 함께 일하겠다고 말한 지도 어느덧 일주일이 다 되어 간다.

"안에서 또 무슨 일을 할지 모르지 않습니까."

"그래도 생각이 있으신데 가게 안에서 하겠나."

장마 동안 둘이 육체적 관계를 가졌다는 건 이제 심증이 아닌 확신에 가까웠다. 호칭을 깍듯이 해 직원과 매니저의 관계로 연애 놀이를 하는 건 귀여운 눈속임이고, 속사정은 한시라도 떨어지고 싶지 않다는 걸 의미했다. 중오는 여유로운 미소를 띤 채 말했다.

"뭐, 해도 상관없지. 도현 님이 윤세아에게 빠지다 못해 허덕이는 게 내가 바라는 일이니. 지금도 계획대로 잘 흘러가고 있고."

"……."

"……딱 하나만 더 채워지면 좋겠는데."

"어떤 것 말입니까?"

"남자. 도현 님의 질투심을 불러일으킬 만한 남자가 윤세아 옆에 하나 붙었으면 좋겠군."

"남자요?"

"그래, 윤세아 데리고 협박하면 도현 님이 가만있지 않을 거란 건 너도 잘 알 테지. 최악의 경우엔 떠들썩하게 난

동을 부리실 테고. 도현 님의 정체를 아는 건 소수라 팔찌도 없는데 한국 정부에서 멋모르고 나선다면 그것보다 골치 아픈 일도 없지. 그러니 윤세아로 인해 도현 님 스스로가 권력을 원하게 되는 게 제일 이상적인 방법인데."

"……."

"해서 남자 하나 붙었으면 하는 거지. 겉으로 보기에 도현 님은 제로니, 벡터 하나가 사랑하는 여자 옆에 붙는다면 이 세상이 어떻게 굴러 가는지 조금은 깨우치실 거 아닌가. 윤세아를 차지하기 위해서라면 팔찌가 필요하다는 것도."

중오가 세상 이치는 뻔하다는 식으로 말했다.

"권력을 차지하기 위한 움직임은 돈과 명예 그리고 여자 하나로 시작된다네."

"……."

"우리 도현 님은 돈도 싫고 명예도 싫으니 남은 건 여자 하나지."

눈동자를 굴리던 건우가 느릿하게 말했다.

"하나 있긴 합니다. 지서진이라고, 플랫인 벡터인데 도현 님은 그 남자가 윤세아랑 사귀는 걸로 알고 있던데요."

"그런데도 도현 님은 여전히 윤세아랑 잘 지내고 있지 않나. 뻔한 눈속임이지."

"……."

"어디 도현 님이 화난다고 해서 죽일 수도 없는 그런 벡터가…….”

순간 중오의 핸드폰이 울렸다. 통화 버튼을 누르자 정말
뜻밖인 남자의 목소리가 들려왔다.

“……이현 님 아니십니까?”

믿기지 않아 묻자 한참이나 낮은 목소리가 수화기 너머
를 기어 다닌다.

「너 지금 어디야.」

“밖입니다만 무슨 일이십니까?”

「아직 한국에 있는 걸로 알고 있는데.」

“네.”

「바쁜 일 아니면 지금 와.」

“…….”

「……우리 집 알아?」

묻는 음성이 평소답지 않게 느리고 더뎠다. 마치 생기라
곤 남아 있지 않는 사람처럼. 심각한 상황이라 인지한 중
오가 지금 방문하겠다고 말하며 전화를 끊었다. 중오의 미
간이 구겨졌다. 지금껏 유니벌인 이현의 앞날을 막은 건 그
무엇도 없었기에 이런 식의 목소리는 처음 들어 보는 거였
다. 내려앉아 있던 중오의 입꼬리가 부드럽게 올라간다.

“뭔가 기분 좋은 예감이 드는데.”

그랬기에 궁금했다. 이현의 상태가 망가진 이유에 대해.

평소 이현이 하는 생산적인 일이라곤 아무것도 없었다. 유니벌로 태어났다는 이유만으로 20년간 생사의 기로에서 저울질당했던 이현은 성인식을 마치고 살아 있단 쾌감을 얻고 난 뒤엔 부모님의 돈을 이곳저곳에다 써 대는 게 일이자 목표인 남자가 되었다.

누구든 거느릴 수 있는 유니벌인 이현에게 회사를 물려받는다는 것보다 고리타분한 일은 없었다. 어차피 일한이 기업을 운영하기 위해 하는 일이라곤 서류 종이를 내려다보며 경영하는 게 전부인데, 그마저도 이현을 대신해 열심히 돈을 부풀려 줄 재능 많고 영특한 벡터들이 차고 넘쳤다. 일한도 괜히 이쪽 일은 골치만 아프다며 이현을 싸고 돌았다.

이현이 유니벌인 이상, 세계 어딜 가든 대접받지 못할 일도 없었고 그러다 보니 돈은 여흥에 불과했다. 초능력으로 위치가 정해지는 사회에서 이현은 지금도 마음만 먹었다하면 청와대를 제집처럼 드나들 수 있었고, 맥스인 대통령은 그런 이현을 마주 보고 앉지도 못한 채 옆에 쩔쩔매며 서 있을 거다.

"술이 맛이 없네."

그런 이현에게 요즘 삶은 불행의 연속이었다. 최고급 중에서도 엄선된 술들이 저택 지하의 와인 셀러에서 이현에게 간택받길 기다리고 있었지만 입에 넣는 족족 뱉어 내기 일쑤였다. 술이 선사하는 잔향을 끔찍이 사랑해 왔던 이현이 물로 입안을 헹구는 일이 더 많아진 건 다른 이들의 눈에도 안타까운 일이었다.

"이게 다 백설이 때문이야."

이현은 소파에 머리를 기댄 채 높은 천장을 향해 후회 섞인 음성을 중얼거렸다.

"그때 도망가게 두는 게 아니었는데……."

마약에 손을 댄 적은 없지만 그 입술이 형태만 달랐지, 같은 맥락이었다. 그때 나눴던 키스가 뇌리에서 잊히지 않아 금단 현상에 시달렸다. 그러니 평소 이현의 기분을 흡족하게 만들었던 술이 액체도 아닌 대상과 비교되며 쓰레기 취급을 당하는 건 정해진 수순이었다. 그럼에도 자꾸 미뢰를 만족시키기 위해 마시고 버리는 지독한 악순환. 그 짓을 일주일 가까이 반복하다 보면 정신이 온전할 수가 없다.

후각과 미각이 짜증 나니 머리도 지끈지끈 아팠다. 이름이라도 알았으면, 그 복면으로 꽁꽁 감춰 둔 머리카락에서 감미롭게 흘러나왔던 그 향이라도 옆에 있었으면 매일 맡으면서 해소했을 텐데. 얼굴이라도 제대로 보았더라면 매일 떠올리기라도 할 텐데 생각나는 건 그 커다란 호수 같은 눈망울이 전부라서, 생각하면 할수록 꼭 뛰어들어 잠겨 죽고 싶게…….

"부르셨습니까?"

"……어서 와."

아직 죽고 싶은 마음은 없었기에 이쯤 되면 처방이 필요했다. 그 역할로선 국내에 몇 안 되는 감지 계열의 초능력을 세 개나 보유하고 있는 중오가 제격이었다.

"실례하겠습니다."

정중히 인사한 중오가 이현이 앉아 있는 소파 주변으로 묽게 퍼진 액체를 보며 눈썹을 찌푸렸다.

"안 그래도 오는 길에 회장님과 통화해서 들었습니다만, 저번 파티에서도 그러시더니 요즘도 술을 계속 뱉으신다고요."

"별걸 다 전화로 듣네."

"걱정이 많으셔서 그런 거죠. 요즘 이현 님 입맛 채운다고 전 세계 술이란 술은 다 휘젓고 다니신다 들었습니다."

"아버지가 나한테 좀 유별나지."

이현이 소파에 기대고 있던 머리를 비스듬히 중오 쪽으로 돌렸다.

"너 가지고 있는 초능력이 뭐지? 비강이랑……."

"소머즈, 와이즈입니다."

무심한 눈짓으로 바라본 게 미안할 정도다. 감지 계열 초능력만 모아다가 태어나기도 힘든데 와이즈까지. 덕분에 릭시 본부로 들어간 거겠지만 중오는 그런 면에 있어 정말 괴물 같은 남자였다. 전 세계에서 그가 못 설 곳 없고 유니 벌을 떠받들기보단 오히려 같은 선상에서 공존하는 남자. 소문에 의하면 '유니벌이 중오의 눈치를 본다' 그리 들었 다. 이현이 느리게 입술을 움직였다.

"너 그럼 지금 내 초능력도 보이겠네."

이 순간 중오의 팔찌의 파란색 선이 밝게 빛났다. 정부에 서 기록조차 안 해 놓는 유니벌의 초능력을 한 번 바라보 는 것만으로 꿰뚫는 무서운 눈을 발동시킨 중오가 웃었다.

"얘기가 그렇게 되겠군요."

와이즈는 상대의 보유 초능력을 알 수 있는 하이 티어에 속하지만 그걸 가진 건 전 세계에서 중오가 유일했다. 들 리는 소문에 의하면 자신의 희소성을 높이기 위해 와이즈 를 가진 벡터들을 전부 찾아 죽였다는데, 정보력에 강한 소머즈나 추격에 탁월한 비강이 있으니 딱히 뜬구름 같은 얘기만은 아니다.

"하지만 보인다고 해서 제가 어디 가서 쉽게 떠들고 다 닐 사람은 아닌 거 잘 아시지 않습니까."

그렇게 세계의 중심에 선 남자다.

"아, 나머지 하나는 익히 알려졌으니 말씀 안 드려도 되 겠죠."

죽이고 싶지만 죽일 수도 없는, 그렇기에 제아무리 유니벌이라도 어쩔 수 없이 자신의 초능력을 숨기기 위해 증오와 좋은 관계를 유지해야 했다.

"제게 원하시는 거라도 있습니까?"

그래 봤자 저보다 아래인 맥스. 이현은 천천히 구겼던 눈가를 펴며 생각에 잠겼다. 원하는 거라.

하루하루 재미있는 일을 찾고 원하는 대로 하는 것이 전부였던 이현에게 며칠 전 본 여자는 박제하고 싶을 정도의 구미였다. 집 안에다가 사슴 목을 달아 놓는 것처럼 전시해 둬 보고 싶을 때 계속 지켜보고 싶은 수준의 흥미. 하루에도 몇 번씩 변덕이 일고 조금이라도 마음에 들지 않으면 방 안의 구조나 가구를 바꾸는 게 취미인 이현에게 그것은 꽤 파격적인 생각이었다.

그러고 보면 이현은 꼭 무언가를 갖고자 할 때 피가 뜨거워지곤 했다. 가지고 싶다는 단편적인 욕구는 어딘가 이현을 끓어오르게 만들었고 손에 넣었을 때 비로소 해소되곤 했다. 그 반응이 물건이 아닌 사람을 향해 일어난 건 처음이다.

그러니까 그 여자가 나한테는 꼭…….

"사람 하나만 찾자."

가져야 할 무언가…….

"네, 말씀하십시오."

"아는 건 없고 이름도 몰라."

이현이 소파에 파묻힌 고개를 똑바로 들자 머리카락이 부드럽게 흘러내려 와 이마로 안착했다.

"찾고자 하는 분과 연관된 물건이나 혹은 신체 일부분이라도, 그것도 없다면 생김새라도……."

"얼굴도 잘 기억 안 나. 피부 하얀 건 기억하는데, 눈이 큰 거랑."

"또 기억나시는 건 없습니까?"

"향수는 아니고 샴푸 냄새 같기도 한데."

"……."

"냄새가."

이현은 손으로 입가를 덮으며 절대로 잊을 수 없는 향기를 떠올렸다.

"냄새가 꼭 꽃밭에 있는 거 같은데 뭔가 들에 피는 흔한 꽃은 아니야. 내가 만약 벌이라면 쪽쪽 빨다가 중독될 거 같은 느낌인데. 자극적이고 맛있어서 코 박고 죽고 싶을 정도로."

자신이 말해도 어이없다고 생각됐는지 이현이 눈썹을 구기며 중오를 바라보았다.

"찾을 수 있어?"

"……한번 해 보겠습니다."

이토록 추상적인 느낌을 가지고 찾는 건 사실상 불가능했지만 중오의 입에선 절대로 못한단 소리가 나오질 않았다.

"어렵겠지?"

"그래도 해야죠. 더 생각나는 거 있으면 말씀하십시오. 한번 찾아보겠습니다."

"너 말 잘 통한다."

이현이 웃음을 터트렸다.

"역시 해 본 사람이 잘한다고, 유니벌 상대할 줄 알아."

현재 중오가 서 있는 위치를 비웃는 듯한 뼈가 있는 칭찬임에도 불구하고 중오는 인자한 미소를 지을 뿐이었다. 얼굴도 아닌 냄새로 기억하고 있는 사람을 찾으라니. 어찌 보면 후각과 미각을 만족시키기 위해 늘 술을 입에 달고 사는 이현다운 발상이다. 그걸 잘 아는 중오였기에 술이 땅바닥으로 처참히 버려지는 지금 상황이 꽤 중요하게 인식됐다. 무슨 수를 써서라도 찾아야 제게 이익이 될 일이다.

"아, 뭐가 있긴 하다."

무언가 생각났는지 소파에서 일어난 이현이 바닥에 퍼져 있는 술을 피하지도 않은 채 밟았다.

"내가 걔를 좀 안고 있었거든."

대리석 바닥을 붉은색으로 더럽히며 들고 온 건 정장 재킷이었다.

"세탁도 하지 않고 가지고 계셨습니까?"

"혹시나 냄새날까 봐. 근데 더는 안 나."

두통이 시작되었는지 뚝뚝 끊어지듯 말하는 목소리가 위태롭다. 아이라면 밤이 무서워 찾았을 어머니 품속을 평생 단 한 번도 기어 들어간 적 없던 이현이 옷 하나 끌어안고 안정을 찾으려 한 건 아무리 봐도 정상은 아니었다. 하지만 어린애 같은 발상으로 보았을 때 또 그만큼 가지고 싶은 거라. 이현이 가만히 내려다보고 있던 슈트를 중오에게 던졌다.

"네가 맡아 봐."

"마치 개처럼 다루시는군요."

"그럴 리가. 개한테는 보상을 주지 않지."

이현이 어이없단 식으로 웃었다.

"내가 그냥 널 부려 먹겠어? 매너 없게."

"……."

"찾으면 상 줄 테니 열심히 해 봐."

"어떤 걸 주실 생각이십니까?"

"뭐든."

이현의 눈빛이 진해졌다. 만약 정말 널 다시 만난다면, 무슨 수를 써서라도 내 손에 쥔다면 빈번하게 일어나는 변덕처럼 너 역시 쉬이 질려 버릴까 의문이 들지만.

"그 여자 찾기만 한다면 네가 뭘 원하든 다 줄 수 있어."

그보다 우선 널 만나게 된다면 어쭙잖게 내 소유욕을 건드린 것만은 칭찬해 줘야겠다. 더불어 너 하나로 인해 내가 불행의 기로에 서게 된 것도.

"화장실 관리를 대체 어떻게 하는 거야?"
"네?"
"미끄러워서 넘어질 뻔했잖아!"
세아의 앞에 들이닥친 여자가 씩씩대며 팔찌가 채워진 왼손으로 머리를 쓸어 넘겼다. 선이 두 개인 제너럴. 위협용으로 내비친 건 아니겠지만 세아에게 벡터인 제 존재를 앞세워 따질 기세로 온 건 확실했다.
"가뜩이나 구두 굽도 높은데 넘어졌으면 어쩔 뻔했어? 아직도 구두 밑바닥이 질척거린다고. 관리 똑바로 안 한 네 잘못이니까 당장 나와서…….."
"무슨 일이십니까."
구두 밑을 닦으라 말하기 직전, 도현이 다가와 세아의 어깨를 뒤로 잡아 빼며 섰다. 신경질적으로 일그러져 있던 여자의 눈가가 풀어졌다. 도현은 그런 여자를 내려다보며 물었다.

"화장실, 왜요?"

"바닥에 물이 많다고. 그래서 내 구두가……."

"청소하란 말씀이신 거죠."

"그, 그렇지."

왜 말을 더듬는지도 모른다. 여자가 어느덧 목적도 잊은 채 한참 동안이나 도현의 얼굴만 바라보았다. 세아는 기가 찼다. 지금처럼 도현이 카운터 앞에만 섰다 하면 빨리 달라며 떽떽거리던 손님도 침묵하고, 맛을 가지고 트집을 잡던 까탈스런 손님도 입을 다무는 기상천외한 일이 일어난다. 세아가 도현의 팔을 잡아 뒤쪽으로 끌었다.

"정리나 하고 있지, 왜 나서서 그래?"

중오는 혹시나 도현이 다른 벡터들에게 무시당할까 카운터엔 세우지 말라 했지만 그 걱정은 애초에 우스운 것이다. 카페에서 일하는 게 제로이다 보니 도현의 위치는 낮았지만 그럼에도 함부로 대할 수 없는 분위기란 게 있었다. 거기에 넋을 빼놓는 벡터들이 보기 싫어 지금처럼 직원실 문 앞에 도현을 세워 두고 뭐라 하는 건 딱 질투였다.

"매니저님이 별것도 아닌 거 가지고 욕먹는데 어떻게 가만히 있어요?"

"서비스업이잖아. 손님이 불만 있으면 제일 먼저 나서는 게 내 일이야."

도현이 어이없단 식으로 웃음을 터트렸다.

"뭐 그런 웃긴 일이 다 있대. 제가 싫으니까 앞으로 매니저님은 그딴 말 듣지 말고 뒤에 있어요. 이런 일은 원래 남자가 나서는 거예요."

"무슨 소리야? 이럴 때일수록 가만히 있는 게 도와주는 거라고."

"자꾸 그러면 애인 나선다."

낮게 흘러나온 도현의 목소리에 놀란 세아가 저도 모르게 눈을 한 번 깜빡였다. 가게 내에선 줄곧 존댓말을 해 도현에게서 반말을 듣는 건 정말 오랜만이었다.

"하나도 안 무섭거든?"

이젠 그마저도 얼마나 사랑스러운지 모를 것이다. 도현은 뒷머리를 긁적이며 말했다.

"청소하는 거 제가 할게요."

"아니야, 여자 화장실이라서 내가 가는 게 나아."

"그럼 같이 갈래요?"

도현이 눈웃음 지었다.

"따라와."

길어진 눈초리가 세아를 보며 묘한 빛을 띤다.

누가 샤워라도 할 작정이었는지, 세면대를 비롯해 바닥이 물 천지였다. 여러 번 걸레로 닦고 짜내야겠다며 일을 시작하려는데 문 앞에다가 팻말을 세우고 안으로 들어온 도현이 그대로 세아의 허리로 팔을 감으며 키스했다. 세

아의 손에 있던 대걸레가 목적을 잃은 채 바닥으로 처박혔
다. 점막이 뒤엉켜 미끄러지는 촉촉한 소리가 울려 퍼졌
다. 아랫입술을 끈질기게 물어뜯던 도현이 짐승과 같은 거
친 숨을 뱉어 냈다.

"이래도 안 무서워?"

"응."

세아는 두 손으로 도현의 머리를 감쌌다.

평범한 일상으로 돌아왔지만 장마 전후로 둘의 사이는
확연하게 달라져 있었다.

밖에서는 아닌 척하지만 단둘이 남겨진 공간에선 서로를
더욱 갈구하는 행태가 세아의 심장을 평소보다 더 뜨겁게
했다. 도현의 목에 매달리다시피 팔을 두르던 세아는 문득
엉덩이가 축축해지는 걸 느꼈다. 뒤늦게 입술을 떼어 내자
도현이 세면대 위로 세아를 들어다가 앉혔다.

"야아……!"

삽시간에 젖어드는 치마를 보며 세아가 인상을 찡그리자
도현이 눈빛으로 명령한다. 조용히 하라고. 억울함에 세아
가 입술을 꾹 짓눌렀다. 앉으면서 허공에 버려진 다리 사
이로 도현이 웃으며 제 몸을 끼워 맞췄다.

'하지 마.'

'싫어.'

혹시라도 들릴까 입만 벙긋대니 도현이 따라 거절한다.

세아의 허벅지를 손으로 쓰다듬으며 올라갈 뿐이다.

"주말에 기도나 하러 갈까."

세아가 찝찝해하는 곳으로 달콤한 손길이 들어왔다.

"죄를 이렇게 많이 짓는데 그거라도 해야지."

지금 하고 있는 게 나쁜 짓이라는 건 알았는지 도현은 종종 남들의 눈을 피해 세아와 이뤄지는 행위를 죄라 말했다.

"속죄하면 천국 보내 준다는데."

그러곤 곧바로 녹을 것만 같은 부드러움으로 무장한 입맞춤을 세아의 입술에다가 선사한다. 세아가 자신의 종교라고 했던 도현이었다. 그건 지금도 마찬가지인 듯싶다.

이렇게 죄를 짓고 몇 번이고 세아의 앞에서 속죄하는 걸 보면. 나른함에 반쯤 속눈썹을 내린 세아에게로 다가온 도현이 입술 앞에서 작게 속삭였다.

"좋아?"

비음 섞인 목소리와 함께 손이 움직이자 세아는 또 한 번 움찔거렸다. 그걸 바라보는 눈빛은 탁하고, 세아의 얼굴 곳곳을 시선으로 더럽히는 눈짓은 어둡다. 비릿하게 올라간 입꼬리가 여린 꽃잎처럼 흩날리는 세아의 입술로 가 살며시 부딪친다.

"아……."

입술을 가로지르며 들어간 도현이 세아를 꼭 옥죈다. 턱을 벌리니 욕망이 튀어나온다. 제게 차츰차츰 먹히는 세아의 표정을 내리깐 시선으로 관망하던 도현이 느릿하게 눈을 감았다. 부디 나의 죄를 사하여 주시옵소서.

중오는 돌아오는 길 내내 이현의 재킷에 코를 박고 냄새를 분석하고 있었다. 물건 하나 쥐고 냄새를 맡는 짓은 본부장이란 위치에 올라오고 나선 하지 않았건만, 상대가 이현이니 이 정도는 감수해야 한다.

고급 향수, 음식, 술, 체취, 먼지, 그 밖에 공기를 타고 뒤섞인 것들을 비강으로 감별해 구슬로 만드니 스무 개는 넘었다. 그 안에서 가장 작은 크기로 남아 있는 건 이현이 말한 꽃냄새였다. 정확하게 말하자면 인위적으로 만든 것이 아닌 체향.

"찾는 분이 여자인가 보군."

뻔한 사실이겠지만. 중오는 정리를 마친 유리병을 모조리 차 안에다가 팽개치고 딱 하나, 적은 양의 구슬이 담긴 병만 포켓 안으로 넣어 두었다. 추적을 지금부터 해 볼까 싶었지만 너무 오래도록 자리를 비우게 된다면 도현이 감시가 소홀해진 걸 이상하게 생각할 것이다.

"도착했습니다."

가드의 말에 중오는 내리기 직전, 팔찌를 들어 파란색 선으로 남겨진 횟수를 확인했다. 초능력을 껐다 켰다 할 수 있는 스위치 같은 역할을 하는 팔찌엔 하루 초능력을 사용할 수 있는 횟수가 정해져 있었고, 도현을 감시하려면 어느 정도 여분은 남겨 둬야만 했다.

"청소하셨나요? 험한 일은 시키지 말라고 했는데."

한산한 내부를 훑으며 들어온 중오는 카페 테이블을 정리하는 도현을 보며 가장 먼저 인상부터 구겼다. 냄새를 맡기도 전에 유니폼 바지에 지저분하게 묻은 물 자국이 시선에 걸려 들었다. 도현은 덤덤한 얼굴로 삐뚤어진 테이블을 마저 줄 맞췄다.

"할 만하니까 했지."

"그런 건 안 하셨으면 하는데요."

어디 릭시가 할 게 없어서 더러운 화장실 청소를 하나 싶었지만 곧 안쪽 방에서 새것처럼 보이는 유니폼을 갈아입고 나온 세아를 보니 답이 나왔다. 화장실에서? 중오의 입술 끝이 매끄럽게 올라갔다. 도현 님, 이제 정말 겁도 없으십니다.

"밖에 있지 왜 안으로 들어와?"

"가끔 이렇게 얼굴이라도 봐야 좋지 않습니까?"

"나가. 눈에 띄니까."

"뭐, 이런 길거리에나 있는 카페에 맥스가 오는 건 흔한 일이 아니긴 합니다만."

중오는 시선을 돌리며 자신에게 쏟아지는 선망의 시선을 만끽했다. 보통 플랫부터는 격이 떨어진다는 이유로 상위 계급 벡터만이 출입할 수 있는 호텔이나 한적한 공간을 이용하기에 이곳에서 중오는 독보적일 수밖에 없었다. 그런 그가 집중하는 건 딱 한 명이었다. 중오의 시선이 흐르듯이 카운터 안으로 들어가는 도현을 따라 움직이자 세아가 그를 발견하곤 고개를 숙였다.

"오셨어요?"

"네, 안녕하십니까."

"아…… 네, 뭐라도 마실래요?"

"매니저님, 신경 쓰지 마세요."

도현이 눈썹을 구기며 한마디 하는 게 귀여워서라도 중오는 커피가 마시고 싶어졌다.

"네, 머리가 잘 돌아가게 커피 한 잔 마셔야겠군요."

"어떤 걸로 드릴까요?"

"에스프레소."

메뉴에만 있지, 실상 손님들이 찾지 않는 걸 주문한 중오를 보며 세아는 놀란 낯을 애써 웃음으로 감추었다. 그와 지독하게 잘 어울린단 생각을 하면서.

얼마 가지 않아 세아는 그의 알 수 없는 속내처럼 진한 커피를 내밀었다. 건네주는 사이 손이 부딪쳤고 세아는 껄끄러움을 숨기며 웃었지만 그 순간 중오의 표정이 미세하게 흔들렸다.

"잠시."

몸을 앞으로 기울였다.

"잠시만."

"왜 그러시죠?"

자신에게로 가까이 다가온 중오를 보며 세아가 인상을 옅게 찌푸렸다. 진한 에스프레소 향이 세아와 중오의 주변으로 가득했지만 그 안에서 희미하게 흘러나오는, 미세하게 꿈틀거리는 향은 너무나도 익숙한 것이다. 포켓 안에 넣어두었던 병에 담긴 구슬이 중오의 심장을 뛰게 했다. 집중하기 위해 눈을 감았던 중오의 입가에 미소가 그려졌다.

"윤세아 씨는 체향이 참 좋군요. 마치 꽃밭에 와 있는 기분이랄까요."

설마…….

"만약 제가 벌이라면 달려들고 싶을 만큼."

설마.

"뭐하는 짓이야."

다가온 도현이 중오의 어깨를 밀었다. 어디 제로가 감히 맥스에게 손을 댈까. 그런 기본적인 서열조차 잊을 만큼 세아를 잡아 제 뒤로 숨기는 도현의 모습은 살벌했다. 물론 그런 반응은 도현을 십 년 가까이 곁에 두었던 중오에게는 내성이 생겨 소용없는 일이다. 중오는 손에 들린 에스프레소를 제 코앞으로 가져와 맡으며 향을 순화했다.

"제가 향을 좋아하지 않습니까?"

만약 진귀한 꽃가루를 찾아 옮기는 것이 일인 생물이 있다면 세아를 그냥 지나칠 순 없을 것이다. 그제야 중오는 망가진 이현의 상태가 조금 이해되었다.

"제가 또 결례를 범했군요. 윤세아 씨, 실례했습니다."

꺼림칙했던 세아의 낯빛이 떨떠름하게 가신다. '네' 하고 대답하고선 가시를 세운 도현을 올려다보며 화내지 말라 주무르는 손길이 다정하다. 덕분에 중오는 도현의 입에서 싫은 소리가 나오는 걸 피할 수 있었다. 정말 보면 볼수록 쓸모 있는 여자라 생각하며 중오는 잔을 들고 빈자리로 가 앉았다.

이현이 찾는 여자가 세아일 거라 중오가 확신할 수 있는 건 모두 초능력 덕분이었다. 기꺼이 그 대상을 확인하기 위해 횟수 하나를 쓴 중오의 눈앞에는 빛으로 이뤄진 선이 세아에게로 쭉 뻗어 있었다. 포켓 안에서 꺼낸 유리병에 담긴 구슬과 이어진 선은 비강이 가진 특성 중 하나로서 중오가 필드를 지정하면 그 안에서 똑같은 성질을 가진 대상과 이어진다.

에스프레소를 한 모금 마신 중오가 독하게 퍼지는 진한

맛을 음미하며 세아를 바라보았다.

"맛이 좋은 날이군."

이현이 찾는 꽃은 너다. 이보다 명확한 답이 또 어디 있을까.

확인을 마친 중오가 눈앞에 그려진 선을 지우며 웃었다. 이현이 찾는 꽃밭은 관심 없지만 자신이 세운 계획엔 관심 있다. 이현 님이라. 도현과 부딪칠 상대가 이현이라면 그보다 완벽한 그림은 또 없을 것이다. 중오는 잔에 남은 에스프레소를 입안에 모조리 넣어 삼킨 뒤 일어나 빈 잔을 반납했다.

"잘 마셨습니다."

"아, 네."

"전 이만 나가 보겠습니다."

도현을 보며 말했지만 대답조차 하지 않는 얼굴을 향해 중오는 부드럽게 웃어 준 뒤 밖으로 나섰다. 한데 한낱 제로인 세아가 어디서 이현과 접촉했을까 생각해 보던 중 이 비슷한 향을 중오도 맡은 기억이 났다. 도현이 사용했던 제품과 미비하게 섞여 있던 향. 그는 최기석 의원 저택을 떠올렸다가 이내 웃음을 터트렸다. 이제 보니 쓸모 있으면서 비밀도 많은 여자였군.

중오에겐 기억을 더듬어야 찾을 수 있는 향이었지만 누군가에겐 일주일 가까이 정상적인 생활을 못하게 한 향이다. 평소보다 조금 더 멀리 떨어진 곳으로 걸어가 휴대폰을 드는 손길이 가볍다. 귀로 휴대폰을 가져다 댄 중오는 여전히 힘을 잃은 목소리에 생기를 부여하기 위해 입술을 열었다. 이제 남은 것은 확인뿐이다.

"이현 님."

만약 찾는 게 윤세아라면.

"여자분 찾은 거 같은데 오셔서 확인 한번 하셔야겠습니다."

정말 애타게 찾는 것이 맞는다면 원하는 걸 쥐어 주겠다 하신 말씀, 이미 받은 게 되겠군요.

예리는 도저히 몸이 배겨 가만있을 수 없었다. 도현을 십 년 만에 본 것만으로도 몸이 달아오를 일인데, 키스까지 맛본 그녀에게 '얌전'이란 단어는 어울리지 않았다.

어디에 가고 어디에 있든 머릿속에는 온종일 자신의 입 안을 휘젓고 다닌 도현만 떠오를 뿐이고 급기야 침대에 눕는 환영까지 만들어 내는 지경에 이르렀다. 그 아찔한 상 상이 자옥이 내린 밤그림자를 빌려 도현과 이뤄지는 달콤 한 행위로 빚어졌지만 아침이 되면 예리의 얼굴은 어제보다 더 피폐해져 있었다. 상사병에 걸린 것이다.

"주문 도와드리겠습니다."

도현의 뒤를 추적하라 붙인 사람이 보낸 멀리서 찍은 사진으로 만족 못한 예리가 결국 선택한 것은 뻔했다. 다른 여자의 모습을 카피해 찾아가는 것. 이마저도 도현의 곁에서 떨어지지 않는 중오와 한 약속을 어기는 일이라 눈치를 본 행동인데, 정작 있어야 할 도현은 보이질 않고 웃는 얼굴로 앞에 서 있는 건 세아였다.

"손님?"

"아, 아이스 카페모카."

"네, 사이즈는 어떤 걸로 하시겠어요?"

예리는 잘근 입술을 씹었다. 정보가 틀리기라도 한 걸까. 도현을 보러 온 발걸음인데 정작 그는 없고 뜯어 할퀴고 싶은 얼굴만 떡하니 있다. 열여섯 살 때에도 그랬지만 지금도 제로치곤 예쁘장한 얼굴이 예리의 속을 더욱 긁어 놓았다.

"4,500원입니다. 결제 도와드리겠습니다."

사랑을 받아서 그런 걸까. 옆에 푸른 숲을 두어서 그런지 세아의 얼굴은 아름다웠다. 긴 머리를 가지런히 묶은 모습과 화장기 없는 얼굴이지만 이곳에서 가장 빛났다. 내민 카드를 받는 가느다란 손가락과 허리선이 그녀에게 주긴 아까울 정도다. 신은 어찌 된 게 이런 하찮은 존재에게 모든 이가 바라는 걸 아낌없이 주었을까. 신에게 몸이라도 갖다 바치지 않은 이상 절대로 불가능한 일이라고 속으로 세아를 힐난하자 그 마음을 벌하려는 듯 나타난 건 예리가 가장 탐내 하는 존재다.

"매니저님."

창고 정리를 마친 도현이 예리를 스쳐 안으로 들어섰다.

"음료 나오면 진동벨로 알려 드리겠습니다."

진동벨을 내민 세아가 멍하니 정신을 빼놓은 예리를 향해 "손님?" 하고 불렀다. 세아의 목소리에 반응한 건지 일순간 도현의 시선이 예리에게 닿았다가 멀어진다. 그제야 정신을 차린 예리가 벨을 집어 들었다. 자리에 앉을 생각조차 하지 못한 채, 그토록 보고 싶어 했던 대상에게로 온 신경이 쏠린다.

"제가 할게요. 뭐, 카페모카?"

"저리 가 있어. 저번에도 크림 못 올려서 다 튀게 하고."

"어려워서 그랬어요."

카페에서 일하겠다고 말했던 첫날부터 세아가 직접 음료 만드는 법을 알려 줬는데 이런 일을 전혀 안 해 봐서인지 도현은 사고만 치기 일쑤였다.

"저 포기하지 말고 같이 해요, 매니저님이 알려 주면서."

세아는 한숨을 내쉬며 방금 주문 들어온 걸 도현에게 시켜 보았다. 도현은 자신을 지켜보고 있는 세아를 위해서라도 정성껏 음료를 만들었다.

"다 했어요."

"여기 휘핑기 잡고 크림 올려 봐. 왼손으로는 잔 잡고 시계 방향으로 돌리면서."

"네."

"살살 해야……."

"이렇게?"

말이 끝나기도 전에 휘핑기를 꽉 누른 도현 때문에 가스가 나와 커피가 확 튀었다. 놀란 세아가 도현을 때렸다.

"조심해! 다치면 어쩌려고. 뜨거운 거였으면 화상 입었어."

"힘 조절이 안 돼."

"못산다. 저번에도 이러더니."

"아, 손에 다 묻었어요."

도현이 살며시 인상을 찡그리며 커피가 묻은 긴 손가락을 그대로 세아의 셔츠에다가 문질렀다.

"뭐하는 거야. 행주 있잖아."

"몸에 닦을래."

그러면서 은근슬쩍 세아의 예민한 부위를 부드럽게 문지른다. 너어……. 세아가 입술을 앙 깨물며 노려보자 도현이 웃는다.

"와, 뭐가 이렇게 무섭고 예쁘지."

"장난치지 마."

"크림 올리는 게 세상에서 제일 어려워요."

"힘 조절만 하면 되는 건데, 뭐가."

"보통은 이런 거 뒤에서 손잡고 가르쳐 주던데."

세아가 도현의 뒤로 가 오른손을 뻗었다. 등은 어찌나 넓은지 빼꼼 세아가 고개를 내밀자 도현이 낮은 목소리로 말했다.

"더 붙어."

"어……?"

"내가 고작 이거 만드는 거 배우고 싶어서 말한 거 아니잖아."

그럼 왜……. 세아는 얼굴이 붉어졌다. 주춤하자 도현이 세아의 오른쪽 손목을 잡고 확 끌어당겼다. 졸지에 앞으로 쏠려 도현과 밀착하게 된 세아는 얼굴에 열이 바싹 오른 채였다.

"알려 줘요. 손도 잡고."

"알았으니까, 좀."

"허리에 팔도 감아 줘요."

"그건 됐고, 빨리 잔이나 잡아. 아, 휘핑기 잡은 손에 힘 빼고."

도현의 손위로 손을 겹친 세아가 휘핑기를 조심스럽게 누르자 도현이 잔을 돌렸고 아까와 달리 새하얀 크림이 차곡차곡 올라갔다. 능숙하게 산처럼 크림을 올린 세아가 손을 때자 도현이 나지막이 말했다.

"좋다."

입가에 묘한 웃음이 그려진다.

"모양이 매니저님 닮아서 예쁘네요."

뭉글뭉글한 게 꼭 네 입안 같아. 귓가로 다가가 작게 속삭여 주니 세아의 얼굴이 또 빨개진다.

"너……."

"맛있겠네."

"자꾸우……."

"해도 돼?"

세아가 놀라 도현의 어깨를 밀쳤다. 커다란 손이 자연스럽게 세아의 허리를 감싸며 문지른다.

"왜 화내고 그래요. 하면 안 되냐고 물었지, 진짜 한다고 했어요?"

그러자 귀까지 발개지는 게, 지켜보고 있던 예리의 몸 안에서 천불이 된다. 자신이 주문한 커피 하나로 저렇게 달라붙어 희희낙락거릴 줄 알았더라면 주문 같은 건 하지 않았을 거다.

"주문하신 아이스 카페모카 나왔습니다."

저 둘의 사랑놀이에 이용당했단 더러운 기분이 가라앉지 않는다. 커피를 세아의 얼굴에 부어 버리고 싶었지만 복수는 나중으로 미루며 예리는 한편에 자리 잡고 앉았다.

그래도 속상하고 아픈 마음, 도현을 보며 해소한다. 잘 지냈어, 도현아? 난 하나도 못 지냈어. 내가 널 얼마나 보고 싶었는지 모르지? 속으로 물으니 도현이 웃는다. 자신을 보고 웃는 것이라 예리는 상상한다.

"……."

마음 같아선 카페가 끝날 때까지 앉아 있고 싶지만 이 모습으로 오래 있지 못한다. 예리의 카피 능력은 최상급이라 가장 긴 유지 시간을 가졌음에도 한없이 부족하게만 느껴졌다. 도현을 좇던 시선이 가게로 들어온 남자를 발견하곤 발 빠르게 도망친다. 예리는 마른침을 꼴깍 삼켰다. 김중오다.

"왜 또 들어와."

"전할 게 있는데 잠시 저와 얘기 좀 나누시죠."

무슨 악연인지 중오가 앉은 곳은 예리와 같은 줄이었다. 뒤늦게 걸어 나온 도현이 예리의 맞은편에 앉으니 딱히 이 상황이 나쁜 것만은 아니라 생각했다.

"이제 호텔 생활 접으시고 집으로 들어가셔야죠. 한국에서 계속 생활하시려면 그쪽이 더 편하실 거 아닙니까."

"……집?"

"네."

"미국으로 데려갈 줄 알았는데."

"갈 마음이 있다면 이런 곳에서 일하겠다 말씀하시지도

않으셨을 테죠."

중오가 웃자 도현은 심드렁한 표정으로 침묵했다.

"어차피 훈련은 1년 전에 끝난 거고 이 이후로 능력이 하나 더 생기면 저야 좋겠지만 2년을 해 봐도 안 된 거, 그만 정리하고 사회생활에 적응하시는 게 좋을 것 같다는 게 제 생각입니다."

"⋯⋯."

"도망쳐 올 정도로 한국에 애정도 있으신데, 제 업무야 이곳에서도 소화 가능하니 도현 님 옆을 지키면서 지내는 걸로 본부와 이미 얘기도 마친 상태입니다. 물론 어디까지나 도현 님께서 문제를 일으키지 않았을 경우죠."

"무슨 문제."

"팔찌도 안 하셨는데, 초능력을 써서 발각되는 일이요."

도현이 살며시 인상을 구겼다.

"꼭 내가 남발하고 다닌다는 것처럼 들리는데."

"그럴 리가요. 이곳에서 생활하시고 싶으시다면 초능력 쓰는 걸 다른 누가 봐선 안 되는 걸 잘 아시는 분 아니십니까? 팔찌가 없으니 남들 눈에 보이는 것처럼 제로답게 구셔야죠."

"잘하고 있으니 잔소리는 하지 말지."

도현은 성가신 듯 팔짱을 꼈다. 끝까지 팔찌 차겠단 소린 안 나온다. 겉으로 보기에 제로여야지 윤세아와 연애하기 편할 테니.

"그래서? 할 말이나 마저 해."

중오가 눈웃음 지었다.

"해서, 며칠 전부터 집을 알아보고 있었는데 마침 딱 좋은 곳이 있어서요. 한번 보시죠. 마음에 드신다면 바로 계약할 생각입니다."

"어디든 상관없어. 네가 알아서 해."

"저런, 매정하시군요."

중오의 표정이 안타깝단 식으로 구겨졌다.

"다시 한 번 생각해 보십시오. 제가 바쁜 와중에도 고른 집입니다."

도현은 귀찮아하는 표정이 역력했다. 평소 자신의 것을 준비하는 데 쏟는 중오의 정성을 모르는 것이 아니다. 먼 미국에서 도현이 묵을 호텔을 선별했던 것도 그였다. 빼곡히 옷을 채워 넣고선 마음에 드냐는 안부 전화로도 모자라 편지까지 쓰는 건 부모보다 더했지만 단순히 애정 문제가 아니었다.

"마음에 드시는지 보고 싶습니다."

그가 집중하는 건 도현의 만족도였다. 단 한 번도 기뻐했던 적이나 별다른 반응을 보인 적 없기에 그 오기가 시간이 지날수록 더했다. 중오가 미소를 띤 채 말했다.

"제가 카페에서 일하게도 해 드리지 않았습니까. 그에

따른 성의를 좀 보이시죠."

안 그래도 요즘 들어 중오가 저를 많이 풀어 주고 있다 생각한 도현이었다. 언제 그에 합당한 걸 요구할까 궁금하던 참이었는데 들어 보니 그다지 어려운 일도 아니었다. 더더욱 요즘 세아와의 관계 때문에 기분 좋아진 도현에게 있어 그 정도는 충분히 해 주고도 남았다. 적당히 봐주고 오면 되겠지. 도현의 고개가 한 번 끄덕여졌다.

"좋아, 가서 봐."

"네, 차 대기해 있습니다."

흡족한 미소를 지은 중오가 자리를 털고 일어섰다. 먼저 나가는 뒷모습을 본 도현이 머리카락을 한 번 헤집으며 세아에게로 다가갔다.

"매니저님, 잠시 나갔다 올게요. 그래도 되죠?"

"어디 가는데?"

세아의 물음에 도현이 간결하게 중오가 조금 전 열고 나간 문 쪽으로 고갯짓했다. 작게 입술을 벌린 세아가 냉큼 말했다.

"응, 다녀와."

"올 때 뭐라도 사다 줄까요?"

"어떤 거?"

"먹고 싶은 거나 아니면 필요한 거."

"없으니까 빨리 다녀오기나 해."

피식 웃음을 터트린 세아가 곧바로 손님이 픽업대에 놓고 간 컵을 정리하기 위해 몸을 틀었다. 도현은 그 모습을 가만히 바라보다 앞치마를 풀며 걸음을 옮겼다. 동시에 예리도 자리에서 일어섰다. 도현이 없다면 이 카페도 예리에겐 그저 수준 낮은 레벨들이나 다녀가는 불결한 공간에 불과했다.

그나저나 집이라니. 위치라도 알아 놓으면 좋을까 싶어 한 모금도 마시지 않은 커피를 내버려 둔 채 따라나섰다. 확 끼쳐 오는 더운 열기에 짜증 날 새도 없이, 검은 차에 올라탄 도현이 보였다. 놓칠까 싶어 재빨리 근처에 대놓은 차로 가 운전석에 오른 예리의 눈앞으로 익숙한 차 한 대가 멈춰 선다.

골목과 어울리지 않는 자태가 거친 배기음을 뿜어 대고 있었다. 날카롭게 다듬어진 외관을 본 예리의 눈가가 살며시 일그러졌다. 한국에서 저걸 타는 인물은 딱 하나였다. 저 사람이 왜 여길…….

"어서 오세요."

'딸랑' 기분 좋게 울리는 종소리에 버릇처럼 인사한 세아는 재빨리 카운터 앞으로 섰다.

"주문 도와드리겠습니다."

친절한 음성에도 아무런 말이 없다. 빠른 일 처리를 위해 계산대에 고개를 박고 있던 세아의 시야에 차 키를 움켜쥔 왼쪽 손이 보였다. 그리고 목격한 다섯 개의 시계.

"……."

유니벌……? 천천히 고개를 든 세아의 눈동자가 크게 한 번 뒤흔들렸다.

밝은 대낮에 보는 얼굴은 그때완 비교조차 되지 않을 정도로 선명했다. 카페의 밝은 조명이 떨어진 검은 머리카락은 빛이 흘러내리는 게 보일 정도로 매끈했고 그 밑에 자리한 눈은 어두워 숨통을 조였다. 날카롭다고 느꼈던 인상의 큰 부분을 차지한 날렵한 턱 선이 가만히 세아를 향했다.

"주문…… 하세요."

마치 시선으로 탐하듯 이현의 눈동자가 조금씩 세아의 머리부터 시작해 점차 아래로 내려간다.

"주문은."

낮은 음색이 귓가에 닿자 세아는 입안이 바싹 말랐다. 여길 대체 어떻게 온 걸까. 당황하지 않으려 숨을 골랐다. 괜찮다, 난 저 남자를 알아도 쟨 나 못 봤어.

"눈부터 보고."

그 말에 세아는 오싹 소름이 돋았다. 이현은 천천히 손바닥을 허공에다가 대고 세아의 얼굴을 가려 보았다. 입술과 코를 가린 채 떨리는 눈동자를 본다. 곱고 여린 가닥이 촘촘히 박혀 있는 속눈썹과 그 아래 거대한 호수. 이현의 눈가가 가늘어졌다.

"여전히 빠져 죽기엔 딱이네."

"……무슨 말씀이신지. 주문 안 하실 거면 비켜 주세요.
뒤에 손님 계세요."

일부러 목소리까지 변조하며 세아는 어색하게 웃었다.
괜히 저러는 거야. 벌써 며칠이나 지났고 복면 때문에 내
얼굴도 모른다고. 그러니까…….

"주문할 거야."

아니야, 봤잖아. 복면이 벗겨졌었고 입술도…….

"우선 너부터 먹고."

손을 뻗어 세아의 옷깃을 움켜쥔 이현은 그대로 카운터
를 넘어 세아의 입술을 집어삼켰다. 화풀이를 하는 것처럼
연한 살점을 거칠게 씹으며 들어오는 혀가 무슨 일 때문인
지 꽤 화가 나 있었다. 무방비 상태로 키스를 당한 세아는
놀라 손으로 이현의 어깨를 밀었다. 한 번 숙인 것만으로
도 카운터 안쪽을 가뿐히 넘나드는 체구를 가진 이현이 그
힘에 밀릴 리 없었다.

오히려 발버둥 치면 칠수록 더욱 목덜미를 강하게 당기
면서 사냥감을 물어 죽인다. 사슴이 제풀에 지쳐 떨어지게
끔. 세아는 온몸의 피가 이현에게로 쏠리는 걸 느꼈다. 이
현은 눈을 감은 채 오감에 집중했다. 벗어나려 발악하는
이 키스, 이 감각, 이 느낌.

"하아……."

이 냄새. 입술을 떼어 낸 이현은 코끝으로 부드러이 흘러 내린 세아의 머리카락을 헤집었다. 이거 맞아, 내 입맛 다 버려 놓은 여자. 천천히 눈을 뜬 이현은 세아의 목덜미를 강하게 움켜쥔 채 귓가로 가 뜨거운 숨결을 담아 속삭였다.

"드디어 찾았다, 우리 백설이."

내가 일주일 동안 미쳐 있던 거.

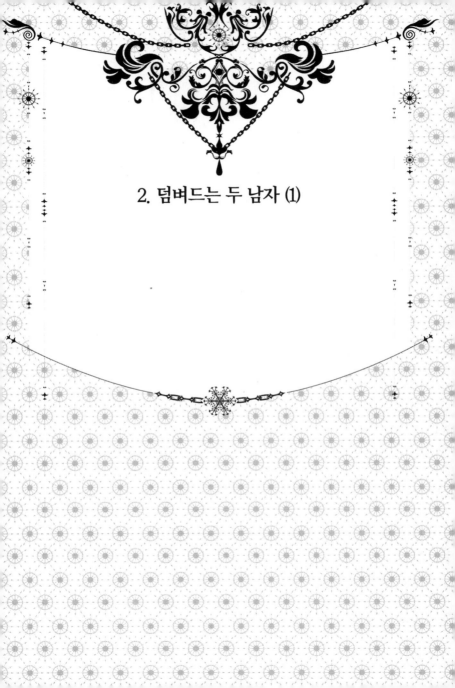

2. 덤벼드는 두 남자 (1)

2. 덤벼드는 두 남자 (1)

'우리'라는 단어는 꽤 빠른 신분 상승이었다. 왕이나 다름없는 유니벌이 불가촉천민인 제로에게 '우리 백설이'라고 했으니, 그건 곧 이현 스스로가 세아를 저와 같은 급으로 취급해 준 거였다. 하지만 상대는 그런 것에 전혀 감동스럽지 않아 할 제로다. 오히려 불결하다는 듯 손등으로 이현이 닿았던 제 입술을 문지르는 행위가 참으로 건방지다. 하긴, 그때 옷장 안에서도 키스 한 번 하기 참으로 어려웠었지.

"지금 이게 무슨 쓰레기 같은 짓이에요? 손 놓으세요."

"쓰레기?"

이현은 악다문 잇새로 살벌하게 말하는 세아를 보며 웃는다. 내가 쓰레기면…….

"여기서 너 벗기고 눕히면 진짜 쓰레기 되나?"

"미친…….."

욕이 반쯤 나왔다가 잘근 입술을 깨물며 삼켜진다. 이현은 웃겨 죽는 기분이었다. 이중생활의 폐해인지 눈치 보며 제 본성을 억누르는 '백설'이 또 다른 재미라면 재미였고, 지나치게 매력적이다. 꼭 나만 보고 싶게. 순식간에 이현의 표정이 매서워졌다.

"가게 셔터 내려."

보고 싶으면 보면 되잖아.

"오늘 장사는 끝났어."

자신의 입지를 앞세우면 쉬울 일이다. 허리를 꼿꼿하게 편 이현이 주변을 한 번 둘러보았을 뿐인데 카페 내부에 앉아 있던 벡터들이 순식간에 일어나 황급히 밖으로 빠져나가는 진풍경이 펼쳐졌다. 순식간에 휑해진 가게 내부를 천천히 훑던 이현의 시선이 카운터 안쪽으로 서 있는 직원들에게 향했다.

"문 닫으라는 말 못 들었어?"

"그게…….."

말을 여러 번 하는 건 딱 질색이다. 남들의 위에 서서 늘 정리된 것만 보고 준비된 것만 받아 왔던 이현에게 이런 상황은 머리만 아플 뿐이다.

"사장 누구야."

그러니 말 통하는 상대를 찾는 것 또한 당연한 이치다.

"사, 사장님은 지금 여기 안 계시는데."

이현의 눈초리가 알싸하게 길어졌다. 말끝마다 꼬리를 다는 건 어디서 배웠는지 그 모습이 곱게 보일 리 없다. 직원들의 낯이 한층 더 새파래진다. 이미 손목에 채워진 다섯 개의 시계를 본 순간부터 직원들은 호랑이를 만난 몸집 작은 산짐승처럼 파들파들 떨고 있었다.

"없으면 데려와야 할 거 아니야."

이현의 눈가가 짜증스럽게 일그러졌다.

"그것까지 일일이 말해 줘야 알아?"

"제가 매니저예요."

세아가 강하게 이현의 손목을 잡고 떼어 냈다.

"사장님 안 오고 가게 문 안 닫을 거니까 진상 피우지 말고 너나 꺼지세요."

"와, 오늘도 말버릇이……."

이현의 구겨진 눈가가 더 진해진다.

"제대로 건든다?"

입가에 조소가 걸렸다. 그와 동시에 '팍' 하는 소리와 함께 가지런히 정돈되어 있던 의자가 부서졌다. 꼭 거대한 무게에 사정없이 짓눌러지듯이. 파열된 테이블과 나뭇조각이 사방으로 떠다녔다.

"꺅!"

직원들이 저마다 머리를 감싸며 바닥으로 주저앉았다. 난장판으로 변하는 가게 내부를 본 세아가 소리 질렀다.

"대체 왜 이러는 거예요!"

"문 닫게 하려고."

'씩씩' 거친 숨을 내뱉는 세아를 보며 이현은 기분이 묘했다.

"미쳤어요?!"

아, 저렇게 성질내는데도 화가 나는 게 아니라 보면 볼수록 예뻐 보이는 게.

"어, 나 미쳤는데."

이 정도면 중증…….

"네가 돌게 만들잖아."

나지막이 말한 이현은 멈추지 않고 가게에 온전한 것 하나 남아 있지 않을 때까지 부서뜨렸다. 주변의 모든 것을 보잘것없게 만드는 위치와 존재감을 초능력으로 보여 주는 건 유니벌로서 한평생 숨겨 왔던 비밀을 드러내는 행위임에도 중요하게 느껴지지 않았다.

"다치기 전에 이리 와."

그날처럼, 쫓기던 네가 스스로 목숨을 부지하기 위해 내 품을 찾아든 것처럼.

"내 옆이 제일 안전해."

지뢰는 많을수록 좋고 덫은 질길수록 좋지만 넌 왜 그 한

가운데에 서서 좀처럼 움직이질 않는 건지.

"안 와?"

이현의 눈가가 불만스럽게 구겨졌다. 첫 만남을 재연하고 싶었지만 좀처럼 백설인 그럴 마음이 없어 보였다. 머리 위로 놓인 조명등이 '팍' 하고 꺼지며 곧 떨어질 듯 위태롭게 흔들렸지만 여전히 백설인 입술을 죽어라 뜯으며 노려볼 뿐이다.

"내 말 듣자."

낮게 말하자 세아의 눈빛이 더 독해진다. 이현은 살며시 고개를 틀었고 동시에 조명이 깨졌다. 우수수 많은 조각들이 세아에게로 떨어지기 직전.

"내 품으로 오라니까."

이현이 작게 한숨을 내쉬자 세아의 주변으로 반짝이는 조각들이 부유하며 둥둥 떴다.

"……위험했잖아."

그제야 세아가 눈동자를 조심스레 굴렸다. 삐죽한 조각이 주변으로 가득했다. 자칫 잘못 움직였다간 긁혀 피가 날 테지만 앞에 선 이현이 절대 그렇게 하지 않을 것이다. 자신이 박제하고 싶은 대상을 상처 입히고 싶은 마음은 없다. 이현은 피곤한 듯 머리를 한 번 뒤적였다.

"말도 안 들어."

안전하게 데려가야……. 심호흡과 함께 고개를 든 이현

이 웃었다.

"가게가 이러니 이제 장사 못 하지?"

이현이 다가서자 공중에 떠 있던 조각들이 우수수 떨어졌다. 둘 사이를 가로막고 있던 장벽도 부서진 지 오래라, 이현은 그저 눈앞에 놓인 먹음직스러운 손목을 잡으면 되었다. 세아를 당기며 이현이 바닥에 웅크린 직원을 향해 말했다.

"보상할 테니 사장 오면 신이현 이름 대."

"이거 놔!"

"못 놔."

일주일을 피 끓는 시간 속에서 살았는데.

"너 하난 이제 죽어도 안 놔."

그사이 넌 내게 무슨 수를 써서라도 가져야 할 무언가가 되었다. 세아가 없던 시간 속에 죽은 것처럼 살아왔던 이현이 천장을 향해 몇 번이고 혼잣말로 외친 건 다시 만나면 놓치지 않을 거란 다짐이었다. 멀쩡하던 입맛도 다 버려 놓고, 잘 살던 사람 망쳐 났으면 적어도 책임은 져야지.

"놓으라고!"

놓으란 무책임한 소리만 해 대지 말고 좀 더 먹히는 소릴 해야지, 백설아. 세아는 비틀어도 꿈쩍도 않는 이현을 보며 재빨리 포크를 집어 들어 등 뒤에 숨겼다. 끌려 나온 카페 밖의 공기는 무더웠지만 세아의 표정은 오히려 얼음장처럼 차가워졌다.

"타."

"아!"

단 한 번도 다른 누구에게 차 문을 열어 준 적 없던 이현은 자신의 손을 내려다보며 스스로 감탄했다. 지금 무슨 일을 한 건지……. 안에 탄 세아를 창문 너머로 본 이현이 만족스러운 얼굴로 운전석에 올랐다. 그와 동시에 기다렸다는 듯이 달려드는 환영 인사는 입술도 아니고 날카로운 무언가였다.

"뭐해?"

손목을 움켜잡은 이현이 서늘한 목소리로 물었다. 적막한 차 안에서 세아가 내뿜는 살기는 여전했다. 눈앞에 보이는 건 고작 포크였지만 세아의 손에 들리면 그마저도 무기가 된다. 벡터를 상대로 저택을 뛰어다녔던 걸 익히 보아 잘 알지만 안타깝게도 지금 이현은 포크의 본래 용도에만 관심 있을 뿐이다.

"우리 백설이가 날 먹고 싶나 보네."

"야, 좋은 말 할 때 놔."

"이제야 나한테 반말하네. 아까 주제 파악하느라 힘들었지?"

"뭐?"

"직원들 있어서 나한테 마음껏 반말도 못 하고. 게다가 넌 지금 얼굴도 안 가렸잖아."

복면을 말하는 건가. 세아는 잘근 입술을 깨물었다. 그러고 보면 카시스 나인과 제로 윤세아를 철저히 분리해 생활하던 세아가 밤도 아닌데 나인의 습성을 내보인 건 처음 있는 일이었다. 제로 윤세아라면 유니벌인 이현에게 반말은 절대로 할 수 없는데, 그 언행이 너무도 위화감 없이 나온 걸로도 모자라 포크로 찌르려 했다.

"고스트 써 줄 테니까 그때처럼 마음껏 떠들어."

같이 옷장에 숨어 있었던 시간 때문인 걸까. 세아는 혼란스러웠다.

"너 근데 밝은 데서 보니까 사람 환장하게 생겼다."

그 잠깐 사이에 안면이라도 익힌 사이라서 그런 거야, 뭐야.

"오랜만에 봐서 그런지 눈이 더 예뻐졌네."

"……."

"지금도 계속 빠지고 있어……. 그건 알아?"

근데 이건 자꾸 헛소리다. 세아가 이를 바득 갈자 이현이 웃으며 허리에 부드럽게 손을 감았다. 그와 동시에 살벌할 정도로 차가운 목소리가 흘러나온다.

"손 떼."

"안아 달라고 달려든 거 아니야? 먹어 달라고 포크 들고."

"이게 네 목을 향해 있다는 걸 알아야지."

"먹고 싶으면 말해. 목 말고 다른 곳도 닦고 기다려 줄 테니까."

작품을 감상하듯 거대한 손이 잘록한 허리선을 헤집으며 지나간다. 그때와 마찬가지로 몸에 딱 달라붙는 옷은 아니지만 쓸리는 느낌 때문인지 이쪽도 꽤 매력적이었다. 다 좋은데 뭔가 안쓰럽단 식으로 이현이 눈가를 구겼다.

　"살이…… 더 빠졌어? 잘 먹고 다녀야지."

　"놓으랬다."

　"사람 미치게……. 내가 너 때문에 그동안 얼마나 고생했는지 알아?"

　이건 또 무슨 헛소리일까. 이현의 목을 노리고 손을 뻗었지만 그걸 또 가볍게 움켜잡는다. 세아가 체중을 싣자 이현의 손아귀 힘 역시 비등해진다. 바들바들 떨리는 양쪽 힘은 한 치의 양보도 없었지만 한쪽은 죽어라 인상을 쓰고 있고, 한쪽은 그걸 여유롭게 바라볼 뿐이다. 이현이 너그럽게 봐주고 있는 것이다.

　"그 이상야릇한 쫄쫄이는 또 언제 입어?"

　"정신 나간 소리 하지 마."

　"만질 때 느낌 좋았는데. 손에 걸리지도 않고."

　계속해서 떠드는 이현을 봐줄 수가 없어 세아가 훅 하고 바람을 불었다. 이현이 반사적으로 눈을 감았다가 뜨자 보이는 건 자신의 다리 위로 올라탄 세아였다. 손이 힘을 못 쓰니 다리로 조이는 게 더 유리할 거라 생각한 모양이다. 하지만 그런 위협적인 몸짓과는 다르게 세아를 올려다보는 이현의 표정은 한층 더 복잡해졌다.

"아무도 못 올라온 곳인데."

지금껏 깔면 깔았지, 누굴 제 몸 위로 올려본 적이나 그래야겠단 생각조차 하지 않았던 이현의 입술이 감탄으로 벌어진다.

"이젠 그 생각까지 위태롭게 만드네?"

어떻게 이러지. 정말 미쳤나 봐. 내가 아니라…… 백설이가.

"누가 남자 위에 이렇게 예쁘게 앉으래, 힘도 못 쓰게."

"이상한 소리 하지 말라고!"

세아는 정말 딱 미치기 직전이었다. 애초에 살상 무기도 없이 유니벌에게 달려든다는 것 자체가 말도 안 될 일이다. 신체 조건도 다르고, 게다가 여자로서 한계도 있었다. 목숨 걸고 덤빈다 한들 저 목에 포크를 꽂아 넣을 순 없지만 그럼에도 세아는 포기를 몰랐다. 왜 자신은 할 수 없는지 분개할 뿐이다.

"윤세아?"

그 말에 세아의 손이 살짝 풀린다. 뒤늦게 왼쪽 가슴에 이름표가 달려 있단 걸 인지했다.

"백설아, 이름이 세아야?"

"너……."

"어쩌지, 나한테 다 들켰네."

이현이 피식 웃으며 입술을 천천히 움직였다.

"원래 이름 알면 다 아는 거야."

나이, 사는 곳, 그 밖에 이현이 이름 하나로 조사한다면 알게 될 사실이 여러 개다. 세아는 절망했다.

"우린 이제부터 은밀한 비밀을 나눠 가진 거지."

이런 사람과 비밀이 생겼다는 게.

"너 밤에 무슨 짓하고 다니는지 내가 다 봤고, 그거 외부로 알려지면 안 되지?"

"⋯⋯."

"내 말은 절대적이라 너 하나 신고하는 거 일도 아니지."

초능력 개수가 권력인 세상에서 이현의 지위는 말하면 입만 아플 뿐이다.

"만약 네가 안 했더라도 내가 했다고 하면 넌 한 게 돼."

이현은 이 사회의 제일 꼭대기 층에 서식하는 포식자고, 세아는 피식자인 일개 제로일 뿐이다. 살인을 하지 않았더라도 이현의 한마디면 세아는 살인자가 되고 범죄자가 된다. 그래서? 세아가 피식 웃음을 터트렸다.

"뭘 안 해? 내가 한 거 맞는데."

틀린 말도 아닌데.

"신고해. 하나도 안 무서우니까."

세아는 평소에도 늘 자신이 가진 직업에 관한 위험성을 상기하고 다녔다. 만약 발각된다면 살려 달라 빌긴커녕 당당하게 감옥으로 들어가겠다고 홀로 다짐했었다. 그러니 이딴 협박, 먹히지 않을 게 당연하지만.

"안 돼. 말하면 우리 사이에서 비밀이 사라지는 건데, 기회를 날려 버릴 정도로 멍청하진 않아서."

이런…… 식의 반응은 예상해 본 적 없다.

"나랑 어디 좀 가자."

이현이 살짝 손을 놓자 세아가 달려들었지만 그 순간 포크를 쥔 손목이 꽉 조였다. 마치 엄청난 무게의 모래주머니가 손목에 겹겹이 달린 것처럼. 툭, 포크가 차 바닥 그 어딘가로 추락했다. 무게를 이기지 못한 세아의 양손이 천천히 아래로 떨어졌다. 이현은 세아를 안아다가 조수석에 앉힌 뒤, 벨트까지 친절히 매어 주었다.

"힘들지? 좀 무거울 거야."

"너…… 나한테 무슨 짓을 한 거야?"

"그러기에 가만히 있으면 좋았잖아. 나도 안 피곤하고."

오늘 대체 능력을 몇 번이나 쓴 거야. 옅게 인상을 찡그린 이현이 그마저도 성가셨는지 핸들을 잡았다. 묵직한 엔진 소리를 낸 차가 골목을 빠져나갔다. 그걸 주차된 차 안에서 전부 지켜보던 예리의 눈가가 살며시 구겨졌다.

"신이현이 어떻게 윤세아를 알아?"

넋이 나간 웃음을 터트린 예리의 눈동자가 순식간에 어둠으로 뒤덮였다. 첫사랑이었던 하도현으로도 모자라 이젠 약혼자까지.

둘 사이에 애정은 없었지만 대외적으로 예리는 이현의 약혼녀였다. 이런 장면을 목격했으니 따질 수 있는 명분이 생긴 거지만 예리는 함부로 나서지 않았다. 이런 와중에도 계산적인 생각은 빠르게 굴러 갔다. 이현에게 자신이 뭐라 말할 위치가 못 된다는 것과 지금 이 상황.

"……."

윤세아는 없고 가게는 쑥대밭이 되었다. 거기까지 생각이 도달하자 머릿속에 떠오르는 건 이곳에 왔을 때 애타게 누군가를 찾을 도현의 얼굴이다.

예리는 차를 출발하지 않고 웃으며 그곳에서 기다렸다. 세아의 모습으로 변한 채.

도현이 유니폼도 갈아입지 않은 채 따라나선 건 어서 빨리 돌아가야 한다는 암묵적인 의사 표현이었다. 이젠 세아와 잠시 떨어져 있는 시간조차 견디기 힘든 몸이 되었는데, 드넓은 집을 빠르게 둘러보고 돌아가는 길이 꽉 막혀 있으니 상황이 저를 도와주지 않는다고 생각할 만했다. 움직이지 않는 차를 노려보며 순간이동을 하고 싶은 걸 억지로 인내했다.

"……이게 뭐야."

카페 내부로 들어선 도현은 가만히 고개를 숙인 채 엉망진창이 된 채 파편이 난무하는 바닥을 내려다보았다.

"누가 왔다 갔나 본데."

도현의 목소리가 깨진 유리 조각을 밟으며 한층 더 어두워졌다.

"그것도 우리 누나 데리고."

전화를 걸어도 가게 안쪽에서 진동이 울려 퍼질 뿐, 이 난잡해진 풍경 속에 세아는 보이질 않았다. 머리끝까지 분노가 차오르면 오히려 냉정해진다.

"알아 봐야 하지 않겠어?"

살벌한 눈동자가 자연스레 중오에게로 흘렀다. 중오는 한숨과 함께 도현을 스쳐 지나가 전쟁터를 방불케 하는 매장 한가운데 서 있는 사장에게로 다가갔다.

"무슨 일이지."

"그게, 손님 중 한 분이 초능력을 사용한 모양입니다. 경찰을 부를까 하다가 직원들 말 들어 보니 그럴 필요도 없는 일이라……. 우선은 직원들 모두 퇴근시켰습니다."

도현의 정체를 숨기기 위해 표면상 세워 둔 사장이라 그런지 무척이나 당황한 낯빛이었다. 중오는 미간을 좁혔다.

가게가 무차별하게 습격당했는데 그럴 필요도 없는 일이라니, 대충 누가 벌인 일인지 예상이 갔음에도 지켜보는 이가 있어 되물었다.

"손님?"

"유니벌이 가게에 방문했다고 합니다."

"유니벌이나 되는 사람이 대체 여길 왜?"

"잘 모르겠습니다만 매니저를 데리고 나갔다더군요."

중오의 연락을 받은 이현이 다녀간 것이다. 한데 정말 유니벌 이름답게 구셨구만. 쑥대밭이 된 가게를 한 번 훑어본 중오는 속으로 웃었다. 보유 초능력을 외부에 알리지 않기 위해 평소 얌전히 지내는 이현이 이 정도로 굴 정도면 윤세아의 값어치는 점점 높아진다.

"유니벌?"

이젠 정말 뻔뻔한 연기가 필요한 시점이다. 중오는 한껏 표정을 구긴 채 몸을 돌리며 도현에게 말했다.

"유니벌이 가게에 와서 윤세아 씨와 나간 모양입니다."

"유니벌이 이름은 아니잖아. 걔 이름이 뭔데?"

"글쎄요. 알아낸다고 해서 어떻게 할 순 없는 일입니다만."

도현이 어이없단 듯이 웃었다.

"그건 내가 결정할 일 아닌가."

그 한마디에 중오는 소름이 돋았다. 도현은 팔찌만 차지 않았을 뿐이지 제 위치를 너무나도 잘 알고 있었다.

"네가 그렇게 단정 지어 말할 건 아니지."

갓 사회 밖으로 나온 도현에게 레벨의 격차와 그로 인해 빚어지는 일들은 곤란스러워야 하는데, 오히려 도현은 지나치게 차분했다. 중오는 꽤 간만에 자신의 신경이 날카롭게 곤두서는 걸 느꼈다.

"맞습니다."

자신이 만든 괴물이다.

"어디 놀러 나간 것처럼 말하지 마. 우리 누난 끌려간 거고 그게 겁도 없는 유니벌인 거지."

초능력 개수로 지위가 결정되는 사회에서 세계를 거머쥐기에 손색없는 태도였다.

"내 말이 틀려?"

이미 형체를 잃은 의자 조각이 도현의 발밑에서 한 번 더 으깨졌다. 중오는 시선을 내리는 것으로 답을 대신했다. 사회에 내놨을 때 적응을 하지 못할까 걱정했건만 이미 왕은 준비를 모두 마친 셈이었다. 그러니 어서 왕좌에 앉으라 갈망하는 마음을 조금 내비쳐도 좋을 듯했다.

"아시겠지만 초능력은 사용하시면 안 됩니다."

"알아. 겉으로 보기엔 제로니 그 정도 판단은 제대로 하고 있어."

"그렇다면 보는 눈도 있는데 유니벌에게 하는 언행도 조심해 주셔야죠. 제로답게 구셔야 맞습니다."

"유치한 교육은 나중에 해도 늦지 않는데. 지금 누가 사라졌는지 아직도 파악이 안 돼?"

올라가려던 중오의 입꼬리가 잠시 멈칫했다. 지금처럼 도현 본인 스스로가 절대자임을 인지한 모습은 반가운 일이었지만 그로 인해 들이닥친 위기도 있었다.

"일 처리를 이런 식으로 해서 어디 내 옆에 붙어 있을 수 있겠어?"

"……."

자신의 위치를 명확하게 인지하고 있는 자만이 부릴 수 있는 협박이다.

"너도 나로 인해 얻는 게 있을 거 아니야. 아닌가?"

중오는 제 속내를 감추려 부드럽게 웃었다. 도현을 이용해 세계를 제 손에 움켜쥐려 했던 중오의 사정까지 이미 그는 전부 알고 있는 듯 보였다. 만약 팔찌를 찬 후에도 이런 식이라면 어떤 일이 벌어질지 뻔하다.

"아닙니다. 제가 움직여야죠. 그러라고 있는 초능력이 아닙니까."

고개를 든 중오의 눈매가 날카로워졌다. 윤세아를 어디 하나 부러뜨려야 하나.

"윤세아 씨는 제가 찾아볼 테니 도현 님은 여기 가만히 계십시오."

그렇다면 저 이성이 조금은 무너질까. 중오가 웃는 얼굴

로 고개 숙여 인사한 뒤 가게 밖으로 나와 건우에게 낮은
목소리로 지시했다.

"감시 잘해."

소름 끼치도록 정돈된 양복처럼 중오의 입가에서 더는
살가운 냄새가 나질 않았다.

여전히 도현은 시선으로 바닥에 퍼진 조각들을 파헤치는
중이었다. 혹시라도 어디 부딪치거나 다치진 않았을까. 세아
의 흔적을 찾아 헤매면서도 도무지 화가 가라앉질 않는다.

"누가 그랬는지……."

제정신이 아닌 게 분명하다. 도현은 입안을 훑으며 한탄
했다. 어떤 정신 나간 놈이 우리 누나를 이렇게 예의 없이
데려갔을까. 얌전히 데려갔다가 돌려줘도 열 받아 미칠 지
경인데 버릇없이 영역 표시를 이딴 식으로 남기고 갔다.
그것도 내 가게에서, 내가 자리를 비운 틈을 타. 제대로 미
치지 않고서야.

되찾아 오는 건 이미 당연한 일이기에 도현은 지금 이 모
든 상황을 자신에게 내밀어진 선전포고로 인식했다. 윤세
아 몸에 흠집 하나라도 났으면…… 그 남자를 어떻게 고통
스럽게 죽여야 하나.

"도현아."

천천히 도현의 고개가 올라와 소리 난 쪽으로 향했다.

"……윤세아?"

걸어오는 세아를 보며 눈동자는 어디 잘못된 곳이 없나 살피기 여념 없다. 새하얀 목을 감싼 단추가 멀쩡한지, 강제적으로 누가 움켜쥐어 생긴 주름은 없나 옷을 포함해 발밑까지 전부 훑어본 도현이 자신의 앞으로 다가온 세아에게 물었다.

"어디 다친 데는 없어?"

"사람 없는 곳 가서 얘기해."

가드들을 본 세아가 도현의 손목을 잡아끌자 너무나도 쉽게 따라와 준다. 세아가 향하는 곳은 그나마 멀쩡하게 살아남은 창고였다. 잡아당기는 대로 얌전히 끌려오는 거대한 발소리가 심장을 벅차게 해 세아는 웃었다. 아니, 예리는 웃었다.

침체되어 있던 도현이 자신을 보고 나서야 생기가 돌았다. 그걸 본 예리는 마치 자신이 조물주가 된 기분이었다. 내 움직임 하나에 숨을 뱉어 내고 살아나는 널 보는 이 벅찬 감정을 어떻게 말로 다 할 수 있을까. 비록 세아의 모습이었지만 예리에게 그런 건 중요하지 않았다. 걸어 들어오는 날 보며 네가 눈조차 떼지 않았는데.

"어떻게 된 일인……."

널 어떻게 가만히 둬.

도현이 창고로 들어와 문을 닫자마자 예리가 그대로 입술을 부딪쳤다. 예리의 키에 맞춰 낮아진 허리가 잠시 딱딱하게 굳었다. 이내 조금 더 내려오며 팔로 강하게 허리를 감싼다. 혀가 송두리째 뽑혀 나갈 것만 같은 느낌에 예리는 몸이 달아올랐다. 거친 손길이 유니폼 위로 움직이자 절로 앓는 소리가 흘렀다. 다리를 꼬자 도현이 그걸 또 손으로 잡아 세웠다. 아아…… 예리는 정말 미칠 지경이었다. 황홀한 키스가 끝나자 흥분한 몸이 본능적으로 더 해 달라 도현에게 붙었다.

"하아…… 도현아…….."

도현이 목덜미로 입술을 묻으며 물었다.

"좋아?"

"으응……."

'쪽' 하고 마찰음이 울려 퍼지자 입안이 흥건해진다. 치마 안쪽으로 손이 점차 밀려들어 왔다.

"여긴?"

"아."

예리가 거침없이 소리를 토해 내자 도현이 낮은 목소리로 말했다.

"우리 누나는 여기 만질 때 소리 안 내."

천천히 고개를 비튼 도현의 눈빛이 짙다.

"이런 싸구려 유혹도 안 하고."

달라붙은 몸을 밀어내자 치마 밑으로 들어갔던 손 역시 망설임 없이 빠져나온다.

"너 누구야."

얼어붙을 정도로 차가운 목소리다. 예리는 그만 딱딱하게 굳고 말았다.

"……어?"

세아의 신체적 반응 따위 예리가 알 리 없다. 따라 할 수 있는 건 어디까지나 겉으로 보여지는 체취와 모습, 생김새가 전부였지 어느 부분을 건드리면 못 견뎌 하는지 따위 알지 못한다. 자신을 어둡게 내려다보는 도현을 향해 예리가 어색하게 웃었다.

"도현아…… 갑자기, 그게 무슨 말이야."

지금까지 분위기 좋았는데 순식간에 찬물이 끼얹어진 격이라 예리의 등 뒤로 서늘함이 달려들었다. 세아의 얼굴로 화사한 웃음을 지었지만 그럴수록 예리해지는 눈이다.

"너 누구냐고."

살갗을 파고드는 날카로운 시선이다. 조금 전 서로 끌어안고 키스를 나눴던 사이라고 느껴지지 않을 정도였다.

"따라 하려면 제대로 하든가. 건드려 주니까 아주 좋아 죽던데."

도현의 입가에 차가운 조소가 걸렸다.

"무슨 발정 났어?"

예리의 안면이 움찔거렸지만 도현의 눈매는 오히려 균형을 유지했다. 늘 제 거대한 몸부터 애달게 밀어붙이고 나서야 벌어지던 예쁜 입술이다. 최대한 허리를 낮추고 눈을 몇 번이고 맞춰야지만 맛볼 수 있던 입이다.

"윤세아 얼굴로 싸구려 짓 하지 마."

그 값어치도 모르고 헤프게 달려들며 입부터 벌려 댄 건 예리의 커다란 실수였다. 그것도 세아의 몸이라면 모르는 것 하나 없는 도현을 상대로.

"싸구려……."

예리는 난생처음 듣는 단어가 믿기지 않아 소리 내 말했다. 네 손길에 화답하던 내 반응이 너에겐 그런 식으로 비췄어? 싸구려, 아무나 살 수 있는 그런 거……? 제 몸의 가치가 확 떨어지는 기분이 밀려와 예리는 애달프게 말했다.

"너…… 지금 날 가짜라고 생각하는 거야?"

"윤세아 얼굴로 그런 표정 짓지 마."

상처받은 마음을 대변하듯 얼굴이 구겨졌지만 소용없다. 몸은 거짓말을 하지 않지. 어딜 건드리면 좋아하는지, 못 견뎌 하는지 이미 둘만의 관계로 모두 깨우친 뒤라 도현은 달려드는 입을 일부러 받아 주며 손끝으로 확인했고 그 결과.

"도현아……."

"가짜 주제에 아직도 그런 식으로 나 부르는 건 제정신이 아니라 그런가."

너는 거짓이다.

"정상이라면 이런 짓도 안 할 테지만."

내 사랑은 소리 한 번도 쉽게 내지 않아. 특히나 이 가게에선.

"네 모습으로 돌아가는 게 신상에 좋을 거야."

예리는 애처로운 표정을 집어치우고선 피식 웃음을 터트렸다. 배를 잡고 웃어젖혔다. 공간을 가득 메울 정도로 꺼림칙한 웃음소리가 울려 퍼졌다. 그를 가만히 내려다보던 도현에게선 냉기가 차올랐다. 웃음을 흘리던 예리가 이내 숙였던 허리를 곧게 폈다. 하아…… 옅은 숨과 함께 예리의 입가에서 미소가 사라졌을 때 눈빛은 오히려 독해졌다.

"알아?"

"……"

"나도 같이 좀 알자. 걘 어딜 건드리면 좋아해? 어떤 소리를 내는데?"

자신이 가짜임을 들켰다는 것에 조바심 같은 건 나지 않았다. 어차피 중오 역시 윤세아를 카피한 행위를 잠깐의 혼돈이라 말했었고, 그걸 들켰다 해서 달라지는 건 없었다.

"그래서 너, 윤세아 얼마나 건드려 봤는데?"

오히려 도현이 자신의 정체를 알아챌 정도로 두 사람의 관계가 진척돼 있단 사실에 화가 났다.

"네가 어떻게 이런 제로 따위의 몸에 관해 그렇게 잘 알아?"

도현이 가소롭단 식으로 웃었다.

"알만 하니까 알지. 내가 좀 좋아해?"

한순간에 예리의 얼굴이 일그러졌다. 윤세아란 이름을 더럽히니 오히려 굳건한 소유욕을 내비친다. 나는 맛보지도 못한 건데 이러면 내가 정말 미칠 거 같잖아, 도현아. 예리는 울고 싶은 표정을 지었다. 그러다 또 사악한 뱀처럼 웃었다.

"왜, 말이라도 해 줘 봐. 그래야 제대로 따라 하지."

꼬리를 수십 개 단 여우처럼 이 와중에도 도현의 손을 잡으며 아양을 떤다. 세아의 모습에서 벗어날 마음 같은 건 없어 보여 결국 도현은 제 손을 더럽히기로 마음먹었다.

"깩!"

"뭐가 더 이로운지 판단은 할 수 있겠지."

얼음보다 차가운 목소리가 바닥으로 깔렸다. 예리는 목을 꽉 조이는 답답함에 켁켁대며 발을 동동 굴렀다. 이내 바르르 허벅지를 꼬았다. 누군가의 힘으로, 오직 힘만으로 이렇게 억압받은 적 있었나. 도현을 볼 때마다 심장이 멎는 기분을 자주 만끽했던 예리는 지금 이 순간 쾌감이 이기는 장면을 맛볼 수 있었다.

"십 년 전에도 너였지."

아아, 너는 어쩜…….

"으응…… 나였어."

나를 이렇게 미치게 해…….

"왜."

"왜긴, 네가 제로였으니까……. 윤세아랑 다니는 게 질투 나서 그랬지."

점차 조여지는 위기에 내몰렸지만 예리의 입술은 오히려 평소보다 생기 있게 움직였다.

"제로를 따라 하는 게 불결하긴 했지만 뭐, 덕분에 너와 윤세아가 떨어졌잖아?"

마치 신고한 순간에 벅차오르던 발걸음처럼.

"그게 뭐 잘못됐어?"

"잘못? 아주 제대로 엇나갔지."

"도현아……."

"시끄러우니까 윤세아 목소리로 떠들지 마."

"으…… 더 꽉 조여도 괜찮아."

예리는 저를 더 속박하라 힘줄이 도드라진 손을 부드럽게 감쌌다. 지금 이 순간 왼쪽 손목에 팔찌 스위치가 하나 켜졌다.

"하나도…… 안 아파. 어떤 짓을 해도…… 난 면죄받을 수 있거든."

예리가 가진 초능력 중 하나인 면죄는 그 어떤 고통과 아픔에서도 구제받을 수 있다. 예리는 아픔도 잊은 채 자신을 조이는 얼굴만 가늘어진 눈으로 올려다보았다. 너는 어떻게 이렇게 화내는 것도 매력적일까. 네 손에 잡혀 생명을 저울질당하는 이 순간이 마치 꿈만 같다. 너른 품에 안겨 있는 것보다 더 자극적이야.

"더 해…… 더 힘줘…… 좋아 죽겠으니까."

이토록 강한 힘에 사정없이 휘어 잡힌 여자…… 그건 내가 처음일 거 아니야. 도현은 그 모습을 보며 실소를 터트렸다.

"좋아 죽겠어?"

"으응……."

귓가로 다가온 입술이 글자를 씹어 내듯 뱉어 낸다.

"그럼 내가 더 미치게 해 줄까?"

"어떻게……?"

물으니 돌아오는 건 숨구멍 하나 존재하지 않게 조이는 빼곡한 힘이다. 아아, 예리는 도현의 손목을 꽉 움켜잡으며 손톱을 박아 넣었다. 고통은 못 느낄지언정 공기가 필요한 몸에 또 다른 아가미가 생길 리 만무하다.

"도현아, 큭…… 근데, 너…… 어떻게…….."

예리가 얼마 남지 않은 숨으로 헐떡였다.

"윤세아를 이렇게 막 대해?"

그 말에 도현의 손가락이 일순간 멈추었다. 미쳐 있던 시야로 세아의 얼굴이 그제야 들어온 것이다. 망설이는 순간을 파고든 예리가 웃었다.

"너 윤세아…… 지금처럼 괴롭힐 수 있어?"

그래, 이 좋은 걸 어떻게 이용 안 해.

"잘 봐 봐…… 네가 사랑하는 윤세아잖아."

도현은 천천히 자신의 손에 잡힌 얼굴을 내려다보았다. 매가리 없이 풀린 눈매, 위태로운 음색, 곧 식어 버릴 듯한 혈색. 그 모든 걸 빠짐없이 눈으로 담은 도현이 느리게 고개 숙였다.

"왜."

시선이 마주쳤다. 뺨 위로 달아오른 도현의 숨을 느끼며 예리는 오싹 소름이 돋았다.

"이마저도 사랑스러운데?"

귓바퀴를 빼곡하게 채우는 음성 속에서 범접할 수 없는 소유욕을 본 것이다. 예리는 놀라 저도 모르게 또 다른 초능력을 사용하고야 말았다. 도현에게 붙들려 있던 몸이 곧 투명해지며 손아귀에 잡히지 않게 되었다. 재빨리 도현의 손에서 벗어난 예리는 뒤도 돌아보지 않고 내달렸다. 닫혀 있는 문조차 통과하면서 부리나케 도망쳤다.

"무슨 일입니까?"

그 모습을 목격한 건우가 문을 열고 들어오자 도현이 허공에 놓인 손을 내렸다.

"놓쳤어?"

"무슨, 방금 윤세아 씨가……."

"누나 아니야."

"……."

핏대가 선 손등을 보니 조금 전 상황이 예측되었다.

"놓쳤나 보네."

땀으로 젖은 머리카락을 쓸어 넘기며 도현이 설핏 웃었다.

"괜찮아. 다음번에 잡으면 되지."

오늘만 날인가. 다음 만남에선 반드시 가면 뒤에 숨겨진 얼굴을 보고야 말리라 다짐한 도현이 태연하게 입가를 문질렀다.

"입을 소독해야겠는데."

우리 누나가 없네. 내 세아가…….

"소란스러운 일이 있었나 보군요."

"아직도 누나 못 찾았어?"

너무 늦잖아. 살벌한 눈빛을 한 도현의 얼굴이 비스듬히 소리가 난 쪽으로 기울었다. 이제 막 가게 안으로 들어선 중오가 다가서자 안 그래도 짙은 머리카락이 눈앞을 빼곡히 가린다.

"넌 왜 또 여기로 들어와. 누나 찾았냐고."

"이곳에 윤세아 씨가 나타났기에 온 것뿐입니다."

저런. 중오가 걸어오며 주머니 안에서 반듯하게 접은 손수건을 꺼내 펼쳤다.

"닦으세요."

얼마나 화가 났으면. 쏟아 내지 못한 분노를 애꿎은 대상에게 해소하다 보니 죄 없는 입술에서 피가 나고 있었다.

도현이 입안에 고인 침을 뱉었다. 핏물 섞인 응어리가 바닥으로 버려지니 중오가 옅게 인상을 구겼다.

"제가 걱정하는 걸 꼭 보셔야겠습니까. 그런 식으로 화를 푸시면 몸만 망가집니다."

"내 몸이 그렇게 걱정되면 주변으로 열 받을 일이 생기지 않도록 최선을 다해. 그게 네가 할 일이잖아?"

중오의 무능력함을 채찍하듯 흘러나온 목소리다. 중오를 보는 눈빛이 얼어붙도록 차갑다.

"방금 나간 여자, 누나 따라 한 가짜야. 추적해서 내일까지 신상 가져와."

입안을 피로 물들일 정도로 불결한 건 키스였나. 도현이 어떤 식으로 진짜와 가짜를 구분했을지 짐작한 중오가 모르는 척, 굳게 다물고 있던 입을 열었다.

"……내일까진 어려울 것 같은데요."

"카피, 면죄, 패스."

빠르게 도현의 입에서 흘러나온 초능력을 들은 중오는 고요히 절망했다. 대체 그 잠깐 사이에 초능력을 몇 개나 들킨 건지.

"이래도 못 찾는다면 너와 작당한 걸로밖에 생각 안 되지."

그걸 어떻게 알아냈는지. 초능력을 판별하는 통찰력을 가르친 건 또 저라서 중오는 쓰게 미소 지었다.

"내 의심 키워서 좋을 거 없을 텐데."

아아, 멍청하고 불쌍한 여자.

"네, 내일까지 찾아보도록 하겠습니다."

설예리가 기어코.

"대답만 하지 말고."

"그러겠습니다."

"누나부터 데려오라고, 미쳐 버리기 전에."

핏대가 요동쳤다. 말할 때마다 타오르는 열기가 장기를 좀먹는 기분이다. 제일 싫어하는 더위가 도현의 온몸을 지배해 끝도 없이 타들어 가고 있었다.

"아니다…… 내가 움직이는 게 더 빠르겠어."

시체가 되기 전에 움직이는 게 나을 것이란 판단을 마친 도현이 살기 위해 발을 떼었다. 중오가 그를 막아섰다.

"초능력은 사용하시면 안 된다고 했을 텐데요."

"신체 조건은 초능력이 아니지."

중오가 한쪽 눈썹을 꿈틀댔다.

"후각만으로 찾을 거야. 문제 있어?"

"……아니요, 그럴 리가요."

도현의 생기 잃은 눈동자가 그를 주시한다. 중오는 지금 이 상황이 꽤 재미있게 느껴졌다.

"지금부터 움직일 거니까, 감시 붙이려면 붙여."

제게 이런 면을 보여 줘서 좋을 거 하나 없을 텐데요.

"여길 대체······!"

"쇼핑이나 하자."

세아가 이현의 손에 붙잡혀 오게 된 곳은 어느 대형 백화점이었다. 입구에 들어설 때부터 머리를 깊이 조아린 직원들이 일렬로 서 벌벌 떠는 게 이상하다 싶었는데 안엔 직원 이외의 사람이라곤 존재하지 않았다. 차 안에서 어디론가 전화를 걸어 10분 안에 싹 다 비우라고 말하더니. 지금 이 사태가 이현이 벌인 짓이란 걸 알게 된 세아는 기가 찼다. 유니벌로서 권력을 남용하는 걸 보니 안 그래도 거부감 들던 사회 구조가 더욱 거북스러웠다. 엘리베이터에 올라탄 이현은 고개를 갸웃거렸다.

"왜, 별거 아닌데 이런 걸로 감동했어?"

"재수가 없어서 그런 거거든?"

"사람들하고 부대끼는 건 질색이라서."

"쇼핑할 거면 너 혼자 실컷 해!"

"아니, 너랑 해야 돼."

문이 열리자 세아는 이현의 손에 또 끌려갔다. 싫다고 발악하는 두 다리를 힘으로 끌어당기고, 놓으라 야단법석인 손가락 사이로 깍지를 끼웠다. 나머지 한 손을 여유롭게 주머니 안으로 밀어 넣은 이현이 평온하게 주변을 둘러보았다.

"골라 봐. 너 뭐 좋아하는지 좀 보자."

"뭐?"

"쫄쫄이 같은 옷도 좋지만 평소에 뭘 입는지 궁금해서."

이현이 데려온 곳은 세아에겐 낯선 공간이었다. 발을 붙이기에도 민망할 정도로 먼지 한 톨 존재하지 않는 깔끔함이 제로가 보기엔 지나칠 테지만 이현에겐 익숙한 것이다.

"골라 보라니까?"

눈부신 조명이 곳곳에 서서 밝히고 있는 건 가방과 구두, 옷들이었다. 제로인 세아라면 결단코 손에 쥘 수도 없는 사치품. 벡터들 사이에서도 플랫 이상인 자들만이 누릴 수 있는 공간에 들어선 세아는 온몸에 두드러기가 날 것만 같았다.

"난 이런 데 와 본 적 없어."

"알아. 그러니까 골라 보라고, 맘에 드는 거."

세아는 인상을 찌푸렸다. 이런 곳에 자신을 데려온 이현의 목적이 불순하게 느껴졌기 때문이다. 격차라도 느껴 보라는 거야, 뭐야?

"몇 번을 말해? 이런 거 입어 본 적도 없다고."

"안다고. 말 안 해도 너 제로란 거 여기서 내가 제일 잘 알아."

잡아끌다시피 옷이 걸린 곳으로 걸어간 이현이 덤덤하게 옷을 뒤적였다. 마음에 드는 재킷을 보고 꺼내 세아에게로 대보자 세아가 그걸 거칠게 밀쳤다.

"그런데 날 왜 여기 데려와? 이런 식으로 가지고 놀면 좋아?!"

"가지고 놀아?"

어이가 없었는지 이현의 눈썹이 서늘하게 내려앉았다.

"누가 할 소리를."

이상한 쫄쫄이를 입고 불현듯 내 앞에 나타난 건 너였다. 검은 복면으로 얼굴을 빼곡히 가리고는 그 호수 같은 눈만 보여 줘 일주일 동안 잠겨 죽고 싶게 한 것도 너였고, 들어온 상대를 밀어내는 버릇없는 혀는 얼마나 자극적이었는지 멀쩡하던 입맛을 다 망쳐 놔 그 어떤 것도 마시지 못했다. 이름 모를 향 하나로 일주일 내내 온 정신을 가지고 논 것도 너인데, 지금 누가 누구보고 가지고 논데. 이현은 피식 웃으며 다시금 옷을 뒤적였다.

"골라, 빨리 집에 가고 싶으면."

"와 본 적도 없는 곳인데 맘에 드는 게 있을 리 없잖아."

"손 가는 대로 잡아 봐, 그럼."

"대체 이게 무슨 의미가 있는데?"

"눈이라도 높은가 보게."

"내 눈이 왜 높아야 하는데?"

나랑 어울리나…… 보려고. 레벨로 격차 못 좁히니까.

이현이 세아를 보며 웃었다.

"고르라면 그냥 골라. 좋은 말 할 때."

자고로 맛이 좋은 술은 나눠 마시면 안 되는 법인데, 겉으로 보기엔 누구나 쉽게 잡을 수 있는 제로라 지금 이현은 세아가 다른 누군가에게도 막대할 수 있는 존재로 보이는 게 싫은 것이다.

"도망칠 생각하지 말고."

그러니 옷으로 아무나 손도 못 댈 정도로 값어치를 올려놔야…….

"안목 좀 보자."

성의껏 골라 보라 손을 놔주니 세아가 도끼눈을 하고선 이현을 노려보았다. 그 시선을 만끽하며 소파로 가 앉은 이현에게 직원이 다가와 떨리는 목소리로 마실 것을 권했다. 되었다고 손으로 무르고서는 세아를 가리켰다.

"쟤 고르는 거나 네가 대신 들어."

집이라도 빨리 가고 싶은 마음인지, 아니면 싫은 티를 이런 식으로 표출하는 것인지 세아는 손에 잡히는 대로 꺼내어 직원의 품에 안겨 줬다. 그 모습을 지켜보던 이현은 자리에서 일어나 세아가 방금 고른 옷 안쪽에서 가격표를 꺼내 보았다. 그러고선 인상을 구겼다.

"제대로 고르는 거 맞아? 네 사이즈가 아니잖아."

"무슨 헛소리야?"

"너 안아 봐서 잘 알아. 이건 너한테 커."

자신의 몸에 대해 잘 아는 것처럼 말하는 이현 때문에 세아는 기분이 더러웠다.

"이건 어때?"

이현의 손에 이끌려 꺼내진 건 진주가 빼곡하게 박힌 새하얀 드레스였다. 유니폼을 입은 세아의 몸 위로 한 번 대 보더니 이현이 고개를 한 번 끄덕였다.

"입고 나와."

"안 입어."

"입어."

살벌하게 말했음에도 세아의 얼굴 위론 절대로 양보가 보이지 않았다. 한쪽 눈썹을 구긴 이현이 손짓해 직원을 불러서는 옷을 대신 안겨 줬다.

"책임지고 네가 입혀."

"네, 네?"

"얘가 이거 안 입으면 네가 짤리는 거야."

직원의 낯이 순식간에 파리해졌다. 제너럴로서 이 자리까지 오르기 위해 한 노력이나 저보다 높은 벡터들을 상대하며 일하는 것에 자부심을 느꼈을 그녀에게 유니벌인 이현이 한 말은 청천벽력 같은 소리였다. 독기를 품은 세아의 눈동자가 직원에게로 옮겨지니 정처 없이 흔들렸다. 그녀의 얼굴 위로 드리운 초조함을 견디다 못한 세아가 결국 옷을 들고선 탈의실로 들어갔고, 이현은 입가에 미소를 그린 채 그 뒤를 여유롭게 따라갔다.

"거 봐. 딱 맞지?"

이현이 탈의실 앞에 기댄 채 팔짱을 꼈다. 안에서 바스락 거리는 소리만 들릴 뿐, 세아는 대꾸조차 하지 않았다. 얼마 가지 않아 문이 열렸고 신경질적으로 머리를 넘기며 나온 세아의 잘록한 몸매 굴곡에 따라 촘촘히 박힌 진주가 화려하게 반짝였다. 아, 이현의 입술이 나지막이 벌어졌다가 이내 매끄럽게 올라갔다.

"맘에 들어?"

역시…… 백설인 하얀색이 잘 어울려.

"난 좋은데."

세아는 그 말에 헛숨을 토했다.

"어떡하지, 난 싫은데?"

한 번도 입어 본 적 없던 옷이기에 불편한 건 당연했다. 지금처럼 이현이 누군가를 데려와 옷을 고르고 그걸 기다려 주고 입고 나온 모습에 감탄하는 일은 처음인 걸 알지 못하는 세아에게 이 상황은 인형 옷 입히기 놀이 따위로밖에 보이지 않았다. 앙칼지게 올라간 눈초리조차 예쁘다 생각하며 이현은 팔짱을 풀었다.

"내가 앞으로 좋아지게 해야지."

"앞으로?"

"그럼 내가 널 한 번 보고 놔줄 거라고 생각했어?"

이현이 말도 안 된다는 듯 인상을 구기며 뒷주머니에서 지갑을 꺼냈다. 직원에게 카드를 건네줬다.

"쟤 손 한 번이라도 닿은 거 전부 계산해."

"네."

"앞으로 나랑 만날 땐 이런 거 입어. 팔찌는…… 어떻게 안 되는데. 제로는 손목에다가 액세서리도 시계도 아무것 도 못하지?"

"너……."

"그럼 긴 팔 입든가. 나랑 다닐 때만큼은 좀 가려 봐."

세아가 자신에게로 다가오는 이현을 밀치자, 순간 손가 락 사이에서 반짝이는 무언가를 본 이현이 그걸 빠르게 낚 아챘다.

"웬 반지."

이현의 눈가가 살며시 좁아졌다. 왼손에, 그것도 네 번 째 손가락에 끼워진 반지가 꺼림칙하게 시야로 들이닥쳐 물었다.

"이건 뭐야?"

"보면 몰라? 애인 있단 소리지."

"누가, 뭐가 있어?"

앙증맞은 입술 사이로 나온 단어가 더욱 이현의 심기를

거스른다.

"애인 있다고."

세아가 다시 한 번 말하자 이현은 몸 안에 흐르는 피가 뜨거워지는 걸 느꼈다. 시선을 내린 채 반지를 보는 이현의 눈빛이 어둡다.

"그래 봤자 제로겠지."

일주일 전에 그렇게 사라져서 사람 병신 만들어 놓은 여자를 이제야 찾아 손에 쥐어 보나 했는데…… 세아를 향해 올라가는 입꼬리가 매섭다.

"이거 너한테 준 남잔 잘못 걸렸어."

"……이상한 짓 하기만 해 봐."

무슨 짓을 해도 눈 하나 깜짝 안 하던 게 고작 누군지도 모를 대상을 협박하니 그날 밤처럼 비장해진다. 그날의 흔적을 느낄 수 있는 건 곧 이현에게 자극이 된다. 손을 꼭 잡은 채 예쁜 얼굴이 서늘해지는 걸 뚫어지게 바라보았다.

"할 건데?"

긴 속눈썹이 파르르 떨린다. 웃으며 손으로 한 번 쓰다듬어 주자 세아가 이현의 손을 거칠게 쳐 냈다. 이현은 허공에 버려진 손을 껄끄럽게 털었다.

"너 이런 식으로 내가 못 겪어 본 짓 계속해 대면 안 좋아, 백설아."

"왜, 유니벌씩이나 되는 고결한 몸이라서 이런 적 한 번도 없었니?"

"그렇지. 그래서 네가 자꾸 갱신 중이야."

입맛도 버려 놓고 눈만 보면 쪽도 못 쓰게 하고 향기도 좋은 데다가 복면 벗은 얼굴은 왜 이렇게 예쁘고.

"이러다 내 안에서 신기록 세우겠어."

옷은 또 왜 이렇게 잘 어울려선…….

"네 옆에 있다 보면 그 남자가 누군지도 알겠지. 아님 그 전에 내가 찾아서 밀어 버리고."

세아가 헛숨을 내뱉었다.

"항상 벡터들은 이런 식이지."

"뭐가?"

"제로라면 멋대로 해도 된다고 생각하는 그 발상 말이야."

"……."

"난 너 같은 벡터라면 지긋지긋해. 네가 나한테 뭘 하든 끔찍하게도 싫어. 알아?"

"내가 뭘 했다고 싫어. 옷 사 준 거?"

"뭐든, 너 자체가 뻔하디뻔한 벡터라서 싫다고. 지금도 억지로 끌고 오고. 내 의사 따위 너한테는 그냥 우습지? 어디서 개가 짖나 싶지? 너흰 항상 그런 식이야. 하고 싶으면 하고, 거기에 희생당할 제로의 입장 같은 건 하나도 생각 안 해. 제로는 그냥 너희한테 개미만도 못한 존재잖아? 기라면 기고, 죽이면 죽어야 하고."

"……."

"우리 부모님도 그렇게 돌아가셨어. 알아? 벡터가 일으킨 화재 때문에 난 열여섯 살에 고아가 됐다고."

"그래? 내가 찾아서 죽여 놔야겠네."

세아의 눈꺼풀이 희미하게 떨렸다.

"그리고 또?"

"……."

"뭐가 싫은데. 초능력 사용하는 거? 네 앞에선 안 해."

말하고 나서도 자신 없었는지 이현이 잠시 침묵하다 말했다.

"네가 말 안 들으면 하긴 할 거지만."

"해, 상관없으니까. 내 앞에서 초능력 사용 안 한다고 해서 네가 제로가 돼?"

"비약이 심한데. 내가 너랑 만나려면 제로가 되어야 해?"

"요점도 몰라? 난 벡터가 싫다 못해 증오한다고."

"윤세아 씨."

세아의 눈동자가 크게 흔들렸다. 지금껏 유니벌을 실제로 만난 적도 없었지만, 만약 마주한다고 한들 존댓말을 들을 수 있을 거란 생각은 해 본 적 없었다. 이 사회에선 초능력 개수가 신분이자 나이나 다름없으니.

"제가 윤세아 씨한테 존댓말 하면 벡터 아니게 됩니까?"

그런데 넌 어떻게 나한테 그런 말을 해?

"이 정도 해 줬으면 고개라도 끄덕일 줄 알아라, 좀."

이현이 옅게 인상을 찌푸리다가 이내 한숨을 내쉬었다. 안 하던 짓도 하루에 한 번 정도 해야지, 따지고 보면 이 것도 신기록이다. 옷을 사다 바치는 걸로도 모자라 유니벌 이 제로한테 존댓말을……. 아무리 생각해도 기가 찼는지 이현이 실없이 웃음을 흘렸다. 우리 아버지가 보면 기함을 하고 어머니가 알면 쓰러질 일인데.

"신고하려면 해. 이딴 식으로 사람 협박하면서 가지고 놀지 말고."

한데 너는 여전히 도끼 같은 눈.

"안 한다니까?"

지금 이게 노는 건 줄 알아.

"협박은 그날 너도 했어."

우리가 놀이를 한 건 그때였지. 이현이 엄지와 검지를 제 외한 손가락을 접어 총 모양을 만들더니 세아의 옆구리를 지그시 눌렀다.

"지금은 내가 경찰인가?"

그땐 내가 범인이었잖아, 사실 훔친 건 너였는데……. 나는 기꺼이 널 경찰 만들어 줬지.

"너 하나로 내 상식이 바뀌고 있어. 그건 알아?"

세아의 얼굴이 난해하게 변했다. 이현은 진중하지 않은 것 하나 없는 얼굴이었다.

"모른다면 지금이라도 알라고."

나는 너와 장난하자는 게 아니라, 진지하게 널 내 옆에 붙여 놓을 궁리를 하고 있다고.

대답도 하지 않은 채 몸을 돌린 세아가 향한 곳은 탈의실이었다. 말이 안 통한다고 느꼈으려나. 그럴수록 이현은 제로와 자신의 격차만 뼈저리게 느낄 뿐이었다. 옆에 계속 붙여 놔야 내가 사는데, 대화마저 통하질 않으니 계속 말싸움밖에 안 된다.

"죄송하지만 결제 서명 부탁드립니다."

이현은 카운터로 다가서며 굳게 입을 다물었다. 적어도 네가 벡터였더라면…… 벡터라면 지금 이런 상황을 얼마든지 기쁘게 받아들일 것이다. 선물을 사 준다고 생각하며 들러붙어서 팔에 손까지 끼워 넣고 기분 좋은 목소리로 아양을 떠는 게 당연하다. 물론 돈이면 다 되는 제로라서 쉽게 본 것도 있는데.

"받아."

다시금 유니폼으로 갈아입고 나온 세아가 거칠게 드레스를 이현의 가슴팍으로 떠밀었다.

"잘 가. 수고했어."

이현이 받지 않아 바닥으로 떨어진 걸 직원이 혹여 더러운 것이라도 묻을까 기겁하며 냉큼 주워들었다. 옷이 포장된 쇼핑백은 한 무더기였고 이현은 그곳에 서서 태연하게 넋이 나갈 가격에 서명을 하는 중이었다.

"오늘은 여기까지만 하자."

세아가 기가 찬 표정으로 쳐다만 보자 이현의 고개가 느리게 돌아갔다.

"왜, 데려다줘?"

"필요 없어."

냉큼 고개를 돌리고선 매장을 빠져나가는 세아의 뒷모습을 물끄러미 바라보았다. 돈으로 안 되는 제로는 없고, 이처럼 많은 선물을 두고 맨손으로 나가는 제로도 없다. 내 앞에서 너처럼 미련 하나 없다는 듯 걸어가는 벡터도 없어. 그러니 백설아, 이런 식으로 네가 하나밖에 없단 티 내지 마.

"쟤 독특하지?"

안 그래도 놔줄 생각 없어.

"네? 네, 네."

이현이 묻자 긴장하며 서 있던 직원이 반사적으로 대답했다. 이현이 눈웃음 지으며 물었다.

"제로가 벡터한테 반말하는 거 본 적 있어?"

"……아니요."

"그걸 봐주는 벡터는."

"본 적…… 없습니다."

"왜 거짓말해."

웃던 눈가가 순식간에 사라진다.

"지금 내가 봐줬잖아?"

혹시라도 말실수를 한 건 아닐까 입을 재빨리 다문 직원이 긴장 섞인 눈동자만 굴려 댔다. 이현은 꼿꼿하게 허리를 펴며 다른 직원의 손에 들린 드레스를 턱짓으로 가리켰다. 그것도 포장해. 일사불란하게 움직이는 직원들 밑으로 놓인 쇼핑백을 가만히 내려다보며 이현이 말했다.

"쟤 손에 닿은 거 전부 계산하는 것도 불결하게 보지 말라고 하는 거야. 제로 들어왔다고 매장 다 뒤집어엎으면서 소독하지 말라고."

"네."

"너희들이 그렇게 난리를 떨면 내가 꼭 세균이랑 다니는 기분이 들잖아."

"알겠습니다."

"얘기가 잘 통하네. 기분 좋게."

만족스러움이 입가에 그려졌다. 주머니 안으로 손을 밀어 넣은 채 가만히 옷들이 담기는 걸 지켜보던 이현은 사주는 건 해도, 바닥에 줄 서 있는 쇼핑백을 들 만한 위인은 못 되었다. 직원들은 자연스럽게 차가 어디에 주차되어 있는지 물었지만 이현은 답하지 않았다. 대신 옮겨 주겠다는 건데, 거절당한 선물들을 차에 싣고 다니는 짓도 못 한다.

"여기 배달되지."

"네."

"이거 다 집으로 보내 줘."

"보내실 곳 주소가……."

"기다려 봐."

이현은 휴대폰을 꺼내 어디론가 전화를 걸었다. 두 번의 연결음 끝에 상대방이 빠르다 싶을 정도로 전화를 받는다.

"알아봤어?"

「네.」

아까 백화점에 도착하자마자 문자로 카페 상호와 윤세아 이름을 적어 신상을 알아보라 지시 내린 게 얼마 지나지 않았음에도 모두 준비돼 있었다.

"주소부터 불러 봐."

왼손으로 휴대폰을 옮겨 든 이현이 나머지 한 손을 까딱이자 직원이 재빨리 펜을 그곳에다 끼워 주었다. 수화기 너머로 들려오는 주소가 같은 서울인데도 무척 생소했다. 제로들이 모여 사는 곳 따위 이현이 알 리도 만무했다. 주소를 휘갈겨 적은 이현이 그 뒤로 세아의 정보에 관련된 말을 듣다가 이내 펜 끝을 멈추며 되물었다.

"스물여섯 살?"

「네.」

"내가 오빠네."

피식 웃은 이현은 자신이 말한 단어에 속이 간지러워지

는 걸 느꼈다. 손에 들린 펜이 다시금 종이 위로 가볍게 움직인다.

"다음번엔 오빠란 말 들어야지."

검은 잉크가 실선을 이루다 한 곳에 멈춰 고인다.

"……근데 남자가 있다던데."

차마 그 부분까진 알아보지 못했는지 수화기 너머로 죄송하단 말이 먼저 나온다. 이름 하나로 신상은 알아내도 그 주변까지는 들러붙어 감시하지 않는 이상 알아내기 힘든 것이다. 당장에라도 사람을 붙이겠다는 걸 이현은 거절했다.

"됐어. 내가 알아볼 테니까 손 떼."

세아를 누구와 공유할까. 이현은 말도 안 된다고 생각하며 입을 열었다.

"아, 그리고 내가 아까 가게 하나를 부쉈는데."

「초능력을 사용하신 겁니까?」

"그렇게 됐어."

「……위치 말씀해 주시면 처리하겠습니다.」

"아니, 그런 처리 말고 가게를 아예 매수했으면 하는데."

이현의 입꼬리가 기분 좋게 올라갔다. 이제부턴 내 입안에서만 놀아, 백설아.

"사장 노릇이 하고 싶어졌어."

예쁘게 굴려 줄게.

　윤세아로서의 오늘 하루는 최악에 가깝다. 평온하던 세아의 일상에 난입한 불청객이 다른 누구도 아니고 유니벌이라니. 그때 엮이는 게 아니었는데. 후회해 봤자 이현의 손에서 놀아났다는 더러운 기분은 백화점을 벗어났음에도 좀처럼 가시지 않았다.

　"하아."

　왜 이렇게 오점을 많이 남겨 둔 것인지, 그날의 '나인'이 원망스러워진다. 일을 깔끔하게 처리하지 못한 부족함을 들먹이자 그 사이로 빼곡히 들어차는 건 자신을 향한 비난이다. 제로라서 이기지 못하고 이리저리 끌려다니는 게 제일 싫다. 화가 나 걷던 걸음이 점차 힘을 잃고 멈춰 선다. 많은 사람들이 세아를 스쳐 지나가며 한 번씩 곁눈질로 쳐다봤다.

　"……."

　저급한 것을 바라보는 시선은 한평생 받으며 자라 이제 내성이 생겼는데, 이런 식으로 놀잇감으로 전락하니 세아는 혀를 깨물고 죽고 싶었다. 유니폼을 입고 있는 제 자신을 내려다보는 눈동자가 어렴풋이 흔들린다. 도대체 얼마나 단련

되고 단단해져야 이런 기분을 느끼지 않을 수 있을까.

"윽……."

언제쯤 제로로서의 삶이 익숙해질 수 있을까. 세아는 흘러내린 눈물을 재빨리 손등으로 훔쳤다. 어떻게 돌아갈지 생각해야 하는데 가지고 있는 게 하나도 없어 판단도 제대로 되지 않았다. 가게도 엉망이 되었고. 거기까지 생각하자 걱정하고 있을 누군가의 얼굴이 자연스레 그려졌다.

"윤세아."

묽어진 눈동자로 고개를 드니 수많은 사람들 틈 속에서 머리 하나는 더 큰 남자가 있다. 세아는 혹시 꿈이라도 꾸는 건 아닐까 제 눈가를 다시 한 번 문질렀다. 그럼에도 걷힌 시야엔 오직 너만이 건재하다.

"좋은 향을 따라서 왔는데 신기하게 누나가 있네."

뒤를 밟았단 말을 그렇게 애틋하게 해. 세아는 무작정 두 팔을 뻗어 도현에게 안겨 들어갔다. 억울하고 속상했던 마음이 이 순간 다리를 잃고 방향을 상실한다. 너른 품, 얼굴을 전부 숨길 수 있는 곳에 들어오자 마치 집 현관을 밟은 것처럼 안정된다. 도현은 세아에게로 내리쬐는 태양을 가리듯 고개를 숙여 그늘진 얼굴로 물었다.

"나 보고 싶었지."

"응…… 너무."

말하고도 부족했는지 세아가 말을 덧붙였다.

"너무 많이."

더욱더 모자라다.

"보고 싶어서 죽을 뻔했어."

그런 세아의 머리를 도현이 손으로 덮었다.

"그거면 돼."

부드럽게 쓰다듬어 주었다.

"이제 다 된 거야."

누나는 아무 걱정하지 마. 내가 왔잖아. 달콤하게 속삭여 주는 목소리가 위안이 될 수 있는 건 도현이 이제껏 가질 수 없던, 편히 기대어 쉴 울타리가 되어 주었기 때문이다. 세아가 품에서 떨어질 때까지 기다려 준 도현이 저를 안느라 고생했을 어깨를 문질러 주었다.

"집에 가자."

"응."

"더러운 거 묻었네."

세아의 유니폼은 여전히 말끔한 상태였지만 그런 의미가 아니다. 이미 도현은 세아가 어디서 누굴 만났는지 알고 있는 듯 보였다.

"가서 너 기분 좋아지게 샤워하자. 씻겨 줄게."

"응, 알았어."

세차게 고개를 끄덕거려 어지러운 건 줄 알았는데 아니었다. 세아가 딛고 서 있던 지면이 흔들렸다.

"너, 뭐하는……!"

"안고 갈 거야."

마치 잃어버린 고양이를 찾아 돌려받는 것처럼 끌어안는 팔이 단단했다. 뒤따라온 감시자들이 있었지만 그들의 차를 얻어 타는 대신 차도로 가 택시를 잡아 세웠다. 문을 열고 세아를 태웠다. 세아는 아직도 뛰는 심장을 진정시키지 못한 채 택시에 올라타는 도현을 쳐다보고만 있었다. 기사가 둘을 보며 물었다.

"어디로 갈까요?"

"합정동."

그 말과 함께 도현의 입술이 세아를 집어삼켰다. 세아의 머리가 문턱에 부딪치지 않도록 손으로 감싸는 다정함을 보이면서도 입은 양보가 없었다. 깊이 밀려오는 도현을 받아 내느라 세아는 혀가 아렸다. 다리를 잔뜩 웅크리자 커다란 손이 부드럽게 세아의 허벅지를 잡고 쓸어내린다. 제 몸에 영원히 붙어 살라며 감는다. 점막을 빨아 당기니 질척한 소리가 택시 안에 울려 퍼졌다. 부도덕한 짓을 하고 있단 생각에 세아가 도현의 입술을 살짝 깨물었다. 그러자 낮게 으르렁대는 소리가 들려왔다. 침을 삼키는 목울대가 마치 저를 건드리지 말라는 듯이 과격하다. 세아는 도현의 가슴을 부드러이 문질러 주었다.

"단추라도 벗길 거 아니면 그렇게 만지지 마."

"하아……."

방해받았단 기분을 지울 수 없는지 도현이 입을 떼며 화냈다. 세아는 참았던 숨을 크게 내쉬었다. 그러자 도현의 눈빛이 수그러든다.

"숨 막혔어?"

세아의 반응을 감지하는 몸이라도 되듯, 숨 쉴 틈을 허락하면서도 한시도 가만있질 않는다. 입술을 물었다가 놓았다가. 그러는 와중에도 도현의 어두운 눈빛은 오직 세아만을 주시하고 있었다. 이곳이 택시 안이라는 것도 까마득하게 잊은 채. 그 새까만 눈동자 안에서 세아는 훌훌 벗겨진다.

"흠, 흠."

기사가 들으란 듯이 헛기침을 했다. 도현은 쳐다보지 않았다. 서로의 벌어진 입술 사이로 오가는 세아의 숨만 주시할 뿐이다.

"흠."

기사가 크게 헛기침하자 도현의 어깨 어딘가에 머물러 있던 세아의 손끝이 구겨졌다. 또다. 눈치보는 세아의 행동에 도현이 신경질적으로 눈을 굴렸다. 백미러로 정제되지 않은 거친 눈빛과 마주친 기사가 도망치듯 재빨리 앞을 보았다. 세아는 얼른 도현의 얼굴을 잡아다가 제 쪽으로 돌렸다.

"네가 잘못한 거야."

"뭘?"

"택시에서 이러는 게 정상은 아니지. 얻어 타는 거잖아."

"돈 내잖아."

"공공장소에서 이러면 안 된다고."

조곤조곤 타이르듯 말하자 도현이 한숨과 함께 매섭게 힘준 눈을 풀었다. 꼭 제 한마디에 사나워졌다가 유순해지는 짐승을 다루는 기분이다.

"올 때 뭐 사다 줄까 물었잖아."

작게 속삭이는 목소리가 세아의 기억을 헤집는다. 도현이 카페를 나서기 전에 했던 말이 떠올랐다. 올 때 뭐라도 사다 줄까요? 세아는 궁금한 듯 물었다. 어떤 거?

"먹고 싶은 거나."

'촉' 하고 부드럽게 맞물리는 입술.

"필요한 거."

멀어지자 보이는 네 얼굴.

"지금 다 주고 있잖아요."

세아는 차마 아니라고 말할 수 없었다. 그가 위안이 되고 입술이 위로인 건 사실이었다. 도현이 한숨을 내쉬었다. 택시를 타자마자 세아의 입을 찾은 건 다른 이유에서였다. 붙잡고 있던 세아의 다리를 조심스럽게 내려놓은 도현이 세아의 가슴에 얼굴을 묻었다.

"누나, 소독해 줘."

"뭐?"

"가짜 만났어."

세아의 얼굴이 순식간에 파리해졌다. 둘이 잠시 떨어졌던 사이, 위기를 맞닥뜨린 건 세아 혼자가 아니었다.

"너……."

"근데 진짜 얼굴은 못 알아냈어."

"진짜 얼굴?"

"혼내지 마. 다음번엔 눈만 봐도 알아챌게."

"…….”

"아니…… 내가 먼저 찾아내서 너 못 따라 하게 할 거야. 그게 맞는 거지."

세아는 놀라웠다. 지금 세아를 보며 진짜냐, 가짜냐 묻지 않는 건 큰 발전이었다. 그걸 어떻게 구분했는지 추궁하고 싶었지만 그럴 처지가 못 된다. 말할 수 없는 답답함을 세아는 입술을 짓누르는 통증으로 대신했다.

"잘했어."

손으로 가만히 머리를 쓰다듬어 주자 도현이 고개를 들었다.

"잘했으니까 나도 뭐 하나 묻자."

정차된 차가 비상 깜빡이를 켠다.

"말 번복하는 거 별로 안 좋아하는데 이젠 너에 관해서 알고 싶어졌어."

"그러니까 뭘……."

기사가 차마 도착했다 말은 하지 못하고 핸들만 두드렸다. 도현이 세아와 겹쳐졌던 몸을 일으키며 카드를 내밀었다. 문을 열고 내리자 빌라로 들어가는 골목이 보였다. 바람 한 점 불지 않는 무더운 계절이라서 그런지 세아의 목 뒤로 땀이 배어났다. 아니, 날씨는 핑계고 도현의 입에서 어떤 말이 나올지 몰라 긴장됐다.

"그래서."

차 문을 닫고 세아의 앞에 선 도현이 말했다.

"너 건드린 애가 누군데?"

계절을 멀게 하는 차가움이다. 세아는 눈을 살짝 일그러뜨렸다. 머리 위에서 가시처럼 찔러 대는 태양 때문이 아니다.

"무슨……."

"카페 그 지경으로 만들고 너 데려간 애."

"……."

"얼굴 봤을 거 아니야."

세아는 말하려고 벌어진 입술을 또 한 번 잘근 씹었다. 말한다고 해서 달라질 것 하나 없는 이야기다. 싸움밖에 나지 않을 일이었고, 패자는 이미 정해져 있다. 상대는 사회의 가장 꼭대기 층에 서 있는 자였다.

"왜 말이 없어?"

"……."

"어떻게 만났는지 묻는 것도 아닌데. 대답하기 난처한 거 아니잖아."

"……."

"내가 지금 널 추궁하는 거야?"

"……유니벌이야."

"그래서."

"……."

"이름 몰라?"

가까스로 대답을 하니 그보다 더 말하기 힘든 질문이 돌아온다. 더더욱 말할 수가 없어 시선을 내리깔자 머리 위에서 새된 웃음이 터졌다.

"왜, 너도 말해 봤자 달라지는 게 없다고 생각해?"

어이없어 하는 목소리. 세아는 솔직하게 말하고 싶었다. 네가 그 사람과 부딪치는 거 싫다고, 그렇게 너까지 달려들어 다치고 깨질 필요 없다고. 세아는 아까 자신이 느꼈던 기분을 도현이 조금이라도 경험하게 되는 게 싫었다. 남자끼리면 그것이 얼마나 더 격해질지 충분히 예상도 갔다.

"널 끌고 간 게 유니벌이라고 했어?"

"도현아."

서늘한 숨과 함께 바닥으로 바람이 불어왔다. 곧 세아의 여린 머리카락이 허공으로 흩날린다. 주변에 서 있던 나무

들도 동요하며 제 몸에 달린 잎사귀를 떨궜고, 그것들이 나뒹구는 스산한 소리.

"누나, 나도 다섯 개는 돼요."

그 말에 동요하듯 거칠게 불어온 바람이 세아에게로 거대한 돌풍이 되어 들이닥친다. 견디지 못한 세아의 걸음이 휘청이자 두 팔 벌려 기꺼이 제 품으로 맞이한다. 그와 동시에 멎어드는 바람. 다시 계절은 여름이 되고 바람 한 점불지 않는 더위만 내리쬔다.

"레벨 맞췄으니까."

세아가 떨리는 눈동자로 올려다보자 도현이 웃었다.

"이제 걔한테 덤벼도 되지."

초능력 다섯 개, 유니벌.

"……."

너무 놀라면 입마저 얼어붙는다는 걸 세아는 지금 경험했다. 베일에 감춰졌던 도현의 정체는 생각보다 더 대단했다. 기대고 있던 품이 순식간에 멀게만 느껴질 정도로. 릭시라는 이름과 유니벌이란 레벨은 도현을 순식간에 값비싼 조각상으로 보이게 하는 착각마저 일으켰다.

"그럼 이제 편 한번 들어 봐."

도현이 세아를 내려다보았다.

"걔랑 나랑 누가 이길 것 같아?"

시야가 어두워진다. 십 년 동안 변한 너의 진짜 모습.

"누난 당연히 나한테 걸어야 돼."

유니벌. 다시 한 번 상기시키자 세아는 소름이 돋았다. 도현은 세아의 심경이 변하는 걸 가만히 지켜보고만 있었다. 도현이 초능력 발전 가능성이 있는 릭시인 이상, 팔찌만 찬다면 뭐든 우스워질 위치가 될 것이다. 세아는 이제야 왜 중오가 끔찍이도 도현을 감싸는지 이해가 갔다. 꼬박꼬박 '도현 님'이라 존칭을 붙였던 것도.

"너 하나 때문에 그동안 팔찌도 안 찼던 거야. 그건 알아?"

심장이 덜컥 내려앉았다. 떨리는 목소리로 물었다.

"무슨 말이야, 그게."

"그거 차면 빼도 박도 못하게 진짜 릭시가 되잖아."

머리가 서늘하게 식었다.

"나 혼자 그런 거 되면 무슨 의미가 있는데."

팔찌가 없어야만 겉으로 보기에 제로라서, 나와 같은 제로라서······.

"너와 같은 제로로 남고 싶은 게 내 소원이었는데 넌 그것도 몰랐지."

조용히 속삭인 괴물의 소원은 아주 소박하다. 죽기 직전까지 사랑하는 여자와 한시라도 떨어지지 않고 붙어 지내는 것. 그 꿈을 이루고 싶은 도현에게 있어 세아와 다른 존재라는 걸 인정하는 팔찌는 불행의 요소나 마찬가지였다.

"지금껏 팔찌를 거부한 게 나 때문이라고?"

"왜, 너도 이런 내가 이해 안 가?"

도현은 쓰게 웃었다.

"본부에 있던 벡터들도 그랬어. 이해할 수 없다며 골칫덩이 취급했지."

세아는 눈앞이 흐려졌다. 뿌예진 안개 위로 사방이 막힌 방 안에 갇혀 아직 팔찌를 차기 전까진 제로라고 저 자신을 세뇌했을 열다섯 살 도현이 어른거린다. 세아의 시선이 텅 빈 오른쪽 손목으로 떨어졌다. 릭시라면 차야 했을 팔찌, 아직도 치료하지 않은 화상 자국.

"걔들이 날 어떻게 생각하든 상관없어."

스물다섯 살이 된 너는 전부 달라졌는데, 네 몸에 남겨진 흔적은 전부 십 년 전 그대로라서…….

"겉으로 보기에 제로면 돼."

넌 대체 그동안 얼마나 내 앞에서 제로이고 싶었을까. 또 그런 네게 정부는 얼마나 팔찌를 채우고 싶었을까. 도현의 몸을 끔찍하게 생각하는 증오의 버릇을 보았을 때 세아는 지금껏 도현이 팔찌를 거부하기 위해 어떤 짓을 벌였는지 어렴풋이 짐작할 수 있었다.

"근데 이제 해야 될 상황이 오면 할 거야."

도현이 덤덤하게 말하자 세아의 고개가 세차게 반응했다.

"그게 무슨 의미야?"

"어렵게 생각할 필요 없어."

도현이 검지로 세아의 턱 끝을 문질렀다. 손길에 반응하는 저 새하얀 얼굴에서 눈을 뗄 수가 없다. 왜 이렇게 예뻐서, 내 안으로 밀어 넣을 수도 없는데 너는 뭘 먹고 자라 이렇게 누구나 탐내 하는 여자가 되어.

"널 다른 남자한테 빼앗기기 싫단 소리를 지금 아주 간단하게 하고 있는 거니까."

십 년 동안 변하지 않던 내 생각마저 움직이게 만드는 걸까.

"내가 앞으로 집중해야 할 건 너 하나 내 옆에 붙여 두는 거야."

도현은 천천히 세아의 턱밑을 손으로 쓸었다. 힘에 이끌리듯 반쯤 들어 올려진 얼굴, 가지고 싶은 욕망은 누구도 밟지 않은 듯 새하얗게 눈 덮인 피부만 보면 소름 돋듯 일어선다. 윤기가 흐르는 머리카락, 허리에 닿아 찰랑이는 그 길이만큼이나 자라난다.

"난 다른 건 안 봐."

나조차도 이미 제어하길 포기한 감정.

"네가 전부야."

네 얼굴을 시선으로 헤집을 수 있는 것도 나뿐이어야 하고, 그곳에 고결하지 못한 욕망으로 겹겹이 발자국을 새길 남자도 오직 나여야만 한다. 저를 밟고 지나가는 어두운 소유욕을 가만히 받아들이던 세아가 애처롭게 속삭였다.

"……팔찌를 차면 우린 어떻게 되는데?"

도현이 지금 싸우려는 대상 같은 건 생각조차 나지 않았다. 세아는 오직 도현이 차겠다 말한 팔찌만을 곱씹었다.

"우린 어떻게 되는 거냐고. 네가 올라가는 만큼 난 떨어지게 돼. 그건 알고나 있어?"

이미 도현은 세아가 혐오하는 세상에서 찬사받는 존재가 되었다.

"유니벌인 릭시로 세상에 알려지면 제일 먼저 네게 어울리지 않는다고 불순물 취급받을 게 누구겠어. 바로 나야."

그와 반비례하게 세아의 위치는 좁아지고 작아진다. 사랑만으로는 이겨 내지 못할 벽을 마주한 세아는 눈앞이 캄캄해졌다. 도현과 함께하지 못한다 생각하니 얼굴에서 핏기가 사라진다.

"도현아, 나 너랑…… 떨어져 지내기 싫어."

"안 떨어져."

"어떻게 붙어 지내. 지금도 같이 못 지내고 고작 카페에서 있는 시간이 전부인데. 그마저도 네가 릭시로 인정받으면 못하게 되잖아. 김중오도 아직 너 팔찌 안 차서 날 대우해 주는 거지, 차게 된다면 너에게서 떨어지라 무슨 협박을 할지도 모르고."

"누나."

"말 안 듣는다면 제거하려 하겠지. 보통 벡터들 생각은 그런 식으로 굴러 가잖아."

"내 말을 지금껏 뭐로 들은 거야."

"예전에 나보고 위험하다고 했지. 네 말대로 그렇게 되면 나 정말 위험해져. 알아?"

"눈 안 떼겠다고 했잖아. 그게 무슨 의미인지 몰라?"

"그게 뭐가 중요한데. 넌 잘 모르겠지만 난 지금껏 이런 세상에서 살아와서 너무나도 잘 알아. 제로보다 먼지 같은 존재는 없고, 하찮은 것도 없어."

"누가 너보고 먼지래."

너무나도 낮은 목소리였다. 마치 혼이라도 내는 것처럼.

"사라지게 둘 거 같아?"

화가 난 듯 구겨진 눈썹은 아래로 기울어 세아에게로 쏟아졌다.

"네가 나한테 고작 먼지 같은 여자야?"

도현을 건드린 건 바로 세아가 말한 단어였다. 하나도 틀린 것 없는 단어이자 제 위치를 너무나도 잘 아는 발언이었지만 도현은 그래서 더 참을 수 없었다.

"그래, 네가 먼지라면 난 네 앞에서 바람조차 불지 않게 할 거야. 난 너 하나 위해서라면 날씨라도 바꿔. 너 날아가지 못하게 할 수만 있다면 무슨 짓이라도 해."

아찔해지는 시야를 막을 방도가 없다.

"그렇게까지 했는데도 만약 너 사라지면 무슨 수를 써서라도 찾아. 어디에 숨든 내가 못 볼 곳도 없어. 내가 싫어

도망친다고 해도 끝까지 쫓아갈 거야."

숨이 막혔다. 세아의 눈빛이 흐릿해지자 도현이 세아의 턱을 강하게 움켜잡으며 자신을 똑바로 보게 했다.

"네가 어디에 있든 나 끝까지 너 찾아가."

알아들었어? 되묻는 목소리가 성이 난 짐승의 이빨처럼 날카롭다. 눈길 같은 피부를 시선으로 짓밟으며 도현은 세아의 곳곳에 제 흔적을 묻혔다. 너는 내 것이란 표식이자, 어디에 있어도 날 벗어날 수 없단 의미다.

"먼지 같단 소리 하지 마. 네가 그렇게 말하면 거기에 전부 다 건 나는 뭐가 돼."

자신의 존재를 이토록 신성하게 여겨 주는 남자가 또 어디 있을까. 거부할 수 없는 지배를 지금 이 순간 세아는 아낌없이 받고 있었다. 무더운 열기보다 더 뜨거운 도현의 손길에 사로잡혀 어지러움을 느낀 세아는 천천히 입술을 벌렸다.

"……이상한 말 하지 마. 사랑하는 널 두고 내가 왜 도망친다는 건데. 지금도 같이 못 있을까 봐 하는 소리잖아."

도현의 입꼬리가 천천히 올라갔다. 머리끝까지 차올랐던 열기가 신기하게도 세아의 고백 하나에 차분해진다.

"나 사랑해?"

"당연한 걸 왜 물어."

"신기해서. 그렇게 예쁜 말을 이런 상황에서 어떻게 하나 싶기도 하고."

잡고 있던 세아의 턱을 놓으며 자신을 향해 탐스럽게 열린 입술을 엄지로 느리게 쓰다듬었다.

"지금 키스할 수 있다면 넌 내 입안에서 죽었어."

욕구가 선명한 발언이었지만 행동으로 옮길 수 없는 건 도현의 등 뒤로 멈춰 선 검은 차량 때문이다.

"윤세아 씨는 찾았으니 이만 저희와 함께 가셔야겠습니다."

차 문을 열고 내린 건우가 재킷을 정돈하며 곧게 섰다. 그 뒤로 연달아 두 대나 골목으로 들어와 멈춰 서는 모습을 보니 이만큼의 감시와 보호를 받고 있는 도현의 위치만 더욱 도드라질 뿐이다.

"가 볼 테니까 집에 가서 깨끗이 씻어."

세아의 어깨를 짚으며 귓가로 내려간 도현의 눈빛이 어두워졌다. 겁도 없는 유니벌이라고 말한 건 그냥 한 소리가 아니다. 이현은 그런 면에 있어서 도현을 정말 제대로 불붙게 했다.

"내가 말한 거 언제든 될 수 있으니까 마음의 준비는 하고 있어."

도현은 분명히 제 뜻을 전했다. 세아의 말대로 팔찌를 차게 된다면 더는 지금처럼 생활하지 못한다. 함께하고자 한다면 위험의 불구덩이 속으로 들어가는 일이 될 테지만 너는 이미 다른 누가 손대고 싶어 하는 탐스러운 여자가 되었다.

"여유가 없어졌어, 너 때문에."

그것만으로 내 심경이 돌아선 이유는 충분하다. 도현이 몸을 돌리며 한숨처럼 말했다.

"걘 어차피 나한테 안 돼."

내려가 있던 세아의 눈초리가 멀어지는 도현을 향해 묘하게 올라갔다.

"지 검사님, 이번에도 수고 많았습니다."

"한 게 있나."

서진의 검은 양복은 검찰청 내 새하얀 복도를 거닐 때 더욱 돋보인다. 죄를 다루는 곳이라서 그런지 지나치게 깨끗한 외관을 유지하는 건물에서 근무하는 서진은 레벨이 높을수록 편한 일을 고집하는 다른 벡터들과 달랐다. 플랫이면서도 오래전부터 꿈꾸던 정의를 실현시키기 위해 검사가 된 그는 중앙수사부에서 예지 능력으로 꽤 인정받았지만 정작 본인이 견디질 못했다. 하는 일이라곤 전부 권력자들의 비리를 파헤치는 '척'하는 것뿐이라서.

"뭐, 이런 케이스는 뻔하긴 하죠?"

그런 연유로 형사부로 옮겨 근무 중이었지만 이곳도 별반 다를 게 없다. 눈에 보이는 진실을 말한다고 한들 판결은 언제나 레벨이 더 높은 자의 편이다. 이번 사건도 마찬가지였다. 명백히 모든 증거물이 제너럴인 피고인을 가리키고 있는데 피해자가 제로란 이유만으로 형은 깃털보다 가볍다. 만약 범인이 제로였더라면 가차 없이 사형 선고가 내려졌을 텐데 말이다.

"화양동 살인 사건 현장 직접 가 보실 거죠? 그거 저번이랑 같은 살인범 소행 같던데. 이번에도 피해자 양 손목에 하트 표시 해 놓았다더라고요."

"피해자는."

"당연히 제로죠. 초능력도 하필이면 로우 티어에 속한 감전이라 찾기도 어렵고, 벌써 일주일 사이에 세 명째예요. 근데 이건 뭐 잡아 봤자 아닌가. 피해자가 제로잖아요?"

"그래, 제로."

서진이 변화시키고자 하는 세상은 아직도 잘못된 사상과 법도로 굴러 간다.

"그런다고 계속 살인을 묵인할 수도 없지."

제로가 생명이 없는 건 아니지 않나. 밟으면 꿈틀거리고, 아프다 소리 지르고, 말해도 먹히지 않으면.

"그보다 그 제로나 잡아야죠. 저번에 최기석 회장 저택에서 물품 갈취한 사건. 예전에 마약 유통한 벡터 죽인 것도 개였잖아요."

반격을 하거든. 서진은 바깥으로 나와 무더운 여름 공기를 마시며 입꼬리를 살짝 올렸다.

"얼마나 흔적을 잘 지우고 다니는지 내 예지로도 안 잡혀."

"그러니까 더 귀신이 곡할 노릇인 거죠. 고작 제로인데 무슨 실수가 없어."

"저기."

앳돼 보이는 남자가 서진의 앞으로 다가왔다. 느릿느릿 눈을 감았다가 뜬다.

"죄송한데 음료수 하나만."

"……."

더운 듯 인상을 찡그리는 모습을 서진이 그저 내려다보자 옆에 서 있던 남자가 매섭게 말했다.

"얘 좀 봐라, 여기가 어디라고 들어와."

"목마른데 깜빡하고 지갑을 안 가져 왔어요."

"무슨 볼일로 여길 왔어?"

"아, 목말라."

말이 통하질 않는다고 생각했는지 남자가 한숨을 뱉으며 제 뒷주머니에서 지갑을 꺼내려 했다.

"먼저 차로 가 있어."

"예? 제가 돈 주면 되는데……."

"내가 사 주지."

그를 저지한 서진은 재킷 안쪽 주머니에서 지갑을 꺼냈다. 자판기가 있는 곳으로 발을 돌리자 멀뚱히 서 있던 남자가 따라왔다.

"뭐가 먹고 싶은데."

"콜라요."

빳빳한 지폐 한 장을 꺼내 기계 안쪽으로 밀어 넣은 서진이 불이 들어온 버튼을 보며 말했다.

"한시우, 무슨 일이야."

그제야 시우가 천천히 눈동자를 굴렸다가 주변에 아무도 없다는 걸 인지하고선 말했다.

"카페 난리 났어."

"……."

"유니벌 때문에. SNS에 목격자도 많아, 사진도."

"……."

"거기에 윤세아가 찍혔어."

서진의 곧은 손가락이 버튼을 누르자 아래로 '쾅' 하고 캔이 떨어졌다. 허리를 숙여 물기가 촘촘히 맺힌 캔을 잡자 머릿속을 깨울 정도로 온도가 차갑다.

"이름이……."

유니벌은 모든 벡터들에게 선망의 대상이라 스타처럼 어딜 가든 눈에 띄기 마련이다. 그런 존재를 감히 사진으로 찍어 SNS에 올릴 정도면 젊은 벡터들 사이에서도 인기 있는 남자, 뭘 하든 주목받을 수밖에 없는 화려한 외관의 남자. 여전히 생각에 잠겨 있는 시우를 향해 음료수를 내밀며 서진이 물었다.

"신이현?"

"응."

음료수 캔이 차가웠는지 손끝을 잠시 뗀 시우가 궁금한 듯 물었다.

"걔가 윤세아 남편이야?"

요한이 저번 작전 회의에서 신이현에게 약혼녀가 있단 소릴 했는데 그새 잊었는지 시우는 정말 알고 싶어 하는 눈빛이었다. 서진은 시끄럽게 떨어진 잔돈은 꺼내지 않은 채 시우를 향해 웃었다.

"아니."

신이현이라…….

"낚싯대에 걸려 든 물고기지."

이번에도 대어인데.

"누가 내 얘길 하나."

이현은 손가락으로 귀를 만지작거리며 편히 꼰 다리로 시선을 떨어뜨렸다.

"괜히 간지럽네."

범인은 사건 현장에 되돌아온다. 그새 청소를 했는지 이현이 나섰던 풍경과는 다르게 까페 안은 공터처럼 횅했다. 그래도 없던 것도 있게 만드는 것이 바로 이현이다. 그가 등장하자 사장은 놀란 눈으로 재빨리 창고로 향했고 거기서 단 하나 살아남은 의자를 가지고 왔다.

"그래서 뭐. 계속 안 된다고?"

윤택한 삶을 사는 게 일이자 목표인 이현은 지금 그 의자에 앉아 불행해지는 중이었다. 안 된다는 말 같은 건 지금껏 들어 본 적 없다. 그걸 잘 아는지 사장의 얼굴이 난색이다.

"안 된다는 게 아니라 어렵단 말씀입니다."

"그게 그건데."

기분이 자꾸 떨어진다. 일 하나 똑바로 처리하지 못한 적 없던 비서라 당연히 카페는 이현의 차지가 되어 있었어야 했는데 문제가 생겼단 연락을 받게 됐다. 돈을 얼마를 주든 안 된단 말만 계속 반복해 시간이 좀 걸릴 것 같다고. 만약 시간을 더 주었더라면 가게를 소유한 자의 집을 박살 내고 주변을 쓰레기로 만드는 깡패 같은 짓을 벌였겠지만 그 여유조차 지금 이현에겐 없었다.

"일을 어렵게 만드는 재주가 있네."

결국 제 위치를 보여 주면서 협박할 생각으로 직접 카페를 방문한 이현은 피곤한 듯 왼쪽 손으로 눈가를 주물렀다. 시계 다섯 개의 위엄은 지금 이 순간에도 톡톡히 발휘되는 중이었다. 이현이 덮고 있던 손을 까딱거리자 냉큼 사장이 다가와 고개를 쭉 뺐다. 이현이 기대고 있던 등을 떼어 내며 남자의 귀에 대고 속삭였다.

"너보다 윗사람 있지."

"예?"

"돈도 거부하고 무조건 안 된다면 뻔하지. 이 가게 네 거 아니잖아."

"……."

"가게 빼앗기면 죽는다고 협박이라도 받았어?"

정곡을 찔린 듯 순식간에 변하는 사장의 낯빛은 참으로 알기 쉬웠다. 이현은 손으로 사장의 목덜미를 덮으며 웃었다.

"그것도 아니면 토끼 같은 네 아내와 자식을 죽이겠대?"

뱉어진 말이 고막으로 들어와 난도질한다. 소름이 돋은 살점을 위로하듯 이현이 부드럽게 쓰다듬었다.

"내가 살려 줄 테니까 데려와."

어떤 부조리한 협박을 받았다고 한들 내가 구제해 주겠다고. 그렇게 달콤한 유혹을 속삭여 주니 나타난 게 중오였다.

"이런 식으로 엮이면 기분이 묘한데."

삐딱하게 고개를 틀며 짜증 섞인 목소리로 말했지만 중오는 그 앞에서 정중히 인사를 할 뿐이었다. 혹시라도 늦게 온 건 아닌지 기다리게 해서 죄송하단 중오의 말 속에서 이현은 성이 난 제 기분이 조금 깎여져 나가는 걸 느꼈다. 악연이든 우연이든 어쨌거나 아까보다 얘기가 잘 통할 상대라는 건 확실하다.

"가게 넘겨."

"네, 당연히 그래야죠."

아…… 역시 말 하나는 잘 통해.

"대신 조건이 있습니다."

"어떤 조건?"

"제가 돌보는 남자아이가 있는데, 지금 그 녀석이 사회 적응 때문에 이곳에서 직원으로 일하는 중이라서요."

"알았어. 직원 안 갈아치워."

"감사합니다."

"그럼 이제 다 된 거지."

"네."

중오는 고요히 미소 지었다. 역시 자기중심적인 도련님이라 제 관심 밖의 일들에 대해 이유 같은 건 묻지 않는다. 중오는 그런 이현의 심플함이 마음에 들었다. 어떤 것에 미쳐 있는지 명확하게 알 수 있으니.

"금액 제시해. 얼마 원해?"

"이현 님이 원하시는데 가격이야 뭐가 중요합니까."

"내 기분 나아지게 한 보답은 해야지. 섭섭하지 않게 챙겨 줘. 뒤에서 아쉽단 소리 나오지 않게."

이현이 나지막하게 지시하자 비서가 고개를 끄덕였다.

"지금부터 가게 전부 공사 들어가."

"벡터들이 일하는 업체로 알아보겠습니다."

"너도 알지?"

이현은 슬슬 몸이 뻐근하게 배기는 걸 느꼈다.

"나 못 기다리는 거."

맞지도 않는 의자에 너무 오래 앉아 있던 탓이다. 꼬여 있는 마음처럼 팔을 교차시켜 끼자 비서가 말을 정정했다.

"벡터 중에서도 숙련된 기술자로 준비하겠습니다."

"좋아, 인테리어 신경 쓸 필요 없고 대충 구색만 갖춰. 장사할 수 있을 정도로만."

그제야 이현이 자리에서 일어서며 웃었다.

"직원이 나와야 거기서 내가 사장 노릇을 할 거 아니야."

이제부터 재미있는 놀이를 시작할 참인데 지체되는 건 용납이 되질 않는다.

"언제 오픈하실 생각이십니까?"

"내일."

어서 빨리 백설이의 놀란 얼굴이 보고 싶은데. 이현은 내일 아침까지 남은 시간을 어떻게 보내야 하나 걱정이었다.

하지만 자신이 일주일 동안 찾아 헤매던 걸 만난 이상, 기다리는 짓은 더는 못 한다. 이름 하나로 알게 된 정보들이 여러 개였고 그건 곧 언제든지 이현이 보고 싶다 하면 찾아갈 수 있다는 걸 의미했다.

"수고해. 가야 할 곳이 있어서."

"네, 남아서 마저 일 마무리 짓겠습니다."

"이현 님."

중오의 부름에 카페를 나서려던 이현이 고개를 돌렸다.

"왜?"

"제가 돌보는 아이 이름이 하도현입니다. 앞으로 잘 부탁드리겠습니다."

"어, 그래."

역시나 무관심한 태도. 중오의 입가에 만족스런 미소가 걸렸다. 과연 가게에 나온 도현도 그럴 수 있을진 모르겠지만.

"아깐 정말 발칙한 일을 저질렀더군요."

중오는 비서와 가게 지분과 관련된 서류를 정리한 뒤 차에 올랐다. 오늘까지 막바지 더위라더니 검은 양복에 들러붙은 열기의 기세가 대단하다.

"도망갈 거면 대체 왜 나타난 겁니까?"

상대방도 열사병에 시달리는 중인지 묻는 말에 대답도 하지 않은 채 시름시름 앓는 중이었다.

「……제가 모르던 도현이를 봐서 그랬어요.」

마치 보면 안 될 장면이라도 목격한 듯 예리는 넋이 나가 있었다.

「윤세아를 그 정도로 좋아하는지 몰랐거든요.」

숨을 헐떡거리는 모습마저도 사랑스럽다고 말한 도현이다. 죽음의 문턱 앞으로 몰아세워 놓고선 어떻게 그녀를 사랑한다는지 예리는 의문이었다.

「그런 사랑을 받는 기분은 대체 어떨지 궁금해졌어요.」

중오는 짧게 심호흡했다. 난관에 부딪혔음에도 쉽게 상처받지 않고 오히려 독초처럼 자라나는 모습만큼은 합격이다. 그것만으로도 아직 이용할 가치는 충분하다.

"좋습니다. 제 얘기 잘 들으세요."

「…….」

"당부했는데도 윤세아 모습으로 도현의 앞에 나타난 건 명백한 예리 씨 잘못입니다. 지금 많은 것들이 틀어졌으니 그에 따른 책임은 지셔야죠. 나중에 도현이와 좋게 만날 상황, 이미 망친 셈이니까."

「그게 무슨 말씀이시죠?」

"제가 예리 씨의 신상을 오늘 도현이에게 넘겨줄 예정이거든요."

「뭐라고요?」

"초능력을 사용하지 않으셨습니까? 그걸 본 도현이가 가만있을 거라 생각한 건 아닐 테고."

대답 대신 예리는 입술을 잘근 깨물었다. 함부로 공개할 수 없는 맥스의 초능력 보유 목록이라고 한들 중오의 손이 닿는다면 얘기가 달라진다.

"여기서 제가 명단을 안 넘겨주면 같이 죽는 것밖에 안 됩니다. 예리 씨가 스스로 모든 걸 망쳤으니 우선 거기서 혼자 살아남으세요. 도현이와의 만남은 그 이후에 차차 생각해 보죠."

「어떻게요? 윤세아를 따라 했다는 것만으로도 이미 도현이는 날 증오할 텐데.」

"그러게요. 머리 한번 잘 굴려 보십시오."

「이봐요!」

"조언을 해 드리자면 도현이가 가장 약한 건 윤세아입니다."

중오는 여유롭게 입술을 움직였다.

"먼저 카피한 모습으로 만났으니 설예리 씨의 본모습으로 윤세아를 건드리는 것도 나쁘지 않을 것 같단 게 제 생각이군요."

「그럼 도현이가 날 가만두겠어요?」

"이미 예쁘게 보일 기회는 지났습니다. 어떻게 해서든 도현이가 가지고 싶다 하지 않았었나요?"

「…….」

"제 생각엔 윤세아를 데리고 하는 협박이 아주 잘 먹힐 것 같은데요."

손짓으로 운전석에 있는 가드에게 차를 출발하라 지시한 중오는 움직이는 창밖 풍경과 달리 여전히 정체되어 있는 수화기 너머의 목소리를 가만히 기다려 주었다. 머지않아 '풋' 하고 웃음이 터져 나왔다.

「정말 제대로 된 방법을 알려 주시네요.」

"그랬나요?"

좋은 게 생각난 모양이지.

"기대하겠습니다."

이제 준비는 끝났다. 중오의 생각대로 굴러 가게 될 거란 암시처럼 대낮의 도로는 확 트여 한산했다. 차가 무서울 만큼 속도를 올린 덕분에 빠르게 목적지로 온 중오는 미리 준비해 둔 서류를 한 손에 쥐며 내렸다. 검은 구두가 말끔히 닦인 바닥을 지나며 평소보다 경쾌한 소리를 냈다.

"지금 기분이 좋지 않으십니다."

하지만 벅찬 가슴은 중오에게만 해당되는 일이었다. 함께 웃으며 얘기를 주고받을 거란 생각은 하지 않았지만 도현을 만나러 들어선 초입에서 건우에게 그런 경고를 들으니 중오는 안타까운 마음만 들었다. 어쩌시려고 이럽니까, 도현 님.

"오늘 충분히 많이 돌아다니시도록 두지 않았습니까. 기분이 왜 안 좋으신지 궁금한데요."

지금부터 더 언짢으실 것들투성이일 텐데. 중오가 다가섰지만 얼굴조차 돌리지 않는다.

"윤세아 씨도 찾지 않았습니까?"

"이상한 말 할 거면 나가."

소파에 앉은 도현의 고개는 여전히 정면이었다. 손에 쥔 리모컨으로 음량을 키워 안 그래도 깔깔거려 시끄럽던 TV에선 더욱 껄끄러운 소리만 울려 퍼졌다. 평소 보지도 않는 TV를 말없이 응시하고 있는 건 확실히 기분이 좋지 않단 걸 의미했다. 중오는 거기에 동요하지 않고 제 역할을 다했다.

"좋은 소식과 나쁜 소식이 있습니다."

"둘 중에 네가 더 먼저 말하고 싶은 거 해."

"좋은 소식은 말씀하신 초능력을 가진 벡터 명단을 내일이 아닌 지금 가져왔다는 거고, 나쁜 소식은 신이현 씨가 가게를 요구했다는 겁니다."

"신이현?"

"알고 싶어 하시지 않았습니까."

"아, 그 유니벌."

도현이 그제야 보던 TV를 끈 채 고개를 돌렸다.

"그래서 넘겨줬어?"

"네."

"잘했네."

중오의 미간이 살짝 좁아졌다. 듣고 화를 낸다면 유니벌이라 어쩔 수 없다는 말로 팔찌의 필요성을 한 번 더 상기시킬 예정이었지만 그럴 필요조차 없었다. 잠깐 사이에 윤세아와 무슨 일이 있었나. 중오가 의중을 파악하기 위해 도현의 얼굴에서 시선을 떼지 않자 오히려 생기가 돈다.

"가게는 언제 오픈 하는데?"

"내일이요."

"나도 평소대로 출근하면 되지."

"네."

무슨 생각을 하는지 도현은 기분이 몹시 좋아 보였다. 탁자 위에 놓인 청포도 알을 하나 따 입안에 넣고 굴리더니 이윽고 팔을 든다.

"명단 줘."

중오는 그 위로 준비한 서류를 올려놔 주었다. 그걸 꽉 움켜쥔 손은 서류 속 인물을 가만두지 않을 것만 같은 느낌이 선명했다.

십 년 전, 둘 사이에 오해를 만든 걸로도 모자라 지금에

와서 또 세아를 베껴 제 앞에 나타난 존재의 죄는 무거워야 마땅한데 종이의 무게는 열 받을 정도로 가벼웠다.

겉으로 보이는 대상의 모든 걸 똑같이 복사하는 카피, 육체적 고통을 느끼지 못하는 면죄, 앞에 무엇이 있든 뚫고 지나가는 패스. 그 세 능력을 모두 가지고 있는 플랫 이상의 벡터는 국내에 세 명이 전부였다.

"설예리?"

거기서 가장 먼저 눈에 들어온 이름은 한 번쯤 보거나 들었던 적 있는 것이다. 뒤로 아직 두 명이 더 남아 있었지만 들춰 볼 필요도 없었다.

"저번에 얘 데려왔었지, 호텔로."

"네, 최기석 저택에 방문했을 때 건우에게 도현 님 상태를 보고받던 도중 이름을 듣고선 제게 아는 척하더군요."

그날, 비 오던 밤.

"나름 친한 사이였던 것처럼 말해 도현 님에게 좋은 추억거리 하나 만들어 드리고 싶어 데려왔던 건데."

촉촉이 비에 젖은 모습으로 찾아온 세아.

"아닌 듯싶군요."

이제야 하나둘씩 퍼즐이 맞춰 들어간다. 세아는 도현을 만나러 그날 호텔에 왔으나 들어오지 못했고, 예리는 그 순간에 세아와 마주쳤던 게 분명하다. 향까지 똑같이 베끼려면 직접 그 대상과 부딪치는 게 가장 효과적이었을 테니.

"그래서."

도현은 시선을 올리며 중오를 보았다.

"넌 아무런 연관이 없다?"

"……무슨 말씀이신지."

피식 웃음이 터진다. 분명 TV는 꺼지고 까만 화면을 유지하고 있는데 껄끄러운 웃음소리는 계속해서 중오의 귀를 건드리고 있었다.

"이런 의심은 달갑지 않군요. 이미 말씀드리지 않았습니까. 전 좋은 마음으로 설예리 씨를 도현 님과 만나게 해 드린 겁니다."

"그런 걸로."

중오의 미간이 작게 꿈틀댔다.

"생각해 줄 테니 서운해하지 마."

"……"

"너답지 않게 그냥 해 본 소리 가지고 왜 그렇게 열을 내."

도현이 종이를 던지듯 내려놓았지만 중오는 잠시 놀아났단 기분을 지울 수 없었다. 하지만 언제나 그러하듯 곧 평정심을 찾는다.

"아닙니다. 의심하는 게 맞는 상황이지요."

그날의 제 행동이 잘못되었다는 걸 순순히 인정하는 입술은 어느덧 원래의 색을 유지했다.

"조언 하나만 해 줘 봐."

"어떤 말씀을 해 드리면 될까요."

"내가 얠 어떻게 하면 좋을까?"

단순하지만 뼈가 있는 질문이다.

"어떤 식으로 처리해야 될까. 너 그런 거 잘 하잖아. 한 번 얘기나 해 봐."

연한 머리카락 사이로 번득이는 눈빛이 중오를 강하게 꿰뚫어 보고 있었다. 이건 정말 궁금해서 하는 질문이 아니었다. 도현은 지금 중오를 떠보는 것이다. 같은 족속이라면 보호하려 달려들 테니.

"글쎄요."

하지만 지금껏 중오는 제 손에 피를 직접 묻히지 않을 뿐이지, 악랄하게 살아온 남자였다. 눈으로 보는 것만으로도 대상이 가진 초능력을 알아낼 수 있는 와이즈 능력을 보유한 벡터는 이 세계에서 중오가 유일했다.

"쥐도 새도 모르게 처리하는 방법이 좋을 거 같은데요. 눈에 띄지 않게 조용히 말입니다."

그건 곧 중오가 원한다면 무엇이든 소리 없이 제거될 수 있다는 것이다. 그렇게 수많은 죽음을 밟고 일어선 현재 중오의 존재감은 가히 대단했고 아무도 기어오를 수 없다. 한데 우리 도현 님은 그것도 모르고, 떠받들어 주면 얌전히 지내실 것이지 이빨을 세운 채 제 목덜미를 호시탐탐 노린단 말이지. 궁지에 몰리게 되면 생각은 평소 익숙한 습관대로 굴러 가는 것도 모르고. 중오의 눈빛이 일순간 어두워졌다.

"네가 말하는 처리라는 게 내 눈앞에서 치워 준다는 건가."

"그렇죠."

윤세아를.

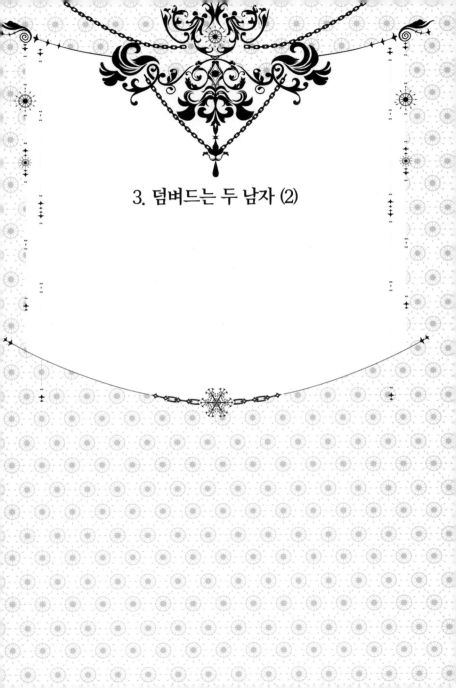

3. 덤벼드는 두 남자 (2)

3. 덤벼드는 두 남자 (2)

「훠, 누나가 작살나게 생겼는데요?」

"뭐?"

샤워를 마치고 나온 세아는 물기도 거둬 내지 않은 채 휴대폰을 받았다.

「그때 알아보라고 한 거 있잖아요.」

"아, 그거."

세아는 집중하기 위해 귀에다가 휴대폰을 바짝 대었다.

「카피가 개인형이면서도 하이 티어인데, 티어는 초능력 희귀성에 따라 분류하잖아요? 벡터들 중에서 이 능력을 보유한 자가 얼마나 적으냐, 이거인데 그걸 다르게 해석하자면 굳이 공격형이 아니라도 하이 티어라면 사회적 물의를 일으킬 수 있을 정도의 급이라는 거죠. 시우 봐서 알죠?

결박이 하이 티어니까.」

"그래서 하고 싶은 말이 뭔데?"

「어, 그러니까 그만큼 무서운 능력이 바로 하이 티어란 거예요. 그거 때문에 하루 초능력 사용 횟수가 하이 티어는 다른 티어에 비해 낮게 제한되잖아요. 로우 티어는 10번 쓸 거, 미드는 5번, 하이는 1번 이런 식으로. 시우 봐서 잘 알죠? 걔도 하루에 몇 번 못쓰잖아. 이것도 그날그날 정부의 상황 따라 다르긴 한데.」

"……."

「근데 또 문제인 게 바로 사이드 넘버거든요. 초능력 규제와 상관없이 레벨마다 하루 사용할 수 있는 개수를 따로 더 줘요. 내추럴은 1개, 제너럴은 2개, 플랫은 3개, 맥스는 4개, 유니벌은 5개. 정부에서 초능력 다 막아도 벡터 애들은 레벨에 따라 사이드 넘버를 쓰거든. 결국 레벨 높은 애들은 이렇게 권력 유지 하는 거지.」

"뭐야, 그럼……."

「바로 설명 드릴게요. 우리나라 카피 보유 벡터는 총 29명. 그중에 스물넷에서 여섯까지의 여자는 12명. 그중 지운 중학교 출신은 1명.」

"……."

「슬퍼해요, 누나. 맥스예요.」

세아의 눈동자가 크게 흔들렸다.

「조심하라고요. 사이드 넘버 있어요.」

잘근 입술을 깨물었다.

"이름 뭔데."

「설예리.」

"……"

「현재 유니벌인 신이현 약혼녀더라고요.」

띵동—!

세아의 고개가 현관으로 향했다. 수화기 너머로도 들렸는지 요한이 "어, 누구 왔어요?" 하고 물었다. 세아는 나중에 연락하겠단 말과 함께 전화를 끊고선 걸어갔다.

"누구세요?"

『윤세아 씨, 배달 왔는데요.』

세아는 '하아' 한숨을 내쉬며 진절머리가 난다는 표정을 지었다. 아까도 사람 열 받게 백화점에서 인형 취급당했던 흔적들이 집으로 배달돼 왔다. 받지 않겠다고 열변을 토했지만 먹히질 않았는지 시간차를 두고 또다시 나타났다. 세아는 비장하게 문고리를 잡았다.

"몇 번을 말해야 해요. 안 받는다고 했죠? 그 사람한테 다시 돌려주……."

"그랬어?"

얼굴이 딱딱하게 굳었다. 퀴퀴한 건물 특유의 냄새와는 어울리지 않는 고급스런 향수가 세아에게로 확 밀려왔다.

"내 성의를 아주 막무가내로 버리네."

신이현이다.

"그게 얼마짜린 줄 알고 안 받아?"

"여길 어떻게……."

세아는 자신이 말하고도 입술을 꾹 깨물었다. 이름을 들켰는데 집 주소 정도야 우스웠다. 아까도 이현이 보낸 옷들이 몇 번이고 집 문턱을 넘으려 했었고 지금은 여자의 집을 찾은 흑심만큼이나 검은 구두가 반이나 넘어와 있다. 문을 도로 당기려고 했지만 그가 먼저 손으로 잡았다.

"물건이 제대로 전달 안 된 책임을 누구한테 물어야 할까."

"놔."

제대로 닦지 않은 머리카락 끝에서 물방울이 맺혀 땅바닥으로 투툭 떨어졌다. 이현의 눈빛이 탁해졌다.

"씻었어?"

한 번 움찔거린 혀가 나지막이 물었다. 다 젖은 모양새로 서 있는 여자에게 참으로 뻔한 질문이지만 넋이 나가 차마 검열을 거치지 못한 것이다. 시야를 장악한 옷차림은 유니폼을 입었던 것과 달리 짧고 간소했기에 살결을 여과 없이 보여 주고 있었다. 물기 맺힌 피부는 매끄럽다 못해 향이 진동했다. 이현이 미쳐 있는 향.

"책임을…… 너한테 묻고 싶은데."

단번에 세아의 어깨를 밀고 들어섰다.

"잠시 실례."

"들어오지 말라고!"

"여기가 집이야?"

세아의 거친 음성에도 문은 이미 닫힌 후였다. 포기를 모르고 자신을 떠미는 손을 가볍게 움켜잡은 이현은 고개를 한 번 빙 돌렸다.

"방이 아니라……."

갑갑하지도 않나, 어떻게 이런 곳에서 사는지. 크기가 이현의 욕실보다도 작았다. 마치 그날 함께 숨어 엉켜 있던 옷장처럼……. 이처럼 좁은 공간에 살고 있으니 이현이 사랑하는 냄새가 사방에서 달려들었다.

"신발 벗어야 되나."

"나가라고!"

"소리 지르지 마. 좁아서 울린다."

"무단 침입이야, 이거. 알아?"

"나한테 법 밀어붙이지 마. 그 항목 없애는 수가 있어."

"야!"

"욕실도 손톱만 해."

남녀가 들어오면 꽉 찰 정도로 협소한 욕실을 본 이현은 작게 인상을 찌푸렸다.

"여기선 냄새 안 나는데."

"무슨 냄새?"

"네 샴푸."

"이상한 소리 하지 마. 몇 년째 같은 제품 쓰고 있는 거니까."

"정말?"

이현은 오히려 심각해졌다. 그럼 내가 미쳐 있는 게 네 체향과 뒤섞인 냄새란 거네. 작게 중얼거린 이현은 절망했다. 난 너를 가지지 않고선 못 배긴단 소리인데……. 이내 굳어 있던 입꼬리가 느슨하게 올라갔다.

"원래 맛이 좋을 거란 확신은 향으로 가장 먼저 알지."

뭐 어때, 가지려고 온 거잖아.

향의 출처를 알았으니 욕실은 이제 관심 밖이다. 그 사람이 뭘 하고 사는지 빠르게 알아챌 수 있는 건 평소 습관이 배어 있는 집을 둘러보는 것이다. 그에 충실한 이현의 발걸음은 계속해서 이곳저곳을 옮겨 다녔고 정작 주인은 거기에 질질 끌려다녔다.

지극히 개인적인 부분을 이현과 공유하고 싶은 마음 같은 건 한 톨도 없었기에 세아는 그가 손대는 족족 막으려 했지만 손목은 어김없이 모래주머니가 달린 것처럼 무거워졌다.

"초능력 좀 사용하지 마!"

이래서 아무런 준비 없는 전면전이 좋지 않다. 제로와 벡터의 차이만 여실히 느낄 뿐이니.

"안 쓰면 얌전히 있지도 않잖아."

제로와 유니벌의 격차는 실로 엄청났다. 세아는 억울해서라도 입을 움직였다.

"네가 이러는 게 정상이야? 집에 왜 찾아와? 아까 그렇게 놀아나 줬으면 됐잖아. 네 입으로 여기까지라며!"

"말은 바로 하자. '오늘은'이랬지."

"그래, 오늘."

"내일 왔으면 환영해 줄 것처럼 말하네."

"말 바꾸지 마."

"내 말이 곧 법이라고 생각해 봐. 그럼 이해도 빠르고 열낼 일도 없잖아. 다른 애들은 다 받아들이고 내 비위 안 거슬리게 잘하는데 왜 너만 수긍을 못 해?"

"좋은 말 할 때 나가. 약혼녀까지 있는 남자가 내 집에서 이러는 거 끔찍이도 싫으니까."

"남자로 봐주긴 하네."

"뭐?"

"신경 쓰여?"

이현이 피식 웃으며 고개를 돌리자 세아의 얼굴이 일그러졌다.

"네가 직접 알아본 거야, 아님 어디서 주워들은 거야?"

"알 필요 없잖아?"

"근데 어떡하지. 난 너 안 싫은데."

제대로 된 대화가 아니다. 어느 방향으로 가든 종착지는 세아였다.

"너도 남자 있잖아. 곧 없게 될 거지만."

"뭐라고?"

세아가 아까보다 더 발악을 했지만 이현에겐 통하지 않았다. 어느덧 방을 다 둘러보고 마지막으로 이현이 선 곳은 냉장고였다. 평소 어떤 걸 먹고사는지 단번에 알 수 있는 물건이다.

"안에 별거 없네. 이러니까 살이 빠지지."

"보지 마!"

"맥주? 너도 술은 마시나 봐."

"이걸……!"

"취향이 하나라도 같아서 다행이네. 물론 입맛은 전혀 다르지만."

"야!"

"내가 좋아하는 건 와인이야. 가르쳐 줄까?"

문을 도로 닫은 이현의 눈빛이 어둠으로 빛났다. 이현이 세아를 끌고 향한 곳은 침대였다. 이현은 그곳에 앉은 채 세아를 제 앞에 세워 두었다.

"잘 봐. 와인을 마실 땐 먼저 외관을 눈으로 보고."

세아는 자신을 향해 고개를 든 이현을 보며 잘근 입술을 씹었다. 지금 또 다른 놀이를 하자는 건데, 이번엔 제가 와인이 된 듯했다. 여전히 두 손은 알 수 없는 무게로 인해 손가락 하나 까딱할 수 없었다.

"와이너리 이름, 품종, 연도, 어느 나라인지."

그래서 다리를 썼다. 앉아 있었기에 목을 노리기 적합했으나 온 힘을 실어 뻗은 발목을 이현이 손쉽게 잡았다. 일순간 살벌하게 허공에서 엉키는 시선. 먼저 눈을 내린 건 이현이었다.

"……라벨 보고 품질부터 확인해."

발등 위로 입을 맞췄다. 아. 저도 모르게 세아가 소리를 내자 힐끗 든 눈빛이 어둡다. 입꼬리가 올라간다.

"보고 문제가 없으면."

잡고 있던 발목을 놓아주자 그곳에도 엄청난 무게가 실리며 바닥으로 추락했다.

"코르크를 따."

이현이 손을 올려 세아가 입고 있던 민소매 티의 끈 하나를 손가락에 감았다. 아래로 내리려던 찰나에 세아가 나지막이 말했다.

"손가락 잘라 버릴 거야. 네 눈도 같이."

"……뭐?"

내 손을 자르고 눈을 없애? 이현이 웃음을 터트렸다.

"그 태도 좋아. 나 말고 다른 남자한테도 계속 그래 줬으면 해."

그 누구도 건드린 적 없길 바라는 욕심은 당연했지만 네겐 반지가 있잖아. 그것도 네 번째 손가락에. 이현은 턱을 느리게 움직였다.

"했어?"

"무슨…… 그럼 넌 약혼녀랑 했니?"

"아니."

이딴 질문이 맞는 거냐고 묻고 싶은 생각에서 반격한 건데 공격이라고 생각지도 않는지 대답은 평탄하게 흘러나왔다.

"근데 너랑은 하고 싶네."

이런 생각을 들게 한다는 게 대단하다는 거야, 백설아. 이현은 웃으며 손에 감긴 끈을 빼냈다.

"몸 관리는 잘해야지. 아무나 주지 말고."

고작 아래에 깔면 식사가 될 몸을 지금 정중하게 대우해 주고 있는 건 그만큼 세아의 가치를 존중하는 일이다. 유니벌인 이현이 옷을 벗기려다 말았으니, 반지를 준 남자는 손도 못 대는 게 맞는 사회다.

"네 가치를 지금 내가 증명해 줬으니 소중하게 대해."

"뭐?"

"내가 얼마나 참고 있는지도 알아주면 좋고."

희귀한 것일수록 나중에 맛보는 희열을 이현은 알았다. 아무나 손댈 수 없게 주변을 치운 다음, 두고두고 벼르다 딱 미치기 직전에 마실 거란 다짐은 지금껏 이현이 손쉽게 건드렸던 다른 여자와 다르다는 걸 뜻했다. 이런 제 자신이 낯설었지만 세아를 두고 재고 싶은 마음은 없었다. 탐스런 존재를 두고 그러는 건 예의가 아니다.

"무슨 헛소리를 지껄이는 거야?"

하지만 너만이 이걸 모른다고 생각하면 애석하다. 제로 근성부터 고쳐 놔야 이해가 가려나. 이현은 부드럽게 목소리를 낮췄다.

"수업을 계속할까? 와인을 가장 어울리는 잔에 담아."

"윽!"

"넌 내게 올라왔을 때가 제일 잘 어울리니 잔은 내가 되는 게 맞지."

차 안에서처럼 이현의 다리 위로 앉게 된 세아는 벗어나려 몸을 뒤틀었다. 그간 벡터를 상대하기 위해 고된 훈련도 마다치 않고 육체를 단련해 왔던 세아에게 결박하는 초능력은 치명적이었다. 원한다면 물체도 부술 수 있는 힘이다. 하지만 여기서 이현이 망가뜨릴 건 없었다.

"와인은 굴릴수록 향이 풍부해지는데 그거 알고 계속 움직이는 거야?"

"놔!"

"모르나 보네. 적당히 해. 과하면 안 좋으니까."

"너 정말 가만 안 둘 거야!"

이처럼 네 흔적과 향이 가득 배인 공간만으로도 충분한

데, 여기서 무엇을 빼고 더할 수 있을까. 세아를 바라보는 이현의 눈빛이 진중해졌다.

"그만 좀 흔들어."

거부하려는 움직임 때문인지 새하얗게 질린 얼굴과 거친 숨으로 달싹이는 빨간 입술.

"……마시기 전에 취하겠어."

물면 꼭 취할 듯했다. 이현은 비식 웃음이 났다.

"네 옆에 있는 남잔 이 가치를 알까."

"뭐?"

"제로인데도 내가 이렇게 해 주는 거 보면 답 나오잖아?"

"말 똑바로 해. 강제 주거 침입에 날 와인이니 뭐니 물건 취급하고 있는데 거기에 무슨 가치가 있어?"

"내가 가장 좋아하는 게 와인이라고 했잖아. 아, 돌려 말하면 혹시 잘 못 알아듣나?"

"그래서 네가 날 좋아한다고. 그럼 내가 감사하다고 너랑 어울려 줄 거라 생각했니? 웃겨. 인간 이하 취급은 너 아니어도 평소에 뼈저리게 받고 느끼니까 그만하자, 어?"

"올려놔 줘도 싫다 하네. 다른 여자한테 이런 적도 없어."

"네 다리 위에 올라서고 싶은 마음도 없어."

알아서 다리 벌려야 할 위치면서 하는 말은 전부 반대다. 이현은 세아가 신기했다. 사회에서 제로는 벌레보다 하찮다. 죽으라면 죽는시늉까지 해야 하는 존재를 유니벌인 이현이 직접 다리 위에 올려놔 주면 제로는 제로답게 은총을 받은 거라 생각해야 한다. 플랫 이상의 벡터와 엮이는 게 제로 모두의 꿈이나 다름없으니.

"마음이 없어?"

이현의 눈썹이 거칠게 꿈틀댔다.

"우리 백설이 짜증 날 정도로 검소하네."

이런 사상을 바꿔 놔야 하는데.

"내가 공주 만들어 줄까?"

그 말에 세아가 어이없단 듯이 날숨을 토했다.

"헛소리 집어치우랬지."

"누구 손에도 잡히지 말고 주지도 마. 너와 어울리는 남자 안에서 노는 게 맞는 일이니까."

"그게 누군데? 무슨, 설마 너라고 말하고 싶은 거니?"

"어."

"뭐?"

"감상 끝났지."

이현이 손을 올려 세아의 머리 뒤를 감쌌다.

"그럼 마셔."

거친 손짓으로 움켜잡아 데려온 곳은 입술이었지만 포부대로 움직이기도 전에 강한 통증이 들이닥쳤다. 얌전히 있을 줄 알았던 세아가 깨물고 만 것이다. 이현은 입술을 떼어 내며 피로 엉망이 된 입안을 축였다.

"아, 맛이 드라이해."

어찌나 살기가 가득한지 숨결이 닿는 곳마다 이현은 송곳에 찔리는 듯했다. 팔로 허리를 감싼 이현이 거칠게 세아를 침대로 눕혔다.

"이번엔 스위트했으면 좋겠는데."

새하얀 시트 위로 세아의 머리카락이 어지럽게 번지자 끄트머리를 꽉 움켜잡았다. 맛을 가장 중요하게 생각하는 이현에게 있어 혀를 건드린 게 얼마나 위험한 짓인지 모르는 듯싶다. 하지만 그마저도 용서할 수 있게 하는 여자라 아귀에 힘을 풀며 쓸어 넘겨 주었다.

"너 내가 죽는 거 보고 싶어서 이러지."

"뭐?"

"이 이상으로 내 몸에 손대면 이번엔 내 혀 깨물어."

그럼 가치가 떨어지는 일이 된다. 이현은 무르익어 벌어진 입술 안쪽으로 숨겨져 있는 단내 나는 과육이 상할까 걱정되었다. 세아는 자신의 위에서 심각해진 이현의 표정을 살피며 한숨과 함께 말문을 열었다.

"손목도 나갈 거 같아."

"그럼 안 되지."

너무 장시간 손목에 무게를 실어 놓은 것 같았다. 제로를 이런 식으로 만나 본 적 없어 잠시 다루는 법을 망각했던 이현은 아프다 말한 부위를 만져 주며 초능력을 지웠다.

"이제 괜찮아?"

"……."

얌전히 침대에 누워 있어 이미 정복한 여자라 착각했는지, 이현은 아까와 달리 세아를 걱정스럽게 바라봐 주었다. 세아는 느슨하게 눈초리에 힘을 풀며 고개를 끄덕였다. 미약하게 제 밑에서 꼼지락대는 세아를 내려다본 이현의 눈빛이 탁해졌다. 마치 자신의 몸 위를 점령한 그림자가 간지럽다는 듯이 세아가 베개 밑으로 손을 집어넣는다.

"몸 좀 가만히 놔둬. 참는 게 힘들어지잖아."

"……."

"내가 어떻게 해 주길 원해?"

"그걸 왜 물어? 말하면…… 네가 듣기나 해?"

내가 말해 봤자 뭐든 네 마음대로 하잖아. 결박이라도 해 달라는 것처럼 양손이 베개 밑으로 모두 다 사라졌다. 밀어 낼 의지가 없는 자세였다.

"그래서 지금 마음대로 해 달란 거지?"

이현은 입꼬리를 올리며 그 몸짓이 원하는 대로 세아의 입술 가까이 내려갔다. 혀 깨물면 안 된다. 나지막이 말하며 턱을 벌리자 그 순간 달칵 장전하는 소리가 들려왔다. 나른하게 내려갔던 이현의 눈초리가 짙어졌다.

"베개 밑에 뭘 숨겨놨나 본데."

탕—!

그 말과 동시에 커다란 총성이 울려 퍼졌다. 이현은 살며시 인상을 구기며 손으로 배 부근을 매만졌다. 열기로 화끈하게 달아오르며 셔츠를 비롯해 손바닥이 삽시간에 축축이 젖어 들었다. 이현은 어이없단 듯이 웃었다.

"입술 한 번 댔다고 총알을 먹여?"

웃음이 사라진 입가가 매섭다.

"예쁜 짓도 곱게 해야 사랑스럽지."

"윽!"

방아쇠를 당긴 순간부터 가만히 놔둘 거란 생각은 버렸지만 그 대가가 키스라는 건 의외였다. 세아는 질끈 눈을 감았다. 배에 구멍이 난 뒤에 퍼붓는 키스는 죽기 직전의 몸부림처럼 거셌다. 엉키고 있는 둘 사이에서 혈흔이 퍼졌다. 무자비한 입맞춤이었다. 가느다랗게 눈을 뜬 세아는 지금 이게 정상적이란 생각이 들지 않았다. 살기를 담아 배에 총구멍을 냈는데, 그와 어울리지 않게 세아의 얼굴을 감싸며 열렬히 키스하는 이현을 보며 머릿속이 아득해진다.

"하아, 읍……!"

이현이 세아의 손에 걸린 총을 잡아다가 매섭게 집어던졌다. 세아가 움찔 어깨를 떨자 놀라지 말라며 입안을 매끄럽게 훑어 준다. 지혈되지 않아 목숨이 위태로울 텐데 세아의 치열 하나하나 정성스럽게 핥는다. 끈적하게 젖어 든 피처럼 입술이 매끈한 소리를 내며 멀어진다.

"너 내가 고스트 안 써 줬으면 벌써 주변에서 신고 들어갔어. 그럼 어쩔 뻔했어?"

뭐……? 세아가 눈을 한 번 깜빡이자 이현이 한숨을 내쉬었다.

"기분 더럽네. 너와 나의 비밀을 유지라도 할 생각해 봐. 내 몸에 구멍 낼 생각하지 말고."

"무슨 소리야, 너 지금……."

총알을 맞는 순간에도 주변에 그 소리가 들릴까 고스트를 썼다고? 신고당할 각오를 하면서까지 방아쇠를 당겼던 세아에게 지금 이 상황은 납득이 가질 않았다. 이현이 달아오른 숨을 토하며 허리를 세웠다. 막고 있던 부위에서 손을 떼며 찝찝한지 단추를 푼다. 오른쪽 배 아래로 피가 얼룩진 게 보였다. 시트를 잡아다가 그 위를 문지르자 닦인 부위를 본 세아의 눈이 커다래졌다.

"회복이…… 돼?"

상처가 없다.

"지금껏 몇 개 들켰지?"

"……."

"우리 아버지가 알면 기절을 해."

신경질적으로 시트를 팽개친 이현이 인상을 지그시 구겼다. 지금껏 다른 누군가의 표적이 되는 걸 막고 보안을 유지하는 차원에서 비밀로 다뤄져 왔던 것들이 세아 앞에서 세 개나 드러났다. 함께 사는 가족 이외에 알려진 적 없던 부분이다. 이현의 입꼬리가 슬쩍 올라갔다.

"네게 실었던 무게가 뭔지 궁금하지?"

"무슨……."

차마 말을 다 내뱉기도 전에 침대에 눕혀 있던 세아의 몸이 공중으로 붕 떴다. 허공에서 다리가 휘적대다 멈추었다. 몸이 제어가 되질 않는다. 마치 무중력 상태에 들어온 듯.

"중력이야."

나지막이 말한 초능력의 정체는 가히 놀라웠다. 도현이 가진 염력과 마찬가지로 하이 티어에 속하는 초능력이자 공격력까지 갖췄다. 세아의 뇌가 빠르게 회전했다. 고스트와 자가 회복. 그리고 지금처럼 원한다면 중력을 싣거나 사라지게 할 수 있는 능력.

"억울하면 이거 가지고 협박이라도 해. 원 없이 당해 줄 테니까."

어쩌면 도현이 질지도 모른다.

"어? 네 말 안 들으면 어디 가서 불어 버리겠다고 해."

그 생각을 하자 세아는 머리카락이 곤두서는 걸 느꼈다. 마치 아기 다루듯 세아를 조심스럽게 침대로 내려놓은 이현이 몸을 기울이자 뒤로 물러선다.

"놀랐어?"

이현은 재미있단 듯이 웃으며 더욱 다가왔다.

"……내 집에서 나가."

"사람 배에 총질했으면 말이라도 예쁘게 해."

노려보는 눈가가 더욱이 올라간다. 마치 손대면 할퀴기라도 할 듯.

"오빠라고 불러 봐. 그럼 갈게."

"오빠."

너무나도 쉽게 흘러나온 말에 이현은 잠시 머릿속이 새하얘졌다.

"지옥에나 떨어져요."

하지만 독기 품은 입술은 혼미해진 이성에 불을 지핀다. 이현은 눈웃음 지었다.

"그곳엔 너도 있나?"

백설아, 네가 있으면 못 갈 곳도 없어.

"……뭐야."

오픈 준비로 바쁜 카페에서 이현을 본 세아의 얼굴이 경악으로 물들었다. 어제 전화로 오후 근무 시간에 맞춰 출근하라는 사장의 지시가 있었다. 가게가 그 모양이 됐는데 어떻게 오픈할 수 있는지 의문이 들었지만 나오라면 나와야 하는 입장이다. 재공사를 하기 위해 허드렛일을 할지도 모른다고 생각했던 것과 달리 가게는 번듯한 모양새였다. 전보다 더 고급스러워진 내부가 대체 누구의 취향을 탄 건지 의문이었는데.

"네가 왜 여기에……."

"사장님한테 '네가'라니."

그 모든 게 이현이 벌인 짓이라니.

"하극상 같고 좋은데."

세아의 눈초리가 치켜 올라갔다.

"사장이라니, 누가 사장이야?"

세아가 불만스럽게 내뱉은 단어에 걸맞은 행위를 보여 주겠다는 듯이 이현은 정장 주머니로 양손을 밀어 넣었다.

"직원 다 모이라고 해 봐."

말 한 번 했을 뿐인데 등 뒤로 서 있던 비서가 재빠르게 움직였다. 바쁘게 오픈 준비를 하고 있던 직원들을 일렬로 세운 줄엔 세아도 동참할 수밖에 없었다. 이현은 푹신한 의자 등받이에 기대며 다리를 편히 꼬았다. 테이크아웃을 많이 해 가는 카페에 가죽 소파가 웬 말인가 싶었는데, 이현이 앉는 걸 보니 납득이 갔다.

"다섯 명이 전부야?"

"아직 한 명 안 왔습니다."

"제대로 전달 안 했어?"

"했습니다만 조금 늦는 모양입니다."

"일개 직원이 나보다 늦는 게 말이 돼?"

심기가 뒤틀린 이현이 인상을 구겼지만 직원이 모두 여자인 것을 보고 나서야 작게 입을 벌렸다.

"아, 늦는 게 걔인가 보네."

중오가 부탁했던 아이.

"이름이 뭐더라……."

좁아졌던 미간이 하릴없이 펴졌다. 지금 눈앞에 백설이가 죽일 듯이 노려보고 있는데 그깟 이름이 뭐가 대수라고.

"내 얼굴 보니 반갑지."

"……."

직원들 모두가 대답 대신 침묵을 택했다. 어제 가게를 그렇게 묵사발로 만드는 걸 보았으니, 입이라도 잘못 열었다간 저도 똑같이 될 거란 두려움이 앞섰다.

"사장님이 바뀌었나요?"

"말 잘했어."

하지만 제 목숨 아깝지 않은 인물이 딱 하나 있다. 우리 백설이.

"오늘부터 내가 사장이야."

이현이 손목에 채워진 시계를 매만지며 눈을 날카롭게 떴다.

"불만 있나?"

이번에도 정적이 흘렀다. 한순간에 유니벌이 운영하는 가게의 직원이 되었다. 벡터라면 영광스럽게 생각할 일이지만 제로라서 모두가 얼떨떨해할 뿐이다. 세아의 눈썹이 작게 꿈틀대자 이현이 웃으며 말했다.

"전 사장은 어땠는지 몰라도 난 가게 굴리는 방침이 좀 달라."

지금 그만둔다는 말이 목구멍까지 차올라 있겠지.

"여기 그만두는 애 하나라도 나오면 네들 전부 다 같이 잘리는 거야."

그런 생각 정도는 나도 다 알아.

"난 지금 이 상태 그대로를 유지하고 싶거든."

직원들의 표정이 딱딱하게 굳었다. 한 명이 그만두면 전부 해고당하는 사태라니. 제 의지와 상관없이 잘 다니던 직장을 잃게 될까 서로 눈치를 보았다. 시선이 오가는 가운데 이현은 여전히 세아만 뚫어지게 바라보고 있었다. 백화점에서 옷을 입지 않으면 직원을 자르겠단 말에 얌전히 탈의실로 들어갔던 세아다.

"대신 월급은 올려 주지. 원래 받던 금액에서 이달부터 우선 두 배, 그리고 한 달씩 지날 때마다 그 배로 플러스알파야. 일 년 채우면 그 금액이 얼마일지 상상이 돼?"

그래서 알게 된 사실은 주위를 건드리면 네가 움직여.

"일 잘하면 성과금도 줘. 파격적이지."

그리고 너를 제외한 제로들은 돈에 약해. 이미 머릿속으로 계산을 마쳤는지 직원들의 혼란스러웠던 기운은 싹 가신 채였다. 일 년이면 벡터에게 몸을 판다고 한들 가지기 어려운 금액이다.

"특별한 건 없어. 평소대로 일해. 대신 내 가게에서 사내 연애는 안 돼."

사내 연애라니. 여자뿐인 가게에서 그게 말이 되는 소린지 모두가 의문을 품었다. 이현은 소란스러운 가운데 세아를 아낌없이 바라봐 주며 웃었다.

"사장이랑 연애는 돼."

세아가 헛웃음을 토했다. 이현은 연애라는 간지러운 말을 내뱉은 제 자신이 놀라울 지경이지만 이는 어제 배에 총구멍을 낸 백설이를 마주하고 내린 결론이다. 공주로 신분 상승도 싫다 하고, 권력으로 사로잡으려 해도 이를 갈 뿐이다. 뭘 하든 거부감뿐인데, 이상하게 네 손에 끼워진 반지는 얌전하더라고.

"연애할래?"

물론 너를 묶어 둘 수단으로 사용될 테지만.

"이런 것도 동의를 구하고 있네, 내가."

우리가 만약 사랑이라는 걸 하면 네 가시도 좀 덜하겠지. 이현은 웃던 입가를 죽인 채 세아의 등 뒤로 펼쳐진 공간을 보았다. 이곳이 감옥인지 직장인지 알아채지 못한 세아의 표정은 여전히 뭐 씹은 얼굴이었다.

"누나, 왜 거기 있어?"

아직 오픈 팻말을 걸지도 않았는데 청아한 종소리가 울려 퍼졌다. 이현의 시선이 느리게 흘렀다. 큰 키로 성큼 다가온 남자가 마치 자석처럼 세아에게 제일 먼저 다가갔다. 이현이 접근하기 어려웠던 거리가 유난히도 둘 사이엔 좁았다.

"뭐해?"

"그게……."

"조회? 원래 안 하던 건데."

이현의 앞으로 모두가 줄을 서 있는데, 남자 혼자만 스스럼없이 움직인다. 이런 식의 상황을 겪은 적 없던 이현이 지그시 눈썹을 구기자 옆에 서 있던 비서가 작게 말했다.

"왔나 보군요."

"아, 쟤가 김중오가 말한……."

이현은 성가시다는 듯 손을 까딱였다.

"왔으면 똑바로 서."

근데 왜 내 시야를 가로막아. 세아를 담아 두기에 바빴던 시야로 넓은 등이 보이니 탐탁지 않다. 그 말에 고개를 반쯤 돌린 남자가 이제야 이현의 존재를 눈치챘다는 듯 세아 옆으로 섰다. 미간에 주름이 하나 더 생긴다.

"걔 옆에 말고."

"여기가 내 자린데."

"반말?"

이현이 낮은 목소리로 묻자 남자의 굳어 있던 입꼬리가 올라간다. 지금, 웃어? 이현의 심기가 뒤틀린다.

"너 이름이 뭐야."

"하도현."

말이 계속 짧아.

"인데."

시선을 간결하게 내린 도현이 이현의 손목을 보고선 멈추었던 턱을 다시 움직였다.

"요."

그것도 옅은 웃음과 함께.

"여기 설 건데."

장난하자는 것도 아니고. 이현을 바라보며 느릿느릿 움직이는 입술이 피식 웃으며 묻는다.

"근데 넌 이름이 뭐예요?"

와, 진짜.

"뭘 거 같은데?"

"신이현?"

"날 알아?"

"그러게."

제대로 건드려.

"요."

'파직' 하는 소리와 함께 순식간에 도현의 머리 위에 있던 조명이 깨지며 떨어졌다. 이현을 상대로 주제넘은 언행을 한 대가를 보여 줬을 뿐인데, 얌전히 서 있던 세아가 도현에게 달려들었다. 그보다 먼저 도현이 세아를 옆으로 밀었다.

"괜찮아? 눈에 안 들어갔어?"

"오지 마. 묻어."

"어디 봐 봐."

"괜찮다니까. 눈 안 들어갔어. 너 똑바로 보고 있잖아."

마치 저를 보호하려 달려들 거란 걸 알고 있었다는 듯이. 세아는 주춤 밀려났다가 또 줏대 없이 다가갔다.

"조각 다 붙어 있잖아."

"알았다니까."

도현이 한 손으로 세아를 오지 못하게 막으며 나머지 한 손으론 검은 머리카락 위로 빼곡하게 내려앉은 잔해를 털었다. 이현은 기가 찼다. 저 남자는 세아가 다가오는 것에 익숙한 듯 보였다.

"여기도 묻었어."

"응, 알았어. 지금 털어."

이현의 눈에 걱정으로 물든 세아가 보였다. 백설아, 뭔데 내 앞에서 다른 남자를 감싸고 그래?

"가게가 더러워졌네요."

도현은 세아에게 향해 있는 이현의 뜨거운 눈빛을 보며 웃었다.

"제가 치울까요?"

네 그 썩어빠진 시선, 없애 버릴까.

"아니."

이현의 눈동자가 흘러가 도현에게 꽂힌다.

"놔둬. 좋잖아?"

너를 없애 버릴까.

"……."

두 남자 사이로 살벌한 기운이 뒤엉켰다. 그 기류에 죽어나는 건 초능력이 없는 제로다. 비서라도 이 상황을 말려 주길 바랐지만 끼어드는 걸 못 견뎌 하는 이현의 성미를 누구보다 잘 아는 자이기에 방관한다. 이곳에 말릴 자는 아무도 없었다.

"들어가서 옷 갈아입고 와."

"네."

세아를 제외하고선.

"그럴게요."

죽일 것처럼 이현을 노려보던 도현이 세아 한마디에 시선을 떨어뜨렸다. 세아는 도현의 입가에 그려진 미소를 보며 당황했다. 꼭 주인을 위협하는 상대를 물어뜯고 나서 칭찬해 달란 표정이다.

"유리…… 제대로 털고. 어디 따갑거나 아프면 말해. 박힌 곳 있을지도 몰라."

"아, 따가운 거 같아요."

"어디, 어디가?"

"베인 곳도 없는데 호들갑은."

그 대화를 가만히 지켜보고 있던 이현이 가소롭단 식으로 웃음을 터트렸다.

"사장 아직 있잖아? 잡담은 나중에 해야지."

"……."

"백설아, 너 지금 일하고 있는 거야. 매니저 직책 잊었어?"

"백설이?"

도현이 인상을 구겼다.

"이상한 애칭……."

"애정이 담긴 의미라는 건 아나 보네."

이현이 말하자 건조했던 도현의 입술 끝이 피식 올라갔다.

"입 되게 헤프네요."

고개 돌리는 도현을 따라 이현의 서늘한 눈빛이 따라붙었다.

"너도 마찬가지 아닌가? 제로 주제에 말이라도 신중히 해야 오래 살지."

무릎 위로 한가롭게 놓인 양손이 서로 맞물리며 꽉 조여진다. 제아무리 이현이 세아에게 많은 부분을 허락해 준다지만 처음 본 남자에게까지 우습게 보일 만한 존재는 결단코 아니다.

"서로 비위 상하니까 피 보지 말자고."

살벌한 목소리가 울려 퍼지자 애꿎은 직원들의 얼굴이 파리해졌다. 전혀 웃음이 나올 상황이 아닌데 또 이현의 귓가로 껄끄러운 새된 음성이 터진다.

"어쩌지, 내가 제일 먼저 죽게 생겼는데. 매니저님 비위 좋아요?"

이현의 눈동자가 어두워지는 걸 본 세아가 도현을 떠밀었다. 옷 갈아입고 와. 못 이기는 척 떼어지는 걸음이 이현의 머릿속까지 짓밟고 지나갔다. 이현이 살며시 미간을 구기며 비서에게 말했다.

"김중오 옆에 있어서 그런가 버릇이 많이 없네."

"제가 조치를……."

"됐어. 김중오가 부탁했는데 하루 만에 그걸 어기면 내 이미지가 뭐가 돼."

이현이 손으로 입가를 느릿하게 쓸었다.

"나도 파악이라는 걸 해야 되니."

비서가 간결하게 고개를 끄덕이며 허리를 곧추 세웠다. 직원들이 눈알을 굴리는 게 거슬려 이현이 소파에서 일어나자 세아가 기다렸다는 듯이 달려들었다.

"왜 애 서 있는데 조명을 깨뜨려? 밑에 있는 거 뻔히 다 알면서. 다쳤으면 어쩔 뻔했어!"

"내 앞에서 다른 남자 걱정하는 거 생각보다 별론데. 일절만 해라."

"저…… 가게 오픈할까요?"

"해. 넌 그만 쫑알대고 가서 장사하고."

"내 말 좀……!"

"하극상 좋지. 근데 곧 영업 시작하잖아? 지금은 내 밑에서 일하는 직원답게 굴어."

"……."

세아가 노려본다. 이현은 기분이 가라앉았다. 저런 녀석을 옆에 붙이고 살아선지 콧대 높고 대드는 기세가 자신을 응시하던 서슬 퍼런 눈과 닮았다.

"이상한 거 닮지 마."

"무슨 이상한 소릴 하고 있어?"

"차라리 나를 닮아 봐. 그럼 얼마나 좋아."

"제대로 된 대화를 해. 함부로 초능력 써서 애 위협하지 마. 사장이라면 직원을 막대해도 된다는 생각부터 버리라고."

"경영자로서의 지침 같은 건가? 내가 아직 그런 건 미숙해서. 근데 내 밑에 있는 것들이 날 위해 존재한다는 생각만큼은 아버지 닮아서 제대로인데."

"어려운 거 아니잖아. 적어도 하지 말아야 할 행동만……."

"행동 지적하지 마. 내 가게야."

이현이 사나운 시선으로 세아를 내려다보았다.

"너도 곧 내 거가 될 테지만."

뒷말은 은밀하게 속삭였다.

"아니, 유니폼을 입고 있으니 이미 내 소유인가?"

이현이 시선을 옮겨 유리문에 오픈 표시를 하는 직원을 보았다.

"팻말 걸었다. 이제부터 존댓말 해, 내 거답게."

벙한 세아를 두고 바깥으로 나간 이현에게 비서가 다가와 섰다. 가게 밖에 코가 시큼해질 정도로 즐비한 화환들은 이현에게 잘 보이려는 자들이 보낸 선물이었다. 문 쪽 가장 커다란 화환에 박힌 신일한 이름 석 자가 이현을 불편하게 했다.

"해 봐."

이제 잔소리를 들어야 할 시간이다. 비서가 기다렸다는 듯이 말문을 열었다.

"회장님께서 초능력 사용하신 것 때문에 많이 화가 나셨습니다."

"언론은 다 막았잖아."

"한데 목격자들이 계속 나오는 상황이라. 인터넷에 뿌려진 사진은 전부 내렸지만 뒤에서 흘러나오는 말까지 제지를 가하기엔 시간이 좀 걸리죠."

"뭐, 중력 그거 하나?"

"네, 다행히도 폭발하는 성질의 초능력이 많아 유추하는 게 대부분이지만 앞으로 조심해 주시면……."

"돈 얼마나 먹였어?"

"꽤 큰 금액이 들어갔습니다. 잘 아시지 않습니까. 외부로 알려진다고 해도 감히 이현 님에게 위협을 가할 벡터는 없겠지만 대중들에게 드러나는 것 자체가 문제라 회장님께서도 이리 민감하게……."

"큰 게 어느 정도인데?"

"……언론사 열두 곳에 각각 5억씩 들어갔습니다."

"겨우 그거 하나 막는다고?"

"예."

"이거 큰일 났네."

"네?"

"아버지한테 돈 더 준비하라고 해."

이 사실을 대신 전해야 할 비서의 어깨를 위로하듯 두들겼다.

"지금 저 안에 있는 여자한테 세 개나 보여 줬으니까."

비서의 경직된 눈동자가 천천히 굴러 유리 벽 안으로 향했다. 누가 쳐다보는지도 모른 채 바삐 걷느라 긴 머리카락이 나풀거렸다. 세아가 문 앞에 서자 굳게 닫혀 있던 남자 화장실 문이 곧바로 열렸다.

"······유리는 다 털었어?"

대답 대신 손을 까딱거린다. 옷을 갈아입던 중이었는지 유니폼 셔츠를 입긴 했지만 단추는 전부 열린 채였다. 세아가 안으로 들어오자 도현이 문을 닫아 걸었다.

"아니."

"왜?"

"그냥. 일단 이것부터 채워 봐."

세아가 서슴없이 손을 뻗어 도현의 단추를 잡고 하나씩 잠가 주었다. 그러는 사이에 도현은 무언가를 생각하듯 세아의 손이 움직이는 것만 보고 있었다.

"백설아?"

"그렇게 부르지 마."

"손 잘 쓴다."

"어?"

"구멍도 비좁은데 끼워 넣는 거 잘하네."

도현이 나지막이 물었다.

"그렇게 들어갔어?"

"뭐가······."

"걔 마음에 이런 식으로 능숙하게 끼워 맞추듯이······."

세아가 손을 떼어 냈다.

"지금 무슨 소릴 하는 거야. 내가 널 두고······!"

"화내?"

"그럼 화가 안 나?"

"좋아. 그거면 돼."

온몸에 소름이 돋는 듯했다. 싫은 것 이상으로 도현이 그렇게 본다는 게 더 거부감을 일으켰다. 제 행실의 문제일까. 도현도 보고 느낀 것이 있기에 저리 말하는 거라 생각하니 세아는 차마 고개를 들 수가 없었다. 답답했다. 세아는 자신의 처지를 너무 잘 알고 있었다. 제로로 태어나 지금까지 늘 그것을 억지로 상기하며 살았다. 유니벌인 그에게 자기가 얼마나 하찮게 보일지도, 우습게 여겨지는 것 또한 안다. 최선을 다해 거부하는데 이현에게는 그저 쥐가 찍찍대며 놀자는 식으로 엉겨 붙는 걸로 밖에 안 보일 테지.

"……나도 사장으로 올 줄은 몰랐어."

놀이터를 가게로 확장한 건 놀라울 따름이다. 세아는 한숨을 푹푹 내쉬며 미간을 찡그렸다. 도현이 한쪽 입꼬리를 올렸다.

"뻔하지. 이렇게 하는 짓마다 예쁜데 어떻게 널 가만둬."

"나 아무것도 안 했어."

"네 의지가 없었단 건 조금 전에 화내는 거 봐서 알아."

도현이 검지로 심통이 난 뺨을 건드리자 세아가 억울한 심정을 담아 마지막 단추를 조금 거세게 잠갔다. 옷깃을 정리하며 힘주어 당기자 도현이 쏠리듯 허리를 숙였다. 갑자기 얼굴이 다가와 멈춘 거리가 몹시 좁았다. 세아가 눈을 크게 뜨자 도현이 느릿느릿 말했다.

"왜 놀라?"

"아니, 키스…… 하는 줄 알았어."

"그랬어?"

도현이 웃으며 고개를 틀어 세아의 입술을 머금었다. 끈적하게 물었다가 벌어진 안쪽을 혀로 훑으며 떼어 내자 세아의 속눈썹이 흔들렸다.

"이제 했네."

심장이 발 빠르게 뛰기 시작한다.

"학습된 거야. 다가오면 키스할 거란 생각이 가장 먼저 드는 건."

또 입술이 맞물렸다. 조금 전보다 능숙하게 들어와 범하는 움직임은 세아의 온 신경을 정신없게 헤집어 놓았다. 찰나인 시간조차 벅차게 느껴질 정도로.

"그리고 그게 틀린 적도 없고."

멀어진 도현의 입술엔 탐스러운 윤기가 흐른다. 제 흔적을 묻힌 도현은 군이 이름표를 붙이지 않아도 세아의 것이 분명했다. 그래서 속상했다. 서로가 사랑하는 게 분명한데 그 사랑을 확인받을 수 있는 곳이 고작 후미진 화장실이라니.

"유리, 어디 봐 봐……."

"별거 아니랬잖아. 털면 그만인 거 가지고."

"네가 그런 취급받으니까 그렇지."

"걱정되면 네가 불어서 떼어 줘."

조명을 받으니 세아가 걱정하는 유리가 조각 같은 얼굴 곳곳에서 모래알처럼 반짝였다. '호옥' 하고 불자 도현의 속눈썹이 파르르 떨리더니 웃으며 내려간다. 아, 좋아. 이번에는 얼굴로 내려간다.

"예전부터 궁금했던 건데."

나른하게 눈을 감은 도현이 입술을 천천히 움직였다.

"넌 대체 뭘 먹어서 숨이 이렇게 따뜻해?"

호옥.

"입술도 따뜻한데."

호옥.

"혀끝은 더 뜨거워. 그거 쟤도 알지?"

호오옥…… 세아가 동그랗게 만 입술에서 힘을 뺐다.

"……뭐?"

"했잖아, 쟤랑."

여실히 드러난 거친 눈빛 때문에 세아는 더 이상 바람을 불어 줄 수 없었다.

"단순히 쟤가 네 얼굴 보고 이렇게 미친놈처럼 달려드는 거야?"

세아의 몸이 빳빳하게 경직됐다. 도현이 비웃었다.

"그럴 리가."

남자의 지배욕 같은 건 한 번 보면 쉽게 안다. 도현 저 자신이 그렇게 살아왔으므로. 특별하게 생각할 만한 행위가 둘 사이에서 이뤄졌기에 애칭을 불러 대는 걸로도 모자라 세아의 일터까지 점령하려 드는 거다. 물론 거기에 세아의 의지는 단 한 톨도 없었겠지만.

 "너의 어딜 얼마나 건드렸어?"

 "도현아."

 허리를 편 도현이 반쯤 벌어진 세아의 도톰한 입술을 엄지로 쓸었다. 마디를 구부리며 가지런한 치열을 쓰다듬었다.

 "여기야?"

 세아의 처연한 눈매가 가늘어진다. 지금 넌 무슨 말을 하고 싶을까. 어떤 말을 내게 하고 싶을까. 구차한 핑계, 어쩔 수 없었단 그 말, 미안하단 속죄. 도현의 입가로 조소가 걸렸다.

 "난 울면서 매달렸지만 네겐 그런 일 시키지도 바라지도 않아."

 하지만 도현은 그런 것 따윈 필요 없다. 제 여자가 구질구질하게 사정하는 건 보고 싶지 않다.

 "탓도 안 해. 네가 이렇게 자랐는데 지키는 건 내 몫이지."

 자신이 신처럼 생각하는 여자를 힐난하고 싶은 마음은 없었다. 오히려 입술 한 번 섞었다고 제 것이라 생각하는 남자의 오만함을 꺾어 버리는 게 더 합리적이다.

"하고 싶어서 했겠어? 너만 아니면 돼."

세아는 사회에서 반항하면 할수록 더욱 무참히 짓밟히는 제로였다.

"그럼 내가 알아서 다 해."

내가 지켜 줘야 할…….

"네 마음만 여기 둬. 내가 다 알아서 해 줄게."

도현이 작게 속삭이자 할 말이 있는 듯한 얼굴이 조금 더 깊어졌다. 도현은 새하얀 뺨 위로 입을 부딪쳤다. 내가 해 준다니까. 낮은 목소리로 말하니 세아가 잘게 떨었다.

"너 찾는다."

도현이 허리를 세우자 세아의 눈동자가 문 쪽으로 굴렀다. 제로인 세아가 듣지 못할 소리를 오감이 뛰어난 도현은 감지한다. 백설인 어디 있어? 속을 긁는 목소리다.

"같잖게 불러 대긴……. 너 저 단어 싫지."

"좋을 리가 없잖아."

"고양아. 이건 좋아?"

고민하듯 잠시 말이 없던 세아가 이내 자그마하게 소리 냈다.

"……야옹."

도현이 웃음을 터트렸다.

"귀여워. 먼저 나가 있어."

세아의 뺨을 쓸던 검지가 내려간다.

"그래 봤자 나랑 있었다는 거 알 테지만."

앞치마를 두르는 도현을 등지고 세아가 밖으로 나서자 카운터 앞에 서 있는 이현이 보였다.

"뭐해? 와서 주문받아."

가게가 복잡했다. 원래 길목이 좋아 유동 인구가 많은 카페였지만 평소보다 그 숫자가 많았다. 세아가 카운터 안쪽으로 들어가며 뻣뻣하게 서 있는 직원들을 보며 의아한 표정을 지었다.

"매니저님 오시기 전까지 주문 안 한다고⋯⋯."

"가게 오픈도 했는데 첫 커피는 내가 마셔야지."

하는 수 없이 세아가 계산대 앞으로 향했다. 이현이 입가에 웃음을 띠며 물었다.

"저기가 밀회 장소야?"

"주문하세요. 손님 밀렸어요."

"그래, 빨리하자."

"뭐로 준비해 드릴까요?"

"네가 제일 자신 있는 거."

"커피가 다 거기서 거기죠."

"그럼 네 입처럼 차가운 아이스로⋯⋯."

세아가 도끼 같은 눈을 치켜뜨자 이현이 웃었다.

"마음이 쓰라린데 캐러멜 마키아토."

끝까지 사무적인 표정으로 손을 움직이던 세아가 말했다.

"4,800원입니다."

"사장한테 돈 받는 건 어디서 배웠어?"

"아, 사장님이라서 무료로 해 드려야 하는 거군요. 전에 사장님은 그러시질 않아서 적응 안 됐네요. 알겠습니다."

"아니, 줄 테니까 기다려."

세아가 몸을 돌리려 하자 이현이 붙잡아 세웠다. 그러고선 태연하게 지갑을 꺼내 세아에게 통째로 건네줬다.

"이건…… 뭐하자는 건데요."

"계산하라는 건데."

"뒤에 손님 밀렸는데요."

"나도 알아. 그러니까 네가 선택을 더 빨리해야지. 아무 카드나 골라서 해."

지금 이현에게선 절대로 제가 꺼낼 의지가 보이질 않았다. 줄 서 있는 인원을 보니 절로 마음이 조급해졌다. 세아는 이현과 씨름하는 대신 지갑을 받아 열고선 번쩍이는 카드 중 하나를 꺼냈다. 그러자 이현이 도로 제 지갑을 가져가며 몸을 돌렸다.

"가져, 그거."

"아니, 잠시만요!"

"대체 얼마나 기다려야 하는 거야. 주문 안 받아?"

"아…… 네, 이것만 결제하고 주문 도와드리겠습니다."

"매니저님, 뭔데요? 제가 할게요."

"어?"

"캐러멜 마키아토?"

세아가 작게 수긍하자 도현이 자신이 하겠다며 움직였다. 테이블로 걸어가던 이현이 멈춰 서며 말했다.

"백설아, 네가 해."

"그럼 같이 만들까요?"

천천히 뒤로 돌려진 이현의 얼굴이 웃고 있다.

"혼자 하라고 말했어."

입술 끝이 올라가 있지만 도현을 향해 있는 살기는 여전했다. 가만히 서 있던 도현이 피식 웃으며 세아의 두 손목을 잡아 올렸다. 그리고 보란 듯이 열 개의 손가락 끝에 입을 맞췄다.

"자, 이제 해요."

이현의 눈가가 서늘해졌다. 올라간 입꼬리는 여전히 내려오지 않았다.

"적당히 해야지."

눈에 띄는 짓을 저렇게 정성껏 하면. 고개를 다시 돌린 이현이 테이블로 걸음을 옮긴다. 나 정말 무서워지는데…….

"유니벌이 오픈한 가게라는 소문을 듣고 와선지 벌써부터 사람이 많군요. 가게 오픈 축하드립니다."

이현의 눈동자가 간결하게 움직여 제 옆으로 다가온 남자를 보았다. 중오였다. 손에 들린 고급스런 박스는 겉만 봐도 알아맞힐 수 있을 정도다.

"와인?"

"네, 선물입니다. 종류는 회장님께 전달받은 것으로 준비해 왔습니다. 화환도 보냈는데 좋은 자리에 잘 놓여져 있더군요."

"이건 핑계 같고, 잘 있나 보려고 왔나 본데."

쟤 있잖아. 이현이 턱짓으로 가리킨 곳엔 도현이 있었다.

"너 때문에 건드리지 않고 잘 보관 중이지."

"그러셨습니까?"

확실히 중오의 보살핌을 받아선지 분위기가 제로치곤 봐 줄 만했다. 입고 있는 옷의 브랜드 역시 제로에겐 어울리지 않는다며 진저리를 쳤던 세아와는 달리 마치 저를 위해 만들어진 것인 양 입고 다녔다.

"얼마나 붙어 있었지?"

"무슨 말씀이신지…… 아, 도현이와 윤세아 씨 얘긴가요?"

"내 앞에서 내숭 떨면 재미있나?"

낮은 목소리가 파고들자 혈관까지 얼어 버릴 것 같다. 이현이 그토록 찾던 세아를 뒤에서 찾아준 걸로도 모자라 가게까지 넘겨준 참이다. 중오는 이쯤에서 적당히 개입하기로 했다.

"윤세아 씨는 도현이 옆집에서 살던 누나였습니다. 어려서부터 학교도 같이 다녔으니 공유한 것들이 많겠죠."

"얼마나 오래."

"태어날 때부터 옆집이었다고 하더군요. 사정 때문에 저와 함께 있으면서 다시 만난 건 얼마 안 됩니다."

"그래?"

"많이 애틋하고 가족 같고, 둘도 없는 친한 사이죠."

뒤로 도현이 있어 많은 것을 말해 줄 순 없었지만 원래 노련한 자들은 조금만 흘려도 알아듣는 법이다. 이현은 그제야 중오가 가져온 선물에 관심을 보였다. 빈티지 와인 1975년산.

"잘 부탁한단 뇌물 같은데…… 그런 의미로 받아들이면 되나?"

"그럼 감사하겠습니다."

"잔은. 가져왔겠지?"

"커피 나왔습니다."

이현은 들고 있던 와인을 내려놓으며 세아를 보았다. 손가락에 키스까지 받았으면 좋은 기분으로 만들었을 법도 한데, 테이블로 내려놓는 손길은 매섭다. 네가 걔한테만 다정하단 거잖아? 이현은 피식 웃으며 고개를 들었다.

"마셔 봐."

"……뭐라고요?"

"독이라도 탔을지 누가 알아."

"먹는 거 가지고 장난 안 쳐요."

"왜 못해. 진짜 탔어?"

세아는 울분이 차올라 잔을 잡고 한 모금 마셨다. 달짝지근한 캐러멜이 입안에서 감겼다. 냉큼 내려놓으며 보란 듯이 쳐다보자 그제야 이현이 잔을 들었다.

"입술 아무렇게나 사용하지 마."

세아의 입술이 닿은 부분으로 마신다.

"바로 당하잖아."

투명한 컵에 묻은 립스틱 자국에선 묘한 맛이 났다. 이현은 제 입가에 묻은 새하얀 크림을 핥으며 멀리서 지켜보고 있는 도현을 향해 웃음 지었다. 손등으로 제 입술을 벅벅 닦은 세아가 등을 돌리자 이현이 잔을 도로 내려놓았다.

"근데 버릇이 너무 없어서 교육이 필요하겠네."

"제가 신경 쓰고 있습니다만 아무래도 이현 님 가게에서 일하는 거니 그 부분은 저도 어떻게 해야 할지 난감하군요."

빨대로 안에 담긴 얼음과 크림을 휘적거렸다. 이현의 손길로 인해 잔 안이 금세 더럽혀진다.

"내가 원하면 못 가질 것도 없어. 그걸 가르쳐 주려고 하는 데 동의하나?"

이현이 묻자 중오가 그제야 미소 지었다. 대답 대신 고개 숙여 인사하고 가게를 나서는 건 마음껏 활개 치란 의미로 받아들이면 되었다.

카라멜 마키아토라……. 이런 단맛나는 것이 이현의 뒤

집힌 속을 위로해 줄 리 없다. 이현은 건조하게 휘적이던 빨대를 놓고선 자연스럽게 제게 익숙한 와인을 찾았다. 텁텁한 입안을 단번에 세척하며 내려간다. 이현이 좋아하는 잔향이 안에서부터 치고 올라왔다. 잔을 돌리던 이현은 허탈했다. 이렇게나 좋은 걸 왜 그동안 뱉고 난리쳤는지 생각하니 억울해진다. 나는 아무 잘못이 없는데. 시선이 하릴없이 원흉인 대상에게로 향하자 이현의 입꼬리가 부드럽게 올라갔다. 세아는 바쁘게 움직이는 와중에도 예뻤다. 모든 의욕이 되살아나게 하는 육체다. 너와 함께 있어서 맛있나? 그런 결론을 내린 이현은 비식 웃으며 투명한 잔을 물었다.

일반적인 까페에서는 유니벌도, 와인을 마시는 사람도 구경하기 힘들다. 한데 이곳에선 두 가지를 모두 충족시킬 수 있었다. 그를 보며 와인 애호가라는 소문까지 확인한 여자들은 시간이 흐르는 것도 잊은 채 테이블을 잡고 앉았다. 한산한 낮 시간대임에도 불구하고 벡터들이 복작거리는 풍경은 모두 이현이 만들어 낸 것이다. 웬만한 연예인은 우스울 정도의 인기였다. 그의 손목에 채워진 다섯 개의 시계를 동경의 시선으로 바라보는 뺨이 저마다 수줍게 물들었다. 벡터 모두가 선망하는 대상인 유니벌이란 위엄은 실로 대단했다. 시선 한 번 옮기는 일마저도 제게 닿을까 조바심 난다. 그러다 눈이라도 우연히 마주치면 온몸이 경직돼 들고 있던 커피를 바닥으로 떨어뜨렸다.

"어머."

데구루루 바닥을 구르던 플라스틱 잔이 가게 한가운데에 멈추었다. 온 시선이 그곳으로 쏠렸다. 누가 먼저랄 것도 없이 안쪽에서 큰 키를 가진 남자가 움직이더니 이윽고 대걸레를 가져와 닦았다.

"반지 너지."

그 목소리에 도현이 엎질러진 커피를 닦다 말고 고개 들었다.

"어, 난데."

이현은 도현을 뚫어지게 바라보며 잔에 담긴 와인을 한 모금 마셨다.

"요."

웃는 입가가 적색으로 물든다.

"말은 한 번에 해."

허리를 세운 이현이 와인을 그대로 바닥으로 쏟았다. 주르륵 허공에서 흘러내린 붉은 액체가 바닥으로 물장구치며 처박혔다.

"닦아."

테이블에 여유롭게 내려진 빈 잔을 본 도현이 눈썹을 꿈틀댔다. 이내 태연하게 잡고 있던 대걸레를 움직인다. 금세 닦일 양이었지만 곧바로 이현이 와인 병을 잡고 바닥으로 쏟았다. 옆에 앉아 있던 손님이 '꺅!' 소리를 지르며 몸을 피했다. 도현은 대걸레 가득 적셔진 붉은색을 보며 고개를 들었다.

"뭐하는 겁니까?"

"닦으라고."

"병을 아예 줬으면 진작 버려 줬을 텐데요."

"왜?"

알싸한 알코올 향이 가게 내에서 진동한다.

"그럼 가지고 노는 게 안 되잖아."

얼룩진 붉은색이 도현의 발밑으로 순식간에 몸짓을 부풀리며 고요히 번졌다. 신발 밑이 잠길 정도로 웅덩이가 점점 더 커진다. 그 호수 같은 붉음 위로 편히 기대고 있던 이현이 손가락을 까딱이자 병에 남은 액체가 한 방울 톡 떨어졌다.

마치 도현이 서 있는 곳이 피로 물든 대지 같았다. 도현의 입꼬리가 느릿하게 올라갔다.

"덥지 않나요?"

그 순간 바닥에 질척거리던 물이 열기에 으스러지듯 바싹 말랐다. 남은 건 붉은 얼룩. 이현의 입술에 묻은 액체마저 바싹 마를 더위가 카페 안으로 무성했다. 이현은 머리 위에서 제대로 작동하고 있는 에어컨을 빤히 보았다.

"물은 제가 안 닦아도 되겠는데요."

여기 불을 쓰는 벡터가 있나 본데.

"……뭔가 이상한데?"

뒤돌아선 도현의 발이 멈춰 섰다. 조금 전보다 많은 양이 순식간에 밀려와 신발을 적셨다. 도현의 눈동자가 느리게 왼쪽으로 굴렀다. 하필이면 불과 상반되는 물이라니. 문제는 숙련도인데, 도현이 가진 불은 최상인데도 지금 물이 존재하는 걸로 봐선 아마 이현도…….

"아직 남았잖아? 잔말 말고 닦아."

최상급. 서로가 비등하게 힘을 써 대는 바람에 기류는 건조해졌다 눅눅해지기를 반복했다. 하지만 그마저 안중에도 없는 듯 이현은 마지막 한 방울까지 털어 낸 뒤 도로 테이블 위로 병을 올려 두었다. 제 힘을 거스르는 불을 가진 벡터가 이곳에 있든 없든 중요한 건 앞에 놓인 상대다.

"물바다 되는 거 보기 싫으면 닦으라고."

원래 포식자는 무례하게도 빼앗는 과정을 보여 주는 걸 좋아한다. 거스를 수 없는 강자의 습성이다. 이현은 쟁취하는 것이 익숙하기에 상대를 가까이 두고 포기할 때까지 밀어붙일 계획이었다.

"사장님, 제가 하겠습니다."

그런 어두운 물밑 작업을 감지한 듯 젖은 바닥을 밟으며 세아가 다가왔다.

"왜 나와요. 들어가 있어요."

"아니, 네가 들어가. 내가 상대하는 게 나아."

도현이 세아를 향해 미간을 구기자 바닥에는 얼룩만 남아 있다. 물을 만들 수도, 증발시킬 수도 있는 이현의 초능력은 의지와 상관없이 계속 마르는 중이었다. 마치 분노하는 누구처럼.

"닦을 것도 없는데 같이 들어가요, 그럼."

팽팽히 접전하는 습기와 건기는 에어컨을 무의미하게 만든다. 그럴수록 이현의 폐부에선 기가 찬 숨만 나올 뿐이다. 세아가 도현을 향해 다급하게 입을 움직였다.

'하지 마.'

'왜?'

왜라니, 너 지금 무슨 짓을 하는 건지나 알아? 주변을 둘러본 이현의 시선이 비서에게 닿자 그가 빠르게 다가왔다.

"여기 불 사용하는 벡터 있어?"

"알아보겠습니다."

"왜요, 무슨 일이에요?"

"조용히 해 봐. 지금 알아보러 갔으니까."

세아가 모르는 척 물었지만 이미 신경을 긁어놔 먹히지 않았다. 누군지 말하지 않아도 범인은 딱 하나였기에 세아는 초조했다.

"도현아, 들어가 있으라고."

제발 그만하라고 도현의 등을 떠밀었다. 세아를 이기지

못해 걸음을 옮기면서도 열기는 여전했다. 팔찌라도 차고 사용했으면 상관없을 텐데 도현에겐 아무것도 없다. 명백한 불법 행위에 목격자도 있다.

"세 명 정도 있는데요."

"아니, 질문을 잘못했어."

그보다 무서운 건 목격한 게 이현이라서.

"여기 혹시 팔찌 안 찬 릭시가 있어?"

세아는 심장이 바닥으로 떨어지는 듯했다.

"내가 보기엔 쟤가 딱 그런데."

이현의 고갯짓은 정확하게 도현을 가리켰고, 그제야 열기가 순식간에 사라졌다. 한쪽에서 먼저 끈을 놓으니 계속 밀어붙이던 이현으로 인해 바닥은 물난리가 되었다. 이것보다 확실한 증거는 없다.

"김중오가 릭시 본부장이었지, 아마."

갑자기 한국으로 와 애를 돌본다고 해서 이상하다 했는데…….

"카드."

이현의 시선이 일순간 바닥으로 떨어졌다. 그제야 세아의 신발이 축축이 젖어 있는 게 보였다. 그 위로 내민 작은 물체.

"카드 받아요. 돌려줄게요."

세아는 이현의 관심을 돌리기 위해 냉큼 치마 주머니 안에 넣어 두었던 카드를 반사적으로 내밀었다. 이현은 그걸 진중하게 내려다보았다.

"너 가지라고 준 건데."

"이걸 제가 왜요."

"옷도 싫다고 하고, 이거라도 해 줘야 내 마음이 편하니까."

"……."

"너 대접받게 해 주고 싶단 말 그새 잊었어?"

잔이 되어 주겠단 소리, 아니면 공주 만들어 준단 소리?

"레벨을 못 맞추면 눈이라도 맞춰."

아니면 둘 다인가. 세아는 될 대로 되라는 식으로 말했다.

"옷 받을게요. 그럼 됐어요?"

"왜 이렇게 착하게 굴지?"

이현의 입꼬리가 기분 좋게 올라갔다.

"무슨 문제라도 생겼나 봐."

세아 본인의 신변을 위협당할 때에도 느껴지지 않던 위기감이 삽시간에 밀려왔다. 그가 도현이 릭시란 걸 의심한 이상 남들에게 알려지는 건 순식간이다. 단순히 초능력 발현자로 신고하는 것에서 그치지 않고 어떤 식으로든 법을 악용해 일을 심각하게 만들 거란 생각은 확신에 가까웠다. 이현이 집요하게 파고든다면 걸릴 게 태산이다.

"내가 먼저 말 거는 거 좋아하지 않아요?"

이현은 눈을 가늘게 떴다. 사실 릭시 따윈 관심도 없는데.

"네가 뭘 하든 다 좋지."

얼마나 숨기고 싶으면 이렇게 고분고분해질까. 지켜야
할 누군가를 위해 살갑게 구는 속셈이 눈에 훤히 보였지만
상관없다.

"옷은 받겠다고 네 입으로 직접 말했고. 신발이 젖었으
니까 그거 사러 갈까."

"일하는 중인데요."

"넌 제외야."

이현이 움직이자 세아가 한숨을 내쉬며 앞치마 끈을 풀
었다. 나서면서 도현과 눈빛이 허공에서 뒤섞였다. 그 시
선에 묶여 세아가 차마 문을 밀지 못하고 서 있었다. '딸랑'
문 위로 붙어 있던 종이 손님이 들어오지 않았는데도 저
혼자 흔들렸다. 세아에게로 따스한 바람이 다가와 젖어든
다. 살랑살랑 불어와서.

"……."

애처롭게 가지 말라고 붙잡는 듯했다.

"데이트하러 간다고 말 안 해도 돼?"

이현이 세아를 지나치며 문을 열었다.

"그런 단어는 쉽게 쓰지 말죠. 이것도 나에겐 일이니까
외근이 더 어울릴 것 같은데."

유니폼을 입고 나가니 어서 돌아오겠다는 의미를 알아챘
으면 한다. 세아가 묵묵히 바깥으로 나서자 이현이 차 키

를 눌러 시동을 걸었다. 국내에 한 대밖에 없는 차는 세아가 평소 접해 보지 못한 거라 손이 어디로 가야 할지 모르는 건 당연했다. 그러자 이현이 보닛을 돌아 세아의 옆으로 와 섰다.

"모르면 배워."

차 문 아래쪽으로 손을 넣자 달칵하는 소리와 함께 허공으로 문이 올라갔다. 루프 사이드에 부딪칠까 이현이 손으로 세아의 머리를 감싸며 밀어 넣었다.

"나와 키스까지 한 마당에 제로라서 분에 넘친단 생각부터 없애. 그게 좋지 않겠어?"

조수석에 올라타자 '쾅' 하고 문이 닫혔다. 정적이 껄끄럽게 몸에 달라붙는다. 덕분에 휴대폰 진동 소리가 명확하게 들렸다. 어제 가게가 난장판이 된 전적이 있던 터라 출근하자마자 휴대폰부터 제 몸에 지녔던 세아였다.

[어디 가.]

보낸 사람은 바람이다.

[들켜도 상관없어서 한 건데 왜 네가 수습해?]

연달아 메시지가 도착했다. 메신저의 1이 없어졌으니, 도현은 세아가 지금 휴대폰만 뚫어지게 바라보고 있다는 걸 알고 있을 게 분명했다.

[내가 그렇게 걱정됐어?]

이현이 운전석에 올라타자 세아의 손끝이 살며시 떨렸

다. 그래, 이 바보야…….

"안전벨트 매."

[얌전히 기다리면 무사히 올 거야?]

세아는 눈시울을 붉히며 도현이 보낸 글자만 물끄러미 쳐다보았다. 그러자 이현이 다가와 세아의 옆에 있는 안전벨트를 끌어다 당겼다.

"운전 중에 뛰어내리면 안 된다."

"……외근이라고 말했잖아요? 일하는 도중에 발 안 빼요."

세아는 이현이 잡아당기는 벨트를 잡고선 스스로 장착했다.

"커피에 독도 안 타고요."

묘한 표정을 한 이현에게서 시선을 떼고 힘주어 키패드를 눌렀다.

[응, 올 때 뭐 사다 줄까?]

남모르게 이어 나가는 메시지 때문인지 마치 모두가 반대하는 애절한 사랑을 이어 나가는 기분이다.

[말은 잘해. 내가 필요한 건 이미 정해져 있어.]

글자가 곧바로 도착했다.

[빨리 와. 예뻐해 주고 싶어.]

세아는 가슴이 단단해졌다. 지금 당장은 나보다 너를 지킬 수 있는 일을 하자.

"발 안 빼는 김에 계속 붙어 있으면 좀 좋아."

벡터의 비위를 맞추는 일이 죽기보다 싫은 게 분명한데,

도현을 위해서라고 생각하니 할 만하다. 세아가 따라 나온 것만으로 도현에 대해 묻지 않겠단 암묵적인 계약이 성사됐는지 이현은 말이 없었다. 버릇인지 자연스럽게 창문턱에 왼팔을 기대고 오른손으로 핸들을 움직인다. 그러다가 뭔가 마음에 들지 않는지 팔을 바꾸고 오른손으로 기어를 잡는다. 세아는 정면만 응시하던 중이었다. 그러다가 시선이 빠르게 아래로 떨어졌다.

"뭐하는 거예요?"

이현이 세아의 손을 잡았다.

"말 놔도 돼. 가게 나왔잖아."

"뭐하는 헛짓거리야?"

"빨라, 역시."

놓으라며 세아가 손가락을 거칠게 움직이자 반강제적으로 깍지를 낀다.

"나, 이런 식으로 만지는 거 싫으니까!"

"넌 내가 뭘 하든 싫잖아."

"그걸 잘 알면서 매번 이렇게밖에 안 하잖아!"

"일상적인 대화를 하고 싶은데."

"무슨……!"

"오늘 날이 좋네."

세아는 정면을 바라보았다. 도로는 꽉 막혀 있는데 해는 내리쬐고 하늘은 푸른빛으로 청아하다.

"점심은 아직 안 먹었을 테고. 일어났을 땐 어땠어?"

"……."

"난 네가 어제 구멍 냈던 내 배부터 들여다봤어. 어떻게 총을 쏠 수 있을까 해서. 말만 싫다고 하는 줄 알았는데 내가 정말 싫은 거 같아서 조금 상처……."

이현은 저도 모르게 하던 말을 멈춘 채 피식 웃었다.

"……웃기지도 않아."

상처받았다고? 내가 그딴 걸 왜.

"배 한번 쓸고 일어났어. 밥? 입맛이 없어서 굶었어. 너 때문이 아니라 자주 이런 식으로 걸러."

답지도 않게. 또다시 세아가 입을 다물자 대화는 툭 끊겼다. 세아의 입술에 온 신경이 묶인 것도 아닌데 움직이지 않자 숨이 막힌다는 듯 이현이 지그시 눈썹을 구겼다.

"아무 말이라도 해. 너와 있을 때 조용한 건 싫으니까."

"왜?"

"네가 다른 생각을 하는 게 보여서."

휴대폰을 꼭 움켜쥐고 있던 세아의 손이 미약하게 떨렸다. 도현과 함께 있을 때 침묵은 곧 서로를 바라보고 있단 의미이고, 그것도 아니면 입술을 섞어 말을 하지 못할 상황이다.

"……너 대체 나한테 왜 이래?"

이 남자와의 단절은 그저 할 말이 없어서인데 자꾸 말을 걷기에 세아도 물었다.

"날 가지고 노는 게 그렇게 재미있니?"

"왜 그렇게밖에 생각 안 해. 사랑받는단 기분은 안 들어?"

"사랑? 미쳤구나, 아주."

이현의 눈빛이 살벌해졌다.

"미쳐?"

즐거웠던 이현의 기분이 순식간에 아래로 처박힌다. 롤러코스터를 타는 것처럼 오르고 내리는 기분이 왜 그런지 확신은 없었지만 당사자인 세아가 단박에 미쳤다고 정의하니 정말 돌아버릴 거 같다.

"그래서 네가 제로고 내가 유니벌이라서 지금 가지고 노는 거다?"

꼭 내 기분을 움켜잡은 게 너인 듯해서.

"……."

그럴 리가 없는데. 세아가 침묵하자 이현이 웃었다.

"너 내 세컨드 할래?"

"미친……."

"거 봐. 아예 놀이 상대로 취급하면 욕부터 나오면서. 네가 주제를 아는 애면 바로 '네'란 대답이 나왔어야 해."

차는 어느덧 주차장에 멈춰 섰다. 외관을 보자마자 타고 있는 대상이 누군지 단번에 파악되었는지 바깥에 서 있던 직원들이 분주해진다.

"궁금한데 나도 묻자. 나 같은 남자가 여자를 만날 때 뭘 볼 거 같아."

핸들에 팔목을 걸친 이현이 완전히 세아에게로 몸을 틀었다.

"돈? 초능력 개수? 얼굴? 몸매? 학력, 집안, 직업, 뭐 그런 거?"

"……."

"그래 봤자 나에 비해 턱없이 부족해. 그래도 수준 맞게 만나라고 해서, 개중에 그나마 하이 티어에 속한 초능력이 가장 많은 보유자와 약혼했어. 근데 걔가 내 눈에 찬다고 봐?"

세아는 잘근 입술을 깨물었다.

"아니, 걘 내가 선택한 이용품이야. 필요할 때 쓰고 버리면 그만인 일회용. 거기서 내가 얻는 건 아무것도 없어. 오히려 손해 보면서 결혼하는 거지."

창밖의 직원들은 벌써 일렬로 서서 차 문이 열리기만을 고대하고 있었다. 세아를 보던 이현의 시선이 느릿해졌다.

"……근데 넌 줘."

"뭘?"

"만족."

세아는 눈을 한 번 깜빡였다.

"원래 남자는 하나에 꽂혀. 아까 내가 나열했던 것들 다 물거품 만드는 게 그거 하나야."

이현의 눈빛이 강렬해지는 만큼 잡고 있던 핸들 가죽 역시 시끄럽게 구겨진다.

"불행하게도 나한텐 그게 너야."

나와의 만남이 불행이라고 말하면서도…….

"이제 내가 너 몸값 올리려는 이유를 알겠어?"

왜 그렇게까지 하면서 옆에 붙여 두려는 건데. 이현이 제 할 말을 끝냈다는 듯이 천천히 손을 놓고선 먼저 문을 열고 나갔다. 세아는 작게 숨을 내쉬며 안전벨트를 풀었다. 역시 대화를 하는 게 아니었다. 머리만 어지럽다.

역시나 이현이 끌고 온 곳은 입이 벌어질 정도로 화려한 매장이다. 세아의 손목을 본 직원들이 경악했지만 곧 발맞춰 걸어온 이현 때문에 저마다 웃는 얼굴을 유지했다.

"발 사이즈 몇이야."

"240."

"딱 평균이네. 제일 폭넓게 구두 고를 수 있는 사이즈. 맞나?"

이현이 나지막한 목소리로 묻자 직원은 고개가 떨어져 나갈 듯이 끄덕였다. 제 할 말을 마친 세아는 입술을 굳게 다문 채였다. 오늘도 어김없이 제게 어울릴 여자로 만들기 위해 고르는 건 이현의 몫이다.

"근데 내가 안 해 보던 거라 여자 구두 볼 줄 몰라서."

"추천해 드릴까요?"

"나한테 아무거나 권하지 마."

이현이 웃으며 낮게 말했다.

"맘에 안 들면 어쩌려고 그래. 자신 있어?"

"……죄송합니다."

직원이 어찌할 줄 몰라 하며 고개를 냉큼 숙였다. 주변을 둘러보는데 딱히 짜증이 나지 않는 건 적어도 이곳에 놓인 구두의 질만큼은 입증된 셈이다.

"얘 한 번 신은 거 다 살 테니까 맘껏 신겨. 여기 있는 거 다 돌려 신겨야 네들 매출 올리는 거야."

그러자 제로라고 불결하게 바라보던 직원들의 눈에서 저마다 불꽃이 튄다. 세아를 자리에 앉혀 두고 가지고 온 신발이 수십 켤레였다. 구두 굽마저도 사회의 레벨대로 신는 터라 세아가 신을 수 있는 높이는 5㎝ 이하였다. 한데 맞지도 않을 10㎝, 15㎝를 가져와 신기더니 괜찮다 싶었는지 이현이 일어서 보라고 시켰다. 그것도 하필이면 15㎝를 신었을 때.

"확실히 높은 거 신어야 다리가 잘 빠지네."

이상야릇한 쫄쫄이를 입었을 때 진작 다리 예쁜 건 알아봤지만 뭐 하나 얹어 주니 제대로다. 고작 구두 하나로 입고 있던 유니폼마저 고급스러워지는 놀라운 광경이라 진중하게 바라보는데 세아는 여전히 말이 없었다.

"걸어 봐."

"······."

사실 넘어지기라도 할까 봐 세아는 발밑으로 온 신경을 집중한 채였다. 한 번도 안 신어 봐서 자신 없단 소리는 죽어도 안 나왔다. 어렵사리 한 걸음 떼자 몸이 휘청였지만 금세 중심을 잘 잡고선 뒷발 역시 앞으로 내디뎠다.

"내 쪽으로 와."

놀리는 것도 아니고, 세아가 앞으로 걸어갈수록 이현은 뒤로 물러섰다. 세아는 이를 갈았다.

"가만히 있어."

"왜, 쫓아오는 거 같아서 좋은데."

"······."

세아가 정색하며 멈춰 서자 이현이 걸어와 벌어진 간격을 좁혔다.

"좋아, 이제야 나랑 눈높이가 비슷해졌네."

"좋니? 난 너 때리고 싶은 거 참고 있는데."

"손이나 올리고 말해."

"······."

"들고 있는 가방이 있는 것도 아니고. 지금도 넘어질 거 같지?"

"이런 거 신고 다니는 게 정상이야? 계단 위에 서 있는 거나 마찬가지잖아."

"신분 상승 몰라? 원래 높아지려고 신는 거야. 허리에 동여매는 코르셋 같은 거지. 너같이 민첩한 애나 무용하는 애 아닌 이상 처음엔 이거 신고 다 넘어져."

"……."

"안 넘어지기 위해서 잡는 게 남자 팔이야."

세아는 그제야 이현의 팔이 조금 벌어져 있다는 걸 알았다.

"넌 여우도 아니고 내숭도 못 떨어서 혼자 잘 서지만."

에스코트 안 받으면 애초에 못 설 구두를 신기고 걸어오라고 했던 이유가 있었다.

"한 번이라도 잡겠지. 그거 신고 가. 가게 가서 일할 때까지."

"뭐?"

"일단 가려면 계산을 해야지. 카운터까지 걸어 봐."

저기까지 걸어가는 것도 곤혹이었지만 어서 빨리 이 끔찍한 시간을 끝낼 수만 있다면 백 미터 달리기도 할 수 있었다. 세아가 바들바들 떨리는 두 다리로 카운터로 도달하자 좋은 교육을 시켜 주겠다며 이현이 다가왔다.

"내가 준 카드로 긁어 봐."

"네가 해."

"남자가 해 주길 기다리지 말고. 능동적인 여자가 되어야지."

말이나 못하면. 지금 세아의 머릿속엔 '빨리, 어서'란 두 단어만 가득 차 있을 뿐이다. 세아가 주머니에서 카드를 꺼내 들자 직원이 계산을 했다.

"서명 부탁드립니다."

"뭐해. 하래잖아."

세아는 신경질적으로 삐뚤빼뚤한 선을 조그마한 기계 안으로 욱여넣었다. 이현이 손으로 세아의 어깨를 감싸며 주물렀다.

"옳지."

귓가로 다가온 입술이 느릿하게 움직인다.

"그렇게 하는 거예요, 백설아."

점점 물드는 거야.

"매니저는 없습니까?"

"아, 매번 오시던…… 지금 잠시 어디 나갔는데요."

서진은 더는 묻지 않고 커피를 주문했다. 기다리는 동안 연락을 해 볼까 싶었지만 세아의 주변으로 대어가 몰려드는 상황인지라 조심해야 한다. 이미 유니벌이 운영하는 카페로 소문이 자자해 모르는 이가 없었다. 그에 걸맞게 세아의 보호자인 서진도 후원의 범위를 더 늘렸다. 벡터와

제로를 구분하지 않고 돈을 쏟아부어야지만 표면적인 자선
가로 남을 수 있다.

"커피 나왔습니다."

그랬기에 몰랐던 사실이다. 이곳에서 누가 일하고 있는
지. 커피를 건네주는 도현을 보니 의외란 생각을 지울 수
없었다. 그는 김중오의 감시를 받는 릭시가 아니던가. 서
진은 건조한 얼굴로 손을 올렸다.

"아, 죄송합니다."

그 순간 잔이 미끄러지며 바닥으로 처박혔다. 서진의 실
수가 아닌 의도적으로 벌어진 상황이었다. 서진이 손수건
을 꺼내 재킷을 문질렀다.

"다시 만들어 드리겠습니다."

직원들은 어떡하냐며 저마다 호들갑이었지만 정작 도현
은 태연했다. 깔끔한 외관을 늘 유지해 왔던 서진이 향한
곳은 화장실이었다. 들고 있던 가방을 세면대 위로 올려
두고 물을 틀자 시선이 거울로 올라갔다.

"옷 많이 더러워졌습니까?"

그곳엔 이제 막 들어온 도현이 서 있었다. 문을 닫는 손
길이 고요하다.

"신경 쓰지 않아도 될 텐데. 옷값 물을 생각 같은 건 없
으니."

"그래도 벡터 옷에 커피를 쏟았는데……. 직원들이 가

보라고 해서요."

무언가를 신경 쓰는 듯 시선은 계속 막혀 있는 벽으로 향해 있었다. 감시가 있나. 서진은 레버를 닫고 젖은 손을 마른 티슈에 닦았다. 그리고 꺼내 든 건 핸드폰이었다.

[할 말 있나.]

문자를 적어 도현의 앞으로 보여 주니 고개를 끄덕였다. 서진은 가방 안에서 자그마한 칩을 꺼내 벽으로 붙인 뒤 버튼을 눌렀다.

"3분."

칩 위로 빨간 불빛이 떠올랐다.

"전파를 퍼트려 여기서 하는 얘긴 밖으로 안 새어 나가지."

"……."

"하고 싶은 말 해."

곧바로 도현이 입을 열었다.

"제가 지금 그쪽 신변을 이용하고 있는데."

"어떤 걸로."

"윤세아 애인이라고."

서진은 되물었다.

"왜 그런 말을 하지."

"제가 누나를 어떻게 생각하는지 알면 위험해지니까요."

흘러가는 시간 때문인지 도현이 머리를 쓸어 넘기며 말했다.

"단순하게 가죠. 난 누나가 무슨 일 하고 다니는지 알고 거기에 당신이 연관돼 있단 것도 알아요. 우리 첫 만남이 좋은 건 아니었잖아요?"

"그리고 난 네가 최기석 저택 사건 개입한 것 때문에 릭시란 것도 알고."

"……."

"반지를 준 게 너란 것도 알지."

"그래서 보호자인 당신을 이용했던 건데, 그거 조만간 없던 일 될 겁니다."

"왜지?"

"내가 팔찌를 찰 거니까."

서진의 눈동자가 조용히 굴렀다. 차겠다는 건 지금껏 제 의지대로 거부해 왔단 건가. 도현이 결심한 데엔 세아의 부재도 연관되어 있을 것이다.

"……신이현 때문인가?"

"잘 아시는군요. 지금도 제가 초능력을 사용하는 바람에 거의 끌려 나가다시피 했죠. 팔찌를 안 차서 내가 무슨 화라도 당할까 봐 그거 막으려고 자길 이용하는 여자예요."

팔짱 낀 채 타일을 내려다보는 도현의 눈빛이 어둑하다.

"사람 속 타는 줄도 모르고."

"……."

"나야 뭐…… 누나만 무사하다면야 그 정도 눈감아줄 수

있지만 더 이상 제가 누나의 약점이 되어선 안 되니까 팔
찌를 차려고 하는 건데. 그래야 정리될 상황이기도 하고."

뚝뚝 끊기는 목소리가 흘러가는 시간이 턱없이 짧게 느
껴지게 한다.

"한데 자리를 비운 사이에 당신이 와서 다행입니다. 전
신이현과 그쪽이 마주치지 않길 바라거든요."

"왜지."

"남들이 모르는 세계에서 일하고 계시지 않습니까? 누나
를 그렇게 만든 거에 일조했던 것도 당신일 테고."

"……."

"지금껏 들키지 않고 범죄를 저지르고 다녔으면 소리 없
이 움직이는 거 하난 잘하실 테죠. 그림자처럼 생활하는
것도."

겉으로 보기에 서진은 철저히 베일에 감춰진 남자였다.
하지만 도현의 말을 듣고 있노라면 하나부터 열까지 파헤
쳐진 기분이라, 서진은 굳은 입술을 움직였다.

"하고 싶은 말이 뭐지."

"나와 손을 잡는 게 어떻겠습니까."

서진의 눈썹이 꿈틀댔다. 원래 그는 쉽게 반응하는 남자
가 아니다. 각 잡힌 슈트 위로 긴장을 조성하는 데 큰 몫을
차지한 도현은 정작 태연했다.

"뒷세계에서 무슨 일을 하는지 자세히는 모르지만 그곳

이 정보력 하나로 굴러 간다는 건 압니다. 절 돕는다면 그쪽이 원하는 거, 손 더럽히면서까지 이루고자 했던 모든 걸 서포트 해 드리죠."

원래 이렇게 무서운 남자였던가.

"어떻습니까?"

세아의 집에서 처음 마주했을 때 가시를 세우던 소년이 아니었다. 목표를 알고 쟁취하기 위해서 덤벼드는 모양새는 거대한 기업을 굴리는 수장이라 해도 손색없었다.

"네가 어떻게 원하는 정보를 물어다 준다는 거지."

"그럴 능력이 되니까. 김중오가 제 옆에 붙어 있는 걸 보면 대충 짐작은 하셨을 테지만."

초능력 개수가 대체 몇 개인 거지.

"다섯 개는 된다고 말씀드리죠."

"다섯 개……?"

서진은 저도 모르게 헛숨을 토했다. 대어가 두 마리……. 그중 하나는 온갖 비리와 부조리로 몸집을 부풀려 절대적인 기업으로 자리 잡고 있는 화신 기업의 외아들이다. 제로를 한낱 일개미로 취급하는 이 사회 분위기에 큰 기여를 한 기업이기도 했다. 언젠가 목표물이 될 이현의 초능력을 세아를 통해 알아보려 했건만 서진은 오히려 지금 도현에게서 눈을 뗄 수 없었다.

그 다른 하나는 바탕은 제로인, 그것도 제로를 사랑하는 남자다. 당장에 거머쥔 권력은 없지만 마음만 먹었다 하면 그렇게 될 터였고, 이 세계의 부조리함을 세아를 통해 점차 알아가게 될 것이다. 바꾸려 하는 의지도 충분히 있을 테고. 생각에 잠겨 있는 서진을 보며 도현이 고요히 입꼬리를 올렸다.

"눈빛이 달라졌는데. 확실히 물건 보실 줄 아는군요."

둘의 가치를 놓고 선택하라면 당연 이쪽.

"전 지금 제약이 많습니다. 앞으로도 더 많아질 테고요. 누나를 감출 생각은 없어진 지 오랜데, 그럴수록 누난 위험해지겠죠. 나중에 내 아이를 가지게 되더라도 지우란 소리나 들을 테고. 그걸 또 제가 어떻게 보겠습니까."

"……."

"아니, 그전에 소리 없이 제거당할 수 있겠죠."

"제거라니."

"아시지 않습니까? 김중오가 제 관리자인 거 보면 그에 관한 질 나쁜 소문 정도는 들어 보셨을 테죠."

"……."

"앞으로 진흙탕만 놓여 있단 소립니다."

서진은 1분 남짓 남은 시간을 보며 물었다.

"내가 해 줘야 할 건 뭐지."

"누나에게서 손 떼세요."

"뭐?"

세아의 신변이 위태롭다고 제 입으로 말했으면 보호를 부탁하는 게 맞는 상황이다. 한데 도현은 그보다 더 깊은 곳을 보고 있었다.

"제가 옆에 붙여 놓을수록 누나 역시 표적이 되고 감시 대상이 됩니다. 거기서 계속 위험한 일을 시켰다간 당신에게까지 손이 닿을 수도 있을 테고."

"……."

"그리고 난 무엇보다 누나가 계속 그런 일을 하는 게 싫습니다."

제 손과 발이 되어 줄 조력자를 지킴과 동시에 사랑하는 여자를 보호하려는 심리가 적절하게 섞여 나왔다.

"어떻습니까? 제 제안이."

시간이 얼마 남지 않았지만 생각해 봐야 할 문제다. 서진이 개입한다는 건 카시스 전체를 움직이는 일이다. 그는 마음속으로 신중히 저울질을 해 보았다. 곧 도현이 차게 될 팔찌, 릭시인 데다가 유니벌이라면 곧 사회에서 최고의 자리에 서게 된다는 건 명확한 사실이다. 만약 도현과 손을 잡게 된다면 이보다 든든한 아군은 없을 것이다. 그와 동시에 몹시 위험한 일이 될 테겠지만.

"좋아, 그 제안 받아들이도록 하지."

세상을 바꾸려면 보다 큰 힘이 필요한 것도 맞는 이치. 힘을 빌리지 않으면 썩어빠진 이 굴레에서 벗어날 수 없다는 건 오래전부터 느껴왔다. 도현을 보니 이번만큼은 그 유혹을 뿌리칠 수 없었다.

"얼마나 영향력을 행사해 줄 수 있는지 기대되는군."

그들의 작은 움직임을 거대한 행위로 부풀리기에 도현은 최적의 인물이었으므로.

"실력 좋은 벡터 하나만 준비해 두세요. 제 옆에 붙여 둘."

서진은 고개를 끄덕였다. 더 이상 세아를 카시스와 연관되지 않도록 분리하려면 서진과 도현 사이를 이어 줄 벡터가 하나 필요했다. 거기에 걸맞은 인물도 마침 하나 있고.

"언제 팔찌를 찰 예정이지."

"오늘 가서 말할 생각입니다."

너무나도 빠른 시간에 서진이 미간을 구겼다.

"물론 윤세아 오는 거 봐서 좋게 말로 할지, 사고를 칠지 결정 나겠지만."

도현은 낮은 한숨을 내쉬며 먼저 밖으로 나갔다.

"……."

직원들 모두가 정신없이 밀려드는 손님으로 인해 바빴지

만 도현 혼자 하던 일도 멈춘 채 정지했다. 불편하게 걸어 들어오는 누군가를 뚫어지게 바라본다.

"도현 씨?"

세아가 신경질적으로 창고 문을 닫자 그제야 도현의 정신도 돌아왔다.

"……이거 대신 부탁드립니다. 21번 벨 손님이에요. 샷 넣었으니까 물만 부어 주세요."

"아, 네."

도현이 만들고 있던 아메리카노를 다른 직원에게 부탁하고 몸을 돌렸다. 순간 들어오던 이현과 눈이 마주쳤다. 마치 허락이라도 해 주듯 창고 쪽으로 가 보라 고갯짓한다. 그러지 않아도 들어갈 생각이었는데 기분은 삽시간에 엉망이 된다.

"누나."

매니저님이란 호칭도 나오지 않았다. 도현은 허름한 창고 의자에 앉아 있는 세아에게서 시선을 뗄 수 없었다. 억지로 신었다는 걸 증명이라도 하듯 화려한 구두는 바닥에 아무렇게나 팽개쳐 있었다. 더욱이 도현을 속상하게 만드는 건 발갛게 부어오른 발이다. 다가가 무릎을 접고선 그위로 세아의 발을 올려 두었다.

"쟤가 신겼어?"

"……함부로 능력 사용하지 마."

"억지로 신으라고 했어?"

"너 붙잡고 얼마든지 악용할 수 있는 사람이야. 김중오도 쩔쩔매는데 팔찌 차기 전까진 조심……."

"걔가 실수했네."

세아는 하던 말도 멈춘 채 시선을 내렸다. 도현의 검은 머리가 제일 먼저 눈에 들어와 그 아래로 어떤 표정을 짓고 있을지 가늠할 수 없었다.

"아프겠다."

다만 느낄 수 있는 건 자신의 발을 섬세한 손길로 어루만지고 있다는 것. 발가락 하나하나 손끝으로 부드럽게 쓰다듬자 세아는 온 신경이 그곳으로 집약되는 걸 느꼈다. 도현의 손에 익숙해진 몸이라서 그런지 곧바로 반응한다. 맨발을 어루만지는 손길이 간지럽다. 동시에 수치스러운 마음이 밀려왔다.

"더러워, 만지지 마."

발목으로 옮겨 간 손이 조심스레 감싸 쥐며 들어 올렸다.

"돌아오면 예뻐해 준다고 했는데."

세아가 다급하게 '읏' 하고 입술을 깨물었다. 손끝이 아닌 혀끝을 세워 세아의 발등을 지나가고 있었다. 무자비하게 굽 높은 구두를 신느라 혹사당했던 발은 이미 고통도 잊은 채 도현이 적시는 길을 따라 환락으로 빠져들었다. 갈 곳을 잃은 채 파르르 떨기만 하던 손으로 황급히 도현의 얼굴을 감싸 들어 올렸다.

"더럽다고 했잖아!"

"뭐가."

붉게 물든 뺨과 달리 도현의 눈빛은 서늘하다.

"내 건데."

부끄러웠던 마음 같은 건 얼려 버릴 정도로 차갑다. 세아
가 걱정했던 부분들은 도현의 안중에도 없었다. 쓰레기 같
은 냄새를 풍기든 온몸에 오물을 뒤집어쓰든 도현은 세아
라면 한 치의 망설임 없이 정성을 다해 혀로 핥아 줬을 거
다. 그곳에 역겨운 감정은 존재할 수가 없다.

"윤세아인데 뭐가 더러워."

대체 어딜 지저분하다 느껴야 하는 걸까. 더러운 걸 비교
하자면 너를 내 입안에 넣어 가둬 버리고 싶은 마음과 사
상이 훨씬 더 추악하고 난잡하다. 그 욕망조차 너무 오래
도록 담아 두고만 있어 썩어 문드러진 지 오래다.

"걘 너 발 젖은 것도 모르지."

도현의 손이 닿은 곳은 구두로 인해 쓸려 나간 뒤꿈치였다.

"다 까졌잖아."

이현이 사용했던 물 때문에 차로 이동하는 내내 젖은 운
동화를 신고 있던 세아였다. 매장에 가서도 다들 세아의
발에 구두를 신겨 대기 바빴지, 어느 하나 축축이 젖은 그
녀의 발에 신경조차 쓰지 않았었다. 궁금해하지도 않았을

일이다.

"엄지도 부었고 발톱도 전부 빨개."

그들이 보지 못했던 걸 도현은 단번에 알았다.

"여긴 물집 잡혔어."

걸을 때마다 따가웠던 부위로 도현이 입을 맞췄다.

"아……!"

"얌전히 있어. 소독해 주는 거야."

벌어진 입술 사이로 매끄럽게 빠져나온 혀가 상처를 휘감았다. 헐벗겨진 살점, 붉어진 그 위를 머금고 도현은 열심히 혀를 굴렸다. 사실 소독의 의미보단 도현이 품은 욕망을 덧대는 행위다. 세아에게서 풍겨 오는 고급스런 향, 그걸 지워 낼 수 있을 만한 열락. 바깥에서 온갖 더러운 냄새를 묻히고 온 세아를 도현이 점차 잠식해 나갔다.

"세아야, 참는 건 내 앞에서 안 해도 돼."

"하아……."

종아리를 만지는 손가락에 세아의 입술은 그만 제어를 잃고 가느다란 소리를 토했다.

"힘들었잖아."

울 것만 같은 얼굴로 세아가 두 팔을 벌려 도현을 끌어안았다. 포근한 품 안으로 도현의 얼굴이 가둬졌다. 머리 위로 세아가 제 얼굴을 파묻으며 가느다란 숨소리를 흘리자 쏟아진 머리카락이 도현의 주변으로 감옥처럼 내려왔다.

"나 하나도 안 힘들어. 너만 있으면 돼. 너만 지금처럼 내 옆에 있으면 아무리 힘들고 괴로워도 상관없어. 다 괜찮아져."

"발이 까졌잖아."

"상관없어. 안 아파."

도현의 눈빛이 어둑해졌다.

"그래?"

"응, 너 비타민 같아. 안고 있으니까 아무 생각도 안 나고 그냥 좋아. 이대로 계속 있고 싶을 정도로……."

"……."

"꼭 떨어져 있던 고리가 붙어서 하나가 된 것만 같아."

"그런다고 하나가 되는 게 아니지."

보드라운 머리 위로 얼굴을 기대고 있던 세아가 놀라 고개를 들었다.

"봐."

도현이 몸을 뒤로 해 선반에 놓인 일자 드라이버를 들었다. 일자 선을 가진 물체였지만 비스듬히 세운다면 날카로운 무기가 된다. 끄트머리가 예리하게 빛나자 순간 세아의 눈이 커다래졌다.

"뭐하는……!"

눈동자가 파르르 경련한다. 도현이 본인 스스로 팔을 그었기 때문이다. 얇은 살가죽에선 금세 피가 새어 나왔지만 도현은 눈 하나 깜짝하지 않았다. 손을 떠난 드라이버가 바닥을 구르다 세아가 벗어 놓은 구두에 닿아 멈추었다.

"고통도 같이 느껴야 하나라는 거지, 윤세아."

세아는 심장이 날뛰어 그 어떤 말도 할 수 없었다.

"안는다고 되는 게 아니라, 하나부터 열까지 모두 다 빠짐없이 나눠 갖는 거야. 네가 모르는 나는 없고, 내가 모르는 너도 없게."

쿵쿵대는 심장이 얼굴까지 붉어지게 했다. 시야가 흐릿한 가운데 세아는 피만 보였다. 몇 걸음 걸었다고 짓이겨진 살점과 지금 도현의 상처는 비교할 게 못 된다. 고통을 나눠 갖는단 끔찍할 발상은 세아를 덜덜 떨리게 했지만 이윽고 저를 향한 시선에 점차 안개가 걷힌다. 삐뚤어진 너라도 내가 사랑해야 할 하도현이다. 세아는 눈을 한 번 깜빡여 시야를 완전히 거둬 낸 뒤 선명해진 도현에게 다가가 입을 맞췄다.

"……."

도현은 살며시 눈썹을 구겼다. 예상하지 못했던 키스였다. 너무 놀라 눈 감을 틈도 없었던 도현의 턱이 느슨하게 벌어졌다. 스스로 입구를 열며 들어온 혀가 감미로워 도현은 온 신경이 마비된 것만 같다.

가게 내에서 입술을 원했던 건 언제나 도현이었고 세아는 그걸 받아 주곤 했지만 지금은 아니었다. 피를 보면 무작정 치료하려 달려들었을 텐데 그도 아니다. 입술이라니, 그것도 자의적인 움직임으로 세아가 도현의 암막에 들어가 그를 휘어잡았다. 이리저리 끌려다니는 게 당황스러우면서도 소름 돋게 좋았다. 편히 끌고 다니라 목줄이라도 매고 싶을 정도로. 도현은 눈을 감고 저보다 작은 혀에 이리저리 끌려다니는 데에만 집중했다. 쫓아갔다는 표현이 더 어울렸다. 타액이 혹시나 흐를까 주는 대로 받아먹었다. 혀를 한 번 올리면 두 번이나 밀려나 주었다. 아무리 밀어붙여도 깊숙한 곳까지 닿지 못할 텐데 고집스럽게 세아는 아예 도현의 얼굴까지 감싸 쥐며 파고 들었다. 치열하게 엉키는 물기 젖은 소리가 울려 퍼졌다. 아, 도현은 눈을 꿈틀 댔다. 감미로워 죽고 싶은 심정이다.

"하아……."

입술을 떼어 낸 세아가 뜨거운 숨을 뱉어 냈다. 이미 도현은 그녀가 헤집어 놓은 형태로 멈춰 말조차 하지 못했다.

"널 사랑하는 내 감정도 같이 나누는 거야. 그게 하나라는 거니까."

고통까지 가지고 싶단 마음을 힐난하는 대신 세아는 친절히 설명한다. 도현이 잘못된 게 아니라 다른 방향이 있다고.

"아픔을 같이 나누는 것도 좋지만 다음부터는 차라리 입을 맞춰 줘. 그럼 우리 둘 다 아프지 않고 더 좋잖아. 응?"

도현이 간신히 눈을 떴다. 황홀경이 달아날까 봐 입을 벌리지 못했지만 그걸 다 아는 듯 세아는 도현의 머리카락을 부드럽게 쓸어 넘겼다.

"알았지?"

"……"

"기다려. 붕대 가져올게."

도현은 세아가 일어나자 서둘러 입을 손으로 가렸다. 피로 화끈거리던 피부 따윈 이젠 관심 밖이다. 온 신경이 세아가 휘저어 놓은 입으로 몰두되었다. 붕대라니. 도현은 눈을 감았다. 얼마나 잘 감을지 알기에 벌써부터 옥죄여지고 싶은 마음뿐이다.

"저와 얘기 좀 하죠."

"너와 무슨 할 말."

이현은 다가온 상대를 보지도 않은 채 정면을 응시했다. 안 그래도 창고에서 이뤄지던 애절한 신파극을 귀로 들어 지루해지던 참이었다.

"키스는 잘했어?"

치켜뜬 눈매가 매우 공격적이었다.

"간신히 지웠는데 그새 또 묻혀 대긴……."

이현은 시선을 잔으로 내리며 간지러운 입안을 와인으로 달랬다. 아까 전부 버려서 없어진 와인이지만 비서의 차 안엔 늘 이현을 위한 여분의 와인이 준비되어 있었다. 세아에게 구두로 영역 표시를 한 후 승자의 기분을 만끽하기 위해 와인을 새로 땄지만 도현의 얼굴을 보니 입맛이 싹 사라진다. 창고 안에서 세아가 만질만질한 입술로 나오는 걸 보니 더더욱.

"나오기나 하세요."

도현이 먼저 등을 돌려 가게 밖으로 나갔다. 이현은 탁자에 내려 둔 와인을 응시했다. 시선을 들자 잔에 담긴 듯 카운터에 선 세아가 비쳤다. 네가 돌아다녀서 이곳엔 나를 만족시키는 향이 가득하다.

"……맛이 없어."

한데도 내 입맛을 망쳐 놓았으니. 느릿하게 눈을 굴린 이현이 와인 잔을 들었다.

"가만둬선 안 되겠네."

거침없이 바닥으로 떨어뜨리며 일어섰다. 꺼림칙한 파열음에 주문을 받던 세아가 고개를 퍼뜩 들었지만 소용없다. 이현의 기분이 나빠졌다는 걸 눈치챈 비서가 재빨리 다가와 섰지만 그마저도 손짓으로 무른다.

"따라오지 마."

투명한 유리문 밖에 서 있던 도현이 걸어오는 이현을 보고선 걸음을 떼었다.

도현이 향한 곳은 인근에 위치한 공사 현장이었다. 야심차게 주상 복합 센터를 세우겠다고 진행한 30층짜리 건물이었지만 부도가 나면서 버려진 곳은 철근과 콘크리트로 뼈대만 세워 놔 벌건 대낮에도 스산한 기운을 풍겼다.

"내가 지금 백설이 데리고 신나게 기분 내고 왔는데 이러면 재미없지."

천막으로 둘러놓은 바리케이드를 지나 들어온 곳엔 음산한 공기가 감돌았다. 온갖 먼지와 불쾌한 것들로 이뤄진 공간은 이현에게 어울리지도 않았을 뿐더러 짜증만 불러일으켰다.

"나도 그런데. 재미가 하나도 없어."

이현을 껄끄럽게 만드는 풍경 한가운데에 서 있는 남자 때문에.

"빌려 갔으면 곱게 돌려줘야지."

"곱게?"

"발에 물집 잡힌 것도 모르고 데리고 다니긴."

"아, 구두."

팔을 잡으라며 계속 옆에 붙어 걸었지만 오히려 발끝에 힘을 더 꼿꼿이 주던 세아다. 그러면서 생긴 훈장일까…….

"원래 처음 신으면 다 그런 거 아닌가?"

이현의 눈엔 좋은 징조였다. 도현이 분노하는 세아의 상처는 이현에게 오기 위해 하나씩 생기는 흔적에 불과했으니까. 점차 거기에 익숙해지면 딱딱하게 굳어 고통조차 느끼지 않게 될 것이다. 이현은 어서 빨리 세아의 발에 굳은살이 박여 높은 하이힐 정도는 우스운 여자가 되었으면 했다.

"근데 아예 반말로 하려고 맘먹었나?"

"내 거에 흠집 낸 이상 존댓말 해 줄 이유가 없지. 먼저 수위를 넘어선 게 너잖아."

"수위? 네까짓 게 선이 있어 봤자지."

이현은 가소롭다는 듯이 웃으며 고개를 뒤로 젖혔다.

"애초에 내가 못 넘을 건 없는데 나한테 넘어섰다고 헛소릴……."

혼잣말처럼 중얼거렸다.

"어제 키스할 때 혀라도 깨물 걸 그랬나."

"……."

"그럼 아까 네가 키스할 때 느꼈을 텐데. 흔적을 남기는 게 이렇게나 좋은 일인 줄 알았더라면 나도 깨물었지."

도현의 입가에 차가운 미소가 그려졌다.

"이미 불난 집에 부채질하면 어떻게 될 거 같아?"

"뭐?"

"그거야말로 대형 사고지."

그와 동시에 이현에게 달라붙는 열기는 몹시 뜨거웠다. 재빨리 물을 쓰지 않았더라면 뼛속까지 태워질 정도로. 졸지에 이현은 흠뻑 젖은 몰골이 되었지만 기괴한 상황이 펼쳐졌다. 발밑에 퍼진 물은 여전히 흥건했고 그곳에서 여전히 타오르는 불꽃.

"……."

실체를 드러낸 불은 새하얬다. 본 적은 없었지만 들은 적이 있었다. 최상급 불을 사용하는 자만이 가질 수 있는 것이라고.

"……이거 정말 재미있네."

이현이 조소를 띠자 손목에 채워진 붉은 시곗줄 하나가 번쩍였다. 그와 동시에 도현의 온몸에 무지막지한 힘이 실렸다. 그러자 이현의 머리 위로 철근이 삐거덕거리는 소리를 냈다. 괴상한 소리에 끌리듯 고개를 올리자 무너져 내렸다.

"……."

한쪽에 무게를 실으면서 그와 동시에 중력을 없애는 걸 해 본 적 없던 이현은 제가 가진 숙련도에 감사해야만 했다. 안 그랬더라면 무게에 짓눌리는 처참한 꼴을 면할 수 없었을 거다. 철근이 빠져나오면서 균열이 난 덩어리들까지 일제히 쏟아졌지만 이현의 주변에서 사라진 중력 때문에 다가오지 못하고 허공에 둥둥 떠 있는 상태였다.

"……뭐야."

그때 불어온 게 바람이다. 방향을 조종하는 주인이 따로 있는지 허공에 멈춰 있던 것들이 이현에게로 몰려왔다. 팔로 얼굴을 막았지만 작은 조각들이 파고들어 스치고 지나가는 건 막을 수 없었다. 긴 선이 남은 곳엔 뜨거운 무언가가 흘렀다. 이현은 천천히 손등으로 그것을 닦아 보았다. 끈적하게 묻어 나온 건 피.

"애송아, 장난도 정도껏 해야지."

제대로 건드렸으니 제대로 보여 주었다. 주변에 존재하는 모든 걸 중력으로 곤두박질치게 만들었고, 커다란 손이 다가와 도현의 머리를 벽으로 처박았다.

"윽……."

"잘 들어. 난 김중오처럼 널 돌봐 주는 사람이 아니야. 더불어 릭시 취급도 안 해 주고."

귓가로 다가가 뜨겁게 속삭여 주었다.

"불결하게 고작 제로였다가 초능력 얻은 주제에 어디서 감히 자랑질이야."

머리카락을 움켜잡고 거칠게 짓눌렀지만 그럴수록 이현을 바라보는 눈동자는 거세졌다.

"네가, 고작 릭시 따위가 초능력을 가지고 태어나 죽음의 고비를 몇 번이나 넘기면서 자란 날 이길 수 있을 거 같아?"

"지키려는 발악이다, 왜."

"뭘 지켜. 내가 빼앗으면 그만인 건데."

그 순간 고삐처럼 움켜쥐었던 머리카락이 사라졌다.

"……."

다시 나타난 건 등 뒤. 동시에 바닥으로 버려져 있던 긴 철근이 일제히 이현에게로 날아들었다.

"이제 그만하십시오."

갑자기 날아든 철근은 이현의 몸 어디에도 박히지 않았다. 외려 슈트가 걸레짝처럼 구멍 난 건 이현이 아닌 중오였다. 이현은 자신의 앞을 가로막은 중오를 보며 헛숨을 토했다. 옷뿐만이 아니라 머리에도 박힌 걸로 봐선 이현을 향한 도현의 살기가 얼마나 공격적이었는지 알 수 있었다.

"염력은 누누이 사용하지 말라 말했을 텐데."

하지만 그보다 더 잔혹한 건 머리에 철근이 통과하고, 배, 다리에 철근이 꽂혀 있는 채로 멀쩡히 서서 도현에게 당부하는 중오였다.

"범위가 커서 위험하다고, 더군다나 이현 님은 이런 거 못 견뎌 하시는 분이니 도현이 네가 더 조심해야지."

그에게서는 이현을 확 돌게 했던 피 한 방울조차 나지 않는다. 그의 장기 역시 구멍이 난 채로도 고통 없이 열심히 굴러 갈 터였다. 듣기만 했지 직접 눈으로 확인한 건 처음이라 이현은 헛숨이 튀어나왔다.

죽이고 싶어도 죽일 수도 없는, 그러기에 모든 유니벌들이 제거하지 못해 그와 협력하며 원만한 관계를 유지할 수밖에 없는 초능력. 그가 나이를 먹어 생을 다해 자연사로 죽지 않는 이상 사라지지 않을 존재감.

"저만 볼썽사나운 모습이 되지 않았습니까."

불멸不滅. 중오가 낮게 한숨을 내쉬었다.

"이현 님과 도현이, 저와 함께 가셔야겠습니다."

세아는 벽에 걸린 시계를 보며 도현의 복귀가 늦어진다는 걸 깨달았다. 발에 붙여 줄 반창고와 연고를 사러 나갔다고 해도 불과 2분 거리에 약국이 있었다. 그러고 보니 아까 와인 잔을 떨어뜨린 이현 역시 바깥으로 나갔었다.

"둘이 또 무슨 일 있는 거 아니야……."

"매니저님, 저녁 식사 하러 가세요."

"아, 그래."

마침 시간적 여유도 허락되었다. 세아는 기다렸다는 듯이 앞치마를 풀며 카운터 밖으로 나섰다. 휴대폰으로 도현에게 전화를 걸었지만 연결음만 울릴 뿐 아무런 응답이 없다. 귓가에서 떼어 내 곧바로 메신저로 들어갔다. 그때, 세아의 어깨가 다른 누군가와 부딪쳤다.

"아, 죄송⋯⋯."

"안녕."

한눈을 판 제 잘못이라 사과부터 흘러나왔지만 상대는 오히려 반갑게 인사했다.

"저번에도 지금처럼 부딪쳤었는데."

고개를 든 세아의 눈가가 천천히 일그러졌다.

"내 얼굴은 기억이나 하니?"

"⋯⋯설예리."

"기억하네. 근데 표정이 왜 그래? 동창 만났는데."

정체를 알고 난 뒤부터 가만두지 않을 거라 다짐했지만 그건 어디까지나 외진 곳에서 단둘이 있는 상황에서였다.

세아는 침착하게 표정을 굳히며 요한을 통해 알아본 사실을 머릿속에 그렸다. 카피, 하이 티어, 사이드 넘버, 맥스. 오직 그것만을 냉철하게 생각하려 했지만 자꾸 비집고 나오는 건 지난 과거이다.

"네, 맞아요. 우리가⋯⋯ 같은 학교에 다니긴 했죠."

둘 사이에 오해를 만들었던 원흉. 십 년 동안 도현이 죽은 줄로만 알았던, 도현은 배신당한 줄로만 알았던 시간. 세아는 천천히 시선을 내렸다. 둘 사이를 엉망으로 헤집어 놓은 범인치고 예리는 화려하고 우아했다. 나는 너 하나 때문에 어떻게 살아왔는데, 도현이가 나를 어떤 마음으로 찾아왔는데. 그 모든 걸 까마득하게 모른 채 웃는 모습을 보니 치가 떨렸다.

"그래, 각자 다른 건물, 다른 시설에서 다른 질과 양의 급식을 먹으면서 넌 나와 철저히 분리된 채 정말 그냥 이름만 같은 학교에 다녔었지. 그때부터 너와 나의 차이는 잘 알고 있었을 거라 생각했는데……."

"……."

"근데 너 내 약혼자 건드리더라?"

예리의 눈빛이 어두워졌다.

"발정 난 년."

"언행을 조심해 주시죠."

"왜, 몸 파는 애한테 이 정도 말은 우스운데. 너무 정곡을 찔러서 놀란 건 아니고?"

"……."

"얼마 받았어? 그 사람 유니벌이라서 씀씀이가 보통이 아닐 텐데. 요즘 너 하나 때문에 이쪽에서 소문이 파다한 건 아니? 이현 씨가 세컨드 만들어서 재미 좀 보고 있다고 난리도 아니야."

"……."

"사실 그만한 레벨 가진 벡터가 제로를 욕구 풀이용으로 데리고 다니는 건 남들 보기에도 품위에 어긋나긴 하지만 뭐, 다들 납득은 하더라고. 싸구려는 어떤 재미일까 궁금도 할 거라고."

"그만하세요."

"덕분에 나도 체면이 안 서서 모임에도 못 나가고 있어. 근데 웃긴 게, 다들 나를 걱정하는 게 아니라 너를 걱정해."

"……."

"그 남자, 침대 위에서 보통이 아니란 얘기가 있거든."

"듣고 있을 가치가 없는 말만 하시네요."

"근데 넌 잘 서 있네? 하도 해 대서 끄떡없니?"

세아가 고개를 돌리며 무시했다. 이곳엔 제로보다 벡터가 더 많았기에 조심해야 한다.

"내 얘기 아직 다 안 끝났어."

나서려는 세아를 붙잡아 제 앞으로 도로 세운 예리가 입꼬리를 올렸다. 부러 큰소리로 떠들어 댄 덕분에 벡터들 사이에서 유명 인사인 이현의 이름을 따라 모두가 귀를 곤두세운 상태였다.

"설예리잖아, 신이현 약혼녀."

"저 제로가 신이현 세컨드래."

주변에서 숙덕이는 온갖 더러운 말들이 세아한테도 들릴 정도였다.

"뭘 잘했다고 내 앞에서 떳떳하게 굴어. 약혼녀 입장에서 이 정도 얘긴 할 수 있는 거 아니야? 쓰레기 주제에 자존심은 있니?"

"이럴 시간에 그 쓰레기 좋다고 따라다니는 약혼자 간수나 잘하시죠."

"뭐?"

"검사라도 할까요? 나 그 남자랑 안 잤어요. 잘 일도 없고. 그쪽이랑 그 남자가 지지고 볶고 뭘 하든 전 제로니까 감히 신경 쓸 일도 아니고. 관심 가지기에도 과분한 얘기인 것 같네요."

"이게 웃기는 소리만 골라서 하네? 같이 백화점 가서 쇼핑하는 게 화대가 아니면 뭐야?!"

예리는 안에서 화가 일어났다. 어디서 고고한 척이야. 냄새나는 뒷골목이 어울릴 만한 제로 따위가 시건방지게 내 앞에서. 도현을 떠나 이현의 관심을 받는 세아가 이렇게 증오스러울 수가 없다. 예리가 어떤 짓을 해도 건조하기만 한 그가 세아를 데리고 백화점을 들락날락거렸단 소문은 이미 맥스들 사이에서 파다했다. 값비싼 물건을 선물받았다는 것보다 이현이 직접 세아를 위해 골라 주었다는 게 더 예리를 미치게 했다.

"주제를 알아야지. 그런 대접 받았다고 네가 신분이 올라가는 줄 알아?"

예리가 과격하게 세아의 어깨를 밀쳤다.

"네 몸값이 얼마였는데. 어? 나도 좀 알자. 그이한테 뭘 받아먹었어?"

솟구치는 울분을 마음껏 쏟아 내도 주변은 고요했다. 말리거나 혀를 차는 이도 없다. 상대가 맥스이니 입부터 다물고 눈동자만 열심히 굴려 댈 뿐이다. 예리는 그 분위기에 힘입어 더욱 콧대가 높아졌다. 여기서는 어떤 폭력도 정당하다. 예리가 손으로 세아의 뺨을 내리치자 크게 몸이 뒤흔들렸다. 쓰러지지 않는 꼴이 우스워 더 세게 내리치자 표독스런 눈동자가 예리를 뚫어지게 보았다.

"이게 뭘 쳐다 봐?"

예리가 발을 들어 세아의 배를 걷어찼다. 연약한 다리라도 분질러 버릴 심산으로 내리찍었다. 세아는 입술을 꾹 짓눌렀다. 지금처럼 세아의 어깨를 밀치고 이마를 밀치고 뺨을 때려도 모든 것은 정당하고 당연하다. 그걸 고스란히 당하는 것도 제로라서, 제로이기에 참아야 한다는 걸 예리는 너무나도 잘 알았다.

"너 그건 아니? 십 년 전에 내가 너인 척했어."

무차별하게 짓밟히던 세아의 눈꺼풀이 순간 날렵하게 올라갔다. 예리가 몸을 숙여 세아에게 은밀하게 속삭였다.

"내가 네 모습으로 도현이 집에 찾아갔어. 아, 얼마 전에도 갔었다."

세아의 숨이 금세 붉게 달아올랐다.

"비 오는 날, 호텔에서 내 젖은 몸을 도현이가 어떻게 했는지 알아?"

괜찮아, 참아. 내 모습이라서 그랬어. 도현인 날 사랑해서 나인 줄 알고 그랬어. 카피는 모든 걸 똑같이 복제하니까…….

"키스가 얼마나 거세던지 입안이 헐어 버릴 정도였다니까. 사랑 받는 기분이었지."

나에 대해서 모르는 거 하나 없던 도현이의 오감을 속일 정도로 똑같으니까. 그래서 나를 대하는 것처럼 해 줬던 거야.

"정말 황홀하더라. 며칠 전에도 네 모습으로 가게에 찾아왔었는데 도현이가 그땐 또 어땠는지 아니?"

"……."

세아의 눈이 크게 흔들렸다. 순간 도현이 택시 안에서 속삭였던 말들이 떠올랐다. 가짜 만났어.

"내가 입을 맞추니까 거기에 똑같이 해 주더라."

근데 진짜 얼굴은 못 알아냈어.

"키스만으로도 좋은데."

혼내지 마. 다음번엔 눈만 봐도 알아챌게.

"치마 속으로 손이 들어오더라고."

"……."

세아는 질끈 주먹을 움켜쥐었다. 그와 동시에 둘이 처음 사랑을 나눴던 순간의 기억이 아스라이 퍼진다.

―내가 모르는 것 하나 없게 할 거야. 지금 이 순간부터 적어도 네 몸은 내 거야.

그래, 도현아.

"……그럼 말 안 해도 잘 아시겠네요."

난 네 거야.

"전 신이현이 아니라 하도현이랑 잤어요."

그러니까 네 것답게 굴게.

"뭐……?"

전혀 예상치 못한 대답에 예리의 입에서 벙한 소리가 흘러나왔다. 이건 계획에서 어긋나는 일이었다. 진작 화난 얼굴로 밀치든 자신에게 손을 대든지 해야 하는데 오히려 세아는 말로써 예리를 때린 것과 똑같은 충격을 안겨 주었다. 세아가 몸을 털고 똑바로 일어섰다.

"가짜 노릇 하느라 수고하셨네요. 다음번에 또 해 보세요. 도현이가 어떻게 나오나."

"너, 너 기다려."

"이만하면 많이 맞아 준 거 같은데 그만 돌아가시죠. 가서 신이현 씨 간수해 주시면 감사하고요. 싫다는데도 자꾸 쫓아다니네요. 제가 일하던 카페까지 찾아와서 곤란하던 참이었거든요."

"기다리라고 했지!"

예리가 세아의 어깨를 잡아채 흔들었다. 얼마나 힘이 억센지 머리카락이 정신없이 일렁였다.

"네가 뭔데 내 앞에서 그딴 말을 지껄여!"

"좀 놓고……!"

아귀힘이 너무나도 거세 벗어나려 세아가 움직이자 순간 '꺅!' 하며 예리가 바닥으로 넘어졌다. 세아는 어안이 벙벙했다. 높은 하이힐 때문에 중심을 못 잡아서인가, 그것도 아니면…… 일부러.

"제로 주제에 감히 날 밀쳐?"

이유야 어찌 되었든 지금 신분이 낮은 제로가 벡터를 건드린 하극상이 펼쳐졌다는 것이다. 학생 때는 반성문이나 육체적인 노동으로 처벌이 이뤄졌지만 사회에선 심각하게 법으로 다뤄진다는 것을 세아가 모를 리 없었다.

"너 아주 단단히 미쳤구나."

너무나도 잘 알아서 예리가 제아무리 신경을 긁고 파리처럼 들러붙어도 손대지 않았던 건데……. 기세 좋게 웃는 입꼬리를 보니 역시나 세아를 난처하게 만들려 꾸민 계획이었다.

"……이미 넘어졌네."

아직도 바닥에 앉아 있는 예리에게로 무릎을 굽혀 내려간 세아가 그녀의 블라우스 깃을 움켜잡고선 일으켜 세웠다.

"어차피 처벌 받을 거 좀 맞자, 너."

눈빛이 어두워지면서 예리의 얼굴이 돌아가는 건 순식간이었다. 얼얼한 느낌에 재빨리 면죄를 사용했지만 계속해서 고개가 돌아갔다. 귀가 멍했다. 제 구실을 하지 못하는 고개가 수차례나 꺾였다. 고통을 전부 느꼈더라면 아마 기절을 했을 힘이었다. 넘어지지 않도록 강하게 깃을 꽉 움켜쥐어 예리는 그 손아귀에서 몇 번이고 시야가 흔들렸다.

"너 때문에 나는! 하도현을 십 년이나 죽은 사람으로 생각하고 살아왔어, 알기나 해!"

"윽······!"

"그래 놓고서는 뭐? 너인 척했어? 이게 놀이야, 장난이야? 신고를 했으면 말이라도 해 주든가! 너 때문에 난 내가 사랑하는 남자가 죽은 줄로만 알았다고!"

세아는 거침없이 소리를 질러 댔다. 정신 나간 것처럼. 안에 꽉 차 있던 울분을 토해 내고 뱉어 내고 질러 대고. 아낌없이 토해 내도 아직 한참이나 모자란 기분을 느끼는 건 십 년 동안 어긋난 채 흘렀던 시간들이 너무나도 괴롭고, 아쉽고, 눈물 나서. 밤마다 무릎 사이로 얼굴을 파묻고 이제는 세상에 네가 없단 걸 생각했던 그 시간이.

"그만하세요!"

내겐 정말 죽기보다 힘들었어서······.

"지금부터 당신을 벡터 보호 위반죄로 체포합니다."

근데 이걸로 되겠어? 고작 몇 대 맞은 걸로 내 일그러진 시간이 보상되겠냐고.

"놔, 아직 더 해야 돼. 쟤 가만 안 둬!"

이미 한 번 터지듯 흘러나온 감정들을 주워 담기엔 무리였다. 가게 내에 있던 벡터들의 신고를 받고 출동한 경찰들이 세아의 양팔을 붙잡았음에도 거친 숨은 멎을 줄을 몰랐다. 포박이 들어가고 나서야 반쯤 뜯겨나간 블라우스에서 손이 떨어졌다. 예리가 그 위를 손으로 한 번 털었다. 입가에 터진 피를 혀로 훑으며 세아를 향해 웃었다.

"내 얼굴 보이지? 넌 이제부터 범죄자야. 제로가 주제 파악 못 하고 맥스를 건드린 대가가 가볍지 않단 것만 알아 둬. 어? 네가 지금 나한테 했던 짓, 변호사 불러 CCTV 돌려 전부 감옥에서 살아야 할 형으로 얹어 버릴 거니까."

"하아…… 하아…….."

"나 때리느라 아주 힘들었지? 근데 어떡하니. 난 통증을 못 느끼거든."

"그래?"

세아는 피식 웃으며 가까이 다가온 예리의 얼굴에 침을 뱉었다.

"기분 더러운 건 느끼겠지."

예리는 잘근 입술을 씹으며 당장 연행하라 손짓했다. 손수건으로 닦으면서도 불결한 기분만은 지워지질 않는다.

"역겨워."

이런 치욕적인 경우는 또 처음이다. 하지만 그마저도 참아 내게 하는 얼굴이 떠올랐다.

"하아…… 도현아."

유리문 밖으로 새빨갛게 번지는 사이렌, 사라지는 윤세아.

"너 이제 어떡할 거니?"

그리고 어두운 밤하늘이 무척이나 잘 어울리는 너.

"아, 검사님 오셨습니까."

서진은 업무 때문에 드나들었던 경찰서를 평소보다 빠른
걸음으로 들어섰다. 사건을 담당하게 된 형사가 자리에서
일어나 서진을 맞이했다.

"무슨 일이지."

마치 직장 동료처럼 편히 앉으라고 의자까지 권해 주었
지만 서진은 앉을 수 없었다. 휴대폰으로 전화 한 통이 왔
었다. 윤세아가 지금 경찰서에 있다고.

"아이고, 저도 보호자란에 지 검사님 성함이 있어서 얼
마나 놀랐는지."

"내가 후원하고 있는 아이 중 하나지."

"그러게요. 인적 사항 보니까 대충 알겠던데요. 지 검사
님 손길 받는 애들이 뭐 한둘인가요. 좋은 일 하시는데 은
혜도 모르고 아주 대형 사고를 쳤네요."

고개를 내젓는 형사가 서진의 눈에 밟혔다. 혹시라도 세아의 신변이 들킨 건 아닐까 싶었지만 그게 아니었다.

"폭행, 폭언, 위협, 모욕. 벡터 보호법을 네 개나 위반했습니다. 그중에서 제일 센 게 바로 폭행인데, 이건 거의 무기징역감이에요. 상대가 맥스거든요."

"……."

"유니벌 약혼녀를 건드린 거라, 합의가 나기 전까진 어려울 거 같습니다. 물론 그쪽에서 합의해 줄 생각도 없는 것 같지만."

"……윤세아 양은 지금 어디 있지?"

"안쪽 유치장에요."

"얼굴을 보고 싶은데."

"원래 만나는 건 안 되는데, 특별히 지 검사님이시니까 해 드리는 겁니다."

제너럴인 형사가 점수 따는 일로 보여 준 행동치고는 기꺼이 받을 만했다. 보석도 당연히 안 될 테고, 서진도 저보다 위인 레벨을 건드린 거라 어떤 방법으로도 빼내 줄 수 없다. 그러니 얼굴이라도 한 번 보고 말이라도 몇 마디 할 수 있는 상황에 고마워해야 한다.

"왜 왔어요. 나 같은 거 모른다고 하지."

하지만 철창 안에 갇힌 세아는 등 돌린 채 서진을 바라보지도 않았다. 그저 울려 퍼지는 간결한 구두 소리를 듣고 누가 왔는지 어렴풋이 눈치챘을 거다. 형사는 눈치껏 자리를 비켜 주었다. 문이 닫히고 나서야 서진은 철장 가까이 다가가 섰다. 그림자가 길게 늘어져 세아가 있는 곳까지 닿았다.

"감정 조절이 안 되는 것도 아닐 테고."

"……난 아무 짓도 안 했어요."

"폭행으로 형을 늘렸지 않나."

"상관없어요. 어차피 이 안에서 썩을 거, 속이 조금이라도 후련해지는 쪽을 택한 게 뭐 그리 잘못이라고."

카시스에서 훈련받으면서 가장 먼저 가르쳤던 게 감정을 숨기는 법이었다.

"감정적으로 나서지 마."

"윤세아는 원래 이래요."

"아니, 안 그래."

"대체 뭘 알아요? 설예리가 어떤 짓을 한지나 알아요?!"

하지만 지금의 세아는 체계적으로 가르쳤던 교육이 무의미해진 모습이었다. 날카로운 목소리가 공간을 울리자 서진의 눈동자가 차분히 문 쪽으로 굴렀다.

"조절해. 눈에 띄어서 좋을 거 없는 상황이니까."

"그럼 돌아가세요. 난 지금 이런 모습밖에 못 보이니까. 실망스러우면 안 보면 되잖아요."

서진은 무릎을 접었다. 웅크려 앉아 있는 세아와 눈을 맞출 수 있는 선상으로.

"감정적으로 격해져 있으니 그에 어울리는 얘길 해 볼까."

"……."

"너와 아이를 가지고 싶어 하는 거 같더군."

"……뭐라고요?"

"무의식적으로 흘러나온 말이었겠지만 그걸 의식하지 못했다는 건 평소에도 머릿속에 줄곧 담아 두고 있었단 의미겠지."

세아는 순간 머릿속이 새하얘졌다.

"너무나도 당연하게 너와의 아이를 생각하고 있어."

누굴 얘기하는지 묻지 않아도 알 수 있었다. 언제, 어떻게 마주쳐서 대화를 나눴던 건지 물을 수조차 없었다. 아이, 세아에겐 너무나도 아득했던 그 단어 하나. 거기에 온 정신을 빼앗겨 버렸다. 나와 도현이의 아이…….

"근데 넌 뭐하는 거지."

서진이 나지막이 말했다.

"미래의 아이한테 엄마가 유치장 온 적 있단 소릴 하고 싶은가."

세아는 그만 울음을 터트리고 말았다. 나와 너의 아이. 그 생각을 오래전부터 하고 있었구나. 네가 경계했던 남자 앞에서 무의식중에 내뱉을 정도로 수도 없이 많이.

"윽…… 그럼 어떡해요. 참아요? 참았어야 했어요?"

서진을 향해 세아가 울먹이며 말했다.

"몇 번이고 참았어요. 어딜 얻어터지든 맞든 다 견디고 참았는데, 이미 결과는 뻔히 정해져 있었잖아요. 자기 혼자 넘어진 걸 다시 일으켜 주기라도 하면 죄가 사라져요? 십 년 동안 담아 두었던 응어리, 그거 한 번 토해 낸 게 그렇게 잘못된 일이에요? 천벌 받을 일이고, 내가 죽어 마땅한 일이에요?"

"……."

"그럼 난! 난 그동안 얼마나 많이 죽어 왔는데……."

"……."

"이제 와 생각하면 전부 다 내 숨을 꽉꽉 조이는 일들뿐이에요. 죽은 줄로만 알았다고요, 내 아이를 생각하는 그 남자……. 우리의 아이를 생각하는 남잘 십 년 동안 죽은 줄 알고 살았어요. 근데 내가 어떻게 멀쩡해. 설예리 개 하나 때문에 내가 그동안 얼마나 죽고 또 죽으면서 살았는데!"

"그런데 하도현은 지금 네 옆에 있지 않나."

정신없이 말하던 세아의 입술 사이로 가느다란 숨이 흘렀다.

"네가 아파했던 시간보다 앞으로 채워 나갈 시간이 더 많을 텐데."

서진이 창살 사이로 팔을 뻗어 헝클어진 세아의 머리를 쓸어 넘겨 주었다.

"언제부터 앞을 보지 못하는 사람이 되었지."

얼룩진 염기에 달라붙어 있던 머리카락이 차츰차츰 그 손길에 떼어진다.

"내가 그렇게 만들었나."

움직이는 입술은 무겁고, 거둬내는 손길은 매번 세아에 게 했던 질문과 같은 형태로 일정하다.

"오늘만 살고 내일 죽어도 이상하지 않을 것처럼."

마치 '살아 있니'라고 묻는 것처럼 카시스에 들어온 걸 후회하지 않느냐, 그렇게 서진은 세아의 굳어 있는 가슴에 여러 번 노크했다. 심장은 뛰고 있는지 궁금한데.

"으윽……."

단 한 번이라도 후회한다고 말했더라면 조금은 사람답게 살 수 있었을까. 그랬더라면 사랑하는 남자의 아이를 가지고 싶다는 소망, 등지지 않고 떠올려 볼 수 있었을까.

카시스에서 일하면서 세아는 제 목숨이 언제 사라져도 이상하지 않을 것처럼 살았다. 사실, 살고 싶은 마음도 없었다. 내일 죽고 다음 날 죽고. 미래가 보이지 않는 캄캄한 터널을 계속해서 달려오면서 천천히 감정이 사라지고 심장도 굳어 갔다. 언제 죽어도 상관없을 정도로 삶에 미련 같은 건 두지 않고 살았다.

"하지만 기다리니까 빛이 들어오지 않나."

그러던 중 네가 날 찾아왔다. 가로등 불빛이 일렁이던

밤, 어둠에 스며든 낮은 목소리.

─저기요.

죽은 줄로만 알았던 하도현. 오해도, 원망도, 죽음도 모두 밑에 두고.

─……더 예뻐졌네.

십 년의 시간을 밟으며 천천히 내게로 온 너.

"그림자 속에 있다고 해서."

세아는 울컥하며 파도치는 감정을 참지 않고 쏟아 내었다. 그걸 엄지로 닦아 주며 서진이 말했다.

"우리가 빛을 모르는 건 아니지 않나."

눈물이 쉴 새 없이 타고 흘러 턱 아래로 추락했다.

"내일을 원해서 지금 이렇게 사는 거야."

내일을 원하고 바라서 우리가 지금…….

"그곳에 네가 바라는 소원 하나쯤은 가져다 놓아도 돼. 그걸 이루기 위해서 하는 거니까."

사랑하는 남자와 아이를 낳고 행복하게 사는 꿈, 그 평범하고 일상적인 소원 하나. 욕심내지도 않을 테니 그거 하나 이뤄질 수 있는 세상.

"너에게 하고 싶은 마지막 부탁이 있는데 들어줄 수 있겠나."

세아의 붉어진 눈가가 미세하게 떨렸다. 평소 바깥에서 정체를 숨기며 대화했기에 저 말이 뜻하는 바를 잘 안다.

부탁이라는 건 임무고, 마지막이라는 건 그것이 나인으로서 끝이라는 걸 의미한다.

"하도현 옆에서 그에게 어울리는 여자가 돼."

낮은 목소리가 철창 사이로 비집고 들어온다.

"걔가 바꾸려는 세상이 우리와 같으니까."

제로는 초능력이 없고 나약해서 멸시받아도 되는 존재라고 당연하게 생각하는 사회 속에서 너 역시 한낱 제로에 불과하지만, 그 세상을 바꿀 만한 남자가 사랑하는 제로는 너 하나란 걸.

"그 모든 게 이젠 네 손에 달렸어."

그 남자의 사상을 바꾸고 마음을 움직일 수 있는 여자는 오직 너 하나뿐이란 것을.

"건투를 빌지."

명심해, 윤세아.

4. 쇼의 서막

4. 쇼의 서막

"어서 이현 님께 사과부터 해라. 법을 생각하지 않고 행동한 네가 잘못한 일이다."

도현은 줄곧 입을 다문 상태였다. 중오가 한숨을 내쉬며 둥그런 테이블에 앉아 있는 이현과 도현을 번갈아 바라보았다. 거북할 정도로 엉망이 된 옷부터 갈아입고 싶었지만 그보다 중요한 일이 지금 눈앞에 있었다.

"유니벌에게 위협을 가한 점, 팔찌도 차지 않은 채 초능력을 사용한 점. 이 모든 게 법적으로 다뤄진다면 나도 골치 아픈 걸 잘 알 텐데."

중오는 도현에게 지금 벌어진 상황의 심각성을 각인시켰다. 동시에 이 모든 책임은 도현에게 있다는 점도 일깨워주었다. 끝까지 입을 열지 않고 침묵을 유지하게 된다면 일이 어떻게 될 건지 계속해 주입했다.

"내 선처를 받기 싫은 모양인데."

이현의 기분을 맞추기 위해 온 고급 레스토랑에서 가장 좋은 와인을 시켜 두었지만 입도 대지 않는다. 이현은 아까부터 새하얀 냅킨을 무의미하게 찢는 중이었다.

"시간 빼앗지 말고 그냥 집어넣어. 나도 더는 못 기다리니까."

"저를 봐서라도 다시 생각해 주시면 안 되겠습니까? 도현이가 어디 가서 이현 님의 초능력을 발설하지 않을 겁니다."

"너를 봐서 직원으로 놔뒀던 건데 거기에 내 얼굴에 상처 내도 좋다는 의미까지 포함된 건 아니지."

이현은 잘게 찢던 냅킨을 테이블 위로 아무렇게나 방치했다.

"죽여 놔도 시원찮은데 어디 가서 떠들어 대지 않는단 소리 따위가 나한테 먹히겠어?"

"……."

"죽이면 입조차 사라지는 건데 판단을 하고 말해야지."

'찌지직' 힘없이 찢긴 냅킨을 놓으며 이현이 시선을 들었다. 이현의 짙은 눈동자가 중오를 짓누르듯 바라보았다.

"지금도 너 생각해서 봐주는 거야. 네가 돌보는 아이, 아니, 릭시. 릭시라고 해서……."

릭시라.

"야, 릭시."

꼬고 있던 다리를 푼 이현이 테이블을 받치고 있는 기둥을 툭 하고 걷어찼다. 아래로 깔렸던 도현의 시선이 올라와 맞은편의 이현에게 닿았다.

"눈빛이 사회생활 안 해 본 티를 아주 제대로 내."

"……."

"팔찌 차고 제대로 붙어 보든가, 어? 아까 나 죽이려고 하던데. 자리라도 만들어 줘?"

"그럼 거절 않고."

도현이 고개를 돌려 중오를 바라보았다.

"팔찌 찰게."

그 한마디에 전율이 인 건 중오가 너무나도 고대했던 말이 드디어 도현의 입을 통해 나왔기 때문이다.

"난 죽어도 사과는 못 하겠으니까, 처벌은 팔찌 차고 이야기하죠."

"끝까지 입만 살아 가지곤."

이현은 가소롭단 듯이 자리에서 일어났다. 릭시 하나 가지고 쓸데없이 시간을 너무 할애했다. 손목을 들어 시계를 내려다보는 이현의 눈빛이 어둑하다. 벌써 저녁 7시, 백설이를 보는 데 쓰기에도 부족한 시간을 길바닥에 버린 셈이라 이현은 걸음을 재촉했다. 룸 바깥으로 나가자 서 있던 건우가 입을 열었다.

"제가 모시겠습니다."

"카페로 가."

"네."

이현이 떠난 자리는 적막이 감돌았다. 도현은 다시 시선을 테이블 아래로 떨어뜨린 채였고 중오는 이루 말할 수 없는 성취감에 젖은 터라 말문을 열지 못했다. 도현이 팔찌를 찬다면 자신이 그동안 이뤘던 업적 모두 보잘것없는 활자가 될 것이고 거기에 새롭게 적힐 문구는 최초가 될 존재의 관리자인 제 이름 세 글자였다.

"한가해?"

"네?"

"팔찌 찬다고 말하면 바로 가져올 줄 알았는데."

"……아니죠, 그렇게 가벼운 일로 생각하시면 안 됩니다."

도현을 등에 업은 채 드디어 제 욕망을 마음껏 펼칠 길이 열리게 되는 것인데, 도현은 이 모든 걸 너무 쉽게 생각했다.

"단순하게 처리할 일이 아니라 축하 파티를 성대히 여는 게 맞는 법이죠. 내일 저녁에 맞춰 일정이 이뤄질 수 있도록 준비하겠습니다."

"그냥 팔찌만 차면 되는 거 아니었나."

"저런, 도현 님께서 처음 세상으로 나오는 거나 마찬가지인데 어떻게 조용히 넘어갈 수 있겠습니까?"

나의 작품, 내가 만들어 낸 괴물을 선보이는 자리인데 그냥은 말도 안 된다.

"제일 크고 화려하게 등장해야죠. 그 누구도 기어오르지 못하도록."

오래전부터 계획했기에 하나부터 열까지 전부 완벽해야 한다. 가장 중요한 하이라이트가 될 터이니.

"내일 팔찌를 차게 될 자리에 전 세계의 유니벌과 맥스, 영향력 있는 자들 모두 모이게 될 겁니다. 언론도 빠짐없이 불러 모아야죠. 제대로 첫인사를 해야 할 테니까요."

"쟤도 오지."

"당연합니다."

"더 빨리는 안 돼?"

아, 이토록 원하실 거였으면 그동안 제 애는 왜 그리도 태우신 건지. 하지만 재촉하는 도현의 모습은 애초에 중오 의 계획이 없었더라면 불가능했을 일이다. 그저 사랑하는 사람이 제 옆에 있다는 것만으로 만족했던 제로다운 습성 이 이현이 달라붙으면서 변모했고 이제는 권력을 쟁취하려 는 모습으로 알맞게 성장했다.

"관리자님, 잠시만 실례하겠습니다."

그 화려한 오프닝을 위해서라면 지금 이러고 있을 시간 이 없었다. 한데 저를 부르는 가드의 표정이 심상치가 않 아 중오는 룸 바깥으로 나섰다.

"무슨 일이지."

"지금 윤세아가 맥스인 설예리 씨를 폭행해 유치장에 있다고 합니다. 어떻게 처리해야 할지……."

아, 계획한 일이 맞아 들어갔을 때의 쾌감이란.

"……이렇게 중요한 소식을 왜 숨기고 있나."

설예리는 역시 한 번 쓰고 버릴 카드가 아니었다. 적절한 타이밍에 치고 들어온 그 점만은 높이 평가할 만했다. 시기도 상황도 매우 좋았다. 룸 안으로 들어선 중오가 목을 가다듬었다.

"현재 윤세아 씨가 경찰서에 있다고 합니다."

"뭐?"

"설예리 씨를 폭행해서 벡터 보호법 위반으로."

건조하게 앉아 있던 도현이 빠르게 자리에서 일어섰다.

"얼마나 다쳤는데."

"저도 들은 얘기라 아직 거기까진. 폭행이니 아마……."

"누가 개 물었어? 우리 누나."

"아, 윤세아 씨요. 지금 확인해 보겠습니다."

중오는 나직이 웃으며 뒤돌아섰다. 사랑하는 여자가 그런 처지에 놓여 있다니 도현에게 팔찌의 필요성에 대해 일깨워 줄 좋은 본보기가 될 것이다. 동시에 팔찌를 찬 뒤에도 제 말처럼 움직일 수 있도록 훈육도 해 둘 예정이다. 통화로 알게 된 사실을 여실히 말해 주자 도현은 심장이 추락한 얼굴을 했다.

"무슨, 유치장? 철창 있는 그런 곳?"

말하면서도 어이가 없는지 도현이 거친 숨을 뱉었다.

"당장 빼 와."

"어려울 것 같습니다. 아실지 모르겠지만 방금 나간 신이현 님 약혼녀가 설예리 씨입니다. 그런 여자를 건······."

"그딴 거 궁금하지도 않으니까 빼 오라고. 네가 말했지. 팔찌 차면 내가 원하는 게 뭐든 할 수 있다며."

"차겠다 말씀만 하셨지, 아직 찬 게 아니지 않습니까?"

얼마나 화가 났는지 턱이 딱딱하게 굳은 게 보일 정도였다. 이로 인해 도현의 결심은 흔들리긴커녕 더욱 굳세질 거다.

"그럼 지금 차."

"안 됩니다. 모든 일에는 절차라는 게 있습니다."

"무슨 절차. 파티? 누구 좋으라고 파티야, 파티는."

사납게 변하는 도현의 얼굴을 보며 중오는 조용히 안도했다.

"지금 누나가 갇혀 있다고. 내가 가서 데려와?"

지금 이 상황은 도현이 권력을 더욱 원하는 기폭제가 되어 여실히 폭발하는 중이었다. 갈구하는 모습을 여과 없이 보여 주고 있으니.

"그럼 팔찌 차는 일은 없던 일로 하겠습니다."

이쯤에서 훈육에 들어가야 한다.

"뭐?"

"그렇게 당장 차고 싶으시면 직접 정부에 찾아가 릭시라고 말하세요. 그래 봤자 릭시 판정은 모두 제 소관으로 넘어오게 됩니다. 제 허락이 떨어져야 도현 님께서 팔찌를 차는 거란 소립니다."

상황은 역전되었다. 매번 도현이 거부했던 팔찌, 이젠 갈망하게 되었다.

"아니면 지금이라도 위치 말씀드릴 테니 순간이동으로 윤세아 씨 보러 가세요. 하지만 무슨 짓을 해도 얼굴은 보지도 못할 거고 빼내오는 것 역시 못할 겁니다. 경찰서 내에선 초능력 사용이 불가하거든요. 겉으로 보기에 도현 님은 제로 아닙니까? 나란히 같이 갇힐 수도 있겠네요. 물론 도현 님은 제가 빼 올 테지만."

"……."

"하루면 됩니다. 고작 딱 하루."

더욱 원할수록 좋다.

"저는 십 년이나 기다렸는데 도현 님은 그것도 어렵습니까?"

그러니 얌전히 내 말을 들으라고. 중오를 바라보며 침묵을 안고 있던 도현이 머지않아 비식 웃음을 터트렸다.

"……나는 빼 오면서 윤세아는 안 돼?"

중오의 눈썹이 작게 꿈틀거렸다.

"못하는 게 아니라 너 지금 일부러 안 하는 거지."

"무슨 그런 섭섭한 말씀을. 도현 님 기분만 나빠지실 텐데 제가 왜 그런 일을 하겠습니까."

"왜, 내가 알기론 네가 못 나서는 일은 없어."

"저를 너무 과대평가하시는군요. 명백히 법이라는 게 사회에 있습니다."

"법보다 위에 있던 게 너 아니었어? 네가 가진 와이즈로 유니벌 섭렵한 게 언제 적 얘긴데, 왜 신이현 앞에서만 그렇게 작아지고 법 타령이야?"

또다. 제 속내를 간파당한 기분. 중오가 싸늘하게 입꼬리를 올렸다.

"제 권력이지, 도현 님 권리가 아니지 않습니까?"

"아, 그래?"

도현이 서늘한 얼굴로 웃었다.

"교육 고마워."

순간 껄끄러운 기분이 밀려온 건 도현이 아직까지 호선이 그려진 입술을 죽이지 않는다는 점이다.

"꼭 기억할게."

무슨 사고라도 칠까 싶어 중오는 이쯤에서 합의점을 내놓았다.

"……정 그렇게 윤세아 씨가 걱정되시면 방법을 알려 드리겠습니다."

중오는 제 휴대폰을 꺼내 전화를 걸었다. 기다리고 있었던 건지 빠를 정도로 예리가 제 목소리를 들려준다. 다 죽어 가던 저번과 달리 살아난 듯 활기를 띤 음성에 중오는 기다리란 말과 함께 휴대폰을 도현에게 내밀었다.

"부탁이라도 해 보세요. 합의를 해 준다면 지금이라도 윤세아 씨 나올 수 있습니다."

천천히 시선을 내려 불이 들어와 있는 휴대폰 액정을 바라보던 도현이 손을 뻗어 그걸 잡았다. 귓가에 가져다 대자 소름 끼치는 숨이 흐른다.

「도현아, 너 알지. 나 맞은 거.」

"……."

「난 그냥 너 만나러 갔는데 윤세아가 내 얼굴을 보더니 아주 미친 애처럼 달려들더라고.」

"그랬어?"

「으응…….」

"근데 너도 때렸다며."

살기 넘치는 낮은 목소리가 수화기 너머로 고스란히 전해졌다. 도현은 차분히 물었다.

"몇 대 때렸어?"

지금처럼 살의가 넘치는 건 처음이었다. 도현은 지금 움켜잡고 있는 게 핸드폰이라는 것에 감사했다. 앞에 예리가 있었으면 그녀를 죽였을지도 모를 일이다. 살인은 면해야만 한다. 세아와 행복하게 살아야 하는데, 이런 여자 때문에 앞날이 방해받는 건 원치 않다.

「……합의하고 싶어서 전화한 거 아니니?」

"내가 건 거 아닌데."

「하긴 김중오가 걸었겠지. 상관없어, 네 목소리 들으면 된 거지. 말로 위로라도 해 주면 윤세아 내가 지금이라도 풀어 줄 수 있는데.」

"그래? 어떤 말을 원해."

「일단 내 이름부터 불러줘. 사랑스럽게.」

"예리야."

도현은 휴대폰을 떼어 내며 마이크에 입을 대고 말했다.

"합의는 인간끼리 하는 거지, 너 같은 거랑 안 해."

「뭐?」

"내가 가서 확인할 테지만 윤세아 손 댄 이상 그냥 안 넘어갈 거란 것만 기억해."

「…….」

"난 너 안 죽여. 너 같은 것 때문에 우리 누나가 피해를 입으면 그것도 골치 아프거든."

「도현아, 궁금해서 묻는 건데 혹시 윤세아가 죽으면 너 나에게 올 거야?」

도현이 웃었다.

"웃기는 소릴 자꾸 하네. 윤세아 죽으면 나도 같이 죽는 거지."

어떻게 널 내가 알지 못하는 곳으로 혼자 가게 내버려 둘 수 있을까. 그런 일은 있어서도, 있을 수도 없겠지만 만약 죽음이 우리 둘 사이를 멀어지게 한다면 나는 기꺼이 너를 따라 목숨을 던질 거다. 벌레가 득실거리는지 불구덩이가 있는지 알 수조차 없는 사후 세계, 그것도 아니면 어떤 것도 존재하지 않을 무의 공간.

"난 윤세아 뒤만 따라가."

죽음 뒤로 펼쳐진 목적지가 어디가 되었든 상관없다. 나는 오직 너만 보고 쫓아갈 테니까.

"거기에 넌 없어."

우리가 어딜 가든 영원히 떨어지지 않을 거란 은밀하고도 지독한 사실만이 존재한다. 도현은 어둑해진 눈동자로 종료 버튼을 눌렀다. 중오에게 건네주자 그가 껄끄럽게 웃었다.

"방금 하신 말, 제가 어떤 의미로 받아들여야 합니까?"

"왜, 우리 누나 죽기라도 해?"

중오가 묘한 표정을 짓자 도현이 중오의 어깨를 손으로 두드렸다.

"누나 멀쩡히 살아 있는데 쓸데없는 걱정은."

죽을 것처럼 굴었던 도현은 지금껏 수도 없이 보았지만 제 입으로 직접 죽겠다고 말하는 건 처음이라 중오는 평정심을 되찾는 데 시간이 꽤 걸렸다.

"넌 그 좋아 죽는 파티 준비나 해. 난 나대로 누나 데리러 갈 거니까."

"좋습니다. 내일이면 팔찌를 찰 몸이신데, 마지막으로 자유 시간을 드리도록 하죠. 지금 바로 차를 준비해 드리겠습니다."

"자유 준다며? 감시 붙이지 마."

한데 생각해 볼수록 어이가 없는 말이다. 따라 죽는다니, 기만도 정도가 있지. 저 자신이 이렇게 살아 있는데 있을 수 없는 일이라 생각하며 중오가 말했다.

"알겠습니다. 내일부터 바빠질 테니 마지막 시간 정도는 맘껏 즐기세요."

우선은 팔찌부터.

"누가 누굴 때려?"

"매니저님이…… 설예리 씨를."

살벌한 이현의 목소리에 겁이 질린 것인지 직원은 말을 똑바로 하지 못했다. 더는 들을 가치도 없다는 듯 이현은 곧바로 차에 올라타 지역 경찰서로 향했다. 오면서 신호를

얼마나 무시했는지 기억나지 않을 정도였다. 막무가내로
차를 몰았던 터라 비정상적인 시간에 도착한 이현은 차도
제대로 주차하지 않은 채 안으로 들어갔다.

"아니, 이현 님께서 이런 누추한 곳에 무슨 일로."

"유치장이 어디야."

"저, 저기."

"문 열어. 부수기 전에."

이현이 넓은 보폭으로 움직이자 재빨리 형사들이 다가가
문을 열기 바빴다.

"……백설아."

몇 시간 만에 본 얼굴은 부어 있었다. 이현은 구겨진 미
간을 펴지도 못한 채 바닥 가까이 주저앉았다.

"꼴이 이게 뭐야."

검은 철창 사이로 팔을 뻗어 세아의 턱을 들어 올렸다.
얼마나 애 기를 죽여 놨는지 이리저리 돌려보는데도 반항
을 안 한다. 일순간 이현의 눈매가 진해졌다.

"……."

너무 열이 받으면 피가 서늘해진다는 걸 이현은 지금 처
음 알았다. 뺨을 지나 호수 같은 눈동자 밑을 엄지로 문질
렀다.

"운 거야, 아님 울린 거야."

눈가가 발갰다. 그것만으로도 주체할 수 없는 분노가 치

밀어 올랐다. 이곳에 있는 모든 걸 부숴 버리고 싶은 단순한 욕망은 세아의 얼굴을 보면 볼수록 선명해졌다.

"벙어리 됐어? 말하지 말래, 쟤들이?"

"……."

"아주 골고루 정신 나간 짓을……."

속이 울렁거릴 지경이다. 자꾸만 시야에 거치적거리는 검은 철창이 짜증 나서 움켜잡았다. 초능력이 통하지 않는 특수 재질로 만들어져 있는 터라 이현의 손이 닿아도 아무런 변화가 없어 더욱 화가 났다.

"내가 어떻게 하지도 못하는 곳에 넣어 놓기까지 하고."

이딴 게 뭐라고 앞을 가로막을까. 이 안에 왜 네가 들어가 있어? 이현은 납득이 되지 않는 이 상황을 보는 것이 버거웠다. 시선을 피하자 구석에 몰려 있는 먼지와 퀴퀴한 색상의 벽과 바닥이 눈에 들어왔다. 곧 쥐가 튀어나온다고 한들 이상하지 않을 풍경이다. 다 죽어 가는 음산한 조명 아래 처연하게 앉아 있는 세아를 보니 이현은 속이 더 뒤틀렸다. 구역질이 나 손으로 입가를 덮었다.

"비위가 상하려고 하는데."

"무슨……."

"이런 곳에 네가 있다는 게 말이 돼?"

역겨워서. 누구를 족쳐야 이딴 곳에서 세아가 나올 수 있는지 판단은 빨랐다. 무릎을 펴고 일어선 이현이 유치장 바깥으로 나가자 서장을 포함한 전 직원이 앞에 줄 서 있는 진풍경이 펼쳐져 있었다. 이현의 미간은 여전히 좁아진 채였다.

"어서 오십시오. 이런 곳까지 방문해 주시고. 미리 오신다고 연락이라도 해 주셨으면 청소라도⋯⋯."

"내가 오늘 무슨 일 때문에 얼굴을 좀 긁혔거든."

"예?"

"적어도 내일까진 기분이 몹시 더러울 거란 소리지."

안 그래도 긴장한 척추들이 빳빳하게 세워진다. 이현은 그들이 준비해 놓은 의자에 앉지도 않은 채 팔짱을 꼈다. 한쪽 팔을 세워 두통이 들끓는 이마를 짚었다. 순서를 정해야 하는데 화를 다스리는 게 쉽지 않다.

"일단 쟤부터 꺼내 와."

"누구⋯⋯ 아, 저 제로는 아시다시피 설예리 씨를⋯⋯."

"기분이 안 좋다고 예고를 했는데도 못 알아듣고."

생각을 좋게 하려고 해도 안 되게. 이마를 누르는 손가락 사이로 비친 눈동자가 날카롭게 번득이자 모두가 살기 위해 침묵했다.

"대한민국에서 내 이름으로 안 되는 일 있어? 있으면 말해 봐. 어디 한번 들어나 보자."

"⋯⋯없습니다."

"그래, 없어."

"……."

"근데 지금 없는 일을 자꾸 만드네."

서장이 눈알을 바쁘게 굴려 대자 아랫사람이 재빨리 달려 나간다. 머지않아 유치장에서 터덜터덜 걸어 나오는 세아를 본 이현은 어이없단 듯이 말했다.

"밥 안 줬어?"

"그게, 오자마자 가둬 두는 게 원칙이라……."

"굶겨?"

입이 열 개라도 할 말이 없는 자들이다. 그래도 조금 밝은 곳으로 나온 세아를 보니 한결 기분이 나아졌다. 여전히 역겨운 향내를 묻히고 있었지만 털어 주면 해결될 일이다.

하지만 법이라는 게 이현이 만든 게 아니다. 무자비하게 헤집어도 되는 위치지만 그것도 어느 정도 지켜야 할 선이 있었다. 철창에 갇혀 있다 원칙에 따라 죄를 판결받고 감옥으로 향하는 건 이현의 힘으로 막을 수 있었지만 감시 대상자로 분류되는 건 피할 수 없었다. 보호 관찰 대상이 되었고 그에 걸맞게 오른쪽 발목에는 두꺼운 전자발찌가 채워졌다. 이현은 그걸 탐탁지 않게 내려다보며 물었다.

"언제까지."

"보통 이렇게 풀려나는 경우는 석 달을……."

"석 달? 그럼 사흘."

"예? 아, 예. 알겠습니다."

"힘든 부탁을 한 거야?"

"아니요."

"구두를 신어야 하는데 이러면 안 예쁘잖아. 디자인이라도 봐줄 만하면 말을 안 해."

"그럼요. 발목이 예쁘신 분인데……."

투박하게 생긴 전자발찌를 보며 떠드는 두 사람을 향해 세아는 헛숨을 뱉었다.

"이제 가자."

이현이 세아의 손목을 잡고 끌었지만 세아는 힘주어 뿌리쳤다. 이현은 빈 허공에 놓인 손을 내렸다가 다시 힘주어 세아를 잡아끌었다.

"놔, 아파."

"그러기에 한 번 잡았을 때 누가 거절하래."

"……."

"많이 아파?"

그러면서 살짝 놓는다. 세아는 입술을 구기며 이현의 팔을 밀었다.

"아파? 아프냐고? 아파, 아프다고 말했잖아!"

"배고파서 히스테리를."

"너 걔 약혼자라며. 설예리한테 가서 걔나 위로해!"

"파혼할까?"

"……뭐?"

"그래, 해야겠다."

세아가 텅 빈 얼굴로 되물었지만 이현은 그 어느 때보다 진중했다.

"네 얼굴을 쳤는데 그 정도는 해 줘야지. 또 뭐할까? 아예 망하게 해?"

"……."

"말을 해야 알아먹지."

주머니 안에서 휴대폰이 울렸다. 그걸 꺼내 액정을 본 이현의 눈빛이 짙어진다. 통화 버튼을 누른 이현이 전화를 받자 앙칼진 목소리가 들려왔다.

「뭐예요, 당신. 왜 윤세아를 마음대로! 지금 무슨 짓을 한지 알아요?!」

"알아, 끊어."

예리의 목소리가 들려오자 세아의 손이 고요히 구겨졌다. 그걸 본 이현은 뒤늦게 전화를 괜히 받았단 생각을 했다. 머리를 아무리 굴려도 세아를 위로할 말 한마디가 생각나질 않았다. 결국 한숨과 함께 손을 움직여 세아가 힘 줘 움켜쥔 주먹을 만지작거렸다. 엄지와 검지를 빼고 모두다 접어 모양을 만든 후 이현이 제 배로 그걸 지그시 가져다 댔다.

"빵."

그 소리와 함께 길게 세워진 세아의 검지 끝이 단단한 근육에 닿아 잘게 흔들렸다.

"이래도 기분이 별론가?"

지금 만든 게 총 모양…….

"그럼 키스."

고개를 튼 이현의 입술이 세아를 물었다.

세아는 눈을 감을 수조차 없었다. 아직도 총 모양을 한 손은 이현의 배에 닿아 있었지만 억지로 침대에 눕혀져 키스를 나눴던 상황과는 판이했다. 방아쇠를 당길 수도 없어서, 다정한 움직임이 휘감는 온기에 잠시 정신이 젖어 들었다.

"오늘은 얌전하네."

입술을 뗀 이현이 신기하다는 듯이 말했다. 사실 밀어내기엔 너무나도 짧은 키스였다. 섞였던 것도 잠시 스쳐 지나가는 정도였으므로.

"지금처럼 대해 주면 좋아해 줄래?"

고요한 눈빛으로 물었지만 대답은 역시나 하지 않는다. 하지만 이현도 내성이 생겼다. 다시 손목을 잡았다. 세아가 뿌리치자 다시 강한 힘으로 움켜잡는 레퍼토리의 반복이다.

"타."

"……."

"……아니다, 좀 걷자. 냄새 빠지게."

공기가 좋으니까, 네가 좋단 말은 조금 전 차였으니 숨겨 놓고. 이현은 아무렇게나 세워 두었던 차를 지나 세아를 끌고 걸었다.

어디로 가야겠다는 생각도 없다. 무작정 인도에 깔린 돌 위를 거닐었지만 이런 길이 익숙지 않은 구두가 계속해서 제 몸이 쓸려 나가는 소리만 냈다. 오늘 제대로 벙어리 컨셉을 잡은 건지 세아는 말이 없었다. 구두 소리가 시끄러운 와중 이현이 말했다.

"넌 저런 곳에 있으면 구역질도 안 나? 내 이름 팔아서라도 나왔어야지."

"……."

"저기서 네가 적어도 신이현 세 글자만 말했어도 확인차 연락 왔을 테고 그럼 이렇게 늦게 오지도 않았잖아."

"확인? 무슨 확인. 내가 말하면 믿어 줄 사람이나 있어?"

"필요해?"

자동차 헤드라이트에서 쏟아지는 노란빛이 빠르게 이현을 스쳐 지나 세아마저 덮었다. 이현의 고개가 차도 쪽으로 돌아갔다.

"사람? 여기 많네."

우뚝 멈춰 선 곳은 어느 정류장 앞이다. 이현은 일렬로 놓인 벤치 앞에 멈춰 서 앉아 있는 사람들을 멀뚱히 응시했다. 사람들이 황급히 일어서자 그는 살짝 인상을 구겼다.

"근데 여긴 깨끗한가?"

"……."

"모르겠다. 일단 앉고."

이현이 엉덩이를 붙이자 홍해의 기적이라도 일어난 듯 사람들이 옆으로 퍼졌다. 유니벌이 제로나 제너럴이 애용하는 버스 정류장에 출몰했으니 놀랄 일이었다. 그 옆으로 세아도 얼떨결에 앉았다. 신기해하는 눈빛은 자연스럽게 세아를 보고선 일그러졌다. 팔찌가 없는 제로인 걸로도 모자라 발목엔 범죄를 저지른 자들이나 하고 다니는 발찌가 채워져 있었다. 지은 죄가 있어선지 세아는 불편한 기색을 가감 없이 드러냈다.

"뭘 하자는 거야? 다 쳐다보잖아."

"보라고 온 거야. 믿어 줄 사람들이 필요하다며."

세아의 손을 깍지 껴 잡았다.

"이제 생겼어, 명분이."

이현은 웃으며 주변으로 몰려든 사람들을 향해 말했다.

"사진 맘껏 찍어서 올려. 퍼트리고 소문도 내."

"……."

"내가 요즘 제로 쫓아다니는 데에 재미 붙였거든."

태어난 순간부터 추종하는 자들이 많을 수밖에 없는 레벨인 터라 귀찮은 건 질색이었다. 요즘 인터넷보다 발 빠른 건 없어 그걸 피하고자 늘 차로 이동하거나 출입이 통제된 곳만 애용하던 이현이었다. 이곳저곳에서 터지는 플래시가 눈을 따갑게 했지만 기분은 좋았다. 저 자그마한 물건 안에 이현과 세아가 나란히 담길 거라 생각하니 웃음이 번진다. 신기한 일이다.

"내일이면 소문 다 나겠네. 물론 우리 아버지가 막으려고 별짓 다 할 테지만. 그러지 말라고 가서 얘기할 테니까 앞으로 불합리한 일 있으면 내 이름 대."

"……."

"파혼도 할 생각이야. 그럼 세컨드란 소리도 안 듣겠지."

"너 정말 내가 맞은 거 때문에 그래?"

"뭐가?"

"파혼하겠다며. 약혼 관계인데 그렇게 쉽게 결정하고 결론 내릴 문제 맞아? 뭔가 단단히 착각하나 본데, 나보단 걔가 더 많이 맞았어. 아, 고통을 못 느낀다고 그래서 얼굴에 침까지 뱉었다."

그 말에 이현이 웃음을 터트렸다.

"설예리 얼굴에 침을 뱉었다고."

"……뭐가 웃겨?"

"아니, 그래서 몇 대나 때렸는데."

"그게 중요해?"

"질문이 이상했지. 넌 몇 대 맞았는데?"

"야."

"얼마나 맞으면 이렇게 뺨이 붉어?"

"신경 쓰지 마. 이런 건 얼음찜질하면 나으니까."

"신기한데. 치료 벡터가 있는데 왜 그런 걸 해?"

"제로는 벡터들이 다니는 병원에 출입 못하니까 그렇지."

"그래서."

이현이 손을 펼쳐 지그시 세아의 한쪽 뺨에 대었다. 순간 싸하게 퍼지는 냉기. 마치 얼음이 담긴 차가운 물에 닿은 듯 얼얼하다.

"이러면 정말 낫는다고?"

세아는 저도 모르게 그 손을 밀어냈다.

"가볍게 생각하지 마. 이건 나와 걔 문제지, 네가 끼어들 자리가 아니야. 남 인간관계 망칠 생각도 없고."

"백설아, 내가 이미 이렇게 망가졌는데 어떻게 문제가 안 돼?"

"……."

"너 하나 만나면서 내가 안 해 본 짓을 몇 개나 해 보는 지 세다가 그만둔 게 언젠데."

이미 수도 없이 마주해 온 지독한 반복이라, 세아는 단호하게 말했다.

"이런다고 내가 너 좋아할 일 절대 없어."

"나도 살면서 제로한테 이럴 줄은 절대 몰랐어. 사람 인생 어떻게 될지 모르는 건데 속단하는 건 무례하지."

"아니. 어떤 일이 일어나도 변하지 않을 사실이야. 하도 현이 살아 있는 한 달라지는 건 없어."

"내 이름 부르라고 이런 짓까지 해 주는데 왜 네 입에서 나오는 건 다른 남자야?"

"……."

"살아 있으면? 그럼 반대로 죽으면. 그럼 끝나?"

"이미 죽었다가 살아온 애야."

이현은 알 수 없단 표정을 지었다.

"네가 거기에 이길 확률은 없어. 적어도 나에겐."

해 보지도 않고……. 지금껏 누군가와 비교당한 적도, 져 본 적도 없는 자신에게 그런 말을 하니 이현은 기분이 또 바닥으로 떨어졌다. 발치에 아무렇게나 굴러다니는 쓰레기가 된 기분이다. 적어도 너에게? 비참하다고 해야 하나, 뭐 그 비슷한.

"……이겨 보고 싶은데?"

그럴수록 피어나는 고집은 세아의 눈매를 더욱 지치게 만들었다. 고마워해야 하는 게 예의 아닌가. 내가 이렇게나 숙이고 다가가는데도 성의를 보이면 보일수록 세아는 시들어 간다. 마치 너무 예뻐 정원으로 데려오니 달라진 환경에 적응하지 못하고 죽어 가는 꽃 같다. 그럴수록 이현은 속이 답답해진다.

"뭘 해 줘야 좋아할래?"

꽃은 대답이 없다. 원래대로 돌아가고 싶단 말이라도 나올까 싶어 이현은 애써 그 처연한 얼굴을 무시했다. 고개를 돌리니 미약한 한숨 소리가 들려온다. 누가 해야 할 짓을. 이현 역시 갑갑한 숨을 내뱉고 싶지만 지켜보는 이들의 시선 때문에 하지 못한다. 즐거워 보이고 싶다. 근데 세아는 자신을 옆에 두고도 서슴없이 한숨을 쉬니 속이 뒤틀린다.

한시라도 눈을 뗄 수 없는 여자다. 이현이 머리 아픈 사이 세아는 자리에서 일어났다. 눈 깜짝할 새에 이제 막 문이 닫히는 버스로 세아가 올라탔다. 마음만 먹었다 하면 멈출 수 있는 버스인데, 손에 남은 온기가 아직 가시지 않아서 팔이 나가질 않았다. 이현은 제 시야에서 출발하는 버스를 빤히 보았다.

"왜 이렇게 기분이 별로지."

뺨에 난 상처를 손등으로 쓸었다. 기분이 어김없이 나쁘다.

버스에 올라탄 세아는 이현이 멀어지는 걸 보고 나서야 빈자리로 가 앉았다. 가지고 있는 건 휴대폰 하나가 전부

였지만 충분했다. 도현에게 전화를 걸었지만 받지 않는다. 잠시 숨을 고르며 눈 감았다.

오늘처럼 울어 본 게 얼마 만이더라……. 서진이 자리를 떠난 뒤에도 얼마나 울었는지 온몸에 힘이 하나도 없었다. 그간 쌓여 있던 모든 것을 배출해 낸 기분이었다. 나인으로서의 삶도, 십 년 전 그날의 기억도 전부 쏟아 낸 기분.

손안에서 휴대폰이 진동해 재빨리 눈을 뜨고 들어 올렸다. 도현이다.

"여보세요."

「미안, 누나. 이동할 때 전파가 안 닿아서 전화 못 받았어.」

이동? 잠시 의문이 들었다가 입을 벌렸다. 하지만 무슨 말을 제일 먼저 해야 하는지 알 수가 없었다. 지금 어디 있냐는 물음? 설예리와 만나 유치장에 있었단 말? 신이현이 그걸 풀어 줬단 소리? 대체 무슨 말부터 해야 할까. 세아가 갈등하자 수화기 너머로 도현이 먼저 물어 왔다.

「밖인가 봐. 어디 가는 중이야?」

"어? 어, 그게. 몰라, 그냥…… 아무 버스나 올라탔어."

「그랬어?」

"응."

「내가 보러 갈까?」

"어딘 줄 알고."

「주변에 뭐 보이는데.」

"여기?"

차가 정류소에 도착하자 사람들이 꽤 많이 빠져나갔다. 창밖으로 시선을 던진 세아는 화려한 네온사인 간판을 보며 인상을 찡그렸다.

"몰라, 무슨 학원 건물도 많고 음식점도 있는데 죄다 술집이야."

「그러고 보면 누나랑 같이 술을 마신 적 없네.」

"생각해 보니까 그렇구나."

「오늘 마실까?」

"오늘?"

「응.」

"……그럼 일단 만나야 하는데. 잠시만, 여기 정류소 이름 보인다. 신웅사거리래."

「이름도 이상하네.」

"그러게."

세아는 피식 웃음을 터트리며 입술을 움직였다.

"그러지 말고, 내가 다음 정거장에서 내릴 테니까 거기로 와. 아니면 택시 타고 움직이든가 할게."

「내가 간다고 말했잖아.」

"어떻게 온다고. 나 버스 막 올라타서 이거 몇 번인지……."

"저기요."

세아는 순간 들려온 낮은 목소리에 창밖으로 놓인 시선

을 돌렸다.

"역시 예쁘네요."

그러자 웃는 입술.

"옆에 앉아도 될까요?"

"……도현아."

도현은 들고 있던 휴대폰을 내렸다. 그와 동시에 세아의 휴대폰도 통화가 끝이 났다. 한적한 모습으로 흔들리는 버스 안, 도현이 세아의 옆에 큰 몸집을 붙이고 앉았다.

"딴 데 정신 팔고 있느라 나 탄지도 모르고."

"네가 창밖을 보라고 했잖아. 어떻게 나 여기 있는지 알고 탔어?"

"경찰서 가니까 너 없고, 네가 걸어온 길 밟다 보니까 정류장에 신이현 혼자 있고."

"……."

"버스 번호 보았으니까 가는 노선은 정류장에 표 보면 나오잖아. 그래서 이동했지. 네가 타고 있는 버스보다 먼저 앞서 가게."

역시…… 너는 다 알고 있었구나. '이동'이 초능력을 말한 건 줄 몰랐다.

"너, 감시는."

"자유 시간 얻었어."

"……."

"얼굴."

시선을 내린 도현이 세아의 발목에 채워진 발찌를 보고 작게 인상을 구겼다. 어깨가 부딪치자 세아가 작게 앓는 소리를 냈다. 투시로 얇은 유니폼을 빤히 보니 내일 아침이면 멍이 될 만한 부위가 여러 군데 보였다.

"얼마나 맞았어."

나지막이 묻자 세아가 옅게 미소 지었다. 화가 났다.

"왜 웃어, 웃음이 나?"

속이 끓는 도현의 마음도 모른 채 세아가 손을 조심스럽게 잡았다.

"이런 건 하나도 안 아파."

"……."

"네 얼굴 보니까 다 나았어. 신기하지?"

도현은 입술을 꾹 짓눌렀다. 하고 싶은 말이 너무나도 많았는데 세아의 저 한마디에 모든 게 백지가 되었다.

"……하나도 안 신기해."

"그때 말했는데 까먹었어? 네가 내 비타민이라고."

"……."

"이렇게 손잡고 있으니까 하나도 생각 안 난다."

마음 같아선 설예리를 잡아다가 똑같이 만들어 주고 싶었다. 아니, 그 이상의 분노였다. 그때 세아를 카피해 나타났을 때 살려서 보냈으면 안 되었단 후회가 밀려오는 것도 모르고 세아는 도현의 어깨에 얼굴을 기대었다. 그래서 도현은 꾹꾹 제 거친 성미를 억눌렀다. 살기로 칠갑된 감정이 날뛰어 세아가 기댄 곳이 떨리면 안 되니까.

"나 아무리 망가져도 너만 있으면 다 돼."

고통도 공유하고 싶단 도현에게 함께 있으면 치유된다고 말했던 세아다. 도현은 애써 입술을 누르며 세아의 머리에 기대었다.

"그럼 계속 붙어 있어. 아픈 거 싫어."

그 말에 세아는 살며시 웃음을 터트렸다. 스르륵 눈을 감고 까무룩 잠이 들었다. 어렸을 때, 학교에 가기 위해 늘 올랐던 버스에서 도현의 한쪽 어깨는 아침잠이 많은 세아의 차지였다. 침을 흘리기도 했고, 머리도 이리저리 움직이곤 했는데 그때마다 이마를 받히고 침 닦아 주고 깜짝 놀라 깨지 않도록 도착하기 두 정거장 전에 귓가로 작게 속삭여 주었다. 일어나자, 누나.

"……더 자도 되는데."

그 어린 목소리가 마치 귓가에 들린 것만 같아 눈을 뜨니 바로 눈앞에 얼굴이 있었다.

"아직 안 깨웠잖아."

가까운 거리에서 시선이 엉켰고 도현이 먼저 입을 맞췄다. 보드랍게 맞물리는 숨결, 멀어지면서 속삭인다.

"내리자, 이제."

도현과 손을 잡고 내린 곳은 어딘지도 모를 낯선 곳이었다. 서울 외곽으로 향하는 버스였는지 주변엔 작은 건물들이 있었고, 그마저도 늦은 시간에 모두 문을 닫아 어두컴컴했다. 딱 하나, 밝은 빛을 내며 서 있는 건 편의점이었다.

　들어가서 맥주와 허기를 채울 과자도 샀다. 커다란 봉투를 들고 나온 도현이 세아를 데리고 으슥한 골목으로 향했다. 눈에 띄지 않을 곳으로 가 도현은 세아의 허리를 단단히 팔로 감았다. 어디론가 갈 것만 같았다. 세아는 두 팔을 뻗어 도현의 목에 둘렀다. 떨어지지 않겠다는 듯이.

　"……."

　날카로운 섬광이 스친 뒤 눈앞에 펼쳐진 건 높은 언덕이었다. 동네 전경이 한눈에 보일 정도로 높고 인적조차 없는. 사람의 발길조차 쉽게 닿지 않았는지 발밑에 쓸리는 수풀들이 거칠었다.

　"이리 와 앉아."

　도현이 먼저 자리를 잡고 넓게 벌린 다리 사이로 세아가 들어갔다. 도현은 편하게 기대라며 제 가슴을 넓게 폈다. 세상에서 제일 안락한 의자에 기대듯이 세아는 그곳에 몸을 바스락거리며 들어갔다. 나란히 캔을 따고 건배도 했다. 한 모금 마시자 청량한 바람이 불어왔다.

　"노래 들을래?"

　"응."

핸드폰을 쥔 세아가 만지작거렸다. 세아의 손에서 재생된 노래가 고요한 산속에 울려 퍼졌다. 곡 초반에 흘러나오는 가녀린 여자의 목소리가 도현의 귓가를 건드렸다.

당신의 잠든 모습을 보아도 꿈속인지 착각이 들어요.

한 모금 마신 술을 바닥으로 내려놓았다.

"누난 좋아하는 음악이 뭐야?"

"어?"

"예전엔 주로 가요 들었잖아."

아니, 꿈이겠죠. 내가 본 당신은 너무 오래전이라.

"요즘은 왜 이런 거 들어?"

내가 지금 환상을 보고 있는 거겠죠.

가사가 마음에 걸려 도현이 물었다. 보통은 노래를 들을 때 자신의 심리를 대변할 수 있는 가사로 위안을 받는다 들었다. 세아는 잠시 저조차 생각해 보지 않았던 부분을 되짚어 보았다. 십 년이나 지났으니 취향이 달라진 게 당연했지만 이상하게도 세아가 휴대폰에 넣어 두고 다니는 노래는 지금과 같이 음울한 멜로디와 슬픈 가사가 담긴 노래가 대부분이었다.

"취미가 뭐야?"

세아는 목이 메었다. 돌아온 뒤 그 어떤 것도 묻지 않겠다고 말했던 도현이 처음으로 한 개인적인 질문이다.

"어?"

당황스러웠다. 세아는 도르륵 눈동자를 굴리며 머뭇거렸다.

"나……."

취미, 즐겨하고 하게 되면 또 좋은 일들.

"……취미가 없어."

애석하게도 십 년 사이 그 어떤 기억을 헤집어 봐도 개인적으로 무언가를 해 본 적 없었다. 카시스에 들어가서 받은 훈련은 살기 위한 몸부림이었고 사회의 악이라 불리는 벡터들만 골라 총구를 들이댈 때에도 무사히 빠져나갈 생각뿐이었다. 세아는 술을 마시며 마른 목을 축였다. 그러곤 작게 웃음을 터트렸다.

"너, 내가 아홉 살 때 꿈이 수의사 돼서 아픈 동물들 살리는 거였던 거 알지?"

"응."

"그때 우리 집에서 키우던 강아지 코코 있잖아. 다 늙어 죽어 가는 모습 보면서 너한테 말은 안 했지만 그때 걔 살릴 수만 있다면 뭐든 하고 싶었어. 제로는 그런 일 못한다는 거 나중에야 알았지만."

"……."

"사람은 누구나 태어나면 죽잖아."

그러니까 가끔은 솔직하게.

"근데…… 그걸 내 손으로 할 때, 가끔 힘들기도 해."

내 지난 십 년을 전부 털어놓을 수 있는 상대가 있었으면 한다.

"그래서 수면제 먹었어?"

"예전엔 자주."

애처로이 흐르는 노래.

"지금은 거의……."

꿈속이라도 당신은 날 위한 말을 해 줄 건가요?

"안 먹어."

말하고 나서도 죄책감이 밀려와 세아는 조급해졌다.

"너 내가 무슨 짓을 해도 이해한다고 했잖아."

두려웠다, 무서웠다.

"그거…… 지금도 여전해?"

이렇게 살아온 자신의 모습이 도현에게 어떻게 비칠지, 항상 그게 마음에 가시처럼 걸려 아팠다. 세아를 바라보는 도현의 눈빛이 까만 밤하늘처럼 어두워졌다. 십 년 사이, 오직 자신이 고통스럽게 보낸 날들만 생각해 보이지 않던 세아의 지난 시간이 이제야 가슴에 들어왔다.

"도현아, 너 그때 십 년 동안 미국에 끌려가서 어떻게 살았는지 나한테 말했었지."

나중에 알게 된 사실이지만 그때 화재 사건으로 그의 부모가 죽었을 때 가해자는 아무런 처벌조차 없었다고 들었다. 온 아파트가 불타고 죽은 제로가 몇십 명이 넘는데도. 그런 세상에 윤세아는 혼자 버려져…….

"근데 난 말도 못 했어."

십 년을 지냈어. 머리 위로 거대한 무언가가 떨어진 듯한 기분이 밀려왔다. 도현은 처음으로 자신의 감정이 아닌 세아를 생각해 본다. 내 사랑이, 내 누나가 그동안 어떤 일을 겪으며 살아왔을지.

"왜냐면 자기 입으로 사랑하는 사람에게 그런 일을 하고 있단 걸 말하고 싶은 여잔……."

오해로 새까맣게 타 버린 건 도현뿐만이 아니었다. 세아도.

"없고."

도현이 죽은 줄로만 알았던 세아 역시 열여섯 살 어린 나이에 부모를 잃고 사랑을 잃었다. 제로는 노동력을 메울 일개미 같은 존재로만 다뤄지는 사회에서 그 끔찍한 사건을 슬퍼한 사람은 오직 세아 혼자였을 것이다.

"비밀이라기보단 그냥 내가 살다 보니까 너무 변해서."

세뇌와 멸시로 한평생을 살아왔던 제로들은 어쩔 수 없는 일이라며 무기력하게 넘겼을 테고, 벡터 역시 다른 세계의 일인 것처럼 치부했을 거다.

"그걸 내 입으로 직접 너한테 말하면."

그래서 그런 세아가 선택한 게.

"네가…… 날 무서워할까 봐."

슬픔으로 내몰려진 세아가 선택한 게…… 그런 일이었을까. 불을 지른 범인이 벡터라는 이유만으로 너그럽게 선처

받고 멀쩡하게 살아가는 그 부조리함을 보면서 문제는 불을 지른 벡터가 아니라 그걸 용서하고 묵인하는 사회였음을.

"미안해. 나 처음에 변해 버린 너 보고 무서웠는데, 반대로 네가 내 실체를 알면 똑같은 기분 느낄 거 같단 생각을 하니까."

너는 그 어린 나이에 알게 된 걸까.

"비겁하게 말도 못했어. 정말 못됐지······."

도현은 미세하게 흔들리고 있는 세아를 뒤에서 끌어안았다. 세아의 머리에 제 얼굴을 기대었다. 눈을 감고 떨리는 숨을 뱉었다.

"아니, 하나도. 이렇게나 사랑스러운데."

어떡하지, 윤세아.

"네가 뭘 하든 하나도 안 무섭고 하나도 안 미워."

이젠 너의 내면까지 가지고 싶어졌어.

"내가 더 못되질 테니까 그런 생각하지 마."

"······."

네가 추악하다 생각한 것들 모두 가릴 수 있을 정도의 크기로.

모두가 잠든 듯 세상이 고요한 가운데 일렁이는 두 사람의 눈동자만 살아 있다. 도현은 한동안 그녀의 머리에 기대 속삭였다. 많이 힘들었지, 고생했어. 혼자였는데도 살아남고 버텨 줘서 고마워. 이제 내가 보답할 차례야.

"네게 어울리는 세상을 만들어 줄게."

결심한 듯 내뱉는 목소리가 나직했다. 세상. 서진이 한 말이 떠올라 세아가 먼저 몸을 돌렸다.

─하도현 옆에서 그에게 어울리는 여자가 돼.

도현을 바라보았다. 걔가 바꾸려는 세상이 우리와 같으니까…….

"……어디에 있든 너 있는 곳에 다가가고 싶어서 바람이 됐어."

뺨을 타고 흘러내린 눈물길을 거둬 내는 건 커다란 손이 아닌 잔잔히 불어오는 바람이다.

"너에게 가기 위해 나를 다 태웠어야만 했고."

바람결에 더운 온기가 스며 있었다.

"염력 때문에 처음 릭시가 되었지만 그 덕분에 이제 내가 못할 건 없어."

"……."

"비록 가짜였지만 네 뒤를 쫓다가 투시도 생겼고 너에게 닿고 싶단 생각만 하다 보니 어느새 순간이동도 할 수 있게 됐어."

머리카락 사이사이로 도현의 목소리가 스며든다.

"영원히 너와 단둘이 있고 싶단 생각을 하니."

그와 동시에 멎는 숨결, 더는 불어오지 않는 바람.

"이젠 나만의 방도 만들 수도 있게 됐어."

적막함에 천천히 눈동자를 굴린 세아가 손을 허공으로 뻗었지만 투명한 무언가에 막혔다.

　"내 감옥에 철창은 없어."

　큐브. 도현이 세아의 어깨 위로 얼굴을 묻었다.

　"잠시만 이대로 있자."

　유니벌이 아니라 초능력이 여섯 개…….

　"오늘만 이러고 있자."

　……너를 대체 뭐라고 불러야 하지.

　"이른 아침부터 부르다니, 같이 식사하려고 부른 거예요?"

　"나도 피곤하니까 앉기나 해."

　이현은 입가에 대고 있던 잔을 내려놓았다. 주변 테이블에선 조식이 자유롭게 이뤄지고 있었지만 의자를 빼 앉은 예리나 이현은 나이프를 움직이며 입에 뭘 넣을 기분이 아니었다.

　"어제 어떻게 된 일이에요."

　"뭘?"

　"윤세아요. 제 얼굴을 때린 여자라고요."

"앉자마자 한단 소리 하고는. 어제 그 얘긴 전부 끝난 거 아닌가?"

"일방적으로 당신이 윤세아 빼낸 거잖아요. 제가 처벌해야 할 일이었어요."

"처벌?"

설핏 올라간 입꼬리가 매섭다.

"그럼 나도 여기서 넘어져 볼까? 네가 밀쳤다고 하면 이제 네 목숨은 내 소관인데, 확실히 재미있긴 하겠네. 지금이라도 해 볼까?"

"……."

"거기 내 가게야. CCTV가 몇 대인 줄은 알고 나서 말을 해야지."

이래서 이현과 단둘이 만나는 자리는 늘 어려웠다. 제가 무슨 말을 하든 맥스이기에 복종해야 하는 입장이다. 뚫어지게 바라보는 눈조차 마주치지 못하고 예리가 먼저 시선을 내렸다.

"이 얘기, 더 하는 게 좋겠어?"

"아니요."

예리는 그의 앞에서 철저히 아랫사람이었다. 때마침 다가온 웨이터에게 이현과 같은 커피를 주문한 예리는 차가운 물로 목을 식혔다.

"……어제 인터넷에 뜬 사진들 봤어요. 윤세아랑 함께

있는 거."

"잘 나왔지? 전부 소장하려고 했는데 어제 보다가 지쳤
어. 잔소리도 들었고."

껄끄러운 듯 이현이 제 오른쪽 귀를 손으로 한 번 쓸었
다. 덤덤한 모습을 보니 잔소리라고 했던 것도 실상 그렇
게 과하지 않았나 보다. 하긴, 유니벌인 남자에게 어느 누
가 뭐라고 할 수 있을까.

"제로잖아요. 회장님께서 걱정하실 만하죠."

"네게 걱정받을 정도는 아니니까 위로해 줄 필요 없고."

"……."

예리가 설핏 인상을 찡그렸다. 대체 이 말, 저 말 다 막
을 거 왜 이 자리에 부른 건지.

"파혼할까?"

예리는 놀란 기색 하나 없이 꼿꼿한 자세를 유지했다. 웨
이터가 다가와 뜨거운 김이 올라오는 잔을 앞에 내려놓았
다. 드라마에서 이런 장면이 나온다면 여자 쪽이 잔을 들
고 남자에게 쏟아붓기라도 하는데, 그렇게 한다면 예리는
정말 제 목숨이 아깝지 않은 일을 저지르는 것이나 마찬가
지였다. 붓는 대신 제 입술로 커피를 가져가 한 모금 마셨
다. 향이 진했다.

"아버님과 얘긴 끝난 건가요?"

"얘기? 그걸 왜 해야 하지. 내 선에서 알아서 정리하면

그만인데."

"……."

"우리 약혼이 회사 이익을 생각해서 한 계약도 아니고 애초에 내 약혼녀가 된 것도 초능력 티어 때문인 걸 네가 더 잘 알 텐데. 맥스 중에서 네가 가장 유별난 초능력을 가지고 있으니까."

유별나다니. 다른 이들에게 특별하다 대접받던 예리의 초능력이 한순간에 별난 동물이라도 되는 것처럼 느껴졌다. 어차피 도현이 나타난 이상, 예리 역시 약혼을 지속할 이유는 없었고 먼저 이현이 그 선을 잘라 주니 고마울 정도였다. 그래도 궁금하긴 했다.

"이유를 물어봐도 될까요?"

"그건 네 손한테 물어봐. 제일 잘 알 거 같은데."

"설마 윤세아 하나 때렸다고 이러는 거예요?"

"그 하나가 지금 나한테 얼마나 중요한 건지 알았어야지."

이현은 테이블 위에 놓인 티슈를 집어 들고 펼쳤다.

"내가 얼굴 건드리는 거 싫어하잖아. 네가 그 여자 건드리니까 꼭 날 때린 기분이라서."

끄트머리를 잡고서 무언가를 접기 시작한다.

"그래서 파혼하는 거야. 기분이 더러워서."

"그 여자 옆에 누가 붙어 있는지 잘 아실 텐데요."

"알아, 릭시."

"도현이라고 저와 같은 중학교를 나온 애죠."

"안다고. 최기석 파티 때 그 이름 듣고 달려 나간 게 너였잖아."

"그럼 제가 도현일 좋아해서 윤세아를 눈엣가시처럼 느낀단 것도 알겠네요."

"가시? 하긴, 걔가 꽃 같은 맛이 있지."

"네?"

"향도 좋아서 손대면 찔릴 것처럼 가시가 있긴 해, 걔가."

"무슨 말을 하는 거예요?"

"……잘 안 되네."

이현이 작게 인상을 구기며 제 손에 들린 티슈를 바라보았다. 예리가 아래로 시선을 던졌다. 얼핏 모양을 보니 꽃을 만드는 중이었나 보다.

"그래서 어쩌자고."

"나와 손잡을래요?"

"무슨 손. 윤세아 때린 손?"

"장난하지 말고요."

"진심으로 하는 소린데. 내가 너와 손을 잡으면, 내가 꼭 그러라고 시킨 것 같잖아."

"어차피 우리 목적은 같잖아요? 전 예전부터 도현이 좋아했고, 그래서 윤세아랑 떼어 내려고 별짓을 다 했는데 지금까지도 붙어 있는 걸 보면 속이 뒤집혀요."

"……."

"당신도 그렇잖아요. 윤세아한테 관심 있으니까 도현이가 거추장스럽고 누가 치워 줬으면 하지 않나요?"

"……치워 달라고 하면 해 줄 수나 있어?"

"내 초능력 유별나다고 한 건 당신이잖아요? 카피, 면죄, 패스보다 유용한 초능력이 내게 하나 더 있는 거 잘 알잖아요."

"그렇지. 넌 별로여도 그건 탐나거든. 그래서 약혼을……."

했던 건데. 이현은 인상을 구긴 채 웃었다.

"근데 이제 내 거 아니어서 어떡하지."

"……무슨."

"약혼도 깨진 마당에 너와 손잡으면 탐나는 그 초능력이 내 소유가 되느냐 이거야. 난 너와 달리 뒤에서 작당질하는 것보다 빼앗는 걸 즐기는 데다가……."

예리는 마른침을 삼켰다.

"가지지 못한다면 망가뜨리자는 주의라서. 아무도 손 못 대게."

강렬한 눈동자가 내뿜는 살기 때문에 피부가 저릿했다.

"내 약혼녀가 아닌 이상 넌 그저 내가 가지고 싶어 하는 초능력을 보유한 벡터 중 하나일 뿐이야. 그러니까 눈에 띄지 말고 살아. 내가 못 가진 걸 보는 기분은 좀 별로라서."

들고 있던 티슈를 구겨 테이블 위로 던진 이현이 자리에서 일어났다.

"그래도 만약 하도현과 잘된다면 축의금 정도는 전 약혼자였던 상대로서 잘 넣어 줄 테니 힘써 봐."

돈 좋잖아. 돈이면 안 될 것도 없고……. 이현은 그 말을 흘리며 공간을 떠났다. 차를 타러 걸어나가는 길에도 마치 약속에 늦은 사람처럼 시간 체크하는 걸 잊지 않는다.

"늦으면 안 되는데."

미간에 그어진 주름이 발길을 더 재촉하게 만든다. 이현은 처음으로 바쁘단 생각을 했다.

"백설이 안녕."

이 얼굴 보려고 얼마나 급히 왔는지. 한창 바쁠 시간을 피해선지 가게 내부는 한산했고 덕분에 이현은 제 목적이 있는 곳으로 여유롭게 설 수 있었다. 꽉 막힌 도로 사정 때문에 짜증을 느꼈던 게 치켜 올라가는 눈초리를 보니 기억나지 않을 정도다.

"얼굴이 볼만해졌네."

턱을 잡아들자 세아가 재빨리 고개를 뒤로 뺐다. 이젠 거부당해도 모멸감은 느껴지지 않는다. 신기한 학습이다. 저를 싫어하는 여자를 진심으로 걱정하게 되는 건.

"얼음찜질 했어?"

"아뇨."

"그럼?"

"……도현이가."

치료 계열 벡터를 불러서 낫게 했다는 건가. 이현은 미약하게 웃었다.

"그랬어?"

다행이면서 한편으론 아쉬웠다. 원래 다음 날이 더 붓는다니까 만두 같을 줄 알았는데. 빵빵한 뺨으로 서 있었으면 시선으로 조금 즐기다가 그 얼음찜질이라는 듣도 보도 못한 노릇도 옆에 앉혀다가 해 줄 생각이었다. '정말 이런다고 나아?' 물으면서 차가운 기운을 내뿜는 제 손을 뺨에 대어 주려고 했었다. 아쉬운 만큼 예쁜 얼굴이나 원 없이 보잔 심정으로 이현이 카운터 가까이 몸을 기대었다.

"오늘은 뭘 마실까."

"……."

"기분은 어때?"

"그냥 그래요."

"왜, 걔가 오늘 릭시가 돼서?"

"……."

"그럼 아메리카노. 같이 속 쓰려야지."

이현이 웃으며 몸을 돌렸다. 무심결에 던진 돌에 개구리가 맞아 죽듯이, 릭시란 단어에 세아의 얼굴은 창백해졌다.

"……."

불현듯 어제를 떠올리니 자연스레 세아는 머리부터 아팠다. 초능력 여섯 개라니, 그런 존재는 지금껏 등장한 적 없다. 유니벌보다 위에 서 있는 게 바로 도현이다. 중오가 보물단지처럼 다뤘던 이유가 단순히 릭시라서가 아니라 보유 개수 때문이라는 걸 안 후부터 세아는 상념에 젖어 있었다.

도현이 바꾸겠다고 말한 세상, 카시스 전체가 매달렸던 일이다. 말뿐만이 아니라 정말 움직일 힘을 도현은 가지고 있었고 세아의 말이라면 뭐든 듣고 따를 남자였다. 도현에게 어울리는 여자가 되라고 한 서진의 말은 명백히 임무였다. 제로인 여자가 레벨 이름조차 정해지지 않을 정도로 전무후무한 릭시의 옆에서 버티려면 꽤 많은 난관과 위험이 도사릴 테니까.

"커피 나왔습니다."

"뜨거운 거? 여름에 더워 죽으라고."

"……아, 죄송해요. 얼음 넣어드릴게요."

도현을 생각하느라 정신없던 세아가 실수로 만들어온 커피를 도로 가져가려 하자 이현이 손목을 잡았다.

"앉아. 혀 데면 되니까."

잡아당기자 세아의 허리가 숙여졌다. 긴 다리가 밀어낸 맞은편 의자를 본 세아가 한숨과 함께 앉았다. 시선을 든 세아는 뜨거운 김이 피어오르는 잔을 빤히 보았다.

"표정 하고는. 설마 내가 정말 데겠어?"

이현이 웃으며 잔을 들자 표면에 절대 맺힐 수 없는 서리가 생긴다. 물의 온도까지 조절하는 걸로 봐선 숙련도가 최상급이라는 건데, 이런 남자와 도현이 부딪친다니 세아의 뇌는 이미 과부화 상태였다.

"근데 웬일로 네가 앉으란다고 앉았을까."

그제야 세아의 얼굴 위로 주저하는 기색이 번졌다. 오늘 새벽, 집으로 데려다준 도현이 한 말을 떠올린 세아는 결심한 듯 입술을 조금씩 움직였다.

"오늘 도현이 릭시인 거 발표하는 자리, 참석하세요?"

"어."

"……."

"김중오가 부탁도 했고 아버지 대신 참석해야 돼서 얼굴 도장 찍으러 가긴 가는데, 도장이라면 이미 제대로……."

차가워진 커피를 한 모금 마신 이현이 눈썹을 구겼다. 뺨을 쓸고 지나갔던 꺼림칙한 기분이 밀려와 도로 잔을 내렸다.

"그건 왜?"

"……저도 가는데."

누나, 내일 저녁까진 아마 내 얼굴 못 볼 거야. 위치랑 시간은 전화로 알려 줄 테니까 늦지 말고 내 이름 대고 들어와.

"같이 갈래요?"

신이현이랑 같이. 걔랑 있으면 적어도 오는 길은 안전하니까.

"같이?"

"……."

"내 파트너로?"

떨떠름하지만 도현의 부탁이기에 고개를 한 번 끄덕였다. 이현의 표정이 알싸해졌다.

"도현이가 와 달라고 했는데, 제가 그런 자리 가 본 적도 없고."

"……."

"전 세계 유니벌이 다 모인다고 들었어요. 레벨 높은 벡터들이 대거 참석하는 격식 있는 자리에 제로가 간다는 게 말도 안 되지만 그런 이유로 도현이가 부른 곳에 참석 안 하는 건 싫어요. 가긴 할 텐데, 적어도 그 사람들 눈에 거슬리진 않게……."

"왜 그런 걱정을 하지?"

이현이 이해할 수 없단 얼굴을 했다.

"내 파트너로, 신이현 이름 세 글자 붙이고 가는 건데."

세아가 지금 걱정하는 것들 모두 없애 줄 수 있다.

"오늘은 제일 굽 높은 구두 신길 거야. 내 팔 안 잡고는 못 걸을 정도로. 그래도 상관없어?"

"그게 격식에 맞는다면."

이현은 더는 들을 것도 없다는 듯이 자리에서 일어났다.

"움직이자."

"무슨, 파티는 저녁 7시……."

"지금부터 준비해야지. 오늘만큼은 내 파트너로 수준 맞춰."

세아가 직접 동행한다고 말했는데, 이런 식으로 앉아 한 가롭게 떠들고 있을 시간이 없다.

"머리부터 발끝까지 바꿀 거야. 나와 무척이나 잘 어울리도록."

이현이 먼저 움직이자 머지않아 세아가 따라오는 게 느껴졌다. 제 뒤를 쫓는 발소리를 들으며 이현은 미소 지었다. 매일매일 오늘만 같았으면.

"어떠십니까?"

"지루한데."

종이를 읽으며 건조하게 말하는 도현을 향해 중오는 미

소 지었다. 지금은 호텔 소파에 앉아 있지만 여섯 시간 뒤엔 거대한 회장에서 새로운 존재로 이름을 알리게 될 남자다. 그 생각만 하면 마음이 벅차올라 중오는 아침부터 시종일관 웃는 얼굴로 도현을 대했다.

"팔찌는?"

"등록도 마치고, 회장에서 바로 차실 수 있게끔 준비되어 있습니다."

"……."

"다들 어떤 표정을 할지 벌써부터 두근거리는군요."

도현은 묵묵히 마지막 장을 읽어 내려갔다. 외울 기세로 꼭꼭 씹어서 보는 듯 시선이 여러 번 오갔다.

"연설문이 꽤 기니 그냥 보고 읽으셔도 됩니다."

"이거 하나 못 외우면 내 꼴이 우스울 거 같은데."

"감히 어느 누가 도현 님을 그렇게 보겠습니까?"

"……."

중오는 인자한 미소를 지었다.

"4시부터 준비를 시작할 예정입니다. 이 날을 위해 벼르고 있던 옷이 수십 벌이라, 고르는 데에도 시간이 꽤 걸릴 듯합니다."

"아무거나 입으면 되는 거 가지고."

"아니요, 오늘은 뭐든 최고로 갖춰 입으셔야 합니다."

중오가 또 한 번 웃음을 감추지 못했다.

"정상頂上이 되는 날이니까요."

도현은 시큰둥했다. 조금씩 문장을 읽어 내려가던 눈동자가 종이를 반으로 접으며 떼어졌다. 던지듯이 탁자 위로 내려놓은 도현이 자리에서 일어났다.

"나가, 씻게."

욕실로 걸음을 옮기는 도현을 보고 중오도 몸을 돌렸다. 유니벌을 포함해 각 나라의 대통령에게 초대장을 보내고 각종 언론사를 소집하는 데 하루는 턱없이 부족한 시간이었지만 그걸 가능하게끔 만드는 게 중오의 영향력이다.

기존에 없던 릭시를 발표하는 현장을 직접 관람할 수 있다는 걸 영광스럽게 여기는 자들이 대부분이었고, 대통령은 그 장소로 청와대를 내줄 정도로 협조적이었다. 벌써부터 중오가 직접 관리자로 나선 도현을 모두가 가까이에서 보고 싶어 했다.

"윤세아는 어디 있지."

"신이현 님과 함께 움직이고 있습니다."

"기어코 올 생각이군."

지금 이 순간에도 중오가 신경 써야 할 일은 산더미 같았지만 그중에서 가장 걸리적거리는 건 바로 세아였다. 이현과 움직인다니 함부로 건드릴 수도 없고. 중오는 굳게 다물었던 입술 끝을 올리며 웃었다.

"뭐, 상관없지. 오늘만은 봐주자고."

팔찌를 찰 때까지만. 어차피 곧 떨어져 나갈 제로다.

"얼마나 더 있어야 하나요?"

"……."

힐끗 세아를 내려다본 실장이 다시금 메이크업에 집중했다. 제로를 상대로 일하는 것도 수치스러운데 이건 또 왜 말을 거냐는 식이다. 참으로 읽기 쉬운 표정이라 세아는 더 묻지 않았다. 짜증은 나지만 결과물이 좋아야 하니 아마 심란할 거다. 하지만 그건 그녀의 사정이고, 다른 누군가에게 얼굴을 맡겨 본 적 없던 세아는 몸이 슬슬 근지러웠다. 이현이 데려온 숍은 제로는 출입할 수 없는 곳이었지만 어제 사진의 여파 때문인지 경악하는 이는 없었다. 단지 저들끼리 시선을 주고받으며 수군거릴 뿐이다. 요즘 이현 님이 데리고 다닌다던…….

그 사실을 입증이라도 하듯 이현은 지루함도 참으며 바깥에서 세아가 나오길 기다리는 중이었다. 보통 사이가 아니라 짐작하며 직원들은 불똥이 튀지 않게 세아를 꾸미기에 전념했다.

'제로 티 안 나게.'

그럴 수밖에. 이현의 요구 사항이 바로 그것이었다. 살면서 처음 받아 본 요구이자 동시에 반드시 해내야 한다는 사명감이 부여됐다. 그럴수록 세아는 거울에 비친 제 모습이 낯설어 미칠 지경이었다.

가면을 쓴다는 기분이 이렇구나 느끼며 세아는 마지막 점검을 하는 실장을 보고선 살짝 긴장했다. 마치 나노 단위로 평가받는 기분이다. 색을 입히는 초능력을 가진 그녀는 열과 성을 다하고선 고개를 한 번 끄덕였다.

"얼마나 기다려야 돼."

"이제 나오세요."

이현은 따분함에 소파에 기대고 있던 머리를 떼어 냈다.

"시간은 시간대로 잡아먹었으니 결과가 좋아야 할……."

이제 막 로비로 나온 세아를 보며 이현의 눈썹이 살며시 구겨졌다. 눈을 깜빡일 때마다 느껴지는 무게는 꼼꼼하게 붙인 속눈썹과 각종 마스카라로 한 올 한 올 올린 정성 때문이다. 입술 위로 덧바른 립 제품 종류만 해도 여러 개. 안 그래도 새하얀 피부에 색조로 생기까지 부여하니 세아는 그야말로…….

"……동화책을 찢고 나왔어?"

"무슨 소릴 하는 거예요."

세아가 이현의 앞으로 와 쭈뼛거리자 그 뒤를 따라 나온 실장이 두 손을 모은 채 이현을 바라보았다.

"어떠신지……."

"적당히 해야지."

목소리가 꽤 살벌했다. 실장은 놀라 어깨를 딱딱하게 굳혔다.

"파티 데려간다는 말 안 했어?"

"해, 했습니다."

"근데 이렇게 하면 내가 데려갈 마음이 나겠어?"

"죄송합……."

"숨기고 싶잖아."

백 번 잘못했다며 고개를 숙였던 실장이 멈칫했다.

"나만 보게."

나른하게 한숨을 내쉰 이현이 저를 향해 난해한 표정을 짓는 세아를 뚫어지게 보았다.

"널 어쩌면 좋지."

걱정을 적당히 시켜야지, 이젠 하다못해 얼굴로 백설이가 나를 죽이려고…….

"가지 말까? 이러고 나랑 데이트할래?"

"이상한 말 하지 말고. 빨리 움직이자면서요."

고양이 같은 눈매가 이현을 할퀴고 지나갔다. 이현은 아쉬운 듯 말했다.

"그래야지."

"다음 차례는 또 뭔데요?"

"뭐겠어? 옷 입어야지."

"안 그래도 오늘 아침에 고스란히 다 받았어요, 그때 산 거. 구두도 현관 터질 정도로 있고."

"그건 그거고. 파티에 어울리는 건 따로 있지."

이왕 도를 넘을 정도로 아름다운 모습이 된 거, 조금 더 기고만장하기로 했다. 그 태도가 반가울 리 없는 세아는 이현의 차에 올라타며 인상을 찌푸린 채였다.

"구두 먼저 고를래, 아니면 드레스 먼저 할래."

"이래서 이른 시간부터 나온 거였어요?"

"시간이 더 걸릴 거 같은데. 네가 이렇게 예쁘니까 뭘 입혀야 할지 벌써부터 머리 아파."

"눈에 띄고 싶은 생각 없으니까 적당히 해요."

"어차피 어제 정류장에서 얼굴 알렸잖아. 내 수준에 맞춰. 너도 그럴 생각으로 나한테 같이 가자고 말한 거 아니야?"

"……어떻게 입고 가야 할지 몰라서 그랬던 거예요."

"그래서 내가 친절히 알려 주잖아."

"어떻게 이게 친절이에요?"

"왜 화를 내?"

"지금 당신한테 '적당히'가 안 보이잖아요!"

"당신?"

시동을 건 이현이 웃으며 세아를 바라보았다.

"여보."

세아의 심장이 아래로 떨어졌다.

"난 적당히를 몰라."

고개를 돌린 이현이 핸들을 잡으며 차를 움직였다. 방지턱을 넘은 차가 덜컹이자 그제야 정신이 돌아온 세아가 헛숨을 토하며 말했다.

"이상한 소리 하지 말고 아무거나 입어요, 제발. 당……아니, 네 입으로 그랬잖아. 보여 주기 싫다면서."

"생각이 바뀌었어. 거기 가면 각국에서 온 취재진들 때문에 카메라가 수백 대는 될 거거든. 이 기회에 네 얼굴 전세계에 퍼트리는 것도 나쁘지 않을 거 같고."

세아는 입술을 짓눌렀다. 역시 도현의 말을 듣는 게 아니었다. 이런 남자와 동행이라니.

"제대로 각인시키는 거지. 내 여자라고."

어떻게 이런 끔찍한 생각을 하는 거지. 그런 세아의 속마음을 아는지 모르는지 이현은 여유롭게 입꼬리를 올렸다.

"그리고 또……."

도로에 들어서자 액셀을 밟아 속도를 높인다.

"네가 지금 여기서 얼마나 더 내 눈을 돌게 만들 수 있는지도 궁금해졌고."

드레스 입은 세아를 어서 보고 싶은 이현의 마음처럼 거친 배기음을 토해 낸 자동차가 도로 위를 빠르게 내달렸다.

이현에게 끌려온 멀티숍은 맥스 이상의 고객만 모시는 콧대 놓은 곳답게 온갖 명품을 한 건물 안에 구축해 놓은 편리함이 돋보였다.

"먼저 구두부터. 제일 높은 거 가져와."

"네, 알겠습니다."

"잠깐만, 여기……."

그동안 세아가 다녔던 곳 전부 고급 매장이지만 지금 이 곳이 단연 최고라 말할 수 있었다.

"왜, 불편해?"

"그걸 말이라고."

"누가 널 불편하게 했는데?"

이현은 직원들의 태도에 세아가 거북스러움을 느꼈을 거라 생각했지만 그런 핑계조차 댈 수 없는 상황이다. 이런 곳에서 일하면 눈치도 빨라야 하는 법인지, 계산할 남자의 위치만 보고 판단을 마친 그녀들은 제로인 세아를 고객으로 치부했다.

"……."

그래서 더욱 거부감을 느꼈다. 이현을 등에 업고 그와 같은 대우를 받는 건 세아에게 그 이상의 의미를 부여했다. 같이 세트로 묶인단 기분, 마치 연인처럼. 이현이 세아의 어깨 위로 손을 올리니 직원들이 알아서 눈치껏 행동하는 게 여간 불편하지 않을 수 없다. 세아는 냉담하게 이현의 손을 치웠다.

"내게 손대지 마요."

"넘어질까 봐 미리 해 주는 건데."

"넘어져도 내 무릎 깨지는 거지, 그쪽이랑 상관없어요."

"속상하니 미리 방지하는 거잖아."

"당신이 대체 왜 속상한데요?"

이현이 난데없이 웃었다.

"오늘 왜 이렇게 내숭이지?"

세아는 날숨을 들이켰다.

"예쁘다고 넋 나간 게 몇 분 전인데. 다 알면서 뭘 묻고 그래, 간지럽게."

인상을 찡그리는 사이 직원 다섯 명이 새하얀 장갑을 낀 채 각자 구두를 들고 와 세아의 앞에 내려놓았다. 이현이 시선을 떨구며 물었다.

"몇 센티미터?"

"16㎝입니다."

"더 높은 건 없어?"

"네."

"더 화려한 걸로 신기고 싶은데. 이런 평범한 것들 말고."

"마침 하나 있긴 합니다만."

직원이 가게 안쪽으로 향하더니 머지않아 별빛처럼 빛나는 구두를 들고 왔다. 이현의 까다로운 고개가 단번에 움직였다.

"이거 괜찮네."

"난 이렇게 반짝이는 건 싫어."

"왜 싫은데. 다이아 싫어하는 여자도 있어?"

세아의 입술이 살며시 벌어졌다.

"……뭐?"

"이거 다 다이아야. 안쪽에서 들고 오는 거 보면 몰라?"

이 구두에 빼곡히 박힌 게 전부 다이아몬드라고? 세아가 질색하자 직원들이 일제히 신기하다는 듯이 바라보았다. 보석을 보고 환호성을 질러도 모자를 판에 벌레를 본 것만 같은 표정이라니. 이런 반응은 처음 보기 때문이다. 직원들을 향해 이현이 웃었다.

"이해해, 애가 아직 순진해서. 구두는 이걸로 하고 다음은 드레스를 보고 싶은데."

"이쪽으로 모시겠습니다."

"뭐해? 모시겠다잖아."

세아의 손을 잡고 걸음을 옮기자 뒤늦게 정신을 차린 세아가 물었다.

"대체 보석을 왜 구두에다가 박아?"

"넌 그럼 왜 내 눈에 박혀 빠지질 않아?"

이현의 물음에 세아는 할 말을 잃었다. 그런 세아를 바라보며 이현이 또박또박 말했다.

"환장하라고 박힌 거지. 아예 가 버리라고."

지금 무슨 말을……

"그러니 여기서 더 정신 나가게 해 봐, 백설아."

2층으로 올라선 이현이 세아를 직원들이 서 있는 곳으로 데려다 놓았다. 가죽 소파에 앉은 이현이 다리를 꼰 채 깍지 꼈다.

"기대하고 있을 테니까."

그와 동시에 직원들이 옷걸이에서 어울릴 법한 드레스를 가져와 세아를 데리고 커튼 안쪽으로 들어갔다. 커튼이 닫혔음에도 이현의 시선은 그곳에서 떠나지 않았다.

"마실 것을 준비해 드릴까요?"

"와인 있어?"

"네, 준비해 드리겠습니다."

이현은 고개를 끄덕거렸다. 여유롭게 기다리려고 했지만 벌써부터 눈이 욱신거리는 게, 얼마나 경이로운 장면을 보게 될지 기대가 된다.

"아니, 잠시만요! 이렇게 막 벗기시면……!"

오늘 초면인데, 처음 만난 여자의 몸에 이렇게 손대도 되는 걸까. 세아가 몸을 가렸지만 그녀의 집요한 손가락은 계속해서 단추를 풀어나갔다. 셔츠는 그렇다고 해도 속옷까지. 수치심에 얼굴이 붉어지는 세아와 달리 그녀들은 기계처럼 할 일만 속행할 뿐이었다.

어떤 옷을 입히려고 다 벗기나 싶었는데, 막상 드레스를 입어 보니 이해가 갔다. 공기에 노출된 몸이 오싹할 정도였다. 이건 살결을 보이기 위한 옷이었다. 등은 파여 있었고 길게 늘어진 드레스 자락은 천이 얇아 안이 비치진 않을까 걱정이 들 정도였다. 가슴 앞은 말할 것도 없다. 이건 절대로 못 입는단 얼굴을 하자 예고도 없이 커튼이 열렸다.

"……."

세아가 경직된 표정으로 돌아서 이현을 보았다. 이제 막 직원이 따라 준 와인을 마시려 입을 대었던 이현의 손목이 허공에서 움직이지 않았다. 한참 뒤에야 어이없단 듯이 올라가는 입꼬리.

"오늘 충격 여러 번 주네."

와인 같은 건 안중에도 없다는 듯 이현은 잔을 도로 탁자에 내려놓았다. 누드 톤의 이브닝드레스가 가슴을 감싸고 아래로 떨어지면서 허리는 비워 놔 잘록한 선이 돋보였다. 적나라하게 몸매를 드러냄과 동시에 색이 강하지 않아 화려한 얼굴을 살려 주는 옷이었다.

"여신이야?"

"무슨……."

"제대로 예뻐."

이현이 자리에서 일어나 천천히 걸어왔다. 감탄인지 경탄인지 분간할 수 없는 숨을 뱉어 낸다.

"지금껏 이런 여잔 본 적 없어."

세아 역시 이런 얼굴을 한 이현은 처음 본다. 지금 자신이 어떤 모습을 하고 있는지 알 수 없었지만 이현만 보고 평가를 내리자면 무척 잘 어울리는 게 분명했다. 그래 봤자 세아에겐 무리라고 느껴질 정도로 파인 옷이다.

"이게 어떻게 사람이 입는 옷이야. 바람 한 번 불면 날아가게 생겼잖아."

"안 날아가게 내가 잡으면 되지. 남은 옷은 어떤 거지?"

"보시는 바와 같이 네 벌입니다."

"별론데. 이걸로 하는 게 좋을 거 같아. 아까 그 구두도 돋보일 거 같고."

"가장 잘 어울릴 것 같은 옷을 먼저 입힌 거라, 저희가 보기에도 이 드레스가 괜찮을 거 같습니다."

"좋아, 서비스 마음에 들어."

이현이 손을 뻗어 허리선이 드러난 살 위를 건드렸다.

"만지지 마! 소름 돋는다고."

"느껴?"

"헛소린 하지 말……."

"난 느꼈는데."

이현이 제 다리를 밀착하자 세아가 저도 모르게 움찔 어깨를 떨었다. 이현이 한쪽 입꼬리를 올렸다.

"너도 마찬가지인 거 같네."

세아는 반박하려고 벌렸던 입을 도로 다물었다. 계속 말을 섞으면 더욱 휘말릴 것만 같았다. 애써 달라붙었던 감촉을 잊으려 표정을 굳히자 이현이 손을 깔끔히 떼어 냈다.

"화났어? 예뻐서 그랬다니까."

언제부터였는지 이현은 세아의 작은 표정 변화에도 민감하게 반응하는 남자가 되었다. 한 발 물러선 이현이 말했다.

"구두 신겨 봐."

직원이 들고 있던 구두를 내려놓고 발목을 잡아 올려 두자 세아의 발이 껄끄럽게 들어갔다. 계단 위로 올라선 기분은 여전했다. 매번 마주해도 적응되지 않을 높이.

"난 네가 구두 신고 나와 눈 맞춰 줄 때가 좋더라."

하지만 이현에겐 만족이 되는 선상이다. 아래로 퍼져 있던 드레스 끝자락이 이제야 바닥과 멀어진다. 먼저 걸음을 옮긴 이현이 선반에 진열되어 있는 스카프를 하나 집어 들었다. 소파로 가 세아에게 손짓한다. 넘어질 것만 같은 기분 때문인지 소파가 간절하긴 해 세아는 그곳으로 걸어갔다.

"……불러서 온 거 아니에요."

"존댓말을 다시 하는 거 보니까 기분이 차분해졌나."

"……."

"앉아."

세아가 못 이기는 척 이현과 조금 떨어진 거리에 앉았다. 뻣뻣하게 앞만 보고 있는 세아를 향해 웃으며 이현이 움직였다. 세아의 발목을 잡고 들어 올린 건 순식간이었다.

"뭐하는……!"

"얌전히."

세아는 졸지에 반쯤 기울어진 몸에 경악했다. 재빨리 올라가는 치마부터 막았다. 의도가 불순해 보일 법한 상황이었지만 이현의 시선은 오직 제 손에 잡힌 세아의 발목에 있었다.

"어차피 드레스 밑자락에 가려질 테지만 걸을 때 보일 수도 있어서."

조금 전 집어 들었던 스카프를 차근차근 접어 끈처럼 만든 뒤 발찌에 감는다. 지금 이걸 가려 주려고…….

"얼굴 차면 안 된다."

"……안 해요."

그저 매듭짓고 끝내면 될 일인데 이런 일은 안 해 봐선지 이현은 꽤 집중한 얼굴이었다. 이런 모습은 또 처음 보는 거라 세아는 차마 발을 뺄 수가 없었다. 여러 번의 시행착오 끝에 맘에 드는 모양새를 찾고 나서야 이현은 손을 떼었다.

"이제 나도 걸맞은 옷을 골라 볼까."

"남성복은 위층에 있습니다."

"백설인 어떡할래?"

"다녀오세요. 어디 도망 안 가니까."

이현이 피식 웃으며 소파에서 일어났다.

"가더라도 잡아 올 자신 있으니까 물어본 거야. 여기 있어."

직원들을 거느리고 올라가는 모습을 보니 세아는 마음이 더 불편해졌다. 이현이 떠나자 주변이 순식간에 횅해졌다. 제아무리 따스한 조명이 쏟아지고 있어도 혼자란 기분을 떨쳐 내진 못한다. 애초에 자신과 맞지 않은 것투성이다. 하지만 세아는 꼿꼿이 그 자리에 앉아 있었다. 지금껏 없던 존재로서 사회 꼭대기에 올라설 도현이다. 그 옆에 머물려면 지금 이런 기분쯤은 익숙해져야 한다.

띠링. 고요했기에 명확하게 들려온 소리는 메시지가 도착했단 휴대폰 알림이었다. 세아는 반사적으로 일어나 젖혀진 커튼 안쪽으로 버려진 제 유니폼으로 다가갔다. 치마 주머니를 뒤적이자 환하게 불이 들어온 액정엔 가장 보고 싶었던 글자가 담겨 있다.

[나 지금 씻고 나왔어.]

주저앉아 도현이 보낸 문자만 빤히 바라보았다. 세아가 지금 메시지를 보고 있단 걸 알았는지 도현은 제 할 말을 이어 나갔다.

[연락이 늦었지. 그냥 팔찌 차면 되는 줄 알았는데 그것도 아니야. 할 게 많아. 핸드폰 붙잡고 있으면 누나에게 연락하는 거 뻔히 다 알아서 이제 하네.]

[지금은 혼자야. 보는 애들 없단 거 알고 연락하는 거니

376 | 너에게로 중독 2

까 걱정 말고.]

　[매번 누나 숨긴다고 하던 일인데 언제 해도 익숙해지기 싫은 것 같아.]

　혼잣말처럼 문자는 계속 연달아 도착했다.

　[아침부터 방송이 나간 거 같아. 어떻게 알고 온 건지 집 밖에 취재진이 많이 몰려와 있어.]

　세아는 재빨리 포털 사이트를 확인했다. 검색어 1위부터 10위까지 전부 도현과 관련된 키워드가 입력돼 있었다. 그러고 보니 오늘 카페를 찾은 벡터들이 입 모아 말했던 것도 릭시에 관련된 얘기였다. 릭시 발표란 글자로 검색하자 쏟아지는 기사가 이미 수백 개다. 내용을 함축한 타이틀이 세아의 눈에 박혔다.

　'릭시 본부장 제임스 김, 전례 없던 릭시 발표.'

　'십 년 동안 베일에 감춰져 있던 릭시, 오늘 공개.'

　'전 세계 이목이 집중된 릭시. 그 정체는?'

　'각국의 유니벌과 대통령, 청와대로 방문. 한국 시각 7시에 맞춰 전 세계 생중계 방송.'

　'모두의 이목이 집중된 건 역시나 릭시 본부에서 비밀리에 관리해 온…….'

　[누난 뭐하고 있어?]

　기사를 클릭해 읽어 내려가던 중 메시지가 시선을 막는다.

　[벌써부터 보고 싶다.]

오늘 열릴 발표 자리를 전 세계가 고대하고 기대하는 가운데, 정작 주인공은 세아만 신경 쓴다. 기사 읽는 것을 그만두고 메시지 함으로 들어가니 그리움만 번져 있다.

[목욕하는데 네 살 냄새 생각나서 죽을 거 같았어.]

넌 가끔 내 손가락마저 움직이지 못할 마음을 보여 준다.

[어떡하지. 이젠 혼자 씻지도 못해.]

도현아, 있잖아…… 너는 날 생각하며 초능력을 가지게 되었다고 했는데.

[지금이라도 네가 있는 곳으로 갈까.]

나도 이제 널 만나 변해야 할 거 같아. 세아는 힘주어 글자를 써 내려갔다.

[이따가 만날 거잖아.]

초능력이 여섯 개나 되는 네게 어울리는 여자가 되려면…….

[준비 잘하고. 나도 지금 그러고 있으니까.]

그 생각만 하면 눈앞이 아득한데 또다시 환해지는 건 역시나 네가 보낸 마음 담긴 글자 때문에.

[바람이라도 불게 할까? 내게 오는 길이 봄날 같게.]

네 바람이라면 흙을 밟고 일어서 이젠 꽃이 되어야지.

　청와대로 가는 길목은 엄격한 관리 아래 명단에 적힌 자들만 출입할 수 있도록 통제가 이뤄지고 있었다. 파티 시간에 맞추기 위해 각국에서 포탈을 타고 안으로 바로 들어오는 자들과 국내에 거주하는 자들이 몰고 온 차량, 그리고 현장을 취재하기 위해 몰려든 기자들로 인산인해였다. 프레스 증을 얻은 기자들만이 안으로 들어와 촬영을 허락받았는데, 그 수만 해도 무시무시했다.

　"준비됐지."

　이현의 차가 멈춰 서자마자 벌써부터 플래시 세례가 쏟아졌다.

　"그건 이미 아까 끝났어요."

　쏟아지는 기세에도 끄떡없는 세아의 말에 이현이 웃으며 차 문을 열고 내렸다. 가드가 조수석 문을 열어 주었고 세아는 레드카펫 위로 심호흡과 함께 발을 내디뎠다.

　에스코트를 받지 않고서는 갈 수 없는 길이었다. 번쩍이는 불빛들로 인해 한 치 앞도 보이질 않았다. 이현이 약혼녀가 아닌 다른 여자와 나타난 것으로도 이슈인데 그 여자가 어젯밤 인터넷을 달궜던 제로였기에 관심은 배로 불어

날 수밖에 없었다. 옅게 눈살을 찌푸리고 있는 세아의 앞으로 커다란 손이 다가왔다. 빛을 막는 이현의 손에선 진한 향수 냄새가 물씬 풍겼다.

"표정 관리해. 오늘 찍히는 사진 전부 두고두고 회자될 테니까."

"왜죠?"

"유니벌이 공식적인 자리에 데려온 제로는 네가 처음이니까."

그가 손을 거둬 내자 세아의 표정은 단단해졌다.

"전 세계 어딜 가도 절대로 일어날 수 없는 일을 지금 하고 있는 거야."

레벨이 전부인 세상에서 세아는 지금껏 제로라면 할 수 없는 일을 새롭게 기록하는 중이었다. 앞으로 어딜 가도 얼굴부터 찍히고, 제로라는 단어를 떠올리면 윤세아란 이름부터 흘러나오는 기상천외한 현상이 벌어질 것이다. 세아는 한 치의 흐트러짐 없이 발을 내디뎠다. 그것은 제로가 처음 일으킨 자그마한 날갯짓이었다. 후에 모두를 휩쓸 돌풍이 될.

발표가 이뤄질 회장으로 들어서자마자 세아는 숨이 턱 하고 막혔다. 대단한 위압감을 지닌 벡터들이 가득했고, 모두가 세계를 주무르고 있는 자들뿐이다. 세아의 존재를 눈치채고 불쾌해하는 시선이 오고 갔지만 굳이 면전에서 모멸감을 주는 사람은 없었다. 이현이 제 옆에 세아를 붙이고 한시라도 떨어지지 않았기에.

"들어."

"술 안 마셔요."

"원래 이런 자리에선 남자가 주는 거야. 안 마셔도 예의상 들어."

샴페인을 건넨 이현을 물끄러미 바라보다가 결국 잔을 받아 들자 웃음이 터진다.

"아무리 생각해도 신기해. 이런 곳에 있는데도 기도 안 죽고."

"한평생 받아 온 시선들이에요. 이제 와 달라질 것도 없죠."

"적응이 빠른 건 칭찬해 줘야겠네. 난 앞으로도 널 계속 데리고 다닐 거거든."

"나와 다닌다면 소문만 안 좋아질 텐데요."

"알아. 내 이미지 망가지는 일만 남았지."

"……."

"말했잖아, 백설아. 난 이미 너 때문에 더 망가질 것도 없어."

"미국 대통령께서 이현 님과 인사를 하고 싶어 하십니다."

"지금 바쁜 거 안 보여?"

이현이 살벌하게 말하자 웨이터가 재빨리 고개 숙였다. 제로가 옆에 붙어 있기에 다가와 말을 걸지 않는 것인데,

마땅히 알았다며 자리를 옮겨 인맥 관리에 힘써야 할 이현은 그보다 세아와의 대화를 자른 것에 화내고 있었다.

그 모습을 멀리서 본 예리는 속이 뒤집혔다. 제로가 감히 여기가 어디라고 와. 바득 이를 갈던 예리의 표정이 일순간 흐트러졌다. 중오가 무대 위로 재킷을 정돈하며 올라왔기 때문이다. 등장만으로 모든 벡터들의 시선을 집중시키는 걸로도 모자라 침묵하게 만드는 남자다.

"우선 바쁘실 텐데 귀중한 시간을 내 오늘 이 자리에 참석해 주신 귀빈 여러분께 감사의 말씀을 전합니다."

기꺼이 박수를 보내는 건 중오의 존재감을 향한 찬사였다.

"지금 이 자리에 계신 분들 모두 세계가 바뀌게 될 현장에 반드시 계셔야 할 귀빈들이십니다."

중오가 말하면 번역을 담당하는 벡터들이 각국 유니벌 인사들의 귓가에 소리가 흘러가도록 전파를 보냈다. 중오의 등 뒤로 거대하게 놓인 스크린에도 각 나라의 언어가 적혀졌다.

"오늘 발표할 릭시는 기존에 없던 존재라 말씀드리고 싶군요."

그만큼 지금 이 자리에서 공개되는 내용은 하나도 빠짐없이 그들의 머리에 또렷이 인식되어야 할 사안이었다.

"릭시 본부와 벡터 본부에선 오늘 여러분께 공개될 그에게 특별히 새로운 레벨을 부여하기로 했습니다."

올라가는 입꼬리와 함께 중오의 눈매가 날카로워졌다.

"이글."

그 단어에 모두가 옅게 인상을 구겼다. 원래 이런 자리도 없었거니와 중오가 관리자도 나섰다기에 대략 유니벌급의 릭시가 나타났다고 예견했을 뿐이다. 딱 그 정도의 선, 그 정도의 놀라움.

"밸런스를 맞추기 위해 레벨의 이름을 두 글자로 결정지었습니다. 제너럴, 내추럴, 플랫, 맥스, 유니벌 그리고 마지막 이글까지. 이로써 드디어 균형이 맞게 되는 것이죠."

한데 기존 레벨의 틀을 깨다니, 전례 없는 일에 회장이 술렁였다.

"그를 소개하죠. 이글의 칭호를 얻은 하도현입니다."

중오의 입이 마이크에서 떨어지자 무대 뒤편에서 자그마한 구두 소리가 들려왔다. 세아는 꼬옥 잔을 움켜쥐었다. 긴장한 기색 하나 없이 무대로 올라온 도현은 머리를 깔끔하게 뒤로 넘긴 채였다. 걸어오는 모습은 저를 위해 마련된 왕좌에 앉을 준비를 마친 듯 여유로웠다. 곧게 편 허리는 유니벌을 앞에 두고서도 꺾일 줄 몰랐으며 머리부터 발끝까지 완벽하지 않은 곳이 없었다. 검은빛이 흐르는 슈트와 단상 앞에 선 얼굴 위로 떨어지는 조명 하나까지.

"팔찌 수여식을 시작하겠습니다."

전부 하도현을 위해 존재하는 것만 같았다. 중오가 손짓

하자 대기하고 있던 벡터가 팔찌를 가져왔고 도현은 팔찌를 차기 위해 오른팔을 기꺼이 내밀었다. 세아는 마른침을 삼켰다. 철컥하는 소리가 제 귀에까지 또렷하게 들리는 듯했다. 도현의 손목에 팔찌가 단단히 채워졌고, 그와 동시에 떠오르는 네 가지 색상의 선의 개수는……

"초능력 8개 보유자 릭시."

여섯 개가 아닌…… 여덟 개.

"유니벌보다 위인 이글입니다."

쨍그랑. 세아는 그만 손에 쥐고 있던 잔을 떨어뜨렸다. 세아뿐만이 아니었다. 회장 안 곳곳에서 파열음이 터져 나왔고 이현은 헛숨을 내뱉었다. 예리의 눈은 곧 바닥으로 떨어질 듯 커다래졌다. 여덟 개라니. 세아는 덜덜 떨리는 손을 내리지도 못한 채 단상 앞으로 걸어 나온 도현을 바라보았다. 내가 알고 있던 것보다…… 두 개나 더 있었어.

"반갑습니다. 아니, 안 반가우려나."

도현은 설핏 웃음을 터트리며 시선을 내렸다. 그곳엔 중오가 준비해 둔 연설문이 가지런히 놓여 있었다. 손을 올려 종이의 끄트머리를 쓰다듬다가 이내 단번에 구겼다.

"이곳에 모인 분들이 영향력 있다는 건 이 종이에도 적혀 있어 잘 알고 있으니 간단하게 말씀드리죠."

손아귀에 구겨져 있는 종이를 바닥으로 떨어뜨린 도현이 벡터들 틈 사이로 서 있는 세아를 찾아 똑바로 바라보았다.

"모두 다 잘 들으세요. 저 여자."

도현이 말하자 모두의 고개가 흐르듯이 움직여 세아에게로 향했다. 시선이 제게로 집중되자 세아는 심장이 빠르게 뛰는 걸 느꼈다.

"제로인 저 여자와 결혼할 겁니다."

나지막이 말하자 세아의 숨이 턱 하고 막혔다. 도현의 입꼬리가 천천히 올라갔다. 경고는 살벌하고.

"그게 되는 사회로 만들 거니 앞으로 긴장들 하시길."

또 달콤하게.

5. 괴물의 등장

5. 괴물의 등장

실시간으로 생중계되는 카메라가 수백 대다. 지금 도현이 한 발언으로 충격에 빠진 건 회장 안에 존재하는 벡터들뿐 아니라 방송을 통해 관람하고 있는 사람들 또한 마찬가지였다. 덕분에 세아는 지금껏 받아 왔던 관심의 배가되는 무게를 감당해야만 했다. 유니벌의 팔을 잡고 레드카펫을 밟았을 때완 비교조차 되지 않을 스포트라이트. 도현은 세아에게로 시선을 고정한 채 미소 지었다.

"벌써부터 흥분되네요. 안 그렇습니까?"

초능력 8개를 보유한 이글이 결혼하겠다 지목한 것은 제로였다. 릭시와 제로의 결혼을 금지하는 법을 거스르겠다 발표한 것이다. 맡은 바에 충실하기 위해 도현이 하는 말은 고스란히 스크린 위에 크게 떴다. 중오는 뒤늦게 얼얼해진 정신을 차리고선 인상을 썼다.

"지금 뭘 하는 거야. 통역 집어치워!"

"네? 아, 네."

사태를 수습하는 틈을 타 무대 아래로 내려간 도현이 천천히 걸음을 옮겼다. 모두에게 놀라움과 두려움을 동시에 안겨 준 존재가 향한 곳은 세아의 앞이었다. 당황한 세아의 눈동자가 바쁘게 굴렀다.

"지금 무슨······."

"누나, 각도."

"어?"

세아가 다가온 도현을 올려다보며 눈을 크게 뜨자 허리에 팔이 감겼다.

"신경 쓰세요. 카메라 많으니까."

나지막이 속삭이며 끌어당기자 도현의 입술이 젖어 들었다. 세아의 놀란 눈은 더욱 확장되었다. 턱을 벌리며 밀려들어오는 도현을 느끼기도 전에 주변으로 아찔한 섬광이 터졌다. 이동했다, 단둘만의 공간으로.

"읍······!"

세아의 몸이 침대로 쓰러졌다. 매트리스 밖으로 구부러진 무릎을 도현이 제집처럼 벌리고 들어섰다. 이리저리 헝클어진 머리카락처럼 흐트러진 세아의 정신을 지배한 건 도현의 뜨거운 혀였다. 열심히 먹어치우는 행위로 인해 점막이 타

액으로 흥건했다. 미끄러져 입안을 휘젓는 혀는 떨어져 있던 시간 동안 굶주려 포악했다. 숨 쉴 틈조차 주지 않아 심장이 날뛰었다. 세아가 허덕이자 잠시 입술이 벌어졌다. 그 틈을 기회 삼아 세아가 도현의 어깨를 꽉 움켜잡았다.

"……도현아!"

"달라진 건 없어."

말하고자 하는 게 뭔지 안 도현의 눈빛이 강렬해졌다.

"누나와 결혼하겠단 생각은 변함없어."

초능력이 여덟 개란 소릴…… 왜 하지 않았던 거야.

"이런 내가 무서워?"

상념에 잠겨 있던 세아가 달뜬 숨을 차분히 몰아쉬고선 도현을 뚫어지게 주시했다.

"무섭지 않아. 앞으로 내가 해야 할 일들만 생각나."

그 말에 피식 웃음을 터트린 도현이 혀를 내어 세아의 젖은 입술을 핥았다.

"……어떤 일?"

"오늘 그 자리, 전 세계로 방송된 거 알아."

"그래서……?"

매끈하게 지나가는 움직임이 제 흔적을 더 묻혔다. 세아가 제 것이라는, 결혼한다는 말보다 확실한 의사 표현이었다. 세아는 아찔해지는 정신을 잡고 말했다.

"넌 이미 초능력 여덟 개인 릭시로 알려졌고, 그런 네가 제로와 결혼하겠단 소리를 해서 내 얼굴 역시 집중적으로 보도되겠지. 내일 아침 신문 기사, 아니, 지금부터 제로와 릭시에 대해 떠들어 댈 언론사들로 인해 사회에 큰 파문이 일어날 테고. 네가 한 일은 그 정도의 파급력을 불러올 테니까."

"예쁜 줄만 알았는데 똑똑하기까지 하네."

"알면서 한 거지?"

"당연하지. 모르고 고백하는 남자도 있어?"

도현은 살짝 고개를 떼며 말했다.

"우린 지금 핵폭탄 하나 던진 거야. 누나가 대항하는 그 세계에 처음으로 큰 영향을 준 거지."

그동안 세아가 카시스에 몸 담그며 했던 일들이 무색해질 만큼 지금 도현은 고작 말 몇 마디로 세상을 뒤집어 놓았다. 유니벌급의 릭시도 아니고 기존에 존재한 적 없던 여덟 개의 초능력을 보유한 자가 법으로 규정되어 있는 사회를 깨뜨리겠다 선전포고했으니 경탄과 경악으로 지금 전 세계가 들썩거리고 있을 것이다.

"뒷일은 이제부터 수습할 거야. 누나 위험해지는 것도 알아. 내 위치가 부각될수록 너 역시 딸려올 테니까. 어딜 가든 너와 난 함께 묶여 벡터들 입에서 흘러나오겠지."

"......."

"개나 소나 네 이름 부르는 거 죽기보다 싫지만 그건 내가 참아야지."

도현은 소중하게 세아의 손을 잡았다. 제 속에 가두는 법만 알았던 도현에게 만천하에 세아의 이름이 알려지는 건 견디기 힘든 일이었지만 이젠 하나씩 포기해야만 한다.

"내가 누나와 하고 싶은 일들은 전부 이 세상에선 금지야. 초능력은 기본이고 머리까지 굴려야 하는 바닥인데 그걸 하나씩 밟고 일어서는 게 내 목표가 됐어."

모든 벡터들의 이목을 받는 존재로서 더욱 냉철해지고 빈틈조차 보이지 않도록 행동해야만 한다. 피와 살을 깎는 인내의 바다만이 눈앞에 남겨져 있었고 도현은 그곳으로 뛰어들겠다 마음먹었다.

"너에게 어울리는 세상을 주고 싶어. 그리고 우리 아이에게도."

이루고자 하는 목표 하나로 인해.

"맘 놓고 네가 아이를 가졌으면 해."

손등 위로 다가와 부딪친 건 입술인데, 그 안에 담겨 있던 말 때문에 세아는 심장이 녹아내리는 것만 같았다. 아이……. 서진에게 전해 들었을 때에도 벅찼던 그 단어가 도현의 입에서 직접 흘러나오니 눈물이 날 것만 같았다.

"여자의 본능 아닌가? 안전한 상황에서 2세를 꿈꾸는 거."

"말은……."

도현이 비식 웃음을 터트렸다.

"그게 목표니 달려들 만하지."

허리를 세운 도현이 흐트러진 양복 재킷을 다듬었다.

"······너야말로 내가 어떻게 네 옆에서 이겨 내는지 봐 줘."

일순간 닿는 도현의 눈빛이 의외란 식으로 변했다.

"지켜 달란 말 안 해. 네가 어련히 알아서 하겠지만 그래
도 혼자 감당해야 할 때가 있을 테고, 네가 걱정할 일 안
만들도록 노력할 거야."

"······."

"너의 꼬리표처럼 붙어 다니게 될 거잖아. 거기에 방해
가 되는 건 싫어. 네가 이루고자 하는 일에 걸림돌이 되지
않게 할 거야."

솔직한 세아의 고백에 도현의 입술 사이로 거친 숨이 튀
어나왔다.

"이렇게 강한 네 모습 좋아. 발밑에 기고 싶을 정도야."

다시금 허리를 숙인 도현이 손목을 결박해 꼼짝없이 짓
눌리는 모양이 되었다. 세아는 벌겋게 부풀어 오르는 듯했
다. 도현의 시선이 닿는 곳마다 발갛게. 성이 난 입술이 쇄
골을 훑으며 지나가자 세아의 허벅지가 반응했다.

"네 아래에서 놀고 싶어. 허락만 해 준다면······."

집어삼켜질 것만 같은 위압감이 몸을 빠르게 달아오르게
했다. 도현의 손이 커튼처럼 치렁거리는 치마폭을 스쳤고
세아는 스륵 눈을 감았다.

"······방문을 열 땐 노크하는 법도 모르나 봐."

도현의 목소리가 차가웠다. 세아가 천천히 눈꺼풀을 올리자 문이 열린 곳엔 중오와 가드들이 서 있었다.

"중요한 자리에서 갑자기 사라지셨는데 찾는 게 당연한 일 아닙니까? 제겐 이보다 위급한 상황은 없는 법이죠."

"이왕 갈 거 멀리 가면 그만인데 귀빈실 빌린 거 보면 몰라? 발 뺄 생각 없었어."

여전히 안을 헤집고 들어간 손은 나올 기미가 보이지 않았다. 더불어 세아를 바라보는 거친 눈빛도.

"오늘 하루 종일 가지고 놀았으면 내 시간도 잠시 허락해 줘야지. 이제 팔찌까지 찼는데."

"그 마음 감사하게 받고 싶으니 마무리까지 완벽하게 해 주셨으면 합니다. 이미 제가 준비한 연설문은 읽히지도 못하고 휴지 조각처럼 버려졌으니까요."

중오의 입가엔 소름 끼치도록 날카로운 미소가 걸렸다.

"그걸 수습하셔야 되지 않겠습니까?"

세아는 등골이 서늘해졌다. 도현과의 관계는 중오에게 비밀이었다. 지금 이 장면을 들킨 이상, 더 이상 아니라 말할 수도 없는 관계.

"도현아, 할 일 있잖아."

하긴 이미 결혼하겠다 만천하에 알린 마당에.

"나중에 가서 제대로. 응?"

세아의 사근거리는 목소리 하나로 중오의 눈빛이 고요히 살벌해졌다. 고양이가 부린 요염이 누굴 할퀴었는지 안 도현은 피식 웃었다.

"제법인데."

나중이라는 기약이 뒤따르니 도현은 기꺼이 환락으로 치닫던 몸을 일으켜 세웠다. 세아에게로 손을 뻗는 것도 잊지 않는다. 바닥에는 두 남녀의 옷이 헝클어져 있어, 세아가 먼저 내조하는 마음으로 넥타이를 반듯하게 고쳐 잡아 주었다. 그걸 내려다보는 도현의 시선이 일순간 탁해졌다.

"기다려. 1분이면 돼."

또 한 번 섬광이 터지고 도달한 곳은 익숙한 정경이 담긴 집이다. 도현이 염력으로 불을 켰다.

"지금부터 제대로 해."

"잠깐, 도현아."

"왜 이렇게 사람 심장을 뛰게 해. 미치게."

거칠게 튀어나온 말이 의아해 세아가 물었다.

"뭐가?"

"네 손으로 넥타이 고쳐 매 줬잖아."

"응."

"그거 꼭 출근하는 남편 배웅 나와 준 아내 같았어."

"그랬어?"

"네."

도현이 우아하게 드러난 세아의 어깨로 내려가 입술을 묻었다.

"흥분됐어요."

남자의 모습으로 이마를 기댄 채 비비는 행위가 마치 아이 같았다.

"어떡하지. 자꾸 너 때문에 정신이 나가."

내 몸이 내 것이 아닌 것 같아. 네 손끝에 모든 게 달린 거 같아서 큰일이야. 저를 꼭 끌어안은 팔은 단단한데 중얼거리는 말은 간지러워 세아는 심장이 빠르게 뛰었다.

"뭐가 문제야. 앞으로도 계속 내가 해 줄 텐데."

"정말?"

"응, 너 오늘 단상에 올라섰을 때 정말 놀랐어."

"왜?"

"이렇게 반듯한 모습 처음 보는 거라서 두근거려 서 있기 힘들었어. 세상에서 제일 멋지더라, 오늘의 하도현."

"내일의 하도현은 어떨 거 같아?"

관심받고 싶어 하는 눈빛이 충만하다. 세아는 도현의 머리카락을 헤집으며 귓가에 속삭였다.

"오늘보다 더 흥분될 거 같은데."

도현은 혼란스런 얼굴을 했다.

"못된 것만 배우네요, 누난."

"내가 뭘?"

"손 함부로 쓰니까 또 나갔잖아, 정신이."

"너……."

"입술 줘. 먹고 싶어졌어."

자연스럽게 부딪치는 행위를 받아 주던 세아는 전보다 기세 좋게 들어오는 도현을 꼭 움켜잡았다. 이럴수록 서로만을 갈구하게 되는 건 뻔한 최후였다. 세아는 재빨리 허리를 뒤로 뺐다.

"잠시만, 1분 지났어."

"……알아."

"나 안전하라고 집에 데려다준 거 아니야? 너 방금 폭탄 던지고 왔잖아, 회장에서."

"맞긴 한데."

"그럼 어서 가. 일 못하는 남자 매력 없으니까."

"이젠 매력을 그런 데서 느껴?"

"너 오늘 모습, 정말 가슴 떨린다고 했지? 그건 내가 못 보던 하도현의 모습을 봐서 그래. 아까 나한테 한마디 상의도 없이 유니벌들 앞에서 내 여자라고 공표했었고."

"……."

도현이 지그시 인상을 구겼다.

"아무리 생각해도 정말 거침없었어. 나 위험해질 거 뻔히 알면서 내 얼굴을 다 팔리게 하고 대놓고 내 약점이 이 여자예요, 말을 한 거니까."

시선이 아래로 떨어졌다. 제가 너무 섣부른 발언을 한 건 아닐까 걱정됐다. 세아는 그런 도현의 얼굴을 손으로 감싸며 자신을 보게 했다.

"반했다고, 거기에 또."

강하게 잡아 주었다. 서진의 말대로 세상을 바꿀 만한 남자가 오롯이 세아의 손에 담겨 있다.

"지금 네 위치에 어울리는 일을 해. 지금처럼 계속 반하게."

그러니 앞으로 펼쳐질 세상의 방향 또한 세아에게 달렸다.

"내 관심이 다른 곳으로 안 가게. 응?"

자극을 주면 달아오르는 건 도현의 버릴 수 없는 고질병이다. 그것도 사랑하는 여자가 하는 말이라면 뭐든 갖다 바치고 싶은 심리 또한 여전하다.

"네가 반하는 남잔 나밖에 없다는 걸 보여 주면 돼?"

원래 도현은 그렇게 태어났다. 세아의 말이라면 뭐든 다 할 수 있게.

"넥타이 매 줘. 영원히 내 여자로 만들게."

거칠어진 눈빛이 아름다워 세아는 입을 맞춰 주었다. 손은 자연스럽게 넥타이로 내려가 매듭을 풀고 다시 묶는다. 오래전 교복 넥타이를 매는 널 보며 해 주고 싶어 남몰래 연습해 왔단 말은 접고 열중했다. 그 모습을 내려다보는 도현의 눈빛이 점차 욕망으로 점철된다. 뜨거운 시선을 느낀 세아가 손을 떼며 올려다보았다.

"왜?"

"예뻐서 본 건데."

세아는 가슴이 두근거렸다. 반듯하게 각 잡힌 슈트와 어울리게.

"그럼 안 됩니까?"

준비가 끝난 하도현.

4분 하고도 15초가 지났다. 중오가 줄곧 손목에 채워진 시계만 노려보고 있어 가드들은 함부로 숨조차 쉴 수 없었다. 중오가 침묵했을 때의 무서움을 익히 잘 알고 있기에. 그 순간 섬광이 터지며 도현이 모습을 드러냈다.

"움직여."

중오는 지친 얼굴을 들었다. 5분을 채웠더라면 아마 샅샅이 수색을 펼쳤을 것이다. 수고스러운 일이 벌어지기 전에 와 준 건 고맙지만 익히 말했듯이, 오늘은 중오에게 중요한 날이었다.

"다음부터는 시간 약속을 지켜 주셨으면 하군요. 기다리는 게 저 하나가 아니지 않습니까?"

"키스하다 보면 그럴 수도 있지."

마치 보물이라도 숨기고 온 것처럼 도현 혼자였다. 중오는 기가 찼다.

"이젠 제 앞에서도 거침없군요."

"그런가?"

귀빈실을 나와 복도를 거니는 도현은 모든 면에서 군더더기 없었다. 따라붙는 가드들의 시선을 단번에 사로잡는 팔찌와 그에 걸맞은 완벽한 모습이었다. 세아에게 집중된 관심의 꼬리라도 잘라 내려는 그 뻔한 속셈이 중오에겐 훤히 보였다. 애당초 중요했던 오늘을 망가뜨린 건 세아였기에 그녀를 중오의 눈앞에서 치워 준 건 고마운 일이었지만 궁금하긴 했다.

"너는 내가 누날 사랑하고 있다는 걸 지금껏 눈감아 줬고……."

윤세아를 어디다가 숨겼을까.

"그걸 내가 직접 입으로 뱉은 이상 가만두지 않을 거란 걸 내가 아니까."

"……."

"만약 네가 그런 짓을 한다면 내가 어떻게 할지도 알지. 괜히 건드려서 나까지 미치게 하지 말자고."

"무슨 말씀을 그렇게 섭섭하게 하십니까. 윤세아 씨와 그런 관계라 미리 말씀해 주셨으면 좋았을 것을. 도현 님께서 의지하는 누나라고 말한 터라 그렇게만 알고 있어 오히려 제가 조금 충격을 받은 상태인데요."

"충격?"

계단을 밟던 도현이 걸음을 늦추며 웃었다.

"재미있는 소리를 하네. 오늘 기분 좋아서 그래?"

너도 농담이라는 걸 하고. 중오는 유려하게 입꼬리를 밀어 올렸다.

"기분 좋은 날이긴 하죠. 비록 도현 님께서 제 연설문을 읽지 않아 속상하긴 합니다만."

"그러게. 계속 좋아야 하는데 지금 회장 분위기가 별로일 테고."

마지막 계단을 밟고 내려오자 문을 지키고 서 있던 가드들이 움직여 거대한 문을 열었다.

"힘 좀 써 볼까."

화려한 샹들리에, 먼지 한 점 내려앉지 않은 새하얀 테이블보. 그 안에 머물고 있는 윤기 나는 이브닝드레스와 턱시도들 사이로 단연 돋보이는 건 도현이었다.

"이제부터 입이 조금 아프실 겁니다."

"키스로 턱 풀어서 괜찮으니 할 일이나 하자고."

중오는 날카롭게 눈을 뜨며 도현과 함께 걸었다. 거북스런 발언은 넘기고, 이젠 사업을 할 차례이다. 지금껏 최상위에 머물렀던 유니벌에게 그들의 머리 위에 설 존재를 각인시키고 앞으로 도현이 절대적인 위치에 설 수 있도록 그

밑을 다독이는 작업이 남아 있었다.

"인사하시죠. 이쪽은 유니벌이자 미국과 유럽 화폐 발행권을 독점하고 그 밖에 금융권을 책임지고 있는 제이콥 리만입니다."

"됐고. 인사 정도는 직접 해야지."

도현이 손을 들어 물리자, 중오의 곁에 선 통역 전담 벡터가 주춤했다. 도현은 웃으며 그를 맞이했다.

"It is an honor to meet such an important figure like you in person. I am wondering if there's any trouble on your way to come here. 유명한 분을 이렇게 직접 만나 뵙게 되어서 영광입니다. 오시는 길은 별 탈 없었는지 궁금하군요."

"I am the one to say that. I should have come here sooner if I knew. First, you're being as 'Rixie' surprised me and now you show it further than I thought. Eight abilities! I cannot tell you how much I appreciate this honor. Standing here with you in this significant and historical moment. 제가 할 말을 대신하시는군요. 이런 자리인 줄 알았더라면 더 빨리 왔을 것입니다. 릭시인 것도 놀라운데 초능력이 여덟 개라니. 이렇게 중요한 역사의 순간을 함께할 수 있어서 오히려 제가 영광입니다."

"I hope we can keep good relationship together. My skills are still in the shell. I will appreciate your help and encouragement. 앞으로 좋은 관계를 유지했으면 합니다. 제가 아직 모

르는 것이 많아서요."

　도현은 중오의 예상보다 그 역할을 아주 잘 소화해 내고 있었다. 유창한 영어 발음이 주변의 이목을 집중시켰고, 자연스럽게 회장에 모여 있는 유니벌들의 환심을 샀다. 벌써부터 도현과 대화를 하고 싶어서 안달이 난 자들이 눈에 보일 정도다. 하지만 그 차례는 중오가 정했다. 제아무리 유니벌이라고 해도 사회를 움켜쥐고 있는 범위가 다르니.

　"이쪽은 세계 최대 석유 기업인 리바인 그룹의 실질적 주주인 사먼드 위츠입니다."

　세상을 쥐락펴락하는 거물들이 대거로 참석한 자리에서 감히 차례를 매기는 건 중오에게 또 다른 쾌감을 불러일으켰다.

　"다이아몬드 산업과 홍콩 은행들을 장악하고 있는 멀튼사의 닉 에인하드 클로비스입니다."

　감히 어느 누가 유니벌에게 순서를 매겨 간택받았단 것에 승리의 기쁨을, 밀려났다는 것에 패배감을 느끼게 할 수 있을까. 비록 이글의 레벨을 얻은 도현이 있기에 가능한 일이었지만 지금 중오의 선택으로 유니벌의 위치가 다시 새겨지고 있는 것과 다름없으니, 그토록 바라던 꿈이 실현된 것이다.

　"다분야 사업으로 저명한 화신 기업의 외아들, 신이현입니다."

적어도 지금까진 순항 중이었다. 중오가 머릿속으로 매겨 놓았던 순서대로 인사를 시키는 와중에 드디어 이현의 차례가 온 것이다. 새로운 존재와 대화를 나눈 것만으로도 진즉에 도현이 한 제로와 관련된 터무니없는 발언을 모두 잊은 채였다. 딱 한 명을 제외하곤.

"누가 누구와 결혼을 해?"

손에 들린 샴페인 잔을 휘휘 돌리는 행위는 지금껏 정상을 만끽하며 자라 왔기에 부릴 수 있는 위엄이었다. 이현은 잔을 기울이며 껄끄러운 입안을 적셨다.

"어디다가 숨겼는데?"

길어진 눈초리가 도현의 주변을 갉아먹듯이 보았다. 누굴 찾는지 알고 있어 도현은 설핏 웃음을 터트리며 이현에게 악수를 청했다.

"팔찌 차면 보자고 말씀드렸던 걸로 기억하는데, 이렇게 만났으니 인사라도 하죠."

"이 안엔 없는 거 같고."

"악수, 안 합니까?"

"난 남들과 달리 릭시 취급 안 해 준다고 말했을 텐데."

이현은 반이나 남은 샴페인을 바닥으로 흩뿌렸다.

"내게 함부로 손 내밀지 마. 잘라 버리고 싶으니까."

텅 빈 잔에서 떨어지는 물방울이 회장 바닥을 두드렸다. 그 소리가 또렷하게 들릴 정도로 일순간 분위기가 삭막해졌다. 얼어붙을 것만 같은 냉기는 이현의 눈동자가 아닌, 실제로 그의 발밑으로 흩뿌려진 액체가 얼어붙고 있기 때문이다.

"초능력 여덟 개? 그래 봤자 괴물밖에 더 되나. 역겨운데."

이글이라고? 웃기지도 않아…….

"인사를 하고 싶지 않은가 보군요."

"말 여러 번 하게 만들지 말고. 윤세아는?"

"…….."

"어디 갔을까, 우리 세아."

잔을 든 이현이 그걸 도현의 가슴팍에 대고 지그시 밀었다.

"감히 숨겨 놔, 내 앞에서."

중오의 미간이 좁아졌다.

"어디 괴물이 나타나서 머리 꼭대기에 서려고 해. 다들 지금 정신 나갔나 보네. 너와 인사나 나누고 앉아 있는 걸 보니."

적어도 오늘, 이 자리에서만큼은 상기시키고 싶지 않던 것이 이현의 입에서 흘러나왔다.

"내 위엔 그 누구도 못 올라와. 알아?"

유니벌의 반발. 그동안 최고의 자리를 만끽하며 지내 왔던 자들에게 저를 뒤로 밀어내는 존재가 탐탁지 않게 비치는 것. 그 과정이 되도록 천천히 오길 바랐던 중오는 이현의 독기 어린 눈빛을 보며 기탄했다.

"이현 님, 오늘은 인사를 나누는 자리입니다."

"그래? 난 서열 정리로밖에 안 보이는데."

슬쩍 입꼬리를 올린 이현이 도현을 바라보았다.

"그리고 갑자기 나타난 괴물 새끼가 잘 세워져 있던 법을 무너뜨리려는 것만 보이고."

모두가 감탄하며 희귀하다 여기는 릭시의 초능력을 이현은 한낱 괴물 취급했다. 적어도 결혼이라는 껄끄러운 단어만 나오지 않았더라면 이현도 어느 정도 비위를 맞춰 줬을 것이다. 도현이 내려와 세아를 잡고 그런 식으로 사라지지만 않았더라면, 자신에게 빼앗기는 더러운 기분을 주지 않았더라면…….

"지금 반란을 얘기하자고? 이 자리에서 제거당하고 싶지 않은 이상."

얘기가 좋아질 수도 있었잖아?

"겁을 상실한 것도 정도껏 해야…….."

꾹, 꾹. 도현의 가슴을 미는 잔에 거센 힘이 실린다.

"오래 살지, 괴물아."

쨍그랑. 그만 힘을 견디지 못하고 깨져 버린 잔이 바닥으로 잘게 추락했다. 도현은 시선을 내려 제 검은 슈트에 묻어 반짝이는 조각을 보았다. 이런 적이 전에도 있었던 것 같은데. 도현의 시선이 살벌하게 올라왔다.

"여긴 더 이상 볼일 없으니 이만 실례."

손잡이만 남은 잔을 중오에게 건네준 이현은 걸음을 뗴었다. 모두가 잡고 싶었지만 함부로 손댈 수 없는 존재라 감히 청하지 못한 악수를 이현은 깔끔히 무시하며 돌아섰다. 도현은 내밀어진 손을 접으며 이현이 사라진 길목을 뚫어지게 바라보았다. 지독히도 차가운 시선으로.

　"누나 집을 옮겨야겠어."

　그 말에 중오는 청각이 곤두서는 걸 느꼈다.

　"내가 사는 곳으로."

　"……네, 그러겠습니다."

　윤세아가 지금 거기 있군요. 고요하게 미소 지은 중오가 다음 차례로 안내했다. 도현은 곧바로 웃는 얼굴로 인사를 재개했다.

　전 세계 유니벌을 한데 모은 자리라선지, 그 인사가 끊임 없었다. 예리는 인내를 새기며 튀어 오르려는 심장을 억눌렀다. 참석한 것만으로도 감사해야 하는 입장인 맥스라 그 차례가 계속 뒤로 밀려났지만 도현을 지켜보는 것만으로 두근거렸다.

　"이분은…… 소개를 안 해 드려도 알고 계시겠군요."

　"도현아."

　기다림이 튀어 나가듯 뱉어졌다. 도현은 주머니에 손을 밀어 넣은 채 그런 예리를 내려다보았다.

　"다시 만난 자리가 이런 곳이라니 속상한데."

"……."

"어떻게 참지? 지금도 가만두고 싶지 않은데."

"……."

"우리 누날 밟아 놨더라고."

"……응, 맞아."

예리는 생긋 웃었다. 그 모습이 독초 같아 도현의 표정은 굳어졌다.

"엄청 밟아 놨는데 안 그래도 더 밟을 걸 후회하고 있어. 아무튼 오늘은 하려는 말만 하고 얌전히 갈게."

사실 지금도 예리의 속은 들끓는 중이었다. 릭시인 것도 희귀한데 초능력이 여덟 개라니. 유일무이한 존재의 여자가 되는 건 어떤 기분일까. 오직 그 환상에 갇혀 도현이 단상 위에서 했던 발언은 까마득하게 잊은 채였다.

"너에게 가장 소중한 게 나한테 있어."

어차피 도현아, 넌 내게 오게 되어 있으니까.

"사실 그걸 얻기 위해 그날 카페에 찾아갔던 거였어."

예리는 그 말만 남기고선 수줍게 붉어진 뺨으로 돌아섰다. 도현의 눈썹이 지그시 구겨졌다. 그에게 소중한 것이라면 세아 하나뿐이다.

"이런 얘길 꼭 해야 하나 싶은데. 쟤 언제까지 내 앞에서 설치게 내버려 둘 거야?"

"제가 손쓰겠습니다."

"아직도 안 건드리는 거 보면 별로 하고 싶지 않나 본데, 그렇다면 손은 내가 써야지. 내일까지 쟤가 가진 모든 걸 정리해서 가져와."

예리가 가진 거라면 부모님이 거머쥐고 있는 회사일 터였다. 피를 보지 않고 침몰시키려는 생각이라는 걸 읽은 중오는 간결하게 고개를 끄덕이고선 다른 맥스들에게 도현을 인사시켰다. 유니벌과 나눈 대화에 비해 턱없이 짧은 시간이었다. 벌써부터 차별을 주니 맥스들 입장이 순식간에 아래로 전락했다.

"제가 따로 마련한 자리가 있습니다. 도현 님과 깊은 대화를 나누고 싶어 하시는 분들만 소수로 초대했습니다. 그럴 만한 자격이 되시는 분들이시고요."

"쉴 틈도 안 주고 기다렸다는 듯이 휘몰아치네."

"죄송합니다."

"화장실만 다녀오고."

"네, 먼저 가서 자리를 살피고 있겠습니다. 오시는 길은 건우가 안내해 줄 겁니다."

도현을 화장실까지 직접 안내한 중오가 안쪽이 아닌 바깥으로 나섰다. 확 트인 공기를 마시며 휴대폰을 꺼내려는데, 마침 로비에 있던 예리와 마주쳤다.

"이런. 안 그래도 연락드릴 참이었습니다."

"도현이가 옆에 있어서 저와 대화 나누기엔 불편하실 것 같아 기다리던 참이었어요."

"그래서 이렇게 혼자 나오지 않았습니까?"

애초에 나온 목적은 예리가 아니었지만 마주친 이상 상관없었다. 어차피 목표는 같을 테니.

"제법 재미있는 말을 도현 님께 하셔서요. 그 속내가 궁금해 찾아왔습니다."

"속내라면 이미 읽힌 것 같은데요. 당신 와이즈로 내 초능력 모두 다 보았을 거 아니에요?"

노란색 헤드라이트를 번쩍이며 기사가 몰고 온 차가 예리의 앞으로 멈춰 섰다.

"마지막 하나 남은 걸 사용하실 생각이군요."

"그렇죠. 밑바닥은 빨리 보일수록 다 벗겨진 기분이 들어서 좋거든요."

중오가 걸어가 차 문을 열어 주자 예리가 그에 올라타며 웃었다.

"어서 빨리 도현이한테 모든 걸 보여 주고 싶어 견딜 수가 있어야지."

"그렇군요. 오늘 자리를 빛내 주셔서 감사합니다. 들어가십시오."

문을 닫자 매끄럽게 바퀴를 굴리며 차가 멀어졌다. 예리는 중오에게 만약 일이 틀어졌을 때를 대비한 보험이나 다름없었다. 물론 그런 일이 있어선 안 되겠지만. 실패란 중오가 혐오하는 것 중 하나였다. 다시금 휴대폰을 꺼내 들어 전화를 받은 남자에게 명령을 내렸다.

"준비해."

전부터 계획했던 일의 시작을 알리는 총성이었다.

술의 향연이다. 회장을 벗어나 따로 마련된 공간엔 취한 자들의 입에서 흘러나온 연기로 자욱했다. 중오가 유니벌 중에서도 엄선한 자들이 한데 모인 곳의 중심은 단연 도현이었다. 시가를 태우는 입술들은 흥미롭게 그에게 집중했고 도현의 말을 그 즉시 통역해 뇌로 전달하는 벡터 덕분에 다양한 언어 속에서도 위화감 없이 대화가 이뤄졌다.

"제로와 결혼이라니. 대체 어떻게 해야 그런 생각이 가능한 거죠?"

화기애애하게 이뤄지던 대화는 순간이동이라는 저들이 목격한 초능력에 감탄하다가, 자연스럽게 도현이 데리고 사라졌던 여자에게로 이어졌다. 도현은 웃으며 말문을 열었다.

"원래 릭시라는 게 그렇지 않습니까? 제로였다가 초능력을 얻게 되면서 갑자기 신분 상승하는 거죠. 그렇게 갑자기 크게 되면 머리는 아직 애라, 제로 때의 습성을 버리지 못하는 거고. 사랑하는 여자와 결혼하고 싶단 마음은 지금도 변함없습니다."

"제로와 사랑이라니, 정말 재미있는 발상이군요."

"하기야, 긴장들 하시라고 말씀드렸지만 그런 걸로 겁먹으실 분들이 아니죠."

역시나 오늘 한 발언에 큰 무게를 느끼는 유니벌은 없었다. 모두 도현 하나가 그걸 가능하게 만들 거란 생각을 하지 못하는 것이다.

"겁을 먹기엔 이미 오래전부터 고착화된 것입니다. 그걸 뒤엎는다는 발상 자체가 우스운 것이죠. 뭐, 초능력 개수만큼이나 확실히 충격적인 인사이긴 했습니다만."

그저 새로운 존재로 찬사받는 인물, 딱 그 정도의 선이었다. 아직 초능력 여덟 개를 보유하고 있는 릭시란 것도 꿈처럼 느껴지는 자들이다. 도현은 피식 웃음을 터트리며 시선을 들었다.

"그래서, 아까 제가 우스웠습니까?"

순식간에 서늘해진 도현의 얼굴에 리만은 눈썹을 꿈틀거렸다. 결례라 생각하지 못하고 나온 발언이었다. 지금껏 유니벌보다 위인 존재는 없었으므로. 뒤늦게 리만이 웃으며 술을 한 모금 마셨다.

"사상이 신선했단 소립니다."

"그렇다면 계속해서 신선함을 보여 드려야겠군요. 제 이미지를 유지하는 차원에서도 나쁘지 않을 거 같고요."

도현은 잔에 남아 있던 위스키를 단번에 입안으로 털어넣으며 철부지 같은 웃음을 지었다. 하지만 그걸 온전히 받아들이는 자들은 없었다. 방금 스치고 지나간 도현에겐 그간 보지 못한 어둠이 있었다. 초능력 개수에서 오는 아우라가 아닌, 그 존재 자체에서.

"법을 바꾼다는 것도 제 말 한마디로 다 되면 얼마나 좋겠냐마는. 사회가 저 하나로 굴러 가는 것도 아니지 않습니까?"

"그걸 잘 아시는 분이 왜 그런 말씀을 해서 세상을 떠들썩하게 만드십니까. 지금도 이 자리 밖으론 난리가 났을 텐데 감당하실 수 있겠습니까? 꽤 오래 잡음이 들려올 텐데요."

"그런 소음 정도야 익숙해지도록 해 봐야죠. 앞으로 제가 뭘 하든 이슈가 될 텐데, 거기에 제로 하나 껴 있다고 해서 크게 문제 될 건 없지 않습니까? 다들 평소의 생각대로 똑같이 바라볼 텐데."

도현이 옆으로 팔을 뻗자 중오가 그 안으로 위스키를 따라 주었다. 잔에 담긴 액체가 어두운 빛을 낸다.

"신선함을 유지하는 차원에서 제로는 나쁘지 않죠."

얼음은 넣지 않은 채 도현은 그걸 또 한 번 비워 냈다.

"하지만 문제가 안 되는 건 아니죠. 그로 인해 제로가 어울리지 않는 생각을 품는 것보다 거슬리는 건 또 없어서 말입니다."

"그런 흥미를 유발하는 분이 한 명 더 있더군요? 유니벌인 신이현 군이 요즘 제로와 함께 다닌다고 난리인데 그 제로가 이글이 결혼하고 싶은 여자라……. 두 남자 사이에 한 여자라니, 이거 생각할수록 말도 안 되는 드라마를 보는 것 같군요."

"그런 드라마라도 시청하는 사람만 있다면 승승장구하는 법이죠."

"이제부터 주목받게 되실 분이니 이미 시청률은 보장받은 셈 아닌가요?"

"여기 있는 분들도 재미있게 봐 주신다면야 이제부터 연기를 잘해야겠군요."

도현이 웃으며 위스키를 또 비워 냈다. 제로와의 결혼을 쇼맨십으로 생각할 수 있도록 도현은 열심히 유도했다.

"앞으로 하시고 싶은 일이라도 있습니까?"

"회사를 운영해 보고 싶군요."

"……회사라. 그거 정말 괜찮군요."

회사라니, 지금 이 자리에서 도현의 목적을 처음 들은 중오는 살짝 표정을 굳혔다가 이내 미소를 유지했다. 이미 초능력 개수로 꼭대기에 섰는데, 도현의 밑으로 굴러 가는 게 뭐든 상관없을 터였다.

"그런 곳에 흥미를 가지고 계신다니, 저희가 도움이 될 것 같군요."

다른 자들도 마찬가지였다. 도현이 단상에서 한 말을 조금이라도 무겁게 생각했다면 갑작스레 회사를 설립할 거란 말에 도와주겠단 소리는 절대로 나오지 않았을 것이다.

초능력은 사회를 굴리기 위한 부가적인 것이다. 실질적인 힘은 바로 경제력이란 걸 간파한 도현이 지금부터 어떤 짓을 벌이려는지 그들은 까마득하게 모를 터였다.

"어차피 앞으로 자주 보게 될 얼굴들입니다."

"그래야죠."

잔을 입가로 가져간 도현의 눈빛이 예리해졌다.

"그래야 하고."

오만 덩어리들.

"아, 십 년 동안 본부 안에서만 생활하셔서 아직 잘 모르겠군요. 제로와 결혼하시겠단 생각, 아마 사회생활을 하다 보면 점차 바뀔 겁니다."

아니, 생각은 너희들이 바뀌게 될 거야.

"아름답고 힘 있는 벡터들이 얼마나 많은지 아십니까? 제로는 비교조차 안 되죠. 금세 흥미를 잃게 되실 겁니다."

역겨움을 안으로 씹으며 도현은 웃었다.

"그랬으면 좋겠네요."

"정말…… 난리가 났네."

샤워를 마치고 편한 옷으로 갈아입은 세아는 평소와 다를 바 없는 모습이었지만 TV 속 세아는 사정이 달랐다. 어느 채널을 틀어도 도현의 모습이 보였고 초능력 여덟 개인 이글 레벨의 출현을 전하면서 세아도 함께 거론했다.

『제로인 저 여자와 결혼할 겁니다.』

다시 들어도 얼굴이 델 정도로 감미로운 말이다.

『그게 되는 사회로 만들 거니 앞으로 긴장들 하시길.』

가능할 리 없단 생각으로 유니벌은 신경 쓰지도 않을 그 발언을 가지고 혈안이 된 건 바로 아래 레벨들이었다. 어느 채널은 그 영상만 반복해서 틀어 주며 윤세아란 여자에 대해 저들끼리 토론을 벌이는 곳도 있었다. 이것이 경고인가, 아니면 제로였다가 릭시가 된 자들의 문제점인가에 대한 논란도 일었다. 초능력 여덟 개인 자가 한 발언이라 그저 뜬구름 같은 얘기가 아니라는, 미약하나마 노파심 어린 소리도 나왔다.

"웃겨, 정말. 난 결혼도 못하냐?"

세아는 TV 앞에 주저앉아 커다란 아이스크림 통을 수저로 떠먹는 중이었다. 속이 뜨거웠다. 비단 세아가 아니더라도 이 장면을 목격한 제로라면 가슴이 두근거릴 게 분명했다. 신분 사회의 꼭대기를 차지한 남자가 바닥을 내려다보는 일은 드라마에서도 다뤄질 수 없는 소재였다.

"정말…… 못살아."

도현이 단상에서 내려와 세아에게 키스하는 장면은 다시봐도 낯이 뜨거울 정도라, 세아는 얼른 아이스크림을 꿀떡넘겼다.

제로와 릭시의 결혼은 범죄라고 떠드는 꽉 막힌 토론자들을 볼 때면 속이 답답해져 한 숟가락, 도현의 목소리와제 입술을 탐하는 모습을 보고 가슴 뜨거워져 한 숟가락, 알고 보니 그 제로가 요즘 이슈가 되고 있는 이현의 제로란 소리에 또 한 번 더. 큰 숟가락으로 먹으니 어느덧 바닥을 드러내고 있었다.

딩—동.

귓가를 두드리는 초인종 소리에 세아의 시선은 반사적으로 벽에 걸린 시계로 향했다. 저녁 11시가 가까워지는 시간. 재빨리 TV를 끄고 숨을 죽이자 문 쪽에서 목소리가 들려왔다.

『없는 척하지 마. 있는 거 다 알고 왔으니까.』

"……."

이현이다. 회장에 반드시 참석해 자리를 지켜야 할 그가 왜 후미진 빌라에 나타난 건지 세아는 너무나 잘 알았다.

"……."

그래서 더욱 숨을 죽였지만 이현은 세아가 지우려고 하는 흔적들을 이미 모두 보고 귀에 담아서 안다. 차에 오르면서 세아의 발찌를 관리하는 곳으로 연락해 위치를 파악했고, 계단을 밟으면서 흘러나오는 TV 소리가 어느 집인지도 알았다.

『백설아.』

세아는 벽에 등을 기댔다. 없는 척하면 된다. 그냥 조용히…….

『너 그러라고 내가 옷 입혀 줬어?』

침묵하면 되는데 자꾸만 문 너머 서 있을 이현의 표정이 어떨지 머릿속에 그려졌다. 처음으로 이현의 그림자 같은 목소리를 들었다. 문득 문 너머로 웃음이 터진다.

『대답해 봐. 너 오늘 왜 이렇게 예뻤어?』

그리고 오늘 밤은 무척이나 어둠이 짙었다.

『나 지금 바닥에 앉아 있어. 더러운 거 신경도 안 쓰여.』

"……."

『찜찜하긴 하네.』

진작 힘으로라도 문을 부수고 들어와야 맞는 상황이지만

이현은 묵묵히 기다렸다. 그것도 바닥에 주저앉아서. 버스 정류장 의자 앞에서도 청결을 얘기하던 남자다. 세아는 저도 모르게 현관문 앞까지 나왔다.

『그래, 백설아. 네 손으로 직접 잡아서 돌려.』

세아의 기척을 느꼈는지 문틈으로 이현이 말했다.

『쉽잖아.』

잘근 입술을 깨문 세아는 잠금장치를 해제해 문을 열었다. 당연히 아래로 떨어져야 맞을 시선이 저를 덮은 그림자를 따라 위로 올라갔다. 비단결 같은 턱시도는 여전히 단 한 점의 흐트러짐 없는 어둠 속에서 고고히 빛나고 있었다.

"정말 내가 앉았겠어?"

피식 웃는 이현을 보며 세아는 기가 찼다. 이유 모를 배신감이 밀려왔지만 그에 대비한 게 있었다.

"손에 지갑 든 거 안 보여요? 비켜요, 편의점 갈 거니까."

이현을 밀치며 밖으로 나선 세아는 계단을 내려갔다. 그 뒤를 따라붙는 구두 소리는 언제 들어도 세아와 어울리지 않을 만큼 정갈하다.

"타."

무시하고 걷는 세아 때문에 이현은 제 차에서 손을 뗐다. 주머니로 밀어 넣었다. 울퉁불퉁한 길바닥 위를 걸었다. 묵묵히 멀어지는 세아의 뒷모습을 보며 웃었다. 후미진 가로등 불빛 아래에서도 고고한 우리 백설이. 아까는 드레스 자락을 나풀대며 걷더니 지금은 슬리퍼를 끌며 걷는 윤세아……. 감상에 젖어 있던 이현이 단번에 다가와 세아의 손목을 잡고 골목 안쪽으로 끌어당겼다.

"뭐하고 있는 거야."

헤드라이트가 번쩍이며 지나갔다.

"차 오는지는 좀 보고."

세아가 뒤늦게 정신을 차렸다. 자꾸만 뒤따라오는 이현을 신경 쓰느라 앞에 뭐가 오는지도 몰랐다. 눈썹을 구긴 채 세아를 내려다보던 이현이 한숨과 함께 걸었다.

"그 편의점이라는 곳이 어딘데?"

"놔요, 혼자 걸을 수 있으니까."

"아니, 위험해서 손잡고 가야 될 거 같은데."

"놓으라고!"

세아가 쳐 내자 이현이 허공에 버려진 손을 한 번 털었다.

"그럼 눈 똑바로 뜨고 걸어. 다음번엔 손으로 안 끝나."

"뭐?"

"아까 오던 차도 그냥 부숴 버릴걸."

평소대로라면 웃으면서 넘어갔겠지만 오늘은 이현도 기분이 별로였다.

"이제부터 네 앞에 뭐가 오든 다 밀어 버릴 테니까 신중하게 걸어."

오싹한 발언이었다. 세아는 치를 떨며 걸었다. 따라오지 않으면 될 일을, 왜 제 뒤만 졸졸 쫓아오는지 모를 일이다. 어느덧 신호등 앞에 선 세아는 빨간불만 뚫어지게 보았다. 술에 취해 휘청거리던 남자 무리가 옆으로 서는 게 느껴졌다. 눈을 게슴츠레 뜨더니 이내 세아의 얼굴을 보고선 발끈한다.

"저거, 오늘 TV에 나왔던 제로……. 감히 제로 따위가 릭시와 결혼한답시고!"

세아는 놀라 남자가 아닌 이현에게로 고개를 돌렸다. 골목에서 했던 무시무시한 발언이 떠올랐기 때문이다. 세아의 뒤에 서 있던 이현이 느릿한 시선으로 남자를 보았다.

"어디서 감히 제로 년이 사회 분위기를 다 망치고!"

"너한테 하는 말?"

"잠깐……!"

이러다 큰일이 날 것만 같아 세아가 몸을 돌리자 예상과 달리 이현이 세아를 끌어당겼다.

"들었지?"

"아!"

"사회 분위기는 그냥 내버려 두고."

반동으로 이현의 품에 안긴 세아가 그를 올려다보았다. 흐트러진 그의 머리카락이 사뿐히 내려앉는다.

"날 망쳐 봐."

그 순간 연신 제게 뭐라 떠들던 취기 어린 목소리들이 멀어진다.

"그럼 모두 평화롭잖아. 저 남자도 방금 목숨 구했고."

뻥 뚫린 도로를 활개 치던 자동차 소음도 전부 아득히. 지금 이걸 위해 중요한 자리도 마다하고 세아와 함께 서서 신호등 따위를 기다리고 있는 것처럼. 파란불로 바뀌자 이현이 가볍게 웃는다.

"건널까? 차는 조심하면서."

길 건너편에 있는 편의점에 들어선 세아는 아이스크림을 무려 세 통이나 샀다. 속이 자꾸만 뜨거웠기 때문이다. 이런 통증을 유발시키는 장본인은 입구에 선 채 작은 공간 안에 오밀조밀 온갖 잡다한 걸 파는 행태를 지저분하다는 듯이 바라보고 있었다.

"살 거 다 샀지."

"……네."

"그럼 이제 내 시간."

이현에게 붙잡힌 편의점 봉투가 조잡스런 소리를 냈다. 거의 끌려가다시피 빌라 앞으로 온 세아는 감옥에 처박히듯 이현의 차에 실렸다. 줄곧 참아 왔던 것인지 곧바로 출발하는 차의 속도가 매서웠다.

"그런 자리였으면 널 데리고 가지 않았지."

'가지 않았지'가 아니라 '데리고 가지 않았지'.

그건 처음부터 끝까지 세아를 염두에 두지 않았더라면 나올 수 없는 발언이었다. 지금 이현의 기분을 거북하게 만든 건 도현이 보유한 초능력 개수가 아니었다. 원래 타인에겐 무관심한 이현이다. 문제는 주인인 척 굴었던 도현의 태도에 있었다.

"너 프러포즈 받으라고 내가 기를 쓰고 예쁘게 한 것도 아닐 텐데."

"차 세워요."

"덕분에 네 얼굴을 모르는 사람은 없게 됐어. 그건 알지, 백설아."

이현의 눈매가 진해졌다. 의도가 어찌 되었든 세아는 이미 도현이 원하는 여자로 낙인 찍혔다. 이현이 세아를 데리고 오면서 찍혔던 사진들과 항간에 퍼진 제로와 유니벌의 관계에 대한 소문은 오늘부로 이현 혼자만의 것이 아니게 되었다.

"빼앗으려고 했는데 오히려 내가 뺏긴 상황이 됐고."

세아와 단둘이 만끽하려 했던 순간에 도현과 함께 엉키게 되었다. 셋은 이제 떼려야 뗄 수 없는 고리에 얽매이게 되었으니 이 지긋지긋한 생각을 떨쳐 버리기 위해서라도 확 트인 곳으로 가야만 했다.

도착한 곳은 한강이었다. 이현은 일렁이는 수면을 보며 마음의 안정을 찾으려 했다. 한데 도망치지도 않고 슬리퍼를 끌고 벤치로 와 앉는 형체로 인해 이현의 시선은 어김없이 뒤로 향한다.

"사랑하는 사이란 걸 그렇게 대대적으로 말하면 내가 어이가 없어지잖아."

아무리 생각해 봐도 기가 찰 일이다. 세아는 벤치에 앉은 채 물끄러미 이현을 올려다보았다.

"말했었잖아요. 당신이 끼어들 틈은 없을 거라고."

"그럼 너 왜 지금 따라왔어?"

"도현이를 대신해 할 말이 있어서요."

"내조해?"

"그렇게 보이나 보죠?"

"아니, 넌 그런 거 안 어울려."

이현이 완전히 몸을 틀자 세아의 얼굴이 온전히 보였다. 건조한 눈동자, 거기에 말려 죽는 게 나라는 걸…….

"그냥 말이라도 나와 있고 싶어서라고 해."

너만 몰라.

"죄송하게 됐네요. 말이라도 그렇게 못해 줘서."

세아는 시선을 내린 채 작게 속삭였다.

"……나와의 만남이 불행이라고 했죠. 나 그거 기억하는데, 당신은 내가 정류소 앞에서 한 말 기억해요?"

"……."

"나 때문에 다른 사람 인간관계 망치는 거 보고 싶지 않아요. 난 이미 연인이 있고, 그쪽이 끼어들어서 달라질 문제도 아니에요. 지금보다 더 불행해지지 말아요. 그렇게 살아온 분도 아니시잖아요."

세아가 신중하게 말하자 머리 위로 새된 웃음이 터졌다.

"그걸 잘 아는 애가 날 따라와?"

"대화하려고 온 거잖아요."

"난 이제 대화가 안 돼."

"……."

"이제 너와 대화만 하는 걸로 만족이 안 된다고."

"욕심내지 말라고 방금 말했잖아요."

"말 안 들어."

"신이현 씨."

"이게 말로 되는 상황인가?"

이현은 비웃었다. 네가 없던 일주일이 얼마나 지옥 같았는지 알지 못하기에 하는 소리다. 이미 어둠을 보았기에 오히려 떨어지지 않으려는 것인 줄도 모르고. 이현은 실없이 웃음을 터트렸다. 거긴 죽어도 가기 싫으니까 발악하는 것도 모르고.

"대화라는 건 앞뒤 상황을 보고 말해야지. 넌 내 상황을 전혀 모르잖아?"

무엇을 하든 이제 네가 없는 곳은 종말인 걸 너만 몰라.

"어떤 상황이요. 당신이 날 좋아한다는 거?"

세아가 차분히 말했다.

"잠깐 그러는 거예요. 우리의 첫 만남이 신선하긴 했잖아요? 그래서 내가 재미있는 거예요, 신이현 씨는."

이현은 천천히 숨을 내뱉었다. 재미있어? 입가로 조소가 걸렸다.

"곧 나한테 흥미를 잃을 거예요."

가슴이 미치도록 갑갑했다. 내가 잠깐 그러고 말 거라서 일주일 동안 그 고생을 했어?

"지금껏 살면서 제로에게 거절당한 적 없을 거 아니에요."

고작 너한테 거절 한 번 당했다고 내가 이래?

"계속하면 지치는 건 당신이에요. 알고 있어요?"

지치는 건 내 쪽이라니, 이미 지쳐 있는데 뭘 더 어쩌란 말인가.

"만약 그 저택에서 내가 아닌 다른 여자와 똑같이 마주쳤더라면 그 여자를 좋아했을 거예요."

이현은 허탈했다. 다른 여자를 좋아했을 거란 말이 계속 귓가에 맴돌았다. 제 모든 걸 부정당한 기분이다.

"나도 눈 있어. 한 번 본다고 이렇게 안 달려들어."

"그럼 다른 여자한테 달려들어요."

난생처음 겪어 보는 진통이다.

"나 말고 좋은 여자 많잖아요. 좋아해 줄 여자도 많을 테고."

세아의 입을 찢어 놓고 싶으면서도 동시에 부딪치고 싶은 기괴한 감정이다. 고양이 같은 눈매로 할퀸 게 가슴인지, 자꾸만 심장이 욱신거렸다. 눈앞이 어지럽게 번지면서 머리가 아팠다. 괴상한 두통이다. 좋아해 줄 여자가 많아? 네가 아니면 필요 없는데, 그런 걸 왜 알아야 한단 말인가. 이현은 설핏 웃음이 터졌다.

지금껏 모든 사상과 현상의 주체는 이현 본인이었다. 근데 제 자신을 이렇게나 흔들리게 하는 여자를 어떻게 설명할 수 있을까. 천천히 저를 좀먹는 존재가 안에서 몸짓을 부풀리는데, 이것도 더 먹으라 내주고 싶은 마음이다. 더 썩어 문드러져도 좋으니 계속 옆에 있으라 강요하고 싶다. 초능력이 없는 하찮은 목숨인데 그러기에 안아 주고 싶다. 분노와 더불어 치밀어 오르는 애정은 이현에게 낯선 감정이었다. 저를 이렇게 혼란스럽게 만들어 놓고도 성의 없이 슬리퍼를 신고 나온 모습은 끝까지 이현의 시선을 붙잡았다. 발밑으로 풀이 무성해 벌레라도 들러붙을까 봐. 이런 제 모습이 웃겨 이현은 조소를 흘렸다.

"대답 지금 해야 되지?"

그리고 고개를 들었을 때, 이현은 지금 자신을 사로잡은 감정의 정의를 내렸다.

"해 줄게."

"……."

"우선 그전에 알기 쉽게 기록을 하는 게 좋겠네."

이현이 벤치에 앉으며 손목에 찬 다섯 개의 시계 중 가장 첫 번째 시간을 멈추었다.

"내가 너로 인해 불행해지는 기록."

11시 50분. 시간을 멈춘 이현이 고개를 들어 세아를 바라보았다.

"중독이라고 들어 봤어? 안 좋은 걸 뻔히 알면서 하는 짓. 그게 독이라는 걸 알면서도 멈출 수 없는 거지. 내성도 생겨. 처음엔 하나면 되었는데 이젠 두 개가 아니면 만족이 안 돼. 그럴수록 사람 피 말라 가는 거야. 마약이든 술이든 도박이든 종류는 다양한데 하필이면 내가 손댄 게 너라서."

이현은 세아를 끌어안았다.

"그 끝이 뭐가 되었든, 네가 뭐라고 말하든."

가느다란 머리카락에 얼굴을 대어 보니 향긋한 내음에 정신이 혼미해진다. 눈빛이 점차 탁해진다. 첫 번째 불행의 시작.

"중독자에겐 안 먹혀."

나는 너를 사랑해.

"한국에 계속 머무실 생각이십니까?"

"그래야죠. 제가 태어난 고향이니까요."

아홉이서 비워 낸 위스키가 무려 열다섯 병이다. 유니벌이란 위치에 선 자들은 모두 술과 친화적인 것인지 취한 낯빛은 볼 수가 없었다. 질 수 없어 도현 역시 무르익은 분위기 속에서도 정좌한 채 웃음을 유지했다.

"저런, 더 큰 무대가 어울릴 텐데 욕심이 없으십니다."

"그런가요."

"뭐, 제임스 김도 한국에서 태어났으니 이로써 더는 무시할 수 없는 국가가 되겠군요. 도현 님으로 인해 국력이 더욱 강화될 테니까요."

"그렇게 말씀하시니, 제가 무슨 히어로라도 된 것인 양 들리는군요. 그래 봤자 릭시인데요."

"릭시가 얼마나 희귀한지 모르시나 봅니다. 모든 벡터들이 가까이 하려고 안달 난 게 바로 릭시 아니던가요?"

"그렇다면 부디 앞으로의 저와 제 행보까지 좋게 봐주셨으면 합니다."

줄곧 대등한 위치로 보일 수 있도록 자세를 낮추고 들어간 덕분에 그들로부터 금세 환심을 살 수 있었다. 아마 도현이 초능력을 앞세워 그들에게 위협을 가했더라면 유니벌을 모두 적으로 돌렸을 것이다. 그들의 성미는 이현을 보았기에 익히 잘 알았다.

"어차피 술이나 마시자고 마련된 자리인데 이런 골치 아픈 애긴 나중으로 미뤄 두고 오늘은 먹고 즐기죠."

목표를 달성하기까지 도현은 그들이 원하는 정형화된 가면을 쓸 생각이었다. 술을 좋아하고 사람 좋아하고 새로운 위치에 안주하는. 그렇게 웃는 낯으로 대해 준다면 저절로 초능력 개수에 헉헉대며 개처럼 달려들 것이다.

"즐거운 분들과 함께해서 좋은 시간이 될 거 같군요."

언더락 잔에 담긴 위스키가 독한 향을 내며 도현의 식도를 적셨다. 지금 이 모든 건 양분이 되는 과정이다. 도현은 그걸 하나도 빠짐없이 취할 생각이었다.

"술을 너무 많이 드셨습니다."

그 밑 작업으로 비위를 맞추던 게 조금 과했다. 잠시 화장실에 다녀오겠단 말로 자리에서 일어난 도현은 그곳을 벗어나자마자 흐트러졌다. 그걸 붙잡은 중오가 걱정스러운 낯빛을 했다.

"오늘은 그만하시죠. 모두 돌아가라 말하겠습니다."

"내버려 둬. 한참 좋은 자리인데."

중오의 부축을 밀어낸 도현이 '후으' 크게 숨을 내쉬며 느릿하게 눈을 감았다.

"화장실이…… 어디였더라."

"이쪽입니다."

"됐으니까 안에 들어가서 애들 비위나 맞춰. 내가 기껏 차려 놓은 밥상이 식으면 무슨 소용이야."

이처럼 취한 도현은 처음 보는 거였기에 걱정이 되었지만 그가 한 말도 일리가 있었다. 한창 좋은 분위기에 주인공이 빠진 셈이니, 그 부재가 생각나지 않도록 메우는 역할은 중오만이 할 수 있었다.

가드들까지 무르고 홀로 화장실에 도착한 도현은 벽에 기대어 휴대폰을 꺼내 들었다. 순간이동으로 가 얼굴이라도 보고 싶은 심정인데, 일 못하는 남자는 매력 없다고 했으니까.

「여보세요.」

"……아직 안 잤네."

연결음 내내 눈을 감고 있던 도현은 세아의 목소리를 듣고 나서야 숨통이 트인 듯 피식 웃었다.

"몇 신데 안 자, 혼나려고. 안 피곤해?"

「너 안 오는데 내가 무슨 수로 자.」

"아, 집에 가고 싶게……."

「술 많이 마셨니?」

나지막이 혼잣말을 중얼거린 도현이 이마를 짚었다.

"조금. 자리가 그렇게 만드네."

「취한 거야?」

"아니, 그건 아니고. 통화할 정도는 돼."

천천히 벽을 타고 주저앉은 도현이 휴대폰을 꽉 움켜쥔 채 다리 사이로 얼굴을 파묻었다.

"네 목소리 듣고 빠질 정신은 남겨 뒀어."

네 숨소리의 높낮이까지, 어느 것 하나 놓치고 싶지 않았다.

"아무거나 말해 줄래. 뭐든 다 좋을 거 같은데."

모조리 가두는 마음으로 도현은 그곳에 온 신경을 집중했다. 너무 많이 마시지 마, 속 망가지면 어쩌려고……. 그 말에 도현의 눈썹이 작게 꿈틀거렸다.

"무슨 안 좋은 일 있었니, 고양아?"

「어……?」

"난 취기가 올라와서 그렇다고 해도 넌 왜 이렇게 목소리에 힘이 없어."

「너 걱정하느라 그런 거잖아.」

"아닌 거 같은데. 누구 만났어?"

세아는 또다시 말이 없었다. 그로 인해 도현의 온 신경은 타들어 가고 있었지만 잠자코 스스로 말하길 기다려 주었다. 한참 뒤에야 입술이 열렸다.

「그런 게 아니라 피곤해서. 졸리기도 하고.」

"그럼 먼저 자. 늦게라도 집으로 갈 테니까."

「너 그렇게 말하면 오기 전까지 잠 못 자.」

"설레서?"

「당연하지. 우리 남편, 밖에서 고생하고 있는데 걱정도 되고.」

도현은 지금 이 순간 세아의 목소리 하나로 인해 머릿속이 아득해지는 걸 느꼈다.

"더 듣고 싶어……. 누나, 나 없는 동안 뭐했어? 하나부터 열까지 전부 말해 봐."

작게 속삭이던 도현의 귓가로 순간 낯선 소음이 들려왔다.

"……밖이야?"

「아, 응. 이제 곧 집에 들어가.」

"이 시간에 어딜 간 건데."

「편의점. 아이스크림이 먹고 싶어서 잠깐 산책도 할 겸 나왔어.」

"그랬어? 말하지, 내가 갈 때 사 가면 되는데."

「지금 당장 먹고 싶어서.」

"무슨 맛 샀어?"

「바닐라. 그거 알지, 커다란 통으로 파는 거. 수저로 떠먹다 보면 시간 가는 줄 모르는 사이즈 있잖아.」

"완전 애야. 그런 거나 먹고."

순간 도현은 바닥에 주저앉아 통을 끌어안은 채 새하얀 크림 같은 덩어리를 떠먹을 세아가 생각나 저 혼자 웃었다.

"배 아프려고. 조금씩만 먹어."

「응. 아, 나 집 앞이다.」

"이제 계단 올라가?"

「네, 올라가고 있어요.」

"예쁘게 존댓말 할 거예요?"

「네, 더 예뻐 보이고 싶어서요.」

"미치겠다. 얼른 들어가."

줄곧 기계적으로 웃던 도현의 입가에 순수한 미소가 번지게 하는 것도 오직 세아뿐이다.

「나 정말 너 올 때까지 잠 안 올 거 같은데.」

"오늘만 참아 줘라. 난 널 재우고 싶지, 불면증은 되고 싶지 않아."

「…….」

"자고 있어. 얼른 정리하고 갈게."

곧 끝나. 작게 속삭여 주니 세아가 그제야 웃었다. 조심히 와. 그 말에 도현은 대답 대신 화면 위로 입을 맞춰 주었다. 사랑해. 떨어진 지금 이 순간엔 더욱 많이.

도현은 세아가 먼저 전화를 끊을 때까지 기다렸다가, 액정의 불이 꺼지고 한참 뒤에야 자리에서 일어섰다. 휘청거리던 몸은 다시 목석처럼 돌아갔다. 손을 닦고 화장실을 나선 도현의 얼굴은 언제 그랬냐는 듯 더욱 차가워져 있었다.

도현이 다시 자리로 합류하자 반대로 중오가 나왔다. 어김없이 도현의 청각이 닿지 않을 곳으로 가 연락을 취했다. 아까 준비하라 지시를 내렸던 자에게로.

"대기하고 있겠지."

세아를 건드리면 도현이 가만있지 않을 거란 건 안다. 그걸 방지하기 위해 자신의 존재를 입증하는 자리에서 그녀와 결혼하겠다 떠들어 댄 걸 테니. 만약 그런 여자를 털끝 하나라도 다치게 한다면 도현에게 구실을 주는 일밖에 안 된다.

「네, 마침 윤세아가 자리를 비워서요. 진작 집 안으로 들어가 있습니다.」

그렇다면 중오가 건드리지 않고 사고처럼 위장하면 문제없지 않은가. 자고로 사고란 피치 못할 상황에 불가피하게 일어나는 법이니까.

"삼십 분이면 충분하겠지."

초능력 남용으로 인해 하루에도 수십 명의 제로들이 희생당하고, 그 얘기가 뉴스를 통해 전해지지만 요즘 단연 뜨거운 관심은 연쇄살인범이었다. 그것도 감전으로 제로만 골라서 살해하고 다니는. 자고로 사람들의 이목을 끌어들이려면 살인에도 특징적인 수법이 있어야 한다. 혼자 사는 여자만 목표물로 삼는다든가, 범행 시간이 으슥한 새벽이라든가.

「그럼요, 빨리 끝낼 수 있을 겁니다.」

그것도 아니면 희생자 손목에 하트 표시를 한다든가.

「걱정 마십시오. 오늘을 위해 그간 사고를 만들고 다닌 녀석입니다.」

의심을 피하기 위해서라면 계획은 미리미리 철저하게.

봉지를 터덜거리며 계단을 오른 세아는 문 앞에 서서 한숨을 내쉬었다. 이미 안에 있는 아이스크림은 녹아 액체가 된 지 오래였고 머릿속은 통화 뒤 더욱 걸쭉해졌다. 끌어안는 이현을 억지로 밀치고 뒤돌아섰지만 따라오지 않았다. 항상 그런 식이다. 매번 찾아와서 사람을 궁지로 몰아넣지만 마지막엔 보내 준다.

"생각해서 뭐해."

끌어안았던 두 팔에서 애절함을 느꼈다면 웃긴 걸까. 세아는 이현에게서 볼 수 없던 모습을 새롭게 목격할 때마다 두려움이 밀려왔다. 그건 정말 자신으로 인해 변하고 있다는 걸 의미하니까.

도어락 비밀번호를 누르고 문을 열고 들어섰다. 가장 먼저 봉투 안에 담긴 아이스크림부터 처리하려 슬리퍼를 벗자 순간 세아의 눈동자가 천천히 거실 쪽으로 굴렀다. '지직' 하고 형광등이 흔들렸다. 조명은 새로 간 지 한 달도 되지 않은 것이다.

"……."

여자의 감은 무서운 것이라, 꺼림칙한 무언가가 안으로

들어서려는 세아의 발목을 붙잡고 있었다. 그대로 세아는 신발장을 열었다. 비밀스럽게 감춰 놓았던 건 저번 작전 때 입었던 슈트였다. 버릴 타이밍을 찾기 위해 감춰 둔 것을 다시 입게 될 줄은 꿈에도 몰랐지만.

언제나 세아의 감은 소름 끼치도록 잘 맞았다. 동물적인 감각이 초능력을 이긴다는 건 그간 처리해 온 벡터들을 보면 입증된 사실이었다. 최대한 소리 없이 빠르게 슈트를 입고 워커까지 챙겨 신은 세아의 표정이 살벌해졌다. 그러니까 너는.

"나와, 숨어 있지 말고."

오늘 잘못 걸렸다.

"……."

아까보다 더 자주, 빠르게 형광등이 깜빡였다. 살갗이 따끔거리는 감각은 익히 그림자로 활개 치던 세아에게 위압감보다는 성질을 파악하는 단서만 주었다. 세아는 천천히 침대 쪽으로 걸어갔다.

전기인가, 감전인가. 종류가 중요했다. 전기라면 전류가 밖으로 분출되는 식이라 거리를 두고 공격을 할 테고, 감전은 체내 안에서만 존재해 대상과 접촉해야지만 치명상을 입힐 수 있었다.

"나오라고 몇 번을……."

침대 앞에 멈춰 선 세아가 발끝을 세워 커튼처럼 내려간

이불보를 들췄다.

"말해야지 나올래."

천천히 허리를 숙이자 어둠 속에서 번득이는 눈동자와 마주쳤다.

"여자 집에 함부로 들어왔으면서 내 얼굴 보기 싫으니?"

웃으며 묻자 불쑥 손이 튀어나왔다. 세아는 그걸 걷어찼다. 손목이 나갈 정도의 힘을 담았는데 '악' 소리 하나 내지 않는 걸 보니 꽤 단련된 자 같았다. 스치듯이 보았던 팔찌엔 빨간 실선 하나. 내추럴에 공격형.

침대 아래에서 나온 남자가 세아를 보았다.

"조용히 와서 잠이나 잘 것이지, 왜 이불을 들춰?"

"그럼 살기나 죽이든가. 들어왔을 때부터 내 집에 누가 '나 쳐들어 왔어요' 하고 대대적으로 홍보를 때리고 있는데 너 같으면 침대에 눕고 싶겠니?"

일반적인 제로라면 느끼지 못했을 작은 변화를 세아는 모두 감지해 냈다. 남자는 기가 차다는 듯이 웃었다. 침대 밑에 숨어 있던 건 조용히 처리하기 위함이었다. 소리라도 지르면 골치 아프니까. 한데 제 위치를 단번에 파악한 걸로도 모자라 방금 걷어차며 전류를 흘렸음에도 세아는 멀쩡했다.

"이제 보니 그냥 코스튬 플레이 하려고 옷을 입은 건 아닌 것 같은데."

"눈치는 빠르네. 너 맞이하려고 특별하게 준비한 건데 맘에 안 드니?"

특수 재질로 되어 있는 건가. 남자는 '큭큭' 대며 음산한 웃음을 쪼갰다.

"당연하지. 그런 옷을 입고 있으면 손목에 흔적 남기기 성가시잖아."

그 말에 세아의 눈썹이 살며시 일그러졌다. 서진과 관련된 사건이라 기사를 찾아본 적 있었다. 제로만 골라 죽이고 난 뒤 하트를 손목에 그린다는 연쇄살인범. 그렇다면 초능력은 감전.

"갈가리 찢으면 그만이지, 뭐."

남자가 뒤춤에서 날이 생생한 나이프를 꺼내 들었다. 살가죽을 난도질할 듯한 자태가 섬뜩했다. '후욱' 숨을 몰아쉰 세아는 가볍게 뛰며 몸을 풀었다. 신발장에서 총을 꺼내지 않은 건 도현 때문이기도 했다. 얼굴까지 알려진 마당에, 도현의 옆에 있기 위해 나인으로서의 삶을 청산했던 세아는 문제를 일으켜선 안 되었다. 게다가 서진까지 연관된 자라서 제로답게 굴어야 하는 게 맞지만.

"덤벼, 시간 끌지 말고."

그렇다고 내가 이런 놈한테 죽을 순 없잖아?

"까불지 않아도 어련히 곧 죽을 목숨인데 명을 재촉하면……."

남자가 살기 넘치는 눈빛으로 세아에게 달려들었다.

"쓰나!"

전형적인 돌진이다. 상대가 제로이기에 나올 수 있는 건방진 움직임이 세아의 눈에 읽혔고, 거대한 몸집이 닿기도 전에 다리가 먼저 한 바퀴 돌며 나갔다.

"큭!"

"어때, 짜릿하지?"

회전의 힘까지 더해져 옆구리를 강타한 통증이 꽤 묵직했을 것이다. 남자가 한쪽으로 비틀대는 사이 세아는 그의 손아귀에서 전류가 튀는 걸 똑똑히 목격했다.

전류? 그러고 보니 이상했다. 분명 세아가 보았던 기사에선 화양동에서 세 번째 피해자가 발생하자 정부에선 감전 초능력을 사용 못 하도록 팔찌에 락^{lock}을 걸었다고 했다. 근데 버젓이 사용을 한다는 건.

"……너, 누가 제로 죽이고 다니라고 뒤에서 시켰지."

자유자재로 락을 풀었다가 다시 잠글 수 있는 정부.

"알아서 뭐하게."

"……."

어쩌면 세아를 찾아온 게 우연이 아닐지도 모른다. 도현이 릭시로 발표된 가운데 하루도 안 지나 연쇄살인마가 세아의 앞에 나타난 건 어딘가 수상쩍은 냄새가 풍겼다. 세아는 작게 웃음을 터트리며 인상을 찡그렸다.

"정말 답답하네. 내가 얼마나 우스워 보였으면 내추럴을 보내."

"뭐?"

"날 죽일 생각이었으면 플랫 이상이었어야 해. 근데 너 아니잖아."

"이게 무슨 소릴……."

"특별히."

골반을 양손으로 짚은 세아의 눈빛이 조금 전보다 비장해졌다.

"넌 죽이지 않을게. 내 남자한테 오점이 되면 안 되거든."

"누가 누굴 죽인다는 거야. 제로가 날?"

'으득' 분노로 이 갈리는 소리가 세아의 귓가를 긁었다. 나이프로 전류가 흐르는 게 육안으로 보일 정도였다. 아마도 최대치의 힘을 뽑아내고 있는 듯했다. 그 위력이 제대로 전달된다면 특수복이라고 해도 죽음을 면할 수 없을 거다.

"기어오르는 것도 적당히 해라. 놀아 주는 건 끝났으니까."

그러니까 급소를 쳐 일격에 끝내야만 한다. 남자가 또 한 번 있는 힘껏 달려들었다. 세아는 뒷걸음치는 척하다 그대로 몸을 숙였다. 세아가 시야에서 벗어나자 반사적으로 주춤한 허리가 아래로 구부러졌다. 시선이 마주쳤고, 바닥을 두 손으로 짚은 세아의 눈빛이 일순간 번득였다. 초능력이 없는 제로라 손쉽게 죽일 거라 여긴 안일한 생각.

"이 꽉 물어라."

뒤집는 건 벡터에게 대항하기 위해 목숨을 내걸고 힘을 키운 자만이 할 수 있다. 바닥을 짚은 왼쪽 다리가 스프링처럼 튕겼다. 그 반동을 이용해 날렵하게 뻗은 오른쪽 다리가 힘껏 위로 올라갔다.

"컥!"

턱밑을 제대로 강타당한 남자의 고개가 뒤로 꺾였다. '쩽그랑' 나이프가 아래로 추락했고 곧 커다란 덩치도 함께 그 뒤를 따랐다. 쾅, 지면이 묵직하게 흔들렸다.

"하아……."

참아 왔던 숨을 몰아쉰 세아는 재빨리 남자의 맥부터 짚었다. 숨은 붙어 있고 기절 상태. 확인을 마친 세아는 자리에서 일어나 입고 있던 슈트부터 벗었다.

시간이 없다. 의심 살 만한 물품을 모조리 처리해야만 했다. 캐리어 안에 물건을 빠르게 밀어 넣은 세아가 빌라 바깥으로 향했다. 쓰레기를 모아 두는 곳에 캐리어를 내려놓은 뒤 집으로 올라갔다. 빌라 주변으로 CCTV가 없단 게 이토록 다행스럽게 느껴지긴 처음이다.

"한시우, 우리 집 앞 쓰레기 더미에 지금 회색 캐리어 하나 있는데 당장 가지고 가서 처리해."

그나마 가까운 곳에 살고 있는 시우에게로 전화를 걸자 말이 없다. 생각을 마친 건지 느릿한 목소리가 흘러나온다.

「위급?」

"비상사태급이야. 선요한한테 연락해서 너랑 한 내 통화 내역 지우라고 시켜."

「응, 조심해.」

시우가 간결하게 대답했다. 통화를 마친 세아는 이마를 짚었다. 언제 일어나게 될까 남자의 상태를 살핀 세아는 침착해지려고 심호흡했다. 상황을 정리해 보자. 제로의 집에 벡터인 연쇄살인범이 나타났다. 거기서 제로가 멀쩡히 살아남고 연쇄 살인범은 기절.

"……의심받기 딱 좋네."

말도 안 되는 상황이었다. 제로가 벡터를 제압했다는 건. 실수로라도 벌어져선 안 될 이 기적은 의심의 물고를 터 결국 나인으로서의 삶에까지 이어질 것이다. 벡터를 처리하는 여자 제로는 꽤 유명했으니까.

세아는 잘근 입술을 깨물고 주변부터 엉망으로 만들었다. 침대가 헝클어졌고 테이블이 넘어졌다. 집 안은 금세 난장판이 되었다. 의자까지 부순 세아의 폐부가 들썩였다. 자신의 워커가 남긴 발자취까지 지운 뒤 바닥에 떨어진 나이프를 수건으로 감싸 들었다. 기절해 있는 남자의 손에 쥐어 주고 나니 파르르 눈꺼풀이 떨렸다.

"……."

적어도 운 좋게 살아남았단 말이 먹히려면 세아가 멀쩡

해선 안 된다. 날 끝이 번득이는 나이프를 쥔 손은 고민을 마친 듯 남자의 손목을 움직이며 제 옆구리로 가져다 댔다.

"악!"

빠르게 사선으로 스친 날이 살점을 베는 느낌은 정말 끔찍했다. 고통을 감수해야 한다. 할 수 있다. 이보다 더한 훈련과 상처도 견뎌 왔던 세아가 이제 와서 못할 건 없었다. 몸싸움이 벌어졌다는 걸 증명할 수 있도록 축 늘어진 남자의 팔을 이리저리 휘둘러 제 몸 곳곳에 상처를 냈다. 세아는 절뚝거리며 공구함으로 가 망치를 꺼내 들었다. 제 지문이 남지 않게 수건을 감싼 채였다.

"하아……."

칼 몇 번 긁힌 거로는 부족했다. 더 깊게 찔렀다간 출혈로 인해 세아의 목숨이 위태로울 수 있었다. 세아는 지금 제 목숨이 끊어지지 않을 선상에서 최대한 많이 다쳐야만 했다. 망치를 들고 제 발목을 본 세아의 눈동자가 일순간 흐릿해졌다.

"윤세아, 정말 미쳤구나."

어디 하나 부러져야…….

하지만 의심만 피할 수 있다면, 살아남을 수만 있다면, 내가 제로로서 네 옆에 머물 수만 있다면.

"도현아……."

내가 뭔들 하지 못할까. 세아는 잘근 입술을 깨문 채 망치를 들고 걸었다. 남자의 곁에 앉았을 때 이미 생각의 꼬리는 잘린 채였다. 세아는 제 오른쪽 발목 위로 망치를 대고 위치를 가늠했다. 팔을 높이 쳐들자 더 이상 망설임은 없었다.

"악!"

내 몸이 아니라 생각했다. 도중에 힘이라도 뺐다간 이도 저도 안 되는 상황이 될 테니까. 제대로 내리친 덕분에 어디 하나 부러지는 소리가 몸 안에서 또렷하게 울려 퍼졌다. 그와 동시에 엄습하는 미칠 듯한 통증. 익숙해지려고 해도 매번 새롭게만 느껴지는 것……. 하지만 앞으로의 상황을 위해서라면 견뎌야 하는 아픔이다. 나인 때와 지금의 윤세아는 별반 다를 게 없었다.

"하아…… 윽."

내가 가고자 했던 길은 언제나 가시밭길이었으니까…….

세아는 벌벌 떨리는 손으로 망치를 남자의 손에 쥐여 준 다음에야 제 휴대폰을 들었다. 바닥이 온통 피로 얼룩져 있었다. 경찰에게 연락을 하기엔 살인범이 정부와 연관된 자라 세아의 몸까지 다친 걸 알면 또 다른 자를 보낼까 조바심 났다. 세아는 주소록을 눌러 안전하면서 제게 구세주가 될 인물에게로 전화를 걸었다.

새벽 12시가 넘어가는 시간에 전화를 거는 건 이상했지만 위급 상황이니 괜찮다. 만약 집으로 살인범이 들어와 목숨을 위협한 상황에서 간신히 살아남아 두려움에 떨고 있는 제로라면 경찰보다야…….

「여보세요.」

"윽, 살려…… 주세요."

내 후견인이 검사란 직업을 가졌다는 게 가장 먼저 떠오를 테니까.

「……윤세아?」

"살려 주세요. 집에, 집에 살인범이 들었어요. 윽…… 하나도 기억 안 나요. 몸싸움을 한 거 같은데 정신 차려 보니 남자가 누워 있어요. 무서워요. 언제 깨어날지 모른다고요."

「천천히 말해.」

"도와주세요, 무섭단 말이에요……!"

「어디 다쳤나?」

"피, 피 나고요. 다리가…….."

세아는 벌겋게 부어 있는 제 발목을 바라보았다.

"안 움직여요."

수사를 펼친다면 의심스러운 상처가 지금 세아의 몸에 한가득이다. 하지만 도현이 알기만 하면 그런 것쯤은 문제가 되지 못할 것이다. 세아는 그저 지금 몹시 많이 다쳤다는 것만 증명하면 되었다.

"살려 주세요, 읍…….."

그리고 지금 이 상황은 도현에게 여러 구실을 주는 사건

이 될 것이다. 세아를 처치하려고 했던 남자부터 시작해, 제로는 죽어도 그만이라는 사회적인 인식까지. 하나도 빠짐없이 제 발밑으로 모아 두고 물어뜯을 것이 분명했다. 사회 전체가 벌벌 떨게 되는 일이 될지도 모른다. 하지만 그건 어쩔 수 없는 결과였다.

"……죽기 싫어요."

도현이 손도 못 대던 윤세아가 지금 엉망이 되었으니.

도현은 눈이 돌기 직전이었다. 아니, 이미 핏대가 선 눈은 인간의 것이라곤 생각되지 않았다. 새하얀 병원 복도에 울려 퍼진 구두 소리는 새벽의 고요함을 소름으로 깨울 만큼 냉담했으며 건드리면 누구라도 잡아 죽일 듯 무자비했다. 그런 위압감을 가진 남자의 얼굴은 무無에 가까웠다.

자신이 오기 전까지 잠이 안 올 것 같단 세아의 목소리가 자꾸만 생각나 더는 지체할 수가 없었다. 제가 안고 재워 줘야지만 단잠에 빠질 세아다. 너무 취해서 어지럽단 말로 연기를 하자 한창 즐거웠던 자리가 그를 위해 빠르게 와해됐다. 내일 조찬을 함께하는 게 어떻겠냐는 의견을 수용하

고, 오후엔 골프를 즐기잔 얘기 역시 도현은 웃으며 받아
들였다.

하루 더 한국에 머물 거란 그들이 안전하게 호텔로 귀가
할 수 있도록 중오에게 일을 부탁하고 집으로 순간이동 했
는데…… 도착한 곳엔 온전한 게 없었다. 깨지고 부서지
고 외간 남자들의 발자국으로 더럽혀졌다. 도현이 보고 분
노할 만한 사건이 여럿인 가운데 수사를 하던 그들이 하는
말이, 연쇄살인범의 습격이 있었다고.

"어, 이 안은 들어가시면 안 됩니……!"

"비켜."

문을 연 도현은 숨통이 콱 막혔다. 알코올 냄새가 저를
죽일 듯 후각을 관통했다. 호스가 달려 있고 그 안으로 액
체가 떨어져 세아에게로 들어가고 있었다. 늘 제가 예쁘다
입 맞추고 만져 주었던 다리는…… 붕대에 감겨서.

"……"

제 입술로 가꿔진 다리인데, 왜 저딴 게 감겨 있는지 도
현은 이해할 수 없었다. 납득할 수 없는 풍경을 본 도현의
고개가 천천히 움직였다.

"왜 눈을 안 뜨는데?"

나지막한 목소리가 낮게 깔렸다. 바닥으론 냉기가 감돌
았다. 간호사의 눈이 죽어 버린 동태처럼 맹해졌다. 이제
막 수술을 마치고 입원실로 들어온 환자인 데다가 범죄와

연관된 여자라 그 누구도 면회를 허락하지 말란 당부가 있었지만 그를 앞에 두고선 하나도 생각나지 않았다.

"……."

발을 뗄 수도, 입을 열 수도 없는 농도의 두려움이 엄습했다. 그 순간 대답을 강요하듯 도현의 눈동자가 천천히 굴러 간호사에게로 향했다. 그녀는 재빨리 입을 열었다.

"그게…… 마, 마취를 해서 아직 깨어나려면……."

말하지 않으면 이 자리에서 죽을 것 같았으니까. 시선 한 번 닿았을 뿐인데 온몸이 갈가리 찢기는 듯했다. 도현은 손을 올려 이마를 짚었다. 그 순간 드러난 팔찌의 선이 여덟 개…….

"마취?"

혀가 동여매진 듯 꼼짝도 할 수 없었다. 차라리 난도질되는 것이 나았을 뻔했다는 생각마저 드는 건 생기라곤 찾아볼 수 없는 도현의 모습 때문이다. 그와 단둘이 놓인 이 자리는 차라리 죽음을 찾게 될 정도로 끔찍했다.

"사, 상처가 심했습니다. 병원에 왔을 당시에 오른쪽 발목이 으스러져 있었고 칼에도 찔렸던지라……."

손을 내린 도현이 다가와 이불을 거둬 냈다. 천천히 손끝을 세워 새하얀 병원복을 들춰 보니 곳곳에 피로 얼룩진 거즈가 붙어 있었다.

"……."

"보, 봉합한 부위가 세 군데입니다."

"몇 군데?"

"세…… 세 개."

"세 개씩이나."

"……."

"더 있는 거 같은데."

"나머지 상처는, 시간이 지나면 나을……."

"시간이 어디 있을까."

간호사는 입을 움직일 수가 없었다.

"……."

"윤세아가 다쳤는데, 시간? 그런 건 있어서도 안 되지."

손을 뗀 도현이 세아의 팔과 이어져 있는 호스를 보았다. 도현의 눈썹이 삽시간에 구겨졌다.

"이 약물 뭐야."

"아니, 그러시면……!"

세아의 팔에 꽂혀 있는 바늘을 뺐다. 목숨을 위협당했기에 안전한 건 그 어디에도 없어 보였다.

"내 허락 없이 윤세아 몸에 어떤 것도 집어넣지 마."

세아의 몸 안에 들어가는 게 뭐든, 어떤 것이든 자신의 허락 아래에서 이뤄져야 한다는 지독한 소유욕이 빚어 낸 생각은 지금 더 강렬해졌다.

"네, 네. 알겠습니다."

제 잘못인 양 간호사가 바들바들 떨었다. 애초에 제가 모르는 시간을 세아에게 준 도현이 잘못이었다. 어디에 있든, 어딜 가든 제 시야가 닿는 곳에 둬야만 했었다. 도현은 뒤늦게 전화 하나로 만족하며 웃던 제 자신이 쓰레기처럼 느껴졌다. 잘도 그런 안일한 생각으로 세아를 지키겠다고 떠들어 댔던 입은 이미 막무가내로 씹어 선혈이 감돌았다.

"다 됐고."

도현의 입가가 느릿하게 움직였다.

"수술 집도한 의사 데려와."

독기에 찬 눈동자를 본 그녀는 마지막 사명이라도 다하듯 재빨리 밖으로 뛰어나갔다.

둔기로 인한 오른쪽 발목 분쇄골절, 날카로운 칼에 찔리고 긁힌 상처가 총 아홉 개, 그중에서 봉합이 필요했던 부위는 세 곳. 의사가 상세히 말하는 걸 도현은 의자에 앉아 팔짱을 낀 채 모조리 다 흡수했다.

"지 검사님께서 보호하고 있는 아이라, 특별히 이곳 병원으로 오게 되었습니다."

이 모든 게 30분이란 시간 내에 끝난 건 치료 계열 벡터였기 때문이다. 제로라면 올 수 없는 곳이라는 건 들어올 때부터 깔끔했던 외관을 보아서 잘 안다. 한데도 완벽히 치료하지 못했던 건 세아의 수술을 집도한 벡터가 숙련도가 낮은 자라서 완치되려면 적어도 한 달은 필요하다고.

"······하지만 이상한 것이, 몸싸움 도중 흉기로 생긴 자상은 남아 있는데 다리가 부러진 것 외 그 밖에 좌상은 보이지 않아서요."

"이상해?"

눈을 감고 생각에 잠겨 있던 도현의 눈꺼풀이 천천히 올라갔다.

"여기서 윤세아가 더 다쳤어야 한다. 지금 그 소린가?"

"아, 아닙니다."

이글이란 새로운 칭호를 얻은 릭시답게 그가 발산하는 위압감은 가히 엄청났다. 뒤로 서 있던 간호사들은 찍소리도 하지 못했고, 앞에 선 의사마저 등골에 땀이 배어나 축축해진 지 오래다. 도현의 입꼬리가 섬뜩하게 올라갔다.

"내 여자가 다친 게 이상한 거지."

모두가 그 시선을 피해 고개를 숙이고 있는 가운데, 뒤늦게 이글이 방문했단 소식을 듣고 달려온 이사장이 도현의 앞으로 섰다. 제일 높은 자라는 건 딱히 소개를 하지 않아도 팔찌에 그어진 선 세 개를 보면 알 수 있었다.

"지금 못 일어나는 것도 마취를 한 것 때문이라고 하던데."

"네, 지금쯤 깨어났어야 하는데 잠드는 경우도 있어서······."

"확신해? 잠들어 있단 거."

"흔들어 깨우기라도······."

"억지로 깨운다? 내 앞에서 무식한 발언을 하는군."

이사장은 피식 웃는 도현의 입술을 보며 뒤늦게 제가 실수를 범했다는 걸 인지했다.

　"윤세아는 여기서 그 누구도 못 건드려. 내 허락 없이는 절대."

　"……."

　"근데 나는 눈도 뜨고 말도 하는, 내가 마지막으로 보았던 윤세아의 모습 그대로를 보고 싶은데 어떻게 생각하지?"

　"지당하신 말씀입니다. 지금 당장 최상급 치료 벡터를 데려오겠습니다."

　"5분 줄 테니까 해."

　병원에 딱 하나 있는 최상급 벡터는 이미 다른 이를 치료하고 있었지만 뭐가 되었든 당장에 그녀부터 낫게 해야만 했다. 도현이 개입한 이상, 병원의 사활이 걸린 문제였다.

　"도현 님, 이게 무슨 일입니까."

　뒤늦게 소식을 듣고 온 것인지, 중오가 가드를 대동하고 병실을 찾았다. 안 그래도 좁은 병실이 맘에 들지 않던 참이었는데, 장정이 여럿 들어오니 금세 안이 미어터진다. 세아에게 들어가는 숨을 이런 녀석들한테 빼앗길 수 없는 일이다. 도현은 제가 먼저 일어나 밖으로 나갔다.

　"오는 길에 소식은 들었습니다. 안 그래도 병원으로 이송되면서 외부로 소문이 퍼진 것인지, 밖에 취재진이 몰린 상태라서요. 이 층부터 접근을 막느라 시간이 조금 걸렸습니다."

미간을 꾹 짓누르던 도현이 창문으로 다가섰다. 바깥으로 먹잇감을 찾아 떼로 모여든 기자들이 보였다.

"다 필요 없고."

도현이 그들을 내리깐 시선으로 보았다.

"윤세아 저렇게 만든 새끼에 관한 것부터 읊어 봐."

"제로인 여자만 표적 삼아 연쇄살인을 저질러 왔던 자입니다. 네 번째 희생자로 윤세아 씨가 그 표적이 된 것 같고요."

"희생자?"

도현의 고개가 돌아갔다. 중오는 어둠으로 몰락한 눈빛을 보며 기탄했다.

"희생자라니, 누나 멀쩡히 살아 있는데 말조심해야지."

작전에 실패했단 소리를 전해 들은 중오는 그 자리에서 휴대폰을 부서뜨렸다. 준비했던 자가 투입된 이상, 그 누구도 마무리까진 신경 쓰지 않았다. 윤세아는 그곳에서 죽는 게 너무나도 당연했으므로.

"사건 전부 덮어. 경찰 쪽에서 손 못 대도록."

한데 살아 있다.

"처벌은 내가 할 생각인데, 너도 그게 맞다고 생각하겠지?"

그로 인해 엇나가기 시작한 것이 한둘이 아니다. 중오는 침묵했다. 절대 거기까지 도현의 손이 미쳐선 안 되었다.

"윤세아 씨 치료 마쳤습니다. 의식도 깨어났는데 도현

님을 찾으십니다."

순간 문을 열고 나온 간호사가 전한 소식에 살기가 범람하던 도현의 얼굴이 무너져 내렸다.

"안에 있는 애들 전부 다 내보내."

"네."

"아무도 못 들어오게 해."

병실 안에 있던 간호사와 이사장이 재빨리 바깥으로 나왔다. 온전히 세아 하나만을 남겨 둔 공간이 돼서야 도현이 들어간 뒤 문을 굳게 닫았다. 중오는 믿기지 않는 듯 닫힌 문을 살며시 열었다.

"……도현아."

정말로 살아 있다. 침대에 누운 세아가 애처롭게 속삭이는 목소리를 따라 도현은 제집인 양 달려갔다. 세아의 손을 잡아 연신 제 뺨에 대어 보며 온기를 확인하고선 숨을 내쉰다.

"너 잘못됐을까 봐, 내가……."

뭉개진 말을 속삭이며 일어선 세아의 허리를 두 팔로 끌어안고 놓아주질 않는다. 바닥으로 기꺼이 무릎까지 꿇고선 매달리다시피 몸을 기댄다. 중오는 그 모습에서 이질감을 느꼈다.

오늘 하루 종일 도현을 따라다니면서 본 적 없던 모습이다. 그리도 냉철하고 반듯한 모습으로 유니벌과 위화감 없이 얘기를 섞던 도현이라고는 전혀 생각되지 않을 정도로.

"들어오지 말랬지."

"……."

세아의 품에서 지독하게 낮은 목소리가 울려 퍼졌다. 이런 모습을 보여 주고 싶지 않아서 들어오지 말라고 했던 건가. 세아의 앞에서만 여과 없이 무너지는 본성. 익숙한 듯 세아는 제 다리 사이로 파묻힌 머리를 보듬어 주고 있었다.

"……윤세아 씨께 드릴 말씀이 있습니다. 잠시 이것만 들으십시오."

저런 제로 하나 처리하지 못했단 게 대체 말이나 되는가. 천분의 일의 기적으로 목숨은 건졌다고 하나, 병원으로 오기 전 사망에 이르러야 할 정도로 다쳤어야 맞았다. 치료가 이리도 빨리 끝난 걸로 보아 상처는 꽤 단순했을 터였다. 부러지고 찢어지고. 어떻게 그런 장난 같은 수준이 가능한 걸까.

"일어나셔서 다행입니다. 이런 일을 당하시다니, 가만둬선 안 되겠군요."

중오가 걱정스러운 표정으로 건넨 인사에 세아의 시선이 그에게로 흘렀다.

"곧 경찰 쪽에서 사람이 와 조사가 있을 예정입니다만 그 부분은 제 선에서 정리하도록 하겠습니다. 충격도 받으셨을 텐데 그편이 윤세아 씨에게도 나을 것 같고요. 한데, 어느 정도 제가 알아야 사건 정리도 하는 거니 대략적으로 나마 당시 정황을 설명해 주실 수 있겠습니까?"

궁금해 견딜 수가 없었다. 어떻게 살아남은 것인지. 중 오의 말에 가만히 입을 벌린 세아가 천천히 말했다.

"집에 들어가서 침대에 누우려고 보니, 머리핀이 떨어져 있었어요. 그걸 주우려다가 밑에 숨어 있던 살인범과 눈이 마주쳤고요. 달려들기에 피해야겠단 생각밖에 없었어요……. 칼까지 소지하고 있었거든요."

"말하지 마, 그런 거."

"괜찮아, 설명해 드려야지. 잘 기억나지 않지만…… 제가 발버둥 치니까 칼이 떨어진 걸로 기억해요. 저번에 벽에 못을 박는다고 망치를 꺼내 뒀었는데 그걸 집더니 제 발목을……."

중오가 눈썹을 꿈틀댔다.

"제가 알기론 범인이 감전 초능력을 사용한다고 들었는데요."

"연쇄살인범이라 락이 걸려 있으니까요."

일순간 둘의 시선이 교묘하게 엉키며 튀었다. 중오가 매끄럽게 입꼬리를 올리며 웃었다.

"아, 그래서 범인과 몸으로 부딪쳤나 보군요."

그 미소를 본 세아의 눈빛이 거세졌다.

"네, 비록 다쳤지만요."

……정부 사람.

"잠시 밖에 나가 상황을 정리하고 오겠습니다. 제가 올 동안 이곳에 계십시오."

중오는 간결한 인사와 함께 등을 지고 나섰다.

감전 초능력에 관해선 정부에서 일하던 직원이 잠시 락을 풀었단 실수까지 계획의 일부분으로 철저히 짜여 있었다. 하지만 세아가 거짓말한 것으로 만들기엔 지금 도현이 제정신이 아니었다. 어떤 말도 듣지 않을 거다. 오히려 그 실수한 직원의 목이 날아가고 벡터 본부의 자질까지 거론해서 물어뜯고자 한다면 제거당할 자들이 여럿이었다.

윤세아 하나 처리하는 대가로 그 목숨들을 기꺼이 감수하자니 내키질 않는다. 득이 없는 상황은 입맛만 싹 가시게 한다. 중오는 현재 뭘 하든 손해만 보는 입장이었다.

"윤세아 관련된 일 준비했던 녀석들, 전부 다 지하로 소집시켜."

그러니 실패한 벌은 줘야겠지.

으슥한 지하 주차장으로 모인 인원은 총 다섯이었다. '만차'란 팻말을 입구에 세우고 엘리베이터까지 통제해 지하 4층은 퀴퀴한 냄새만이 진동했다.

"저희도 일이 이렇게 될 줄은 몰랐습니다."

중오가 한가운데에 서서 침묵하고 있자, 목숨을 애걸하

고 싶은 자가 제일 먼저 말했다. 중오는 이해한단 듯이 말했다.

"그래, 나 역시 몰랐었지. 그러니 우리 전부가 몰랐던 게 되지. 어느 제로가 벡터를 제압할 수 있을 거라 생각했겠나, 그것도 여자가."

최기석 저택이 시끄러웠던 건 도난 사건 때문이다. 날렵한 몸을 가진 범인은 벡터들 뒤나 털고 다니는 그런 벡터 도둑고양이인 줄로만 알았는데…….

"그때 최기석 저택에 침입한 자가 총을 사용했었다지."

제 손으로 죽이고 다닌 거였나. 원래 초능력으로 살해하면 그 능력으로 인해 역추적당하기 쉬워 예나 지금이나 목적을 가진 자들은 그 힘을 사용하는 걸 주저했다. 하지만 애초에 초능력이 없는 제로이기에 총기를 사용했다면.

"정말 웃기는 일이군."

그러고 보니 한국에 와 지금처럼 웃긴 얘길 들은 적 있던 것 같다. 사회 뒤편에서 더러운 일을 일삼는 벡터를 처치하고 다닌다는 제로가 있단 소리.

"이런 말씀을 이제 와 드려도 될진 모르겠습니다만."

"무슨."

"처음 도현 님에게 연락이 왔을 당시, 치료 벡터를 데리고 윤세아의 집에 방문했을 때 입고 있던 옷이 심상치 않았습니다."

"아, 그때."

도망쳐 나간 우리 도련님이 어쩔 수 없이 제게 연락했던 날이기에 중오는 그 순간을 기억했다. 도현이 다친 건 아닐까 심장이 떨어지던 그 순간, 다친 건 제가 아니라고.

"우연의 일치인진 모르겠지만, 그날 윤세아가 다친 시각과 머지않은 시각에 마약 밀매를 일삼던 벡터가 제로에게 살해당했습니다."

건우의 말로 인해 이제야 퍼즐이 하나둘씩 맞춰졌다. 윤세아는 제로의 몸으로 어둠 속을 누비던 자다.

"그리고 지서진이 윤세아의 집으로 방문했었고요. 애인이라고 하기에 올려 보내 줬었는데 그냥 윤세아를 만날 구실이 필요했었을지도요."

그 옆에 몇몇 더 있는 것 같고. 한데 퍼즐은 다 맞춰졌다고 하나 증거가 없다. 세아를 건드리려면 타당하고도 명확한 흔적이 있어야 하고, 만약 있다고 한들 도현이 눈에 불을 켜고 있는 이상 그녀를 억압할 수 있는 법은 없다.

"정말 슬픈 일이지. 실패란 걸 가장 싫어하는 내가 지금 이런 시간을 갖는다는 것 자체가 곤혹스럽군."

그러니 중오 역시 의심으로 이어질 만한 증거를 포함해 흔적 하나 남겨 둬선 안 된다.

"우리 모두 이런 일이 있을 걸 예상하지 못했었지만 그래도 절호의 기회를 날렸으니 책임은 물어야 하지 않나."

중오가 시선으로 건우를 바라보았고, 고개를 한 번 끄덕인 그가 뒤로 거느리고 있던 가드들에게 손짓했다.

"전부 처리해."

그가 서늘히 등을 돌렸다. 아예 이 세상에 없던 것처럼.

"도현아, 내 얼굴 안 볼 거야?"

"……."

"나 이제 괜찮다니까. 다리도 멀쩡하고. 봐 봐."

세아가 부러 침대에 놓인 다리를 움직여 보았다. 옆에 단단한 석고가 놓여 있는 걸로 보아 조금 전까지만 해도 제 다리에 감아 놓았던 모양이지만 완벽히 치료한 이상 필요 없었다. 발목도 부드럽게 움직이고 발가락 다섯 개도 모두 꼼지락거린다. 세아를 끌어안고 있던 도현이 살짝 고개를 떼었다. 발개진 눈가로 그걸 가만히 지켜본다.

"그리고 이것도 봐."

자랑하는 아이처럼 씩씩하게 세아가 병원복을 들춰 붙어 있는 거즈를 떼어 냈다. 역시나 흔적도 없이 상처가 사라져 있었다. 욱신거리거나 저릿한 통증도 없었기에 세아가 웃자 그 살결 위로 도현이 다가가 입 맞췄다.

"아……!"

도현은 짙은 숨과 함께 눈을 감은 채 허리를 끌어안은 팔을 더욱 조였다. 살점이 뜨거운 도현의 입안으로 빨려 들어갔다.

"도현아……."

살짝 입을 뗀 도현이 고개를 들었다. 상처로 얼룩진 눈동자가 저릿했다. 누가 널 이렇게 만들었을까 묻고 싶었지만 대답은 하나였다.

"누가 널."

"……."

"누가 널 이렇게 해."

도현이 믿기지 않는 듯 말했다. 세아의 눈초리가 애처롭게 내려갔다.

"제로만 찾아다가 죽이는 살인범이래. 내가 재수가 없었어."

"죽여?"

"……."

도현의 구겨진 눈썹이 힘없이 풀렸다.

"……머리가 어떻게 될 거 같아."

뒤늦게 말실수를 한 것만 같아 세아가 괜찮다고 말했다. 어서 빨리 나 보라며 세아의 손이 도현을 잡아끌었다.

"나 무사하잖아. 그럼 된 거지."

"⋯⋯."

"무슨 생각해⋯⋯?"

"⋯⋯아무것도 아니야."

일순간 무언가에 잠긴 듯 정적이던 도현이 스륵 움직였다.

"아팠던 거, 내가 생각 안 나게 해 줄게⋯⋯."

그 말과 함께 도현이 다시 세아의 품에 얼굴을 묻었다. 정성스런 입맞춤이 이뤄지자 세아는 제 살결이 어떤 식으로 벌어지며 고통을 토해 냈는지 하나도 기억나질 않았다. 도현의 손길로 인해 거즈가 하나둘씩 사라졌다.

"나 미웠지. 오지도 않아서."

하지만 그럴수록 도현의 머리는 찢겨 나갔다. 고통을 공유해야겠단 생각조차 들지 않았다. 어떤 짓을 해도 그 시간 동안 두려움에 떨었을 세아까지 전부 느낄 수 없기에. 하물며 그런 상황이 오도록 방관한 자신 역시 도무지 용서가 되지 않았다.

"순간이동이면 금방인데 전화 따위나 하고⋯⋯."

"아니, 하나도."

세아는 도현이 어떤 생각에 젖어 있을지 알고선 재빨리 말했다.

"너 놀고 있던 거 아니야. 일하고 있었고, 네 얼굴 떠올리면서 나도 버텼어. 그거면 된 거야."

솔직하게 말하지 못해 미안했다. 널 괴롭게 하는 이 상처들 모두 본인 스스로 만들었음을.

"말했잖아, 혼자 있어도 너에게 걸림돌이 되지 않을 거라고."

내가 그랬어, 도현아. 네 옆에 서려고.

"만에 하나 잘못되었으면 너 그렇게 만든 새끼 죽여 버리고 나도 따라 죽었을 거야."

세아는 작게 한숨을 내쉬며 웃었다. 큰 눈에 오직 제 자신을 박아 넣고 신음하는 도현을 보니 끌어안아 주고 싶었다.

"또 그런 소리 한다. 나 살아 있잖아."

"응, 그래서 나도 지금 여기 있잖아."

안 죽고서……. 오는 내내 죽어 버릴 것만 같은 시간을 수도 없이 마주했지만 끝까지 참아 내며 발걸음 했다. 세아가 어떤 상태인지 봐야 하니까. 만약 네 숨이 멈춰 있다면 살려 내기 위해 온갖 짓을 다 했을 거다. 그럼에도 네 숨이 돌아오지 않는다면 너를 안고 내 체온을 나눠 줬겠지. 시체 썩은 내가 진동할지언정 나는 네게 입을 맞췄을 거다. 어서 일어나라고.

한데 살아 있어서, 도현은 세아를 끌어안자마자 눈물부터 쏟아 내었다. 의지와 상관없이 벌어진 일이었다. 손은 덜덜 떨렸고 심장은 터질 것처럼 빨리 뛰었다. 세상의 모든 것에 감사하고 싶어질 지경이었다. 너를 살려 내 줘서.

"알았으니까…… 그만, 간지럽단 말이야."

"어디, 여기?"

"응…… 네가 거기다 대고 자꾸 말하니까."

세아가 부끄러운 듯 배를 손으로 가리자 도현이 그 위로 입 맞춰 주었다.

"배 가린 손도 예쁘다……."

"그만하라니까."

"더 말해 봐. 어디가 또 간지러운데?"

"전부 다. 네 숨까지 다."

"나도 너 때문에 지금 입안이 간지러운데……."

그때였다. 간결한 노크 소리가 공간을 울렸고 세아를 올려다보던 도현의 눈동자가 도로 어두워졌다.

"여기 있어."

도현이 자리에서 일어나 밖으로 나서자 그곳엔 서진이 있었다. 도현은 문을 도로 꽉 닫으며 그를 마주했다.

"죄송하지만 오늘은 윤세아 얼굴 그 누구도 못 봅니다. 제가 그럴 기분이 아니라서요."

"안전합니까?"

"네."

"그거면 됩니다. 세아에게 처리는 무사히 됐다고 말만 전해 주십시오. 뭘 의미하는지 알 겁니다."

"그 말 하려고 온 것 같진 않고. 여긴 어쩐 일이십니까?"

세아가 걱정돼서 찾아온 것이라 보기엔 너무나 노출된

공간이었다. 둘이 손잡으면서 한 계약을 잊지 않았더라면 발걸음 하지 못했을 것이다. 서진은 사무적인 얼굴로 돌아와 입을 열었다.

"사건 이대로 종결시키라고 위에서 명령이 내려왔더군요."

"네, 어차피 조사받게 할 생각조차 없었지만 윤세아 몸에 난 상처는 이미 치료해서 없습니다. 증거가 될 건 제가 모두 지웠으니 쓸데없는 일에 힘 안 빼셔도 됩니다."

"윤세아 집에 들이닥친 남자, 연쇄살인범으로 제가 맡고 있던 사건이었습니다."

도현의 한쪽 눈썹이 위로 치켜 올라갔다. 살인범.

"그 새끼, 지금 어디 있습니까?"

"서로 연행 중 차 안에서 자결했습니다."

"……."

"혀를 깨물고."

그 말에 도현이 설핏 웃음을 터트렸다.

"이미 죽었단 말씀입니까?"

"네, 순식간에 벌어진 일입니다."

씹어 죽여도 모자랄 판에 먼저 저세상으로 떠났다…….

비식거리며 도현은 계속 웃음을 흘렸다. 제가 처단하고 결정해야 할 죽음이 멋대로 이뤄졌다고 하니 웃길 수밖에. 도현은 입꼬리를 올리며 낮은 목소리로 속삭였다.

"그렇다면 시체라도 가져오세요."

누구 마음대로 죽어.

"제가 처리할 겁니다."

"……."

"절차를 들먹이는 자가 있다면 하도현 이름 대고 끌고 오세요. 어차피 김중오가 해야 할 일이긴 한데 그쪽이 먼저 하면 제게 점수 따는 일이 되겠죠."

이미 죽은 자를 놓고 무슨 일을 벌일 생각인 건지 서진은 유추할 수 없었다.

"마일리지 적립하듯이 쌓아 두면 좋잖아요?"

하지만 점수를 따고 싶은 대상이라는 건 표정에서부터 숨길 수 없었다. 도현은 팔짱을 낀 채 고요히 눈을 감았다.

"밖에 취재진이 많다고 들었는데."

"기자들이 몰려 있긴 합니다만 이 층으론 출입이 통제되어 있더군요."

"……."

"다른 누구도 아닌 이글이 여기 있으니까."

방송으로 도현이 팔찌를 차는 걸 보았던 서진은 놀랄 수밖에 없었다. 다섯 개도 아닌 여덟 개. 그 순간 뜨겁게 끓어오르던 피의 온도는 지금껏 서진이 느껴 본 적 없던 혈기였다. 게다가 세아와 결혼하겠단 엄포까지 놓았으니. 모두가 경악하는 가운데 서진은 홀로 미소 지었다.

"몰려 있다라. 그래서 그쪽이 데리고 올 생각입니까?"

"무시할 수 없는 분의 말씀이니 명령대로 움직일까 하는데."

대어 정도가 아니라 거물이었다. 그런 자가 지금 서진과 이루고자 하는 목적이 같다니, 지금도 심장은 요동쳤다.

"좋습니다. 준비되면 올라와서 부르세요."

도현이 안으로 들어가려 고개 돌리자 서진이 휴대폰을 꺼내 내밀었다. 도현의 눈매가 가늘어졌다.

"뭡니까?"

"한번 보는 것도 나쁘지 않을 것 같군요."

그걸 건네받은 도현은 화면을 내려다보았다. 액정 위를 지그시 누른 엄지가 움직였다. 이글인 릭시가 결혼하겠다 말한 여자가 반나절도 안 돼 연쇄살인범의 습격을 받았단 소식은 특종으로 뜨겁게 다뤄지고 있었다.

하지만 문제는 댐 터트리듯 너 나 할 것 없이 기사를 올린 자들이 아니었다. 그 밑으로 익명을 내세워 의견이랍시고 떠드는 자들이 남긴 글들은 도현의 속을 뒤집어 놓기에 충분했다. 도현은 날카로운 눈으로 서진을 보았다.

"이런 걸 제게 보여 주는 저의가 뭡니까?"

"지금 이 상황을 사회가 어떻게 보고 있는지 말해 주는 겁니다."

사람이 죽을 뻔했는데, 그 안에서 기사회생한 제로를 걱정하는 말은 없었다. 오히려 범죄자인 벡터의 이름과 나이가 공개된 가운데 그의 인권을 보호해 줘야 하는 것 아니냐는 의견이 거셌다. 더불어 아까운 벡터 하나가 목숨을 잃었단 애도의 소리까지. 물론 그곳에 세아의 얘기도 있었다.

"윤세아 병원에 있는 동안 벌어지는 일, 이게 현실입니다."

'그냥 죽어 버리지 왜 살았지? 못 죽었다니 아쉽다, 릭시와 주제넘게 어울리더니 꼴좋다, 제로는 죽어도 된다.' 온갖 거침없는 저주의 발언들이 난무하는 곳에서 원하는 건 바로 '세아의 죽음'이었다. 제로란 역겹고 불결한 존재니 치워 달라고.

"보호자인 저도 이렇게나 가슴 아픈데."

그들이 씹고 뜯으며 벌레처럼 치부하는 여자.

"이글은 어떤지 궁금해서."

도현에겐 제 목숨을 내줄 정도로 사랑하는 여자임을 까마득하게 모르고 떠드는 소리다. 서진은 심지에 불을 붙인 것이나 마찬가지였다. 도현이 간과하고 넘어갈 뻔한 사태를 똑똑히 보여 준 것이다. 다시 한 번 도현의 시선이 떨어지며 글을 보았다. 악담을 퍼붓고 저주를 지껄이는 자들의 글자 하나하나까지 놓치지 않고 곱씹었다.

"억장이 무너지죠."

휴대폰을 다시 서진에게 건네주며 도현이 웃었다.

"전부 가만두지 않을 생각입니다."

-다음 권에 계속-

Gallery

"이게 다 백설이 때문이야."

이현은 소파에 머리를 기댄 채 높은 천장을 향해 후회 섞인 음성을 중얼거렸다.

"그때 도망가게 두는 게 아니었는데......."

고통을 나눠 갖는단 끔찍한 발상은 세아를 덜덜 떨리게 했지만
이윽고 저를 향한 시선에 점차 안개가 걷힌다.
삐뚤어진 너라도 내가 사랑해야 할 하도현이다.
세아는 눈을 한 번 깜빡여 시야를 완전히 거둬 낸 뒤
선명해진 도현에게 다가가 입을 맞췄다.

"우리가 빚을 모르는 건 아니지 않냐."
눈물이 쉴 새 없이 타고 흘러 턱 아래로 추락했다.
"내일을 원해서 지금 이렇게 사는 거야."

그 소리와 함께 길게 세워진 세아의 검지 끝이
단단한 근육에 닿아 잘게 흔들렸다.
"이래도 기분이 별론가?"
지금 만든 게 총 모양…….
"그럼 키스."
고개를 튼 이현의 입술이 세아를 물었다.

"말 여러 번 하게 만들지 말고. 윤세아는?"
"……."
"어디 갔을까, 우리 세아."
잔을 든 이현이 그걸 도현의 가슴팍에 대고 지그시 밀었다.
"감히 숨겨 놔, 내 앞에서."

너에게로 중독 2

1판 1쇄 발행 2016년 6월 27일
1판 5쇄 발행 2021년 11월 15일

지은이 안테
펴낸이 신현호
편집장 예숙영
편집 박상희
편집디자인 한방울
영업·관리 김민원 조인희
물류 이순우 박찬수

펴낸곳 ㈜디앤씨미디어
출판등록 2002년 5월 1일 제117-90-51792호
주소 서울시 구로구 디지털로 26길 111 JnK디지털타워 503호
대표전화 (02)333-2513 팩스 (02)333-2514
전자우편 dncbooks@dncmedia.co.kr
디앤씨북스 블로그 http://blog.naver.com/dncbooks

ISBN 979-11-264-3385-8 (04810)
ISBN 979-11-264-3383-4 (세트)